LA MAISON DES TOCARDS

DU MÊME AUTEUR

La Maison des tocards, Presses de la Cité, 2012.

Titre original :
Slow Horses
Éditeur original :
Soho Constable, New York

Première édition : Presses de la Cité, 2012

ISBN 978-2-330-07042-7

MICK HERRON

LA MAISON DES TOCARDS

roman traduit de l'anglais
par Samuel Sfez

BABEL NOIR

Voici comment River Cartwright avait quitté la voie rapide pour se retrouver avec les Tocards.

Huit heures vingt, un mardi matin, la gare de King's Cross remplie de ce que le Vieux appelait *les autres* : « Des non-combattants, River. Une occupation tout à fait respectable en temps de paix. Excepté que nous ne sommes plus en paix depuis septembre 1914. »

L'élocution du Vieux évoquait à River des chiffres romains : MCMXIV.

Il s'arrêta, consulta sa montre ou fit semblant (ce qui revenait pratiquement au même). Le flot des passagers coulait autour de lui comme l'eau sur un rocher, avec force soupirs et claquements de langue irrités. Devant la sortie la plus proche – un rectangle par lequel s'engouffrait la pâle lueur de janvier – deux Cadors vêtus de noir se tenaient aussi raides que des statues. Leur arsenal imposant passait inaperçu aux yeux des non-combattants, dont le nombre avait augmenté depuis 1914.

Les Cadors – que l'on appelait ainsi parce qu'ils accomplissaient toujours leur travail à la perfection – restaient bien en retrait, conformément aux instructions.

Vingt mètres plus loin, la cible.

— Tee-shirt blanc sous une chemise bleue, répétait River dans sa barbe.

A présent, il pouvait ajouter quelques détails au portrait-robot dressé par Spider : jeune homme originaire du Moyen-Orient, les manches de sa chemise bleue relevées, un jean noir raide et neuf. Qui achèterait un pantalon neuf pour une telle occasion ? Il écarta la question : il serait toujours temps de se la poser plus tard.

Un sac à dos visiblement lourd se balançait sur l'épaule droite de la cible. Le fil qui pendait à son oreille, semblable à celui que portait River, aurait pu être relié à un iPod.

— Confirmez contact visuel.

River porta la main gauche à son oreille et parla doucement dans son bouton de manchette.

— Confirmé.

Un troupeau de touristes encombrait le hall. La disposition de leurs bagages évoquait un campement de pionniers. River les contourna sans quitter du regard la cible qui se dirigeait vers les quais de la gare annexe, d'où partaient les trains en direction de Cambridge et de l'est, généralement moins bondés que les express en partance pour le nord.

Des images indésirables affluèrent : débris de métal éparpillés sur des kilomètres de rails brisés, buissons en flammes au bord des voies jonchés de lambeaux de chair.

« N'oublie pas que le pire peut toujours empirer », disait le Vieux.

Le pire avait déjà empiré de manière exponentielle au cours des dernières années.

Deux policiers postés devant un portillon ignorèrent la cible mais fixèrent River. N'approchez pas, les mit-il en garde mentalement. Ne m'adressez même pas la parole. C'était toujours à cause de petits détails que les opérations capotaient. Il ne voulait à aucun prix d'une altercation qui alerterait la cible.

Les policiers reprirent leur conversation.

River se ressaisit.

River Cartwright était un jeune homme de taille moyenne aux cheveux blonds et au teint pâle, avec des yeux gris souvent pensifs, un nez anguleux et un grain de beauté sur la lèvre supérieure. Quand il se concentrait, il fronçait les sourcils d'une manière qui lui donnait l'air un peu perdu. Ce jour-là, il portait un jean bleu et une veste sombre. Si on l'avait interrogé sur son apparence, il aurait parlé de ses cheveux, qu'il avait récemment fait couper chez un de ces coiffeurs turcs qui peaufinent leur travail à l'aide d'une flamme nue sans crier gare. River était sorti du fauteuil ébouillanté, décapé comme un parquet. Maintenant encore, sa nuque le picotait.

Les yeux toujours rivés sur la cible à quarante mètres devant lui – ou plutôt, les yeux fixés sur le sac à dos –, River s'adressa de nouveau à son bouton de manchette.

— Suivez-le, mais laissez-lui de l'espace.

Le pire serait que la bombe explose à l'intérieur d'un train, mais une détonation sur le quai ne valait guère mieux. L'histoire récente prouvait que les gens étaient plus vulnérables quand ils se rendaient au travail. Non qu'ils soient plus faibles, mais pour la simple raison qu'ils étaient entassés dans un espace clos.

River ne regarda pas autour de lui, certain que les Cadors vêtus de noir le suivaient de près.

A sa gauche, des sandwicheries et des cafés, un pub, un stand de viennoiseries. A sa droite stationnait un long train. Sur le quai, à intervalles réguliers, les passagers tentaient de faire entrer leurs valises par les portes. Au-dessus, des pigeons volaient bruyamment de poutrelle en poutrelle. Un haut-parleur donna des instructions : la foule enfla dans le hall derrière River, tandis que des individus s'en détachaient.

Dans les gares, il y avait toujours cette impression de mouvement contenu. Les foules sont des explosions en suspens, les gens des fragments, seulement ils ne le savent pas encore.

La cible disparut derrière un groupe de voyageurs.

River se décala sur la gauche ; la cible réapparut.

Alors qu'il passait devant un café, un couple assis lui rappela un souvenir. La veille, à la même heure, River se trouvait à Islington. Pour son évaluation, il devait constituer un dossier sur une personnalité publique : on lui avait assigné un leader de l'opposition, mais l'homme venait de subir deux crises cardiaques et se trouvait maintenant dans une clinique du Hertfordshire. Comme on ne semblait pas lui chercher de remplaçant, River en avait choisi un de sa propre initiative. Il avait suivi Lady Di pendant deux jours d'affilée sans se faire repérer : bureau puis salle de sport ; bureau puis bar à vin ; bureau puis maison ; puis café, bureau et encore salle de sport… Le logo du café lui rappela cette filature. Dans sa tête, le Vieux aboya : « L'esprit, le boulot : au même endroit. Ça te paraît une bonne idée ? »

Bonne idée.

La cible prit à gauche.

— Potterville, marmonna River.

Il passa sous le pont puis tourna à gauche, lui aussi.

Après un bref coup d'œil au ciel – aussi gris et humide qu'un torchon –, River s'engouffra dans le mini-hall qui abritait les voies 9, 10 et 11. Du mur extérieur dépassait un chariot à bagages : la voie 9 3/4 accueillait l'express pour Poudlard. River poursuivit son chemin. La cible se dirigeait déjà vers le quai n° 10.

Tout s'accéléra.

Il n'y avait pas beaucoup de monde – le train suivant ne partait qu'un quart d'heure plus tard. Un homme lisait le journal, assis sur un banc. C'était à peu près tout. River pressa le pas, réduisant l'écart. Derrière lui, il ressentit un changement dans le brouhaha ambiant, les murmures se faisaient plus nets : il comprit que les Cadors attiraient l'attention.

La cible ne se retourna pas. Il continua d'avancer, comme s'il avait l'intention de monter dans le wagon le plus éloigné : tee-shirt blanc, chemise bleue, sac à dos, etc.

River parla de nouveau à son bouton dc manchette.

— Attrapez-le.

Puis il se mit à courir.

— Tout le monde à terre !

L'homme sur le banc se leva. Aussitôt, une silhouette noire se jeta sur lui.

— A terre !

Plus loin, deux hommes sautèrent du toit du train pour barrer le chemin de la cible, qui se retourna pour se trouver face à River qui lui faisait signe de s'allonger au sol.

Les Cadors hurlaient des ordres :

Le sac.

Lâche le sac.

— Pose ton sac par terre et mets-toi à genoux, lui intima River.

— Mais je…

— Lâche ton sac !

La cible lâcha son sac, qu'une main ramassa. D'autres saisirent le jeune homme, le plaquèrent au sol, bras et jambes écartés, lui écorchant le visage sur les dalles tandis que le sac à dos remontait jusqu'à River. Il le posa précautionneusement sur le banc libre, l'ouvrit.

Au-dessus de lui, un message enregistré se répétait en boucle : *L'inspecteur Samms est prié de se présenter à la salle de contrôle.*

Des livres, un cahier A4, une boîte à crayons en fer.

L'inspecteur Samms est prié...

Un Tupperware contenant un sandwich au fromage et une pomme.

de se présenter...

River releva la tête. Sa lèvre se contracta. Avec calme, il ordonna :

à la salle de contrôle.

— Fouillez-le.

— Ne me faites pas de mal.

Le garçon parlait d'une voix étouffée : il avait le visage écrasé contre le sol, des armes pointées sur sa tête.

La cible, se corrigea River. Pas le garçon, la cible.

L'inspecteur Samms...

— Fouillez-le !

Il retourna au sac à dos. La boîte contenait trois stylos-bille et un trombone.

est prié de se présenter...

— Il est clean.

River lâcha la boîte en fer sur le banc et examina le reste : livres, cahier, un crayon égaré, un paquet de mouchoirs.

à la salle de contrôle.

Les objets s'éparpillèrent au sol. Il secoua le sac. Rien dans les poches.

— Fouillez-le de nouveau.

— Il est clean.

L'inspecteur Samms...

— Quelqu'un peut-il éteindre ce truc ?

Il entendit la note de panique dans sa propre voix et se tut.

— Il est clean, monsieur.

est prié de se présenter...

River secoua à nouveau le sac comme un prunier, puis le laissa tomber à terre.

à la salle de contrôle.

L'un des Cadors se mit à murmurer avec empressement dans un micro fixé à son col.

River s'aperçut qu'une femme l'observait par la fenêtre du train à l'arrêt. Il l'ignora et se dirigea vers le bout du quai.

— Monsieur ?

Il décela un certain sarcasme dans la voix.

L'inspecteur Samms est prié de se présenter à la salle de contrôle.

Chemise bleue, tee-shirt blanc, songea River.

Ou bien chemise blanche, tee-shirt bleu ?

Il accéléra. Un policier s'approcha de lui alors qu'il atteignait le guichet, mais River l'esquiva, lança des instructions incohérentes puis s'élança à toute vitesse vers le hall principal.

L'inspecteur Samms – à cet instant, l'annonce codée qui signalait un incident au personnel s'interrompit. Elle fut remplacée par une voix humaine : « Pour des raisons de sécurité, la gare doit être évacuée. Nous vous prions de rejoindre la sortie la plus proche. »

Il disposait de trois minutes tout au plus avant l'arrivée des Dogues.

Les pieds de River avançaient tout seuls. Ils le propulsaient vers le hall, tant qu'il avait encore la place de bouger. Autour de lui, les gens commençaient à descendre des trains. A bord, des annonces avaient mis un terme à des voyages qui n'avaient pas encore commencé ; on était à deux doigts de la panique – dans les gares et les aéroports, elle était toujours sur le point d'affleurer. On avait beau faire remarquer le flegme des foules anglaises, il était rarement au rendez-vous.

Son oreille bourdonna.

Le haut-parleur annonça : « Veuillez vous diriger calmement vers la sortie la plus proche. Cette station est fermée. »

— River ?

— Spider ! Espèce d'abruti, hurla-t-il dans son bouton de manchette, tu t'es trompé de couleurs !

— Qu'est-ce qui se passe, bordel ? Il y a des gens partout qui…

— Tee-shirt blanc sous une chemise bleue, c'est ça que tu as dit.

— Non, j'ai dit tee-shirt bleu…

— Va te faire foutre, Spider.

River arracha son oreillette.

Il avait atteint l'escalier par lequel la foule s'engouffrait dans le métro. A présent, elle en sortait en un flot continu. L'irritation prévalait, mais on entendait d'autres murmures : peur, panique contenue. La plupart d'entre nous croient que certaines choses n'arrivent qu'aux autres, notamment la mort. Les mots dans le haut-parleur ébranlaient sérieusement cette certitude.

« La station est maintenant fermée. Veuillez vous diriger vers la sortie la plus proche. »

Le cœur de la ville, c'est le métro, se dit River. Pas le quai d'un train de banlieue. Le métro.

Il s'enfonça dans la foule qui évacuait la gare, ignorant son hostilité. *Laissez-moi passer.* Sans grand résultat. *Sécurité, laissez-moi passer*. Un peu mieux. Aucun chemin ne s'ouvrit, mais les gens cessèrent de le repousser.

Deux minutes avant les Dogues, probablement moins.

Le couloir s'élargissait au pied de l'escalier. River se précipita vers un espace encore plus vaste : des machines le long du mur, des guichets aux stores baissés dont la file d'attente avait été absorbée par la masse des gens qui s'éloignaient. Déjà, la foule se clairsemait. Les escaliers mécaniques étaient immobiles, on avait barré l'accès avec des rubans de sécurité. Les quais commençaient à se vider.

River fut arrêté par un policier.

— On ferme la station. Vous avez pas entendu les haut-parleurs ?

— Je suis dans les renseignements. Les quais sont évacués ?

— Les renseign…

— Est-ce que les quais sont évacués ?

— C'est en cours.

— Vous êtes sûr ?

— C'est ce que je…

— Vous avez un moniteur de contrôle ?

— Bien sûr, nous…

— Montrez-le-moi.

Les bruits environnants se firent plus sourds, l'écho des voyageurs flottait sous les plafonds. Une autre rumeur approchait, des pas précipités et lourds sur les dalles : les Dogues. River disposait de peu de temps pour redresser la situation.

— Vite.

Le flic saisit l'empressement de River – difficile de ne pas le remarquer – et lui indiqua une porte où était inscrit *Accès interdit*. River l'avait franchie avant que n'apparaissent ceux qu'il entendait arriver.

La petite pièce sans fenêtre aux relents de bacon ressemblait à un repaire de voyeur. Une chaise pivotante faisait face à une rangée d'écrans. Chacun clignotait régulièrement, montrant divers aspects d'une même scène répétitivement : un quai de métro désert. On aurait dit un mauvais film de science-fiction.

Un courant d'air lui indiqua que le flic venait d'entrer.

— A quoi correspondent les quais ?

Le policier lui indiqua des groupes de quatre écrans.

— Northern, Piccadilly, Victoria.

River les inspecta. Toutes les deux secondes, une nouvelle image.

Du sous-sol parvint un grondement indistinct.

— Qu'est-ce que c'est ?

Le flic resta interdit.

— Ce bruit.

— Ben, c'est un métro.

— Ils circulent ?

— La station est fermée, expliqua le policier comme s'il s'adressait à un idiot, mais les lignes restent ouvertes.

— Toutes ?

— Oui, mais les trains ne s'arrêtent pas.

Ça ne changeait pas grand-chose.

— C'est quoi le prochain ?

— Le prochain quoi ?

— Métro, bordel. Quel quai ?

— Victoria. Direction nord.

River sortit en trombe.

En haut de la volée de marches, un petit homme brun bloquait le passage vers la gare. Il parlait dans un micro. Il changea soudain de ton en apercevant River.

— Il est ici !

Pas pour longtemps. River avait enjambé la barrière et se trouvait en haut de l'escalier mécanique. Il franchit le ruban de sécurité, descendit les marches immobiles quatre à quatre.

En bas, les couloirs étaient étrangement vides. A nouveau cette atmosphère de science-fiction.

Les métros traversaient les stations fermées au pas. River atteignit le quai tandis que le train s'avançait tel un gros animal lent qui n'avait d'yeux que pour lui. Et il en avait une cargaison. River sentit tous ces regards piégés dans le ventre de la bête, rivés sur lui tandis qu'il fixait quelqu'un qui venait d'apparaître à l'autre bout du quai.

Chemise blanche, tee-shirt bleu.

River courut.

Derrière lui, quelqu'un d'autre courait, l'appelait par son nom, mais ça n'avait pas d'importance. River faisait la course avec un train, et il gagnait il le rattrapa, le dépassa, entendant le bruit de sa marche au ralenti, un grincement métallique auquel répondait la terreur croissante à l'intérieur. Il entendait frapper contre les vitres. Il avait conscience que le conducteur le regardait, horrifié, convaincu qu'il allait se jeter sur les rails. River ne pouvait rien à ce que croyaient les gens : tout ce qu'il pouvait, c'était courir sur ce quai, le plus vite possible.

Devant lui – tee-shirt bleu, chemise blanche –, quelqu'un d'autre faisait également la seule chose qu'il pouvait faire.

River n'avait pas suffisamment de souffle pour crier. Il parvenait à peine à avancer, mais il réussit…

Presque. Il réussit presque à être assez rapide.

Derrière lui, on cria de nouveau son nom. Derrière lui, le train accélérait.

Il eut conscience que la cabine du conducteur le dépassait, à cinq mètres de la cible.

Car il s'agissait bien de la cible. Cela avait toujours été la cible. A mesure que l'écart se réduisait, il vit qu'il s'agissait d'un jeune homme. Dix-huit, dix-neuf ans ? Cheveux noirs, peau mate, un tee-shirt bleu sous une chemise blanche – *va te faire foutre, Spider* – qu'il déboutonna pour laisser apparaître une ceinture bourrée de…

Le train rattrapa la cible.

River tendit un bras, comme s'il pouvait saisir la ligne d'arrivée.

Dans son dos, les pas s'arrêtèrent. Quelqu'un poussa un juron.

River était presque sur la cible – à une demi-seconde près.

Mais presque, ça n'était pas assez.

La cible tira un cordon à sa ceinture.

Et tout fut fini.

PREMIÈRE PARTIE
LE PLACARD

Dissipons d'emblée toute équivoque : le Placard n'est ni un placard ni une prison. Sa porte d'entrée est tapie dans un renfoncement poussiéreux entre deux locaux commerciaux dans le quartier de Finsbury, à un jet de pierre de la station Barbican. A sa gauche, un marchand de journaux, épicier et marchand de vin pour qui la location de DVD représente une nouvelle activité florissante. A sa droite, le Nouvel Empire, un restaurant chinois aux fenêtres perpétuellement masquées par un épais rideau rouge. Derrière la vitrine, un menu dactylographié a jauni avec le temps. Il n'a jamais été remplacé, seulement modifié au marqueur. Alors que la diversification avait été la clé de la survie pour le marchand de journaux, le retranchement semblait être la stratégie à long terme du Nouvel Empire, qui rayait régulièrement des plats de son menu tels des numéros sur une carte de bingo. Jackson Lamb a la ferme conviction qu'un jour le Nouvel Empire ne proposera plus que du riz frit et du porc aigre-doux, le tout servi derrière un épais rideau rouge, comme si la pauvreté de choix était un secret national.

La porte d'entrée, disions-nous, est tapie dans un renfoncement. Sa vieille peinture noire est constellée de boue, et la mince vitre qui la surmonte ne laisse jamais filtrer de lumière. Une bouteille de lait vide traîne devant depuis si longtemps que le lichen de la ville l'a soudée au trottoir. Il n'y a pas de sonnette et la boîte aux lettres a cicatrisé telle une blessure d'enfance : le courrier – mais il n'y a jamais de courrier – pousserait le battant sans pouvoir entrer. La porte semble factice, comme si son unique raison d'être était de créer une zone tampon entre le magasin et le restaurant. On pourrait rester pendant des jours à l'arrêt de bus en face sans jamais voir entrer personne. Sauf que, si vous restiez trop longtemps à l'arrêt de bus, votre présence attirerait l'attention. Un homme trapu, mâchant sans doute du chewing-gum, viendrait s'asseoir près de vous. Sa présence dissuade. Il dégage une impression de violence refoulée, comme s'il portait une rancune depuis si longtemps qu'il lui importe peu de savoir sur qui il la déverse. Il vous fixerait du regard jusqu'à ce que vous partiez.

Le flot d'entrées et de sorties chez le marchand de journaux est plus ou moins constant. Il se passe toujours quelque chose sur le trottoir. Les gens vont et viennent. Une balayeuse automatique aspire à grand bruit mégots de cigarettes, morceaux de verre et capsules de bouteilles entre ses brosses. Deux hommes qui marchent l'un vers l'autre exécutent cette petite danse pour s'éviter, chacun reproduisant la manœuvre de l'autre, mais finissent par passer sans collision. Une femme au téléphone observe son reflet dans la vitrine. Dans le ciel, un hélicoptère vrombit, il surveille les travaux pour une station de radio.

Tout cela se répète chaque jour, mais la porte reste fermée. Au-dessus du marchand de journaux et du Nouvel Empire, les fenêtres du Placard s'élèvent de quatre étages vers le ciel peu accueillant d'octobre. Elles s'écaillent, couvertes de crasse mais pas opaques. Pour une passagère assise au premier étage d'un bus qui resterait bloqué quelques instants – ce qui peut facilement arriver, grâce à la combinaison des feux de circulation, des travaux incessants et de l'inertie légendaire des bus londoniens –, elles offrent une vue sur des pièces principalement jaune et gris. Vieux jaune et vieux gris. Le jaune correspond aux murs, ou du moins à ce qu'on en voit derrière les casiers gris et les bibliothèques institutionnelles grises, sur lesquelles sont rangés des volumes de référence surannés, certains couchés, d'autres adossés à leurs compagnons, certains encore droits, les lettres sur la tranche rendues fantomatiques par un bain quotidien de lumière électrique. Ailleurs, des classeurs sont entassés pêle-mêle dans des espaces trop petits, entassés verticalement entre les étagères, laissant ceux du dessus en équilibre instable. Le plafond aussi est jaune, d'une teinte malsaine maculée çà et là de toiles d'araignées. Les fauteuils et les bureaux du premier étage sont faits du même matériau fonctionnel que les étagères. Ils ont sans doute été commandés à la même institution : une caserne désaffectée ou bien l'administration d'une prison. Les fauteuils n'invitent pas à s'adosser, à regarder en l'air pensivement. Impossible de considérer ces bureaux comme l'extension d'une personnalité, de les imaginer couverts de cadres et de bibelots. Cet environnement livre déjà une information : les gens qui travaillent ici ne semblent pas jouir d'une considération suffisante pour que leur bien-être entre en ligne de compte. Ils doivent accomplir leur tâche avec le minimum de distraction, avant de s'en aller par la porte de derrière, loin du regard des éboueurs ou des femmes au téléphone.

Le niveau supérieur du bus offre une moins bonne vue sur le deuxième étage, mais on peut distinguer le même plafond taché de nicotine. Même un bus à trois niveaux n'offrirait pas davantage d'éclaircissements, car les bureaux du deuxième étage ressemblent désespérément à ceux du premier. Par ailleurs, l'inscription en lettres dorées sur la vitre suffit à décourager tout intérêt : *W W Henderson, Notaire et conseiller juridique*. Parfois, une silhouette d'homme apparaît derrière les caractères empattés et le logo caduc, observant la rue comme s'il voyait quelque chose de complètement différent. Mais il ne fixe jamais son attention bien longtemps et, quelques instants plus tard, il disparaît.

Le dernier étage n'offre pas de telle distraction, car les stores sont baissés. Quiconque occupe cet étage ne souhaite apparemment pas qu'on lui rappelle qu'il existe un monde à l'extérieur, ni qu'un rayon de soleil pénètre accidentellement dans ses ténèbres. Mais cela aussi fournit un indice : la personne qui hante cet étage est libre de choisir l'obscurité. Or la liberté de choisir est souvent le privilège des dirigeants. Le Placard, par voie de conséquence – un nom qui n'apparaît dans aucun document officiel, sur aucune plaque ni aucun papier à en-tête, facture, bail, carte de visite, annuaire ou catalogue d'agence immobilière, un nom qui n'en est un que dans le sens le plus familier du terme –, est de toute évidence dirigé depuis le haut bien que, à en juger par la misère uniforme du décor, la hiérarchie paraisse réduite au strict minimum. Soit on est au sommet, soit on n'y est pas. Et seul Jackson Lamb est au sommet.

Les feux de circulation finissent par changer de couleur. Le bus avance en toussant et poursuit son chemin jusqu'à St Paul. Pendant les dernières secondes de visibilité, notre passagère se demande peut-être ce que ça fait de travailler ici. Peut-être même rêve-t-elle un instant que ce bureau, au lieu d'abriter une agence légale en faillite, sert en réalité d'oubliette où les ratés d'un service plus vaste viennent purger leur peine pour alcoolisme, usage de drogue et perversion, compromission politique et trahison, tristesse et indécision, ou pour avoir commis l'irréparable négligence de laisser un homme se faire exploser sur un quai de métro, tuant et blessant environ cent vingt personnes, causant trente millions de livres de dégâts matériels plus une perte estimée à deux milliards et demi de revenus touristiques. Il s'agit en effet d'une fosse administrative où une équipe de bras cassés prend la poussière en compagnie de documents des temps prénumériques.

Bien sûr, un tel rêve ne durera pas plus de temps qu'il n'en faut au bus pour atteindre le prochain passage piéton. Mais une autre pensée risque de s'attarder : l'idée que le jaune est en réalité un blanc épuisé par des haleines fétides, le tabac, les nouilles réchauffées et les manteaux laissés à sécher sur les radiateurs ; et que le gris est en réalité un noir qui a perdu sa consistance. Mais cette pensée aussi s'évanouira rapidement, car peu de choses en rapport avec le Placard marquent l'esprit. Seul son nom a duré, né il y a bien des années lors d'une conversation entre espions :

Lamb a été mis sur la touche.

Où est-ce qu'ils l'ont envoyé ?

Un endroit horrible.

Mon Dieu, pas au rancart ?

Ça revient pratiquement au même.

Dans un monde de secrets et de légendes, il n'en fallut pas plus pour baptiser le nouveau royaume de Jackson Lamb : un lieu jaune et gris qui fut autrefois noir et blanc.

Peu après sept heures du matin, une lumière s'alluma à la fenêtre du deuxième étage et une silhouette apparut derrière l'inscription : *W W Henderson, Notaire et conseiller juridique*. Dans la rue, un camion de lait passa. La silhouette s'attarda un instant, comme si le laitier représentait un danger, puis se retira quand il eut disparu. A l'intérieur, l'homme reprit sa tâche, qui consistait à retourner un sac-poubelle détrempé sur un journal étalé à même la moquette usée.

L'air fut immédiatement pollué.

Le nez froncé, il enfila des gants de caoutchouc et s'agenouilla pour fouiller les détritus.

Coquilles d'œufs, morceaux de légumes, café moulu dans des filtres en papier désagrégé, sachets de thé couleur parchemin, une lamelle de savon, des étiquettes, une bouteille en plastique écrasée, morceaux de torchon tachés, enveloppes marron déchirées, bouchons, capsules, la tranche métallique et les couvertures d'un carnet à spirale, morceaux de vaisselle qui ne s'emboîtaient pas, plats en aluminium de nourriture à emporter, post-it chiffonnés, une boîte de pizza, un tube de dentifrice enroulé sur lui-même, deux briques de jus de fruits, une boîte de cirage vide, une cuiller en plastique et sept paquets soigneusement emballés, composés de pages du magazine *Searchlight**.

Et bien d'autres choses impossibles à identifier, le tout humide, luisant telle une limace à la lueur de l'ampoule électrique.

Il s'accroupit et défit le premier paquet de *Searchlight* aussi soigneusement que possible.

Le contenu d'un cendrier se répandit sur la moquette.

* Magazine britannique antifasciste.

Il laissa tomber le journal pourri sur le tas en secouant la tête.

Un bruit lui parvint par l'escalier de derrière. Il s'arrêta mais n'entendit rien. Toutes les entrées du Placard donnaient sur une cour aux murs visqueux et moisis. Quiconque entrait produisait un gros bruit hostile car la porte coinçait et – comme à la plupart des gens qui l'empruntaient – il fallait lui donner un bon coup de pied. Mais le son ne ressemblait pas à cela : il en déduisit que c'était la maison qui se réveillait, étirait ses linteaux comme le font les vieux bâtiments le matin, après une nuit de pluie – pluie sous laquelle il avait ramassé les ordures du journaliste : coquilles d'œufs, morceaux de légumes, café moulu dans des filtres en papier désagrégé…

Il renifla avec méfiance un autre paquet, sur lequel un titre froissé dénonçait une récente manifestation du British National Party. Pas d'odeur de cendrier.

— C'est bien d'avoir le sens de l'humour, lança Jackson Lamb.

River laissa échapper le paquet.

Lamb se tenait appuyé contre la porte, les joues légèrement luisantes, comme souvent après un effort. Par exemple monter l'escalier, bien qu'il n'ait pas fait grincer une marche. River lui-même avait du mal à se mouvoir avec autant de discrétion, alors qu'il ne devait pas déplacer autant de poids, concentré chez Lamb autour de sa taille, comme s'il était enceint. Pour le moment, un imperméable gris miteux dissimulait son ventre. Le parapluie accroché à son bras gouttait au sol.

— Vous croyez qu'il nous traite de nazis ? demanda-t-il à Lamb, essayant de dissimuler le fait que son cœur venait de heurter ses côtes.

— Evidemment qu'il nous traite de nazis. Mais je parlais du fait que vous fouillez sa poubelle à côté du bureau de Sid.

River ramassa le paquet, qui céda. Le papier humide laissa échapper son contenu : une mixture de petits os et de peau raclée, preuves accablantes d'un meurtre miniature. Des ossements émergea la forme d'un poulet – malformé, tout en pattes et en ailes, certes, mais le volatile restait reconnaissable. Lamb émit un grognement. River se frotta les mains, étalant sur ses gants des boulettes dorées de papier humide qu'il jeta sur le tas. L'encre rouge et noire ne lâchait pas prise si aisément. Les gants jaunes prirent la teinte de doigts de mineur.

— Pas malin, souligna Lamb.

Merci de le faire remarquer, songea River.

La veille au soir, il était resté en planque devant chez le journaliste, essayant de s'abriter sous le maigre auvent de la maison d'en face tandis qu'il tombait des cordes, comme dans le pire cauchemar de Noé. La plupart des voisins avaient accompli leur devoir civique : les sacs noirs s'alignaient tels des cochons assis, les poubelles fournies par la municipalité montaient la garde près des portes. Mais à côté de celle du journaliste, rien. Une pluie froide coulait dans le cou de River, traçant une ligne jusqu'à la raie de ses fesses. Il savait qu'aussi longtemps qu'il resterait là il ne lui arriverait rien de bon.

« Ne vous faites pas prendre », lui avait conseillé Lamb.

Bien sûr que non, je ne vais pas me faire choper, avait-il pensé.

« Je vais essayer.

— Stationnement réservé aux riverains », avait ajouté Lamb, comme s'il s'agissait d'un code secret.

Stationnement réservé, et alors ?

Alors il ne pouvait pas attendre dans sa voiture, avait-il réalisé trop tard. Impossible de rester confortablement à écouter les gouttes rebondir sur le toit en attendant que les sacs-poubelle apparaissent. Les chances que les contractuelles passent après minuit étaient minces, mais pas inexistantes.

Pas question de récolter une contravention : flagrant délit, son nom sur un formulaire.

Ne vous faites pas prendre.

Ce fut donc l'auvent, sous la pluie battante. Pire que tout, ce fut la lumière vacillante derrière le fin rideau de l'appartement du journaliste, au rez-de-chaussée, et son ombre qui ne cessait d'aller et venir. Comme si le pisse-copie, bien au sec, se marrait à l'idée de savoir River sous le déluge, à attendre qu'il sorte sa poubelle pour pouvoir l'inspecter. Comme s'il était au courant.

Peu après minuit, River songea qu'il se doutait de quelque chose.

Il en avait été ainsi au cours des huit derniers mois. De temps à autre, il considérait le tableau d'ensemble et le défaisait comme un puzzle. Parfois, les pièces s'assemblaient différemment, parfois elles ne s'emboîtaient pas du tout. Pourquoi Jackson Lamb voulait-il les poubelles de ce journaleux au point de confier à River sa première mission hors du bureau depuis qu'on l'avait affecté au Placard ? Peut-être qu'il se fichait des poubelles. Peut-être le but était-il de faire rester River sous la pluie pendant des heures tandis que Lamb et le journaliste se moquaient de lui au téléphone.

Cette pluie avait été annoncée. Il pleuvait déjà quand Lamb lui avait donné les ordres.

Parking réservé aux riverains, avait-il dit.

Ne vous faites pas prendre.

Encore dix minutes, avait songé River. Assez, c'est assez. Il n'y aurait pas de sac-poubelle et, s'il y en avait un, il ne révélerait rien, à part qu'on l'avait envoyé à la chasse au dahu… Il était reparti d'où il était venu, avait ramassé un sac au hasard qu'il avait jeté dans le coffre de sa voiture, garée devant le parcmètre le plus proche. Il était rentré chez lui et s'était mis au lit.

Il était resté allongé pendant deux heures à regarder le puzzle se réassembler. Peut-être le « Ne vous faites pas prendre » de Lamb signifiait-il qu'on lui avait confié une tâche importante et qu'il ne devait pas se faire prendre. Pas d'une importance cruciale, sinon Lamb aurait envoyé Sid, ou bien Moody, mais certainement suffisamment importante pour qu'il faille l'accomplir.

A moins que ce ne fût un test afin de savoir si River était capable de sortir sous la pluie pour rapporter une poubelle.

Il ressortit peu après, abandonna le sac ramassé au hasard dans la première benne qu'il croisa. En passant lentement devant chez le journaliste, il eut du mal à en croire ses yeux : là, affaissé contre le mur sous la fenêtre, un sac noir…

Le contenu de ce même sac se trouvait maintenant éparpillé sur le sol devant lui.

— Je vais vous laisser nettoyer, dit Lamb.

— Qu'est-ce que je cherche, exactement ? demanda River.

Mais Lamb était déjà parti. Cette fois-ci, chaque craquement des marches résonnait dans l'escalier. River se retrouva seul au pied du bureau de Sid, entouré de détritus malodorants, toujours écrasé par la sensation diffuse mais caractéristique d'être le punching-ball de Lamb.

Chez Max, les tables étaient toujours trop proches les unes des autres, précaution optimiste en vue d'un afflux qui n'aurait jamais lieu. Max n'était pas populaire car il ne servait rien de bon. Il recyclait son café et ses croissants étaient rassis. Les habitués constituaient l'exception, pas la règle. Il en existait un, cependant. Dès qu'il franchissait la porte, le matin, avec ses journaux sous le bras, la personne derrière le comptoir lui servait sa tasse. A chaque changement de personnel, sa description se transmettait en même temps que les instructions pour la machine à cappuccino. *Imperméable beige. Cheveux bruns clairsemés. Toujours irrité*. Et, bien sûr, les journaux.

Ce matin-là, les vitres n'étaient que bruine embuée. Son imperméable gouttait sur le lino à carreaux. Si ses journaux n'avaient pas été emballés dans un sac en plastique, ils n'auraient rien été de plus qu'une statue de papier mâché en devenir.

— Bonjour.

— Sale journée.

— Mais ça fait toujours plaisir de vous voir, monsieur.

C'était le Max du matin : pour Robert Hobden, ils portaient tous le même nom. S'ils voulaient qu'on les différencie, ils n'avaient qu'à ne pas travailler derrière le même comptoir.

Il s'installa dans son coin habituel. Parmi les trois seuls clients, une rousse se tenait à la table voisine, face à la vitre. Un imperméable noir pendait au dossier de sa chaise. Elle portait un chemisier blanc sans col et des collants noirs coupés à la cheville. Il le remarqua car elle avait les jambes enroulées autour des pieds de sa chaise, comme un enfant. Un ordinateur portable miniature était posé devant elle. Elle ne leva pas le regard.

Max lui apporta son café au lait. Avec un grognement de remerciement, Hobden posa ses clés, son téléphone et son portefeuille sur la table, comme toujours. Il détestait avoir des bosses dans les poches. Son calepin et son stylo vinrent rejoindre le reste. Le stylo était un mince feutre noir au bout mâchonné ; le porte-clés une clé USB. Sa pile de journaux se composait des quotidiens de qualité, plus le *Mail*. Elle mesurait une dizaine de centimètres d'épaisseur, dont il lisait environ trois centimètres – un peu moins le lundi, quand il y avait plus d'articles sportifs. On était mardi, peu après sept heures. Il pleuvait encore. Il avait plu toute la nuit.

Telegraph, Times, Mail, Independent, Guardian.

A un moment ou à un autre, il avait écrit pour tous ces journaux. Il ne s'agissait pas là d'une pensée qui lui venait, plutôt d'une conscience qui le tiraillait souvent le matin : reporter junior – quel titre ridicule – à Peterborough, puis l'inévitable transfert à Londres au rythme des principaux sujets, la délinquance et la politique, avant d'accomplir, à l'âge de quarante-huit ans, l'ascension vers ce qui lui était dû : une rubrique hebdomadaire. Deux, en fait, le dimanche et le mercredi. Des apparitions régulières à la BBC pour *Question Time*. Il était passé de trublion à opposant respectable, une trajectoire assez longue dans son cas, mais qui n'en rendait l'accomplissement que plus agréable. S'il avait pu mettre sa vie sur « pause » à ce moment-là, il aurait eu peu de raisons de se plaindre.

Ces temps-ci, il n'écrivait plus pour les journaux. Lorsqu'un chauffeur de taxi le reconnaissait, c'était pour de mauvaises raisons.

Son imperméable beige momentanément écarté – les cheveux clairsemés étaient un accessoire permanent, tout comme son air irrité –, Robert Hobden déboucha son stylo, but une gorgée de café au lait et se mit au travail.

Il y avait des lumières aux fenêtres. Avant même d'ouvrir la porte, il sut que quelqu'un était déjà entré au Placard. Même sans les lumières, il l'aurait su : traces de pas humides dans l'escalier, odeur de pluie dans l'air. Une fois tous les trente-six du mois, Jackson Lamb arrivait avant Ho, des apparitions aléatoires à l'aube, purement territoriales. Tu peux hanter cet endroit autant que tu veux, semblait dire Lamb, mais quand ils détruiront les murs et compteront les os, ce sont les miens qu'ils trouveront au-dessus. S'il existait de nombreuses raisons pour ne pas aimer Jackson Lamb, celle-ci était l'une des préférées de Ho.

Lamb n'était pas seul. Il y avait quelqu'un d'autre là-haut.

Jed Moody ? Même pas en rêve. Il trouvait que neuf heures et demie, c'était tôt, et il n'était généralement pas opérationnel pour autre chose qu'une boisson chaude avant onze heures. Roderick Ho n'appréciait pas Jed Moody, mais cela ne posait aucun problème : Moody ne s'attendait pas à ce qu'on l'apprécie. Avant même d'être assigné au Placard, il avait sans doute moins d'amis que de poings. Ho et Moody n'avaient aucun mal à partager leur bureau. Aucun des deux n'aimait l'autre et il leur était égal que cela se voie. A peine sept heures : impossible que Moody soit arrivé avant lui.

Catherine Standish ? Plus probable. Ho ne se souvenait pas qu'elle fût jamais arrivée la première, ce qui signifiait que cela ne s'était jamais produit, mais elle venait souvent juste après lui. Il entendait l'ouverture avec un cri d'agonie de la porte, un léger craquement dans l'escalier, puis plus rien. Elle se trouvait deux étages plus haut, dans la petite pièce à côté du bureau de Lamb, tellement loin qu'on l'oubliait facilement. En fait, même si elle se tenait face à vous, on l'oubliait facilement. Difficile de sentir sa présence. Ce n'était donc pas elle.

Tant mieux. Ho n'aimait pas Standish.

Il monta au premier étage. Arrivé dans son bureau, il suspendit son manteau à un crochet, alluma son ordinateur puis se rendit à la cuisine. Une drôle d'odeur venait de l'escalier. Un parfum de pourriture remplaça celui de la pluie.

Voici les suspects : Min Harper, un imbécile nerveux qui vérifiait sans cesse ses poches pour s'assurer qu'il n'avait rien oublié ; Louisa Guy, que Ho ne pouvait regarder sans penser à un autocuiseur avec de la vapeur lui sortant par les oreilles ; Struan Loy, le bouffon de service – Ho n'aimait aucun d'entre eux, mais surtout pas Loy : les bouffons de service l'exaspéraient au plus haut point – et Kay White, qui avait partagé le bureau au dernier étage avec Catherine avant d'être reléguée au rez-de-chaussée car elle faisait « trop de boucan ». Merci, Lamb, de nous la mettre sur les bras. Si tu ne peux pas supporter son bavardage, pourquoi ne pas la renvoyer à Regent's Park ? Aucun d'entre eux ne retournerait à Regent's Park, car tous y avaient un lourd passé, une tache disgracieuse dans les annales du Service.

Ho connaissait la forme et la couleur de chacune de ces taches : alcoolisme, usage de drogue et perversion, compromissions politiques et trahisons. Le Placard regorgeait de secrets, et Ho les connaissait tous à fond, sauf deux.

Ce qui l'amena à Sid. Cela pouvait être Sid, à l'étage.

Ho ignorait pour quel crime on avait puni Sid Baker. C'était l'un des deux secrets qui lui échappaient.

Voilà sans doute la raison pour laquelle il ne l'aimait pas.

En attendant que la bouilloire chauffe, Ho passa en revue les secrets du Placard. Il pensa à cet imbécile de Min Harper qui avait oublié un document top secret dans le train. Il aurait pu s'en tirer si l'enveloppe n'avait pas justement porté l'inscription « Top Secret » en rouge. Et si la femme qui l'avait trouvée ne l'avait pas transmise à la BBC. Certaines choses sont trop belles pour être vraies, sauf quand c'est à vous qu'elles arrivent : Min Harper ne parvenait pas à croire ce qu'il avait fait, pourtant c'était la réalité. Cela lui avait valu de passer les deux dernières années d'une carrière prometteuse à gérer le destructeur de documents du premier étage.

Un jet de vapeur sortit de la bouilloire. La cuisine était mal ventilée, du plâtre se détachait souvent du plafond. Un jour, tout finirait par s'effondrer. Ho versa l'eau chaude dans une tasse. Ses journées se divisaient en segments de ce genre : se servir une tasse de thé, aller chercher un sandwich, tout en ressassant les secrets du Placard, moins deux… Le reste du temps, Ho se trouvait devant son écran, ostensiblement occupé à saisir des données liées à des incidents clos depuis longtemps. Il passait en réalité le plus clair de son temps à tenter de percer le second secret, celui qui l'obsédait et l'empêchait de dormir.

Il repêcha le sachet de thé à l'aide d'une cuiller et le jeta dans l'évier. Une idée le frappa alors : je sais qui est là-haut. River Cartwright, ça ne peut être que lui.

Il ne trouvait pas de raison valable pour que Cartwright soit arrivé si tôt, mais il était prêt à parier qu'il se trouvait à l'étage.

Ho n'aimait vraiment pas River Cartwright.

Il porta sa tasse jusqu'à son bureau, où son écran était revenu à la vie.

Hobden écarta le *Telegraph*, sur la couverture duquel s'étalait un Peter Judd grimaçant. Il avait pris quelques notes sur l'élection partielle à venir – le responsable de la culture pour l'opposition avait rendu son tablier, ses crises cardiaques du mois de janvier ayant mis un terme à sa carrière –, mais rien de plus. Quand un politicien renonçait volontairement à son poste, il était toujours conseillé de s'y intéresser de près. Hobden était passé maître dans ce genre d'analyse. Il lisait les dépêches comme du braille : les aspérités du langage lui apprenaient quand il y avait censure, quand l'équipe de Regent's Park avait laissé ses empreintes digitales sur une information. Cette affaire ressemblait à ce dont elle avait l'air : un politicien qui se mettait au vert après des ennuis de santé. Robert Hobden se fiait à ses instincts. On ne cessait pas d'être journaliste simplement parce qu'on ne publiait plus. Surtout quand on savait qu'on tenait un scoop et qu'on attendait qu'il pointe son aileron dans les vagues des nouvelles quotidiennes. Quand cela arriverait, il saurait le reconnaître.

D'ici là, il poursuivait sa pêche quotidienne dans cette mer de papier. Ce n'était pas comme si autre chose l'occupait, vu qu'il n'avait plus autant de relations qu'avant.

En clair, Hobden était un paria.

Cela aussi avait à voir avec Regent's Park. Il avait écrit pour tous ces journaux à un moment ou à un autre, mais les barbouzes y avaient mis un terme. A présent, il passait ses matinées chez Max, à l'affût de son scoop… Voilà ce qui arrive quand on suit une histoire de trop près : on craint que tout le monde ne soit aussi dessus, que votre révélation ne soit menacée. La chose devient encore plus probable quand les renseignements s'en mêlent. Hobden n'était pas stupide. Son carnet ne contenait rien qui n'appartienne au domaine public. Quand il tapait ses notes et échafaudait ses hypothèses, il les enregistrait sur une clé USB afin de laisser son disque dur propre, puis il en faisait une copie, au cas où quelqu'un jouerait les malins. Il n'était pas paranoïaque, mais pas idiot non plus. La veille au soir, il avait arpenté son appartement, perturbé à l'idée d'avoir oublié quelque chose. Il avait passé en revue ses rencontres récentes, les étrangers qui lui avaient adressé la parole, mais il n'avait rien trouvé. Puis il avait pensé à ses derniers contacts avec son ex-femme, ses enfants, ses anciens collègues et amis, mais il ne parvenait à rien non plus. Devant chez Max, personne ne lui avait dit bonjour… La seule chose qu'il avait oubliée, c'était de sortir sa poubelle, mais il avait fini par y penser.

— Excusez-moi.

La jolie rousse à la table voisine.

— Excusez-moi, répéta-t-elle.

Elle s'adressait à lui.

Des morceaux de poisson. Voilà ce que contenait le dernier paquet de *Searchlight* : pas les arêtes ni les têtes qui indiqueraient que le journaliste se faisait plaisir à cuisiner, mais le bord durci de la peau frite et les morceaux de pomme de terre calcinés qui suggéraient que son *fish and chips* n'était pas des meilleurs.

River avait fouillé la plupart des détritus : pas le moindre indice. Même les post-it, soigneusement dépliés, ne révélaient rien de plus que des listes de courses : œufs, thé, jus de fruits, dentifrice – les ingrédients qui avaient rempli sa poubelle. Le carnet à spirale se réduisait à la couverture, toutes les pages avaient disparu. Il avait passé le doigt sur la surface du carton pour voir s'il y avait quelque chose d'écrit en relief mais n'avait rien trouvé.

Un coup se fit entendre du plafond : la convocation favorite de Lamb.

Ils n'étaient plus seuls dans le bâtiment. Huit heures approchaient, la porte s'était ouverte deux fois et les escaliers avaient grincé leurs salutations habituelles. Les bruits qui s'étaient arrêtés à l'étage inférieur appartenaient à Roderick Ho. Il arrivait généralement le premier et repartait le dernier. La manière dont il occupait ses heures de présence restait un mystère pour River, mais les cartons de pizza et les canettes de soda qui entouraient son bureau suggéraient qu'il bâtissait un fort.

Les autres pas avaient dépassé l'étage de River, ils devaient donc appartenir à Catherine. Il dut se creuser la tête pour retrouver son nom de famille : Standish. Havisham* lui aurait mieux convenu. River ne s'y connaissait pas en robes de mariée, mais elle aurait pu se promener vêtue de toiles d'araignées.

Nouveau coup au plafond. S'il avait eu un balai sous la main, il aurait répondu.

Les détritus avaient migré. Au début, ils se limitaient à l'île de papier journal qu'il avait déployée, mais ils

* Dans *Les Grandes Espérances* de Dickens, Miss Havisham est abandonnée par son fiancé le jour de leur mariage. *(N.d.T.)*

s'étaient étendus à la moitié de la pièce qu'occupait Sid. Plus démocratique, l'odeur envahissait tout le bureau.

Une spirale en peau d'orange, aussi illisible qu'une écriture de médecin, avait roulé sous le bureau.

Nouveau coup.

Sans retirer ses gants de caoutchouc, River se dirigea vers la porte.

Il avait cinquante-six ans. Les jolies rousses ne lui adressaient pas la parole. Mais quand Robert Hobden lui jeta un regard interrogateur, il vit qu'elle souriait, exprimait toute l'ouverture qu'un animal manifeste à un autre quand il a besoin de quelque chose.

— Je peux vous aider ?

— Je dois travailler ? Sur ce projet ?

Il avait horreur de cette intonation montante. Comment les jeunes comprenaient-ils s'il s'agissait d'une question ? Mais elle était légèrement saupoudrée de taches de rousseur et son chemisier était suffisamment déboutonné pour qu'il puisse constater qu'elles s'étendaient jusqu'à ses seins. Un médaillon pendu à une chaîne y était enfoui. Pas d'anneau à son doigt. Il continua à relever ce genre de détails bien après qu'ils eurent cessé d'avoir de l'importance.

— Oui ?

— Et je n'ai pas pu m'empêcher de remarquer le titre ? D'un de vos journaux ?

Elle se pencha pour désigner le *Guardian*, lui offrant ainsi une meilleure vue sur ses taches de rousseur et son médaillon. Elle ne parlait pas d'un titre, mais d'une annonce au-dessus de l'ours : un entretien avec Russel T. Davies dans le supplément.

— Mon devoir porte sur les héros des médias ?

— Oui, bien sûr.

— Pardon ?

— Je vous en prie.

Il lui tendit la page G2.

Elle le remercia avec un joli sourire. Il remarqua alors ses beaux yeux bleu-vert et sa lèvre inférieure légèrement gonflée.

Elle devait avoir mal calculé la longueur de ses jolis membres, car en se rasseyant elle renversa son cappuccino partout, et son langage devint très peu féminin.

— Oh, merde, je suis désolée.

— Max !

— J'ai dû…

— On peut avoir une serpillière ?

Pour Catherine Standish, le Placard ressemblait au rocher du naufragé Chris Martin : humide, déplaisant, douloureusement familier, mais auquel on peut se raccrocher quand les vagues deviennent trop fortes. Pourtant, il fallait lutter pour ouvrir cette porte chaque matin. Cela devait être facile à réparer, mais le Placard étant ce qu'il était, impossible de faire venir un menuisier : il fallait remplir un formulaire d'entretien, effectuer une demande de dépenses, obtenir un laissez-passer pour un artisan autorisé – il était « fiscalement approprié » de faire appel à de la main-d'œuvre extérieure, mais les coûts d'enquête préliminaire l'empêchaient. Une fois remplis tous ces formulaires, il fallait les adresser à Regent's Park où ils seraient lus, signés, tamponnés puis ignorés. Chaque matin, elle devait donc pousser cette porte, le parapluie dans une main, les clés dans l'autre, l'épaule haussée pour empêcher son sac de glisser à terre, tout en espérant conserver son équilibre une fois que la porte daignerait s'ouvrir. En comparaison, Chris Martin se la coulait douce au milieu de l'Atlantique. Pas de porte, sur son rocher. Mais là-bas aussi, il pleuvait.

La porte céda finalement avec son gémissement habituel. Catherine Standish s'arrêta pour secouer son parapluie puis leva les yeux au ciel. Toujours gris, toujours lourd. Une dernière secousse, puis elle entra. Il y avait un crochet dans l'entrée, mais c'était le meilleur moyen de ne jamais revoir son parapluie. Au premier étage, elle aperçut par la porte entrouverte Ho penché sur son bureau. Il ne leva pas les yeux, mais elle sut qu'il l'avait vue. Elle aussi fit mine de ne pas l'avoir remarqué, comme s'il faisait partie des meubles, ce qui demandait peu d'efforts.

A l'étage suivant, les deux portes étaient fermées, mais un rai de lumière passait sous celle de Sid et River. Une odeur fétide envahissait l'air : vieux poisson et légumes pourris.

Arrivée dans son bureau, au dernier étage, elle suspendit son manteau, ouvrit son parapluie pour le faire sécher puis demanda à la porte close de Jackson Lamb si elle voulait du thé. Pas de réponse. Elle rinça la bouilloire, la remplit, la laissa chauffer. De retour dans son bureau, elle alluma son ordinateur, rajusta son rouge à lèvres puis se recoiffa.

La femme qu'elle voyait dans son miroir de poche paraissait toujours dix ans de plus qu'elle ne s'y attendait. C'était sa propre faute.

Elle avait encore les cheveux blonds, mais seulement de près – et personne ne s'en approchait. De loin, ils étaient gris, bien qu'encore fournis et ondulants. Ses yeux avaient la même couleur : ils lui donnaient l'impression de devenir monochromes. Elle se déplaçait silencieusement et ressemblait à une illustration dans un livre d'enfants d'avant-guerre. Elle portait généralement un chapeau, jamais de jean ni de pantalon, ni même de jupe, seulement des robes aux poignets en dentelle. Quand elle approchait le miroir de son visage, elle parvenait à distinguer sur sa peau endommagée les lignes par lesquelles la jeunesse s'était enfuie. Un processus accéléré par des choix malavisés, bien que, rétrospectivement, ces choix aient étrangement souvent moins ressemblé à de véritables choix qu'à un simple pas de plus.

La bouilloire siffla. Catherine se servit une tasse de thé. De retour à son bureau – qu'elle ne partageait avec personne, Dieu merci, depuis que Kay White avait été reléguée en bas à la demande de Lamb –, elle reprit là où elle s'était arrêtée la veille : un rapport sur les ventes immobilières des trois dernières années dans la région de Leeds et Bradford comparé avec les archives de l'immigration pendant la même période. Elle devait ensuite chercher les noms apparaissant dans les deux documents sur la liste de surveillance de Regent's Park. Catherine n'avait encore rien trouvé qui puisse déclencher l'alarme mais poursuivait tout de même ses recherches et classait ses résultats par pays, le Pakistan en tête. Selon la manière de considérer les résultats, soit ils trahissaient des mouvements de population et des investissements aléatoires, soit ils dressaient une image globale lisible uniquement par ceux qui étaient placés plus haut que Catherine dans la chaîne de l'information. Le mois précédent, elle avait compilé un rapport similaire pour le grand Manchester. Ensuite, ce serait Birmingham, ou Nottingham. Ses résultats seraient transmis par coursier à Regent's Park, où elle espérait que les Reines de la base de données y prêteraient plus d'attention qu'à ses demandes de réparation.

Au bout d'une demi-heure, elle s'arrêta pour se recoiffer à nouveau.

Cinq minutes plus tard, River Cartwright monta et entra chez Lamb sans frapper.

La fille s'était levée et se servait du journal comme d'une sorte d'entonnoir pour éloigner le cappuccino de son ordinateur. L'espace d'un instant, Hobden ressentit un agacement matériel – après tout, elle rendait son journal illisible –, mais cela ne dura pas. Il leur fallait un torchon.

— Max !

Hobden détestait les esclandres. Pourquoi les gens étaient-ils si maladroits ?

Il se leva pour se diriger vers le comptoir mais tomba sur Max, un torchon à la main. Il réservait son sourire à la rousse, qui se débattait toujours aussi inefficacement avec le *Guardian*.

— Pas de problème, pas de problème, dit-il.

En fait, si, il y avait un problème : tout le monde s'agitait et il y avait du café partout alors qu'il voulait être tranquille pour passer en revue la presse du matin.

— Je suis désolée, s'excusa la fille.

— Ça ne fait rien, mentit-il.

— Voilà, c'est fini, annonça Max.

— Merci.

— Je vais vous remplir votre tasse.

— Non, je peux payer…

Mais là non plus, il n'y avait aucun problème. La rousse se rassit.

— Voulez-vous que j'aille en chercher un autre ? demanda-t-elle en désignant le journal trempé d'un geste désolé.

— Non.

— Mais je…

— Ça n'a aucune importance.

Hobden savait qu'il ne gérait pas ce genre de situation avec grâce et élégance. Peut-être aurait-il dû prendre exemple sur Max, qui revenait avec deux tasses pleines. Il grogna un remerciement. La rousse frétillait de gentillesse, mais elle jouait la comédie. Elle était mortellement gênée, elle aurait sans doute préféré remballer son ordinateur et s'enfuir.

Il termina sa première tasse, la reposa, but une gorgée de la seconde. Puis il se pencha sur le *Times*.

— Vous avez tapé ? demanda River.

En regardant Lamb avachi derrière son bureau, il eut du mal à l'imaginer travaillant, se levant ou ouvrant une fenêtre.

— Jolis gants, répondit Lamb.

Le plafond s'inclinait avec la cambrure du toit. Une fenêtre s'y ouvrait, le store baissé en permanence. Lamb n'aimait pas l'éclairage. Il faisait donc sombre, une lampe de bureau posée sur une pile d'annuaires pour toute source lumineuse. La pièce ressemblait moins à un bureau qu'à une tanière. Une lourde pendule récitait son tic-tac d'un air suffisant dans un coin. Au mur, un tableau d'affichage disparaissait sous ce qui ressemblait à des coupons de réduction, certains tellement jaunis et cornés qu'ils ne pouvaient pas être encore valables.

Il envisagea de retirer ses gants, mais l'opération serait périlleuse, car il devrait pincer chaque doigt puis tirer dessus. Il décida donc de les garder.

— Sale boulot, répondit-il.

Sans crier gare, Lamb lui tira la langue.

Le bureau dissimulait sa panse, mais cela ne suffisait pas. Même derrière une porte fermée, le ventre resterait évident. Il était dans sa voix, dans son visage, dans ses yeux. Il était dans sa manière de tirer la langue. Quelqu'un avait un jour fait remarquer qu'il ressemblait à l'acteur Timothy Spall qui se serait laissé aller. Ce qui soulevait la question de savoir à quoi ressemblerait Timothy Spall s'il ne s'était pas laissé aller, mais le décrivait tout de même avec précision. Spall mis à part, la bedaine, les joues mal rasées, les cheveux blond cendré, graisseux, coiffés en arrière sur un front haut et bouclés au col, faisaient de lui un sosie de Jack Falstaff. Un rôle que Timothy Spall devrait envisager.

— Très juste, dit-il.

— Je crois déceler une critique voilée, répondit Lamb.

— Ça ne me viendrait pas à l'esprit.

— Ah bon. En tout cas il vous est venu à l'esprit d'accomplir ce sale boulot devant le bureau de Sid.

— Difficile de garder le contenu d'un sac-poubelle à un seul endroit, objecta River. Les experts appellent ça la fuite des ordures.

— Vous n'êtes pas fan de Sid, pas vrai ?

Il ne répondit pas.

— Sid non plus ne vous porte pas un amour sans bornes. En même temps, vous ne faites pas de jaloux. Vous avez trouvé quelque chose d'intéressant ?

— Ça dépend de ce que vous entendez par là.

— Faisons comme si j'étais votre chef.

— Rien de plus intéressant que le contenu d'une poubelle domestique. Monsieur.

— Développez un peu, voulez-vous ?

— Il vide son cendrier dans une feuille de journal. Il emballe ses cendres comme un cadeau.

— Il m'a l'air cinglé.

— Ça empêche sa poubelle de puer.

— Les poubelles sont faites pour puer. C'est comme ça qu'on les reconnaît.

— Où voulez-vous en venir ?

— Je me suis dit que vous seriez content de sortir du bureau. Ne l'avez-vous pas dit vous-même ? Trois fois par jour, depuis des mois ?

— Bien sûr, pour Sa Majesté, etc., etc. Alors maintenant je fouille les poubelles comme un clochard ? Qu'est-ce que je dois chercher, au juste ?

— Qui a dit que vous deviez chercher quoi que ce soit ?

River réfléchit.

— Vous êtes en train de dire que nous voulons juste qu'il sache qu'on le surveille ?

— Qu'entendez-vous par *nous*, jeune blanc-bec ? Vous ne voulez rien. Seulement ce que je vous dis de vouloir. Pas de vieux carnets ? De lettres déchirées ?

— Des morceaux de carnet, mais rien que la spirale et les couvertures.

— Des preuves d'usage de drogue ?

— Quelques boîtes de paracétamol vides.

— Préservatifs ?

— Il doit les jeter dans les toilettes. Si l'occasion se présente.

— Ils sont emballés dans des étuis.

— Je crois m'en souvenir. Non, pas d'emballages.

— Des bouteilles vides ?

— Il les recycle, j'imagine.

— Canettes de bière ?

— Idem.

— Bon sang, soupira Jackson Lamb. Je déraille, ou plus personne ne s'amuse depuis 1979 ?

River ne fit pas mine de s'intéresser à la question.

— Je pensais que notre tâche consistait à préserver la démocratie. En quoi harceler un journaliste y contribue-t-il ?

— Vous plaisantez ? Ce devrait être l'un de nos meilleurs indicateurs de performance.

Lamb prononça cette phrase comme si elle figurait sur un formulaire qu'il venait de jeter.

— Pourquoi lui, alors ?

— Ne le considérez pas comme un journaliste, mais plutôt comme un danger pour l'intégrité de la classe politique.

— Il est donc dangereux ?

— Je l'ignore. Y a-t-il quelque chose dans ses ordures qui le laisse supposer ?

— Eh bien il fume, mais je ne crois pas que ce soit encore considéré comme une menace pour la sécurité.

— Et pourtant, fit Lamb qui était connu pour fumer dans son bureau.

Il réfléchit un instant puis ajouta :

— OK, écrivez-moi tout ça.

— Ecrire tout ça, répéta River.

— Vous avez un problème, Cartwright ?

— J'ai l'impression de bosser pour un tabloïd.

— Ça serait votre veine. Vous savez combien ils gagnent, ces enfoirés ?

— Vous voulez que je le surveille ?

Lamb rit.

River attendit un moment. Le rire de Lamb n'avait rien à voir avec de l'amusement, il s'agissait plutôt d'un éclat de folie, pas du genre de rire qu'on aimerait entendre dans la bouche d'un homme armé d'un bâton.

L'hilarité de Lamb s'arrêta aussi subitement qu'elle avait commencé.

— Si c'était ce que je voulais, croyez-vous que je vous désignerais ?

— J'en suis capable.

— Vraiment ?

— Oui.

— Sans causer la mort de dizaines d'innocents ?

River ne répondit pas.

— Cartwright ?

Allez vous faire foutre, voulait-il répondre. Mais il décida de répéter « J'en suis capable », même si cela sonnait comme une défaite. En était-il vraiment capable ?

— Personne ne serait blessé.

— Ravi d'avoir votre opinion, mais ce n'est pas ce qui s'est passé la dernière fois, conclut Lamb.

Min Harper arriva ensuite, Louisa Guy sur ses talons. Ils discutèrent dans la cuisine, mais chacun faisait trop d'efforts. Ils avaient partagé un moment la semaine précédente, dans le pub miteux d'en face : un trou cauchemardesque pourvu d'une seule fenêtre, réservé aux buveurs de bière et de tequila. Ils y étaient tout de même entrés, car tous deux avaient ressenti le besoin de boire soixante secondes à peine après leur sortie du Placard, ce qui les avait empêchés d'atteindre un meilleur bar.

Leur conversation était passée de la constatation (Jackson Lamb est un enfoiré) à la spéculation (pourquoi Jackson Lamb est-il un tel enfoiré ?) avant de sombrer dans le sentimentalisme (ça serait chouette si Jackson Lamb tombait sous une moissonneuse-batteuse). En route vers le métro, la séparation fut confuse. Que venait-il de se passer ? Juste un verre après le boulot – excepté que personne au Placard ne buvait un verre après le boulot. Chacun avait donc maladroitement regagné son quai sans un mot, comme s'ils ne venaient pas de passer un moment ensemble. Mais, depuis, ils ne s'étaient pas franchement évités, chose inhabituelle au Placard, où deux personnes occupaient rarement la cuisine en même temps.

Les tasses étaient rincées, la bouilloire allumée.

— Je me trompe, ou il y a une drôle d'odeur ?

Au-dessus, une porte claqua. En dessous, une autre s'ouvrit.

— Si je disais que c'est toi, tu te vexerais ?

Ils échangèrent un sourire, puis se retournèrent au même moment.

River se souvenait parfaitement de la discussion la plus profonde qu'il avait eue avec Jackson Lamb. Elle remontait à huit mois plus tôt, quand il lui avait demandé quand on lui confierait une vraie mission.

— Quand la poussière retombera.

— C'est-à-dire ?

Lamb avait soupiré, regrettant de devoir répondre à des questions si stupides.

— Il n'est question de poussière que parce que vous êtes protégé, Cartwright. Sans votre grand-père, vous devriez attendre que les glaciers fondent. Sauf qu'il n'en serait pas non plus question, parce que vous seriez déjà un souvenir lointain. Quelqu'un dont on parle occasionnellement pour distraire Moody de ses conneries ou Standish de sa bouteille.

River avait mesuré la distance entre le fauteuil de Lamb et la fenêtre. Le store n'offrirait aucune résistance. Si River parvenait à faire levier correctement, Lamb ne serait qu'une tache en forme de pizza sur le trottoir au lieu d'être en mesure de poursuivre :

— Mais non, vous avez un grand-père. Félicitations. Vous avez encore un boulot. Le problème, c'est qu'il ne va pas vous plaire. Ni maintenant ni jamais.

Il avait tambouriné sur son bureau avec deux doigts.

— Ordres d'en haut, Cartwright. Désolé, c'est pas moi qui fais les règles.

Le sourire aux dents jaunâtres qui accompagnait ces mots n'avait rien de compatissant.

— N'importe quoi, avait répondu Cartwright.

— Je vais vous dire ce qui est n'importe quoi. Cent vingt personnes tuées ou blessées. Trente millions de livres de dégâts. Deux milliards et demi de livres perdus pour le tourisme. Tout ça par votre faute. Ça, c'est n'importe quoi.

— Ça n'est pas vraiment arrivé, objecta Cartwright.

— Vous croyez ? Le gamin a été filmé en train d'appuyer sur le détonateur. Les images tournent en boucle à Regent's Park pour leur rappeler que les choses peuvent mal tourner s'ils font mal leur travail.

— C'était un exercice.

— Que vous avez transformé en cirque. Vous avez bloqué King's Cross.

— Pendant vingt minutes. Le trafic avait repris au bout de vingt minutes.

— Vous avez bloqué King's Cross, Cartwright. En pleine heure de pointe. Vous avez transformé un exercice en comédie.

River avait la nette impression que Lamb trouvait cela amusant.

— Personne n'a été tué, se défendit-il.

— Une crise cardiaque, une jambe cassée, trois…

— Il aurait tout de même eu une attaque, c'était un vieux monsieur.

— Il avait soixante-deux ans.

— Content que nous soyons d'accord.

— Le maire voulait votre tête sur un plateau.

— Le maire était ravi. Il adore parler de comités de surveillance et de sécurité hermétique. Ça lui donne l'impression d'être un politicien sérieux.

— Vous trouvez ça malin ?

— Ça ne peut pas faire de mal, vu que c'est un imbécile.

— Un peu de concentration, reprit Lamb. Trouvez-vous ça malin d'avoir transformé le Service en ballon de foot politique parce que vous êtes, comment dire… daltonien auditif ?

Chemise bleue, tee-shirt blanc.

Chemise blanche, tee-shirt bleu…

— J'ai entendu ce que j'ai entendu, répondit River.

— Je me fiche comme d'une guigne de ce que vous avez entendu. Vous avez foiré. Maintenant, vous êtes ici plutôt qu'à Regent's Park, et ce qui aurait pu être une carrière brillante s'est transformé en un boulot pourri dans un bureau spécialement conçu pour vous faire taire et épargner beaucoup de souci à tout le monde. C'est tout ce que vous obtiendrez de papy.

Nouvelle apparition des dents jaunes.

— Vous savez pourquoi on appelle cet endroit le Placard ? poursuivit-il.

— Oui.

— Parce que ça pourrait aussi bien être…

— Ne vous fatiguez pas, je sais. Et je sais aussi comment ils nous appellent.

— Ils nous appellent les Tocards, dit Lamb comme si River n'avait pas ouvert la bouche. Placard, tocard. Malin, non ?

— Ça dépend de ce que vous entendez par…

— Vous m'avez demandé quand vous auriez une vraie mission.

River se tut.

— Eh bien, ce sera quand tout le monde aura oublié que vous avez bloqué King's Cross.

River ne répondit pas.

— Quand tout le monde oubliera que vous avez rejoint les Tocards.

Silence.

— Ce qui va prendre foutrement longtemps, conclut Lamb comme si cela n'avait pas été clair.

River fit mine de s'en aller. Mais il voulait savoir une dernière chose.

— Trois quoi ? demanda-t-il.

— Trois quoi, quoi ?

— A King's Cross, vous avez dit qu'il y avait eu trois choses. Qu'est-ce que c'était ?

— Des crises de panique. Trois crises de panique. Sans compter la vôtre.

Voilà la conversation la plus profonde qu'avait eu River avec Jackson Lamb.

Jusqu'à ce jour.

Jed Moody finirait bien par arriver. Deux heures après les autres, mais personne ne lui disait rien. Tout le monde s'en désintéressait et personne ne voulait faire ressortir son mauvais côté – or presque tous les côtés de Moody étaient le mauvais côté. Pour lui, une bonne journée commençait quand quelqu'un s'installait à l'arrêt de bus ou restait trop longtemps dans l'un des jardins du centre Barbican en face. Quand cela se produisait, Moody sortait, même si la situation n'avait rien de grave. Il s'agissait souvent d'élèves de l'école de théâtre plus bas dans la rue, ou d'un clochard qui cherchait un endroit où s'asseoir. Qui que ce fût, Moody sortait d'un pas lourd et s'asseyait à côté, en mâchant du chewing-gum. Il n'engageait jamais la conversation, il se contentait de mâcher. Cela suffisait. En revenant, il avait le pas un peu plus léger pendant cinq minutes, ce qui ne suffisait pas à le rendre agréable mais permettait de le croiser dans l'escalier sans se demander s'il vous ferait un croche-pied.

Ce n'était un secret pour personne : il détestait se retrouver parmi les Tocards. Il avait fait partie des Dogues, mais tout le monde connaissait son erreur : il s'était laissé assommer par un gratte-papier qui s'était fait la malle avec des millions de livres. Pas la meilleure chose à faire pour un Dogue – la division de sécurité interne au Service –, même sans un final aussi désastreux. Moody arrivait donc en retard et mettait quiconque au défi de lui faire la moindre remarque. Ce que personne ne faisait, car personne ne s'en souciait.

Cependant, Moody n'était pas encore arrivé et River Cartwright se trouvait encore au dernier étage avec Jackson Lamb.

Lequel s'appuyait au dossier de son fauteuil, les bras croisés. Il n'y avait pas eu de bruit, mais il devenait évident qu'il avait lâché un pet. Il secoua tristement la tête, comme s'il rendait River responsable.

— Vous ne savez même pas qui c'est, hein ? dit-il.

— Hobden ? demanda River, la tête encore à King's Cross.

— Vous deviez encore être à l'école quand il avait du succès.

— Je me souviens vaguement de lui. Il n'était pas communiste ?

— Ils étaient tous communistes dans cette génération. Révisez un peu l'Histoire.

— Vous avez à peu près le même âge que lui, non ?

Lamb l'ignora.

— La guerre froide avait ses bons côtés, vous savez. Ça a certains avantages, que les jeunes expriment leur mécontentement en prenant une carte plutôt qu'un couteau. En suivant des meetings interminables dans l'arrière-salle des pubs. En manifestant pour des causes que personne ne sortirait de chez soi pour défendre.

— Désolé, j'ai dû rater ça. Il y a un DVD ?

Au lieu de répondre, Lamb regarda derrière River, signalant qu'ils n'étaient pas seuls. River se retourna. Une femme se tenait à la porte. Rousse, le visage légèrement saupoudré de taches de rousseur, son imperméable noir encore humide de la pluie entrouvert, laissant apparaître un chemisier blanc sans col. Une médaille accrochée à une chaîne pendait sur sa poitrine. Un vague sourire flottait sur ses lèvres.

Sous un bras, elle tenait un ordinateur portable de la taille d'un manuel scolaire.

— Mission accomplie ? demanda Lamb.

Elle hocha la tête.

— Bien joué, Sid.

Sidonie Baker posa l'ordinateur portable sur le bureau de Lamb.

— Je crois qu'il y a eu un accident en bas, lança-t-elle sans regarder River.

— Cela a-t-il à voir avec une poubelle ?

— Oui.

— Alors rassurez-vous, ce n'est pas un accident.

— A qui est-il ? demanda River.

— Quoi donc ?

— L'ordinateur.

Sid Baker aurait pu sortir tout droit d'une publicité, peu importe pour quel produit. Elle n'était que lignes pures et air frais, même ses taches de rousseur semblaient soigneusement calibrées. Sous son parfum, River saisit l'effluve de la lessive.

— C'est bon, vous pouvez enfoncer le clou, dit Lamb.

Cet indice suffisait à River.

— Il est à Hobden ? demanda-t-il.

Elle hocha la tête.

— Tu lui as piqué son ordinateur ?

— Juste ses fichiers.

— J'espère qu'ils seront plus intéressants que ses poubelles, lança-t-il à l'intention de Lamb.

Lamb l'ignora.

— Il n'a rien remarqué ? demanda-t-il.

— Non, répondit Sid.
— Certaine ?
— Oui.
— Catherine ! appela Lamb.
Elle apparut à la porte tel un majordome angoissant.
— Mallette.
Elle disparut.
— Laisse-moi deviner : le charme féminin.
— Tu me traites d'allumeuse ?
— Si le cliché te va.
Catherine Standish revint avec une mallette qu'elle posa sur le bureau de Lamb, à côté de son réveil. Elle attendit, mais Lamb ne dit rien.
— De rien, lança-t-elle avant de sortir.
— Racontez-lui, dit Lamb quand elle fut partie.
— Il a une barrette USB à son porte-clés, expliqua Sid.
— Il sauvegarde ses fichiers dessus ? demanda River.
— Cela me semble une conclusion raisonnable, étant donné qu'il l'a toujours sur lui. Il y a quelques mégaoctets de données dessus.
— Peut-être qu'il écrit un roman, suggéra River.
— Peut-être. Tu n'as pas trouvé de brouillon dans ses poubelles, par hasard ?
River sentit qu'il allait perdre cette conversation s'il ne faisait pas plus attention.
— Alors tu lui as fait les poches.
— C'est un homme d'habitudes. Même bar, tous les matins. Même café au lait. Il pose toujours le contenu de ses poches sur la table avant de s'asseoir.
Sidonie sortit une barrette de sa poche.
— J'ai échangé sa clé USB contre une fausse pendant qu'il avait la tête ailleurs.

Ce qui signifiait qu'elle avait une clé de substitution sur elle : elle avait donc surveillé Hobden. Sinon, comment aurait-elle pu trouver une clé USB identique ?

— Ensuite, j'ai copié son contenu sur mon ordinateur.

Elle glissa la barrette derrière son oreille gauche, ce qui donna une forme surréaliste à ses cheveux. Elle ne doit pas se rendre compte de quoi elle a l'air, songea River. Pourtant la forme semblait étudiée.

— Et puis je l'ai remise en place.

— Pendant qu'il avait la tête ailleurs.

— Exact, répondit Sid avec un sourire éclatant.

Lamb en avait assez à présent. Il saisit la mallette, de la taille d'un dossier A4. Elle se verrouillait automatiquement et toute tentative pour l'ouvrir sans la clé produirait un petit incendie. Il prit l'ordinateur.

— Il était encore là quand vous êtes partie ?

— Non, j'ai attendu qu'il s'en aille.

— Bien.

Lamb introduisit l'ordinateur dans la mallette.

— Clé USB.

— Il n'y a rien dessus.

— Est-ce que je vous ai demandé votre avis ?

Sidonie produisit une clé USB identique à celle qui ornait le porte-clés de Hobden. Lamb la jeta dans la mallette puis referma le couvercle.

— Abracadabra, dit-il.

Personne ne sut quoi répondre.

— Maintenant, j'ai un coup de fil à passer. Si vous voulez bien… dégager, ajouta-t-il en agitant une main en direction de la porte.

Depuis le palier, River aperçut Catherine à son bureau, penchée sur ses documents avec la concentration de quelqu'un qui se sait observé.

Sid marmonna quelque chose par-dessus son épaule, mais il ne comprit pas.

Lamb décrocha son téléphone.

— Tu me dois un service maintenant… Oui, c'est fait. Tous les dossiers qu'il y avait sur sa clé en tout cas… Non, ses poubelles étaient clean, pour ainsi dire… Ouais, d'accord. Ce matin. Je vais envoyer Baker.

Il bâilla, se gratta la nuque puis examina ses ongles.

— Ah, autre chose. La prochaine fois que tu auras des courses à faire, demande à tes gars. C'est pas comme si Regent's Park manquait de bras.

Après avoir raccroché, il s'appuya à son dossier et ferma les yeux. On aurait furieusement cru qu'il faisait la sieste.

En bas, River et Sid contemplèrent les détritus éparpillés. Cartwright avait la sensation désagréable que sa plaisanterie n'amusait plus personne. A présent, il en subissait les conséquences tout autant que Sid : ce n'était pas comme si l'odeur s'était limitée à sa moitié du bureau. Mais impossible de s'excuser après ce qui venait de se passer. La veille au soir, l'espace de quelques minutes, abrité de la pluie battante sous l'auvent, il s'était persuadé qu'il faisait quelque chose d'utile, qu'il se tenait sur le premier barreau de l'échelle qui le mènerait vers la lumière. Même si ce sentiment avait survécu au déluge et à l'inspection des ordures, il n'aurait pas tenu face à cela. Il ne voulait pas regarder Sid pour ne pas voir son sourire. En revanche, il aurait aimé savoir ce qu'elle avait fait.

— Ça fait combien de temps que tu suis Hobden ? demanda-t-il.

— Je ne l'ai pas suivi.

— Tu savais où il prenait son petit-déjeuner.
— J'ai juste eu le temps de repérer ses habitudes.
— Ouais, c'est ça.
— Tu vas nettoyer ce bazar ?
— Depuis quand est-ce qu'on envoie un type tout seul en mission ? De chez nous, je veux dire. En plein Londres.

Cela amusa Sid.
— Alors maintenant, je suis un type ?
— Et pourquoi Lamb organise-t-il des opérations ?
— Il faudra lui poser la question. Je vais prendre un café.
— Tu en as déjà bu un.
— D'accord. Je vais ailleurs le temps que tu nettoies tout ça.
— Je n'ai pas encore tout noté.
— Alors je reviens dans un bon moment. Au fait, ils te vont bien, les gants.
— Tu te fous de moi ?
— Je ne saurais pas par où commencer.

Elle saisit son sac sur sa chaise et sortit.

River envoya balader une boîte de conserve qui semblait posée là exprès. Elle rebondit sur le mur, où elle laissa une tache rouge avant de tomber à terre.

Il retira ses gants de caoutchouc et les jeta dans le sac. Lorsqu'il ouvrit la fenêtre, une bouffée d'air londonien glacial s'engouffra, ajoutant les effluves du trafic à l'odeur. Un choc familier au plafond fit vaciller l'abat-jour.

Il décrocha le téléphone et composa le numéro de Lamb. Un instant plus tard, il entendit le téléphone sonner au-dessus. Il eut l'impression de jouer un rôle de coulisse dans la pièce de quelqu'un d'autre.

— Où est Sid ? demanda Lamb.

— Partie prendre un café.

— Quand revient-elle ?

Bien sûr, il existait une éthique de bureau : on ne balançait pas un collègue.

— Dans un bon moment, d'après ce qu'elle a dit. Je pense.

Lamb marqua une pause.

— Montez, dit-il finalement.

River entendit la tonalité du téléphone avant de pouvoir demander pourquoi. Il inspira profondément, compta jusqu'à cinq puis monta à l'étage.

— Tout est nettoyé ? demanda Lamb.

— Plus ou moins.

— Tant mieux. Tenez. Livrez ça.

Il tapota la mallette posée devant lui de son doigt boudiné.

— Que je la livre ?

— Il y a de l'écho ici ?

— Que je la livre où ?

— Il y a de l'écho ici ? répéta Lamb avant d'éclater de rire. A votre avis ? Regent's Park.

Regent's Park représentait la lumière en haut de l'échelle. C'était là que River travaillerait s'il n'avait pas bloqué King's Cross.

— Alors Hobden, c'est pour Regent's Park ?

— Bien sûr que oui. On ne mène pas d'opérations depuis le Placard. Je croyais que vous auriez au moins compris ça.

— Dans ce cas, pourquoi c'est Sid qui a eu le vrai boulot, alors que je fouille les poubelles ?

— Je vais vous dire un truc : réfléchissez-y un bon moment, vous trouverez la réponse tout seul.

— Et puis pourquoi ils ont besoin de nous au Park ? Ils ne manquent pas de talents.

— J'espère qu'il ne s'agit pas d'une remarque sexiste, Cartwright.

— Vous savez parfaitement ce que je veux dire.

Lamb lui rendit un regard vide. River songea qu'il devait réfléchir profondément, ou seulement lui faire croire qu'il réfléchissait profondément. Finalement, son chef lui répondit par un haussement d'épaules.

— Pourquoi veulent-ils que ce soit moi qui assure la livraison ?

— Ils ne veulent pas. Ils ont demandé Sid. Mais elle n'est pas là, alors je vous envoie.

River saisit la mallette, dont le contenu glissa d'une extrémité à l'autre.

— A qui dois-je la remettre ?

— Webb, répondit Lamb. Un de vos anciens collègues, non ?

L'estomac de River glissa, lui aussi.

La mallette sous un bras, il traversa le terre-plein en direction des magasins qui s'alignaient derrière : supermarché, marchand de journaux, papeterie, coiffeur, restaurant italien. Quinze minutes plus tard, il était à Moorgate. De là il prit le métro, puis traversa le parc. La pluie avait enfin cessé, mais de grosses flaques rendaient les allées marécageuses. Le ciel était encore gris, l'air sentait l'herbe. Des coureurs passaient, le jogging plaqué contre les jambes.

River n'aimait pas la mission que lui avait confiée Lamb. Il aimait encore moins savoir que Lamb le savait, et savait qu'il savait.

Au cours des semaines après l'incident de King's Cross, River s'était accoutumé à un sentiment désagréable, comme si cette course désespérée sur le quai – sa tentative de dernière minute pour tout rétablir – lui avait laissé des séquelles permanentes. Quelque part dans son ventre, il était toujours quatre heures du matin, il avait trop bu et son amoureuse venait de le quitter. Il y avait eu une enquête – on ne paralysait pas King's Cross sans que personne le remarque –, de laquelle il ressortait que Cartwright avait commis seize erreurs élémentaires en l'espace de huit minutes. N'importe quoi. On aurait cru la sécurité incendie en entreprise : après qu'il y a eu le feu, on demande à tout le monde de débrancher sa bouilloire, même si l'incendie n'a pas démarré à cause d'une bouilloire. On ne pouvait pas considérer une bouilloire branchée comme une erreur. Tout le monde le faisait. Presque personne n'en mourait jamais.

Il paraît qu'ils avaient bien vérifié les chiffres.

On vérifiait souvent les chiffres, à Regent's Park. Les pixels aussi. Récemment, River avait entendu dire : *On a pixelisé ça*, ce qui signifiait qu'on l'avait analysé avec un programme. *On a des captures d'écran*. Ça faisait trop technique pour rester dans le jargon du Service. Il voyait mal le Vieux se laisser impressionner.

Mais impossible d'échapper aux chiffres. Il les avait entendus murmurés dans le couloir au cours de sa dernière matinée : cent vingt morts et blessés, trente millions de livres de dégâts, deux milliards et demi de livres perdus pour le tourisme.

Peu importait que ces chiffres ne soient pas réels, qu'ils aient simplement été inventés par ceux qui prenaient un malin plaisir à concocter des scénarios catastrophe. Ce qui comptait, c'était qu'ils avaient été couchés sur papier et transmis à différents comités. Ils avaient atterri sur le bureau de Taverner. Or il valait mieux que vos erreurs n'y atterrissent pas si vous vouliez qu'elles soient oubliées.

Mais non, vous avez un grand-père, lui avait dit Lamb. *Félicitations. Vous avez encore un boulot.*

River n'aimait pas l'admettre, mais c'était vrai. Sans le Vieux, même le Placard serait resté hors d'atteinte.

Le problème, c'est qu'il ne va pas vous plaire. Ni maintenant ni jamais.

Une carrière à brasser de la paperasse. A transcrire des conversations téléphoniques. A passer au peigne fin d'anciennes opérations pour trouver des liens avec le présent…

La moitié du futur est enfouie dans le passé. Telle était l'idée qui prévalait dans le Service. D'où l'examen obsessionnel d'un terrain déjà retourné plusieurs fois pour tenter de comprendre l'Histoire avant qu'elle ne se répète. La réalité moderne des hommes, des femmes et des enfants qui pénétraient dans les centres-villes avec des ceintures d'explosifs avait détruit des vies, mais pas les clichés. Il s'agissait de la sagesse en vigueur, au grand dam de certains.

Taverner, par exemple. Il avait entendu dire que Taverner voulait désespérément changer les règles du jeu : pas seulement déplacer les pions, carrément jeter le plateau pour le remplacer par un nouveau. Mais Taverner appartenait au Second Bureau, pas au Premier. Même si elle avait été aux commandes, il fallait rendre des comptes aux Comités, à présent. Aucun chef du Service n'avait plus les mains libres depuis Charles Partner, le seul à être mort en service, le dernier à avoir réellement dirigé les opérations. Mais Partner était un combattant de la guerre froide depuis son col en fourrure jusqu'à ses mitaines. Tout était plus simple, à l'époque : il était plus facile de croire que c'était eux contre nous.

Tout cela avait eu lieu avant le temps de River, bien entendu. Il avait glané ces fragments d'Histoire auprès du Vieux. Son grand-père incarnait la discrétion – du moins il se plaisait à croire qu'une vie passée les lèvres cousues renfermait hermétiquement ses secrets. Cette illusion perdurait malgré le fait qu'il adorait les potins du Service. Ce devait être l'âge, songeait River. Le temps vous enfermait dans une image de vous-même qui n'avait plus rien à voir avec la réalité, car vous n'étiez plus que l'ombre de ce que vous aviez été.

Sa main lui faisait mal. Il espérait que cela ne se voyait pas trop, mais il n'y pouvait rien. Il n'était qu'à quelques minutes de Regent's Park. Cela ferait mauvaise impression d'arriver en retard.

Dans le hall, une femme d'âge moyen aux allures de contractuelle le fit patienter dix minutes avant de lui délivrer un laissez-passer de visiteur. L'ordinateur portable, emballé dans son enveloppe rembourrée, fut passé aux rayons X. River se demanda si son contenu avait été inspecté. S'il avait été Sid, l'aurait-on fait attendre ? Ou bien James Webb avait-il donné des instructions pour que River poireaute jusqu'à ce que l'évidence s'impose : jamais il n'obtiendrait mieux qu'un laissez-passer de visiteur.

Lorsqu'il s'agissait de Spider, River se laissait facilement aller à la paranoïa.

Une fois le calvaire terminé, on l'autorisa à franchir une large porte en bois, derrière laquelle se trouvait un autre bureau, occupé par un type rougeaud, dégarni, qui aurait pu passer pour un concierge d'Oxford mais était plus probablement un ancien flic. Il désigna un banc à River qui s'assit, sa main endolorie dans la poche. Il posa l'enveloppe à côté de lui. Sur le mur d'en face était accrochée une horloge. Regarder avancer l'aiguille des secondes était déprimant, mais difficile de s'en empêcher.

Derrière le bureau se dressait un escalier en courbe. Il n'était pas suffisamment large pour y tourner une scène de danse, mais presque. L'espace d'un instant, River imagina Sid descendant les marches, ses talons claquant si fort sur le marbre que tout le monde se retournait pour la regarder.

Il cligna les yeux, l'image s'évanouit. Les pas résonnèrent encore quelques instants, mais ils appartenaient à d'autres.

La première fois qu'il était entré dans ce bâtiment, il avait songé qu'il ressemblait à un club pour hommes. Mais à présent, il lui semblait plutôt que c'était les clubs qui ressemblaient au Service, du moins à ce que le Service avait été. A l'époque où l'on désignait ses activités comme le Grand Jeu.

Finalement, un autre ex-flic apparut.

— C'est pour Webb ?

Une main possessive sur l'enveloppe, River hocha la tête.

— Je vais la lui faire parvenir.

— Je dois la lui remettre en main propre.

Pas question que les choses se passent autrement. Il avait un laissez-passer en règle.

A sa décharge, son nouvel ami ne protesta pas.

— Par ici, alors.

— C'est bon, je connais le chemin, répondit River pour l'agacer, sans succès.

L'homme conduisit River non pas vers l'escalier, mais par une succession de portes, puis dans un couloir qu'il n'avait jamais emprunté. L'enveloppe rembourrée ressemblait à un cadeau pour Spider, scénario improbable.

Tee-shirt blanc sous une chemise bleue. C'est ça que tu as dit.

Non, j'ai dit tee-shirt bleu sous...

Va te faire foutre, Spider.

— Comment ça ?

— Je n'ai rien dit, assura River.

Au bout du couloir, une porte coupe-feu s'ouvrait sur une cage d'escalier. Par une fenêtre, River vit une voiture s'engager sur la rampe vers le parking souterrain. Il suivit son guide qui monta une volée de marches, puis une autre. A chaque palier, une caméra clignotait. Il résista à l'envie de leur faire coucou. Ils franchirent une autre porte coupe-feu.

— On est bientôt arrivés ?

Le guide lui offrit un regard sardonique. Au milieu du couloir, il s'arrêta devant une porte et frappa deux fois.

Soudain, River regretta de ne pas avoir laissé le paquet à la réception. Il n'avait pas revu James Webb depuis huit mois. L'année précédente, ils étaient inséparables. Etait-ce une bonne idée de le revoir maintenant ?

Tee-shirt blanc sous une chemise bleue. C'est ce que tu as dit.

L'envie d'en coller une à cet enfoiré risquait d'être plus forte que toute autre considération. A l'intérieur de la pièce, une voix l'invita à entrer.

— Allez-y, monsieur.

Il y alla.

Le bureau n'était pas aussi grand que celui que River partageait avec Sid, mais bien plus agréable. Une bibliothèque cachait le mur de droite du sol au plafond, remplie de dossiers classés par codes de couleur. Devant lui se dressait un vaste bureau en bois qui aurait pu être taillé dans la coque d'un navire. Deux chaises accueillantes pour les visiteurs étaient placées devant, tandis que, derrière, une grande fenêtre donnait sur le parc, où dominaient pour l'instant les teintes marron, mais qui devait être magnifique au printemps et en été. Entre le bureau et la vue se tenait James Webb, surnommé Spider.

Première fois depuis huit mois, bien que l'année précédente ils aient été inséparables. Le mot « amis » ne correspondait pas – à la fois trop grand et trop petit. Un ami était quelqu'un avec qui on allait boire un coup, avec qui on plaisantait. Il avait fait ces choses-là avec Spider, mais pas par choix ; plutôt parce qu'ils avaient suivi ensemble l'entraînement d'assaut dans le Dartmoor, ce qui leur avait paru la partie la plus difficile de leur formation, jusqu'au jour où on leur avait enseigné les techniques de résistance à la torture quelque part à la frontière du pays de Galles. Ces techniques s'apprenaient lentement. Il fallait détruire avant de reconstruire. La destruction se faisait surtout dans le noir. Une fois qu'on avait subi cela, on ressentait le besoin de fréquenter d'autres gens qui avaient vécu la même chose. Pas pour en parler, mais pour partager le besoin de ne pas en parler.

Quoi qu'il en soit, l'amitié se partage mieux sur un terrain égal. Sans l'esprit de compétition lié au fait qu'ils se battaient pour le même poste.

Tee-shirt blanc sous une chemise bleue. C'est ce que tu as dit.

Va te faire foutre, Spider.

Le voilà, huit mois plus tard : ni plus grand ni plus gros, aucun changement.

— River ! s'écria-t-il en se levant, la main tendue.

River Cartwright et James Webb avaient le même âge et la même taille : tous les deux minces, avec une belle silhouette. Mais Webb paraissait sombre à côté de la blondeur cendrée de River, et sa prédilection pour les costumes élégants et les chaussures bien cirées donnait l'impression qu'il sortait directement d'une publicité. River soupçonnait que pour lui, le plus dur dans l'entraînement avait été de se traîner dans la boue pendant des jours. A présent, il portait un costume deux pièces anthracite à rayures blanches, une chemise grise au col boutonné et une inévitable touche de couleur autour du cou. On sentait qu'il était passé récemment chez un coiffeur haut de gamme, chez qui il s'était sans doute également fait raser – il devait préférer payer quelqu'un pour le faire, avec une serviette chaude et un bavardage flatteur. Quelqu'un qui ferait semblant d'être son ami l'espace d'un instant.

River ignora la main tendue.

— Quelqu'un a vomi sur ta cravate, lança-t-il.

— C'est une Karl Unger, espèce de plouc.

— Comment va la vie, Spider ?

— Pas mal, pas mal.

River attendit.

— Il faut un moment pour s'y habituer, mais…

— Je te demandais ça juste par politesse.

— Tu tiens vraiment à rendre ça pénible ? demanda Spider en se rasseyant.

— Ça l'est déjà. Quoi que je fasse, ça n'y changera rien.

Il inspecta la pièce, s'attarda sur la bibliothèque.

— On dirait que tu gardes beaucoup de copies papier. Comment ça se fait ?

— Joue pas au plus malin.

— Non, sérieusement. Qu'est-ce qui se fait encore sur papier ?

Le regard de River passa des étagères à l'ordinateur mince et brillant sur le bureau, puis il s'écria :

— Oh, bon sang ! Attends, ne me dis rien.

— Ça n'est pas de ton ressort, River.

— Ce sont des candidatures ? C'est ça, tu t'occupes du recrutement.

— Pas seulement. As-tu seulement idée de la masse de papier qu'une administration comme celle…

— Bon sang, Spider, tu es aux ressources humaines. Félicitations.

Spider Webb se passa la langue sur les lèvres.

— J'ai déjà eu deux entretiens avec le ministre, ce mois-ci. Et ta carrière ?

— Eh ben, j'ai pas un cul à dix centimètres de mes yeux, donc j'ai une meilleure vue que toi.

— L'ordinateur, River.

River s'assit dans l'un des fauteuils pour visiteurs et tendit l'enveloppe rembourrée à Webb, qui sortit un tampon et y appliqua soigneusement sa marque.

— Tu fais ça tous les matins ?

— Quoi donc ?

— Changer la date sur ton tampon.

— Quand j'y pense.

— Les responsabilités du poste, hein ?

— Comment va la délicieuse Sidonie ?

River perçut une tentative de reprendre la main.

— Je ne sais pas, elle est sortie se balader à peine arrivée, ce matin. Pas très impliquée.

— C'est un agent brillant.

— Je n'arrive pas à croire que tu aies dit ça.

— Pourtant, c'est vrai.

— Peut-être, mais bon sang, *un agent brillant*… Tu n'es plus à Eton, tu sais.

Webb ouvrit la bouche pour faire remarquer – River le savait – qu'il n'avait pas fréquenté Eton, mais se ravisa juste à temps.

— Tu as pris le petit-déjeuner ? On a une cantine.

— Je m'en souviens, Spider. Je me rappelle même où elle est.

— Plus personne ne m'appelle comme ça.

— Sûrement pas devant toi, mais je suis sûr que si.

— Arrête tes enfantillages, River.

— Gnagnagna.

Webb tapota impatiemment l'enveloppe rembourrée devant lui.

— Mon bureau est plus grand que le tien, lança River.

— L'immobilier coûte moins cher dans ce quartier-là.

— Je croyais que tout se passait à l'étage, au centre opérationnel.

— J'y passe beaucoup de temps. Lady Di…

— Elle accepte que tu l'appelles comme ça ?

— Tu me fais marrer, River. Lady Di – enfin Taverner – m'occupe pas mal.

River joua du sourcil.

— Je sais pas pourquoi je perds mon temps avec toi.

— Quand est-ce que tu reconnaîtras que tu t'es trompé ? demanda River.

— Tu penses encore à ça ? s'esclaffa Webb.

— Tu m'as dit qu'il portait un tee-shirt blanc sous une chemise bleue. Sauf qu'il portait un tee-shirt bleu sous une…

— Le type était habillé comme je t'ai dit qu'il était habillé, River. Mettons que je me sois trompé dans les couleurs : tu veux me faire croire qu'à ce moment précis un type portait ce que je t'ai dit et qu'il correspondait au profil de la cible ? Quelle était la probabilité ?

— Tu oublies la cassette qui n'a pas marché. Quelle était la probabilité, pour ça ?

— MT, River. Ça arrive tout le temps.

— Eclaire-moi.

— Merde technique. Tu crois qu'ils sortent le matériel high-tech pour les missions d'évaluation ? On a des contraintes budgétaires, River. Tu devrais entendre Taverner nous en parler – oh, mais attends, tu ne l'entendras jamais, parce que tu es au Placard et que tout ce que tu peux espérer savoir sur les cercles du renseignement, tu le liras dans les mémoires de quelqu'un.

— Il y a un sigle pour ça ? LMQ ?

— Tu sais quoi, River, il faut que tu grandisses.

— Et toi, il faut que tu reconnaisses que tu es responsable de cette erreur.

— Une erreur ? J'appellerais plutôt ça un fiasco, rétorqua Webb en montrant les dents.

— A ta place, si je souriais comme ça, je préférerais avoir quelqu'un pour couvrir mes arrières.

— Je respecte les règles de Londres. Je n'ai besoin de personne pour me protéger.

— Je n'en mettrais pas ma main au feu.

— C'est l'heure d'y aller.

— Il faut que j'appelle un guide, ou tu as appuyé sur un bouton secret ?

Webb secoua la tête, fatigué par la présence de River. Il avait des choses importantes à faire.

Rien ne ferait admettre à Webb que c'était lui qui s'était trompé et pas River. Et puis, qu'est-ce que ça changerait ? C'était River qui courait sur le quai, la star des caméras de surveillance. Une fois arrivé au niveau du comité supérieur, inutile de jouer à la loyale. Peu importait de savoir qui s'était trompé : ce qui comptait, c'était qui on voyait pendant l'échec. Webb aurait beau s'accuser maintenant, Diana Taverner n'en aurait rien à faire.

Vous êtes encore là uniquement parce que vous êtes protégé, Cartwright. Sans votre grand-père, vous seriez un souvenir lointain.

River se leva, espérant trouver une réplique de sortie avant d'atteindre la porte. Quelque chose qui lui donnerait moins l'impression d'avoir été congédié, par cet enfoiré de Spider Webb en plus.

— Lamb n'avait pas de mallette sécurisée ? demanda Webb.

— Une quoi ?

— Une mallette, River. De celles qu'on ne peut pas ouvrir sans la clé, à moins de vouloir se prendre un éclair de magnésium.

— Je sais ce que c'est. Mais, honnêtement, au Placard, je suis déjà surpris qu'on ait des enveloppes.

Le besoin de trouver une réplique cinglante s'évapora. Sa main endolorie serrée autour de la clé USB dans sa poche, River s'en alla.

Quand une belle femme s'abandonne à la folie, les jeux sont faits. Etait-ce ce que disait le poème ? Peu importe. Quand une belle femme s'abandonne à la folie, quelque chose doit céder.

De telles pensées se présentaient de façon tristement régulière, aussi familières que le bruit de ses talons sur les marches de son escalier. Une belle femme s'abandonne à la folie : l'antienne de la soirée, ramassée sur une affiche dans le métro.

Quand une belle femme s'abandonne à la folie, c'est la merde.

Catherine Standish, quarante-huit ans passés, savait que les jeux étaient faits. Pour rien au monde elle ne voulait que son subconscient le lui rappelle.

Elle avait été belle, autrefois. Beaucoup le lui avaient dit. Un homme en particulier : *Tu es belle, mais on dirait que tu as traversé des moments effrayants*. Aujourd'hui encore, elle ignorait s'il s'agissait d'un compliment.

Maintenant, plus personne n'était là pour lui dire qu'elle était belle, et même s'il y avait eu quelqu'un, il ne le lui aurait probablement pas dit. Les moments effrayants avaient gagné. Ce devait être la définition du vieillissement : les moments effrayants ont gagné.

Devant la porte de son appartement, elle posa ses courses pour chercher ses clés. Elle les trouva, entra. La lumière du couloir était allumée, réglée par une minuterie. Catherine détestait entrer dans une pièce sombre, même le temps d'atteindre l'interrupteur. Dans la cuisine, elle rangea ses provisions : le café dans le placard, la salade au frigo. Puis elle apporta le dentifrice à la salle de bains, où la lumière était aussi allumée. C'était pour une bonne raison.

Elle avait vécu son moment le plus effrayant le jour où elle avait trouvé son patron mort chez lui. Il avait utilisé un revolver. Assis dans la baignoire, comme s'il ne voulait pas salir.

Vous aviez les clés de chez lui ? lui avait-on demandé. *Depuis quand ?*

Les Dogues, bien sûr, avaient demandé. Ou plutôt, un Dogue en particulier : Sam Chapman, qu'on surnommait Bad Sam. C'était un homme sombre, difficile. Il savait parfaitement qu'elle avait les clés de chez Charles Partner, comme tout le monde d'ailleurs. Il savait que cela n'avait rien à voir avec une liaison : Charles Partner était incapable de prendre soin de lui-même, il oubliait des choses aussi simples qu'acheter à manger, cuisiner ou jeter la nourriture quand il avait oublié de manger. Charles avait vingt ans de plus que Catherine, mais leurs rapports n'avaient rien d'une relation père-fille. Il s'agissait d'une étiquette commode, mais la réalité était qu'elle avait travaillé pour Charles Partner, pris soin de lui, fait ses courses, puis l'avait retrouvé mort dans sa salle de bains quand il s'était suicidé. Bad Sam pouvait grogner autant qu'il voulait, il le faisait mécaniquement, car c'était Catherine qui avait découvert le corps.

C'est drôle, comme cela pouvait arriver vite : un jour vous étiez Charles Partner – un homme dont le nom restait inconnu du grand public, certes, mais dont les décisions engageaient la vie ou la mort d'un grand nombre de personnes, ce qui n'était pas négligeable –, et le lendemain, vous étiez le « corps ». Il avait suffi d'un moment calculé dans une baignoire. Il ne voulait pas salir, mais c'était tout de même aux autres de nettoyer. C'est drôle.

Ce qui était moins drôle, c'était la vitesse à laquelle les moments effrayants s'accumulaient.

Dans la salle de bains, avec la lumière allumée, difficile pour Catherine de ne pas saisir son reflet dans le miroir. Aucune surprise. Oui, les moments effrayants s'étaient accumulés, mais ce n'était pas le plus grave. Les gènes causaient aussi des dégâts. On en découvrait certains par soi-même. Son nez rougissait au froid, comme ses joues, ce qui lui donnait des allures de sorcière. Rien à faire. Mais le reste, le réseau de veines endommagées, la peau tirée sur son crâne, racontait une autre histoire, qu'elle avait écrite elle-même.

« Je m'appelle Catherine et je suis alcoolique. »

A l'époque où elle avait formulé cette phrase, l'alcool était devenu un problème. Avant, elle y voyait une solution. Non, trop facile : elle n'y voyait rien du tout, elle buvait, c'était tout. Parfois de manière un peu dramatique (la bouteille pour se consoler était un accessoire éculé, à croire qu'on ne pouvait être triste sans un verre à la main), mais le plus souvent par habitude. L'alcool l'accompagnait évidemment dans ses soirées solitaires face à la télé et devenait indispensable dans ses sorties avec des amies. Et puis il y avait les rendez-vous, nombreux à cette époque, où un verre était de rigueur. Un repas, un verre ; un cinéma, un verre ensuite. Et il fallait bien boire un coup pour trouver le courage de lui demander de se revoir, jusqu'à ce que… Jusqu'à ce que, pour éviter de se réveiller seule au milieu de la nuit, il soit indispensable de baiser quelqu'un, n'importe qui, et pour cela un verre s'imposait.

Selon l'expression consacrée, elle se trouvait sur une pente savonneuse, ce qui impliquait vitesse et flou, ainsi que la menace permanente de perdre l'équilibre, de se retrouver les quatre fers en l'air à gigoter sur le parquet. Mais le parcours de Catherine ressemblait plus à un escalier mécanique qu'à une pente savonneuse : une lente progression vers le bas, un courant plutôt qu'un choc. Elle regardait les gens qui remontaient, mais savait qu'elle devrait toucher le fond avant de changer de direction.

Charles Partner était là quand c'était arrivé. Pas littéralement, heureusement : pas au moment où elle s'était réveillée chez un étranger, la pommette brisée et des bleus sur les cuisses. En revanche, il avait été là pour recoller les morceaux. Catherine avait passé un moment dans un institut qu'elle n'aurait jamais pu se payer seule, où elle avait suivi un traitement approfondi, notamment avec des thérapeutes. On lui avait dit que tout cela était prévu par le protocole du Service *(Vous croyez être la première ? Vous croyez être la seule que ce travail détraque ?)*, mais il devait y avoir autre chose, elle en était sûre, car après la cure, après six longs mois de sobriété, elle s'attendait à se retrouver émargée à Regent's Park. Mais non, elle avait retrouvé sa place aux côtés de Charles Partner.

A cette époque, la plupart des événements lui donnaient envie de pleurer, en particulier la mort de Partner. Ce n'est pas comme s'ils avaient été proches. Il lui était arrivé de l'appeler Miss Moneypenny, rien de plus. Même par la suite, ils n'étaient pas devenus amis, ils n'avaient jamais parlé de ce qui était arrivé, sauf le jour de son retour, où il lui avait demandé si elle était « redevenue elle-même ». Elle lui avait donné la réponse qu'il attendait, même si elle savait qu'elle ne serait plus jamais elle-même. Ensuite, tout avait repris comme avant.

Il avait pris soin d'elle au bon moment, alors elle prenait soin de lui à son tour. Ils restèrent ensemble encore trois ans. Au bout de quelques mois, elle jouait déjà un rôle dans sa vie en dehors du travail. Il n'était pas marié, comme l'indiquait son allure chiffonnée. Il ne s'habillait pas n'importe comment, mais cela pouvait arriver et il ne mangeait pas correctement. Il avait besoin d'attention. Et elle avait besoin de quelque chose, pas de se réveiller à côté d'inconnus. Partner fit l'affaire.

Elle se chargea donc de remplir son congélateur, d'engager une femme de ménage. Elle prit son agenda en main pour s'assurer qu'il prenait des congés. Elle lui servit de rempart contre ses pires subordonnés – l'horrible Diana Taverner, par exemple. Pendant tout ce temps, elle faisait partie des meubles : il n'y eut jamais le moindre contact physique, il ne laissa jamais entendre qu'elle était autre chose qu'une secrétaire. Mais elle prenait soin de lui.

Pas assez pour s'apercevoir qu'il avait besoin d'une aide qu'elle ne pouvait lui apporter, cependant.

Elle pencha la tête, laissant ses cheveux lui retomber sur le visage. Elle se demanda si elle devrait les teindre, faire ressortir sa blondeur. Mais pour qui ? Qui remarquerait, à part l'odieux Jackson Lamb qui se moquerait d'elle ?

Elle pouvait accepter qu'après la mort de Charles Partner il n'y ait plus de place pour elle à Regent's

Park. Mais le Placard ressemblait à une punition à retardement pour un crime qu'elle avait déjà expié. Il lui arrivait de se demander s'il s'agissait simplement de son passé trouble, ou bien si on lui reprochait le suicide de Charles Partner, de ne pas l'avoir prévu. Comment aurait-elle pu savoir ? Charles Partner avait passé sa vie à fouiller les secrets des autres : s'il avait appris une chose, c'était à garder les siens. *Vous aviez la clé de chez lui ? Vous vous attendiez à ce que cela arrive ?* lui avait-on demandé. Bien sûr que non. Mais l'avait-on crue ?

De l'histoire ancienne. Charles Partner n'était plus qu'un tas d'os, mais elle pensait à lui presque tous les jours.

Retour au miroir, à sa propre vie. Une jolie femme s'était abandonnée à la folie, et voilà où cela l'avait menée.

« Je m'appelle Catherine et je suis alcoolique. »

Elle n'avait pas bu une goutte depuis dix ans. Mais quand même.

« Je m'appelle Catherine et je suis alcoolique. » Elle éteignit la lumière de la salle de bains et alla préparer son dîner.

Min Harper passa une partie de la soirée au téléphone avec ses garçons, neuf et onze ans. Un an plus tôt, une telle conversation lui en aurait appris plus que nécessaire sur les jeux vidéo et la télévision, mais apparemment ses fils avaient franchi un cap et il avait l'impression de parler à une paire de réfrigérateurs. Que s'était-il passé ? Les changements arrivaient sans prévenir. Il aurait dû avoir un peu de répit, en ce qui concernait son fils de neuf ans, négocier un sursis d'enfance avant l'arrivée de l'adolescence. Essayer de lui arracher des informations revenait à gratter un rocher. Quand son ex-femme reprit la ligne, elle coupa court à ses récriminations.

— C'est une phase, ils sont pareils avec moi. A part que pendant qu'ils grognent pour ne rien dire, je cuisine et je fais la vaisselle. Alors ne viens pas me dire que ça te pose problème, OK ?

— Au moins, tu les vois.

— Tu sais où ils sont. Ça te tuerait de passer plus d'une fois par semaine ?

Il aurait pu mener une bataille d'arrière-garde, invoquant ses horaires de travail, la distance, mais le mariage lui avait appris qu'une fois que les lignes de combat étaient tracées la défaite n'était qu'une question de temps.

Il ne parvenait pas à se calmer. Après de telles conversations, il avait du mal à ne pas penser à la trajectoire qu'avait prise sa vie : une chute libre dont il pouvait retracer l'origine à un instant précis. Avant cette seconde de stupidité, il avait une famille, une carrière et tout ce qui allait avec : des rendez-vous chez le dentiste, un prêt à rembourser et une carte de crédit. Bien sûr, certaines de ces choses existaient encore, mais elles avaient cessé d'indiquer qu'il construisait une vie qui fonctionnait, car celle-ci avait été emportée par cet Instant Stupide, celui où il avait oublié un disque dur dans une rame de métro. Avant de s'en apercevoir le lendemain matin.

Peu de gens avaient vu leur carrière brisée en direct sur Radio 4. Le souvenir était douloureux. Pas tant la panique qui l'avait saisi aux tripes quand il avait compris que l'objet en question se trouvait sous sa responsabilité, mais les instants qui avaient précédé, où il se rasait tranquillement tout en songeant : *Je n'aimerais pas être le loser à qui c'est arrivé.* Ce qui faisait le plus mal, c'était qu'à travers tout le pays d'autres s'étaient dit exactement la même chose, alors qu'il était le seul à ne pas en avoir le droit.

D'autres moments pénibles, plus longs, avaient suivi. Les interrogatoires des Dogues. Les blagues à la télé sur ces crétins des services secrets. Les gens ignoraient que Min était la cible de ces plaisanteries, ce qui ne les empêchait pas de se moquer de lui.

Le pire, c'était que tout le monde supposait que son incompétence était à l'origine de cette bourde. Personne n'avait envisagé la trahison, que laisser dans le métro un rapport sur les failles de sécurité du terminal 5 de Piccadilly pouvait s'apparenter à une transmission d'informations ratée. Mais cela eût été accorder un certain respect à Harper. Il aurait pu être en proie à un idéalisme mal placé ou à l'appât du gain, avoir pris une décision consciente en somme. Mais non : même les Dogues le considéraient comme un imbécile. Une autre année, il se serait retrouvé à la porte, mais en raison du gel du recrutement et de pressions budgétaires, le départ de Min aurait signifié la disparition de son poste : on l'avait donc gardé sur le papier jusqu'à ce que son départ puisse être compensé par un remplacement.

Regent's Park appartenait au passé.

Min vérifia ses poches, se dit d'arrêter de le faire, se servit un verre et alluma la radio sur la station sportive. Tandis que le commentaire ballon par ballon sur un match à l'étranger emplissait la pièce, l'histoire se mit à se réécrire dans sa tête. Une version plus agréable de sa vie dans laquelle, arrivé sur le quai de la station Gloucester Road, il se retournait, apercevait le disque dur sur son siège et retournait le prendre, la nuque parcourue d'un frisson brûlant, le désastre évité de justesse – une sensation qu'il éprouverait à nouveau le soir, en couchant ses fils, puis oublierait à mesure que sa vie se poursuivrait tranquillement : famille, carrière, rendez-vous chez le dentiste, prêt, carte de crédit.

Comme souvent lorsqu'il essayait de ne pas avoir ce genre de pensée, Min se surprit à grogner, mais personne ne l'entendit. Il était seul avec la radio. Quant au téléphone, après avoir parlé à ses deux fils taciturnes et s'être disputé avec son ex-femme, il l'avait éteint car il n'avait personne à qui parler.

Louisa Guy rentra chez elle, dans le studio qu'elle louait. Elle inspecta les quatre murs – du moins ce qu'elle en voyait derrière les piles de CD, les livres, le linge humide sur son étendoir rétractable – et faillit ressortir aussitôt, mais ne voulut pas affronter les choix que cela impliquerait. Elle se résigna donc à réchauffer des lasagnes au micro-ondes en regardant une émission immobilière. Les prix étaient en chute libre pour les propriétaires. Ils demeuraient grotesquement astronomiques pour les locataires.

Son téléphone restait silencieux. Cela n'avait rien d'inhabituel, mais tout de même, quelqu'un aurait bien pu prendre le temps de composer son numéro pour lui demander comment elle allait, si elle avait fait quelque chose d'intéressant récemment.

Elle laissa tremper son assiette. Changea de chaîne, tomba sur quelqu'un qui lui expliquait que les placebos roses étaient plus efficaces que les bleus. Etait-ce possible ? Le cerveau se laissait-il tromper aussi facilement ?

Le sien paraissait se faire avoir en permanence, ou plutôt être étouffé, soumis. Quand elle fermait les yeux, le soir, elle voyait des données illisibles défiler sur ses paupières. Elle se réveillait fréquemment avec une sensation d'erreur, l'impression que quelque chose ne collait pas dans la séquence pour une raison qu'elle parvenait presque à identifier, ce qui aurait réhabilité sa carrière. Mais la raison lui échappait toujours et elle se trouvait à nouveau éveillée, la tête appuyée sur un oreiller trop fin et trop chaud, bien que le reste de son lit paraisse froid.

Bon sang, songeait-elle chaque fois. Ne pourrait-elle pas avoir un peu de répit ? Une bonne nuit de sommeil ? S'il vous plaît.

Le matin, elle recommençait : veille informatique. Ce n'était pas pour cela qu'elle avait rejoint le Service, mais c'était ce qu'elle avait fini par faire. Fini, c'était le bon mot : son seul avenir semblait être celui qui l'attendait chaque matin derrière la porte écaillée du Placard et s'étirait sans fin, minute par minute, jusqu'à ce qu'elle s'en aille enfin. Entre-temps, elle fulminait contre l'injustice de sa situation.

Elle devrait abandonner. Vraiment.

Mais elle n'avait pas rejoint le Service pour abandonner.

La veille informatique consistait à parcourir Internet, à polémiquer avec les ploucs mutants de la blogosphère. Certains des sites qu'elle couvrait étaient des chevaux de Troie, créés par le Service pour attirer les mécontents ; d'autres appartenaient peut-être à d'autres branches de l'Etat – il lui arrivait de se demander si ces sites de bavardage n'étaient peuplés que d'espions, comme ces sites pour adolescents où l'on ne rencontrait que des hommes d'âge mûr. Authentiques ou pas, ces sites exprimaient des humeurs variées, du plus direct (comment fabriquer sa propre bombe) au faussement pédagogique (« le véritable sens de l'Islam ») en passant par les forums ouverts à tous où les arguments volaient comme dans une friteuse brûlante et où la rage faisait fi de la grammaire.

Pour paraître crédible dans le monde du Web, elle avait dû oublier tout ce qu'elle avait appris en matière de syntaxe, d'intelligence, d'orthographe, de bonnes manières et de critique littéraire.

Cela lui semblait inutile. Pire, infaisable… Comment savoir quand il ne s'agissait pas simplement de mots, quand ces mots étaient toujours violents, vicieux, agressifs ? Plusieurs fois, elle avait estimé qu'une voix paraissait plus sombre que les autres et avait transmis l'information en amont. Où l'on avait sans doute pris des mesures : traçage de l'adresse IP ; jeunes hommes en colère arrêtés dans leur chambre de banlieue. Mais peut-être se leurrait-elle. Peut-être que tous les terroristes potentiels qu'elle avait identifiés étaient aussi fantomatiques qu'elle-même, d'autres espions dans d'autres bureaux qui signalaient son pseudonyme à leur hiérarchie alors même qu'elle signalait le leur. Ce ne serait pas la première fois que la guerre contre la terreur se mordrait la queue. Elle devrait être dans la rue à travailler pour de vrai. Elle avait déjà essayé, mais elle avait échoué.

Dès qu'elle y pensait – c'est-à-dire souvent –, sa mâchoire se crispait. Parfois, elle s'apercevait qu'elle y pensait seulement en raison d'une douleur à la bouche, parce qu'elle grinçait des dents.

Sa première opération sur le terrain, sa première véritable filature consista à suivre un garçon. Elle l'avait déjà fait, mais pas de cette manière : à distance, elle devait toujours l'avoir en vue, sans trop s'approcher pour qu'il ne sente pas sa présence.

Les filatures s'effectuaient à trois, au minimum. Ce jour-là, ils étaient cinq : deux devant, trois derrière.

Ils changeaient sans cesse de place, comme dans une danse paysanne, si ce n'est que tout cela se déroulait en pleine ville.

Le garçon qu'ils suivaient – un jeune Noir très éloigné de l'image que s'en font les tabloïds, vêtu d'un costume à rayures et portant des lunettes en plastique – devait les mener à une cache d'armes. La semaine précédente, un chargement de pistolets déclassés avait été détourné sur le chemin de l'incinérateur. Le statut « déclassé » était comparable à « marié » ou « célibataire » : il pouvait changer brutalement. Ces armes n'avaient pas été détournées pour faire des presse-papiers : une fois réparées, elles auraient été dispersées dans la communauté.

— Numéro Trois ? A toi. »

Une instruction dans l'oreillette qui la propulsa au début de la file. L'agent qui suivait la cible se retira. Il attendit près d'un kiosque à journaux, puis rejoignit la procession. C'était elle, Numéro Trois, qui tenait les rênes. La cible maintenait un pas régulier. Cela signifiait soit qu'il ignorait qu'on le suivait, soit qu'il y était tellement habitué que cela ne le perturbait pas.

Mais elle se souvint avoir pensé : *Il ne se doute de rien.*

Il ne se doute de rien. Il ne se doute de rien. N'importe quelle phrase cesse d'avoir du sens si on la répète assez souvent. *Il ne se doute de rien.*

Moins d'une minute plus tard, la cible entrait dans un magasin de vêtements.

En soi, rien d'étrange. On voyait bien qu'il aimait les sapes. Mais un magasin constituait un bon lieu de rendez-vous. Il y avait des files d'attente, de la foule. Il y avait les cabines d'essayage. De nombreuses occasions favorables. Elle le suivit à l'intérieur.

Et le perdit aussitôt.

Au cours du débriefing, qui dura des semaines, il y eut des accusations voilées de racisme, pour incapacité à distinguer un Noir d'un autre. Ce n'était pas vrai. Elle avait une solide image mentale de la cible, qu'elle conservait encore : sa fossette, la ligne nette de ses cheveux. Seulement il y avait au moins six autres jeunes dans le magasin – même taille, même couleur, même costume, mêmes cheveux –, comme s'ils jouaient un rôle.

Par la suite, il s'était avéré que l'homme n'avait pas passé plus de trois minutes dans le magasin. Le temps d'entrer dans une cabine, de se changer. En ressortant, il était habillé comme s'il habitait le quartier : lunettes de soleil, ample tee-shirt gris, jean baggy. Il avait dépassé Numéro Deux qui entrait pour assister Louisa, puis croisé Numéros Un, Quatre et Cinq sans se faire remarquer. Louisa – Numéro Trois – commençait à paniquer. Sale journée.

Les choses avaient empiré quand les armes avaient commencé à apparaître dans des braquages de banques, des hold-up, des fusillades de rue…

Parmi les victimes, la carrière de Louisa Guy.

Elle envisagea de boire un autre verre, mais décida plutôt d'éteindre le téléviseur et d'aller se coucher. Cela ferait venir le matin plus vite et lui permettrait peut-être d'oublier en attendant.

Mais le sommeil tarda à venir. Pendant au moins une heure, elle resta dans le noir, en proie aux pensées décousues qui l'assaillaient.

Elle se demanda ce que faisait Min Harper.

Jed Moody se fraya un chemin à travers la foule qui encombrait l'entrée puis s'appropria une table sur le trottoir, où il fuma trois cigarettes pour accompagner sa première pinte. En face, les commerces étalaient le palindrome de High Street – épicerie coréenne, agence de coursiers, cabinet immobilier, agence de coursiers, épicerie coréenne – et des bus passaient bruyamment. Quand il eut terminé sa pinte, il alla en chercher une seconde, mais cette fois l'emporta à l'étage, où les tables alignées le long d'un balcon intérieur offraient une vue sur la masse bouillonnante en contrebas. Il en avait bu la moitié quand Nick Duffy le rejoignit.

— Jed.

— Nick.

Duffy s'assit.

Nick Duffy, la quarantaine avancée, était le contemporain exact de Moody : ils avaient achevé leur formation en même temps, tous deux s'étaient retrouvés dans l'équipe de sécurité interne du Service – les Dogues – une dizaine d'années plus tard. Les Dogues nichaient à Regent's Park mais avaient la liberté de se promener. Moody n'avait pas dépassé Marseille – où un jeune agent avait été poignardé par une prostituée transsexuelle sur un malentendu, comme on le découvrit plus tard –, mais Duffy était allé jusqu'à Washington DC. Ses cheveux gris étaient coupés court ces temps-ci et, comme Moody, il portait une veste sans cravate. Ils devaient avoir l'air de sortir du travail : comptables, agents immobiliers, bookmakers ou, pour un observateur plus attentif, flics. Une personne sur un million aurait deviné la vérité, et Moody aurait aussitôt mené une enquête sur cet enfoiré.

— Tu t'occupes ? demanda-t-il.

— Tu sais.

Ce qui signifiait qu'il ne savait pas, car il n'avait pas le droit.

— Je ne cherche pas des infos secrètes, Nick. Je te demande juste comment ça va.

Duffy tourna le regard vers le bar, en bas.

— Regarde ça, au bout.

La première pensée de Moody fut qu'il avait été suivi. Ensuite, il comprit : au bout du bar se tenaient deux femmes dont les jupes combinées auraient fait une serviette de table décente.

L'une d'elles portait des sous-vêtements rouges.

Duffy attendait.

— Bon sang, tu rigoles ? s'écria Moody.

— T'as vieilli ?

— Je ne t'ai pas appelé pour la gaudriole.

— Ça ne me surprend pas.

— Et quand bien même, je n'aurais pas choisi cet endroit. Pas sans pénicilline.

— Tu me fais marrer, Jed.

Là-dessus, Duffy consulta sa montre et but une longue gorgée de sa pinte. Moody alla droit au but.

— Tu as des contacts avec Taverner ?

Duffy redressa son sous-bock, reposa son verre dessus.

— Elle est abordable ?

— En parlant d'abordable, la blonde envoie des signaux de fumée.

— Nick.

— Tu veux vraiment parler de ça ?

Et voilà, avant même d'avoir commencé, Duffy lui avait dit de se taire, en six mots.

— Il me faut juste une petite chance, Nick. Je ne me planterai pas à nouveau.

— Je ne la vois presque jamais, Jed.

— Tu es dix fois plus proche d'elle que moi.

— Quoi que tu attendes d'elle…

— Je n'attends…

— … tu n'auras rien.

Moody s'arrêta net.

Duffy poursuivit :

— Après le bordel de l'année dernière, il leur fallait quelqu'un à jeter aux loups. Sam Chapman a démissionné, mais ils voulaient une victime involontaire. C'est-à-dire toi.

— Mais ils ne m'ont pas viré.

— Tu as l'impression de travailler ?

Moody ne répondit pas.

Puisque c'était son rôle, Duffy enfonça le clou.

— Le Placard n'est pas le Service, Jed. C'est Regent's Park, le centre du monde. Les Dogues… enfin, tu sais. On erre dans les ruelles, on flaire qui on veut. On s'assure que chacun fait son boulot et rien d'autre. Et si quelqu'un s'écarte du droit chemin, on mord. C'est pour ça qu'on nous appelle les Dogues.

Il disait tout cela d'une voix légère et aérienne. N'importe quel observateur aurait pu croire qu'il racontait une blague.

— Mais toi, au Placard, tu… Qu'est-ce que tu fais exactement ? Tu fais peur aux gens qui restent trop longtemps à l'arrêt de bus. Tu vérifies que personne ne vole une agrafe. Tu traînes autour de la machine à café à écouter les autres ratés. Rien d'autre.

Moody ne répondit pas.

— Personne ne m'a suivi, poursuivit Duffy. Je le sais, parce que c'est moi qui décide qui doit être suivi. Et personne ne t'a suivi, parce que tout le monde s'en fout. Crois-moi. Personne ne t'a à l'œil, Jed. Le boss a fait une croix sur un bout de papier puis il a oublié jusqu'à ton existence. Point final.

Moody ne répondit pas.

— Si tu en as marre, essaye un autre boulot. Quand les flics se font virer, ils bossent dans la sécurité. T'y as déjà pensé, Jed ? T'aurais un uniforme et tout. Une belle vue sur parking. Passe à autre chose.

— Je ne me suis pas fait virer.

— Non, mais ils espèrent que tu démissionneras. T'as pas encore compris ?

Moody se renfrogna, saisit son paquet de cigarettes puis se rappela la réalité contemporaine. Quand avait-il savouré une cigarette dans un pub pour la dernière fois ? Au fond, quand avait-il bu un verre avec un collègue en parlant boulot pour la dernière fois ? Quand avait-il été satisfait d'être Jed Moody ? Dans sa poche, son poing se serra. Il détendit les doigts, posa les mains à plat sur la table.

— Il trafique quelque chose.

— Qui ça ?

— Jackson Lamb.

— La dernière fois qu'il a bougé son cul pour autre chose que pour péter, Geoffrey Boycott jouait encore au cricket.

— Il a envoyé Sid Baker en mission.

— C'est ça.

— Une vraie mission.

— Jed, on est au courant, OK ? Tu crois que Lamb peut lever le petit doigt sans notre permission ?

Il porta son verre à ses lèvres, mais il était vide.

— Il faut que j'y aille. Réunion demain matin, tu sais ce que c'est.

— Quelque chose à voir avec un journaliste.

Moody essayait de ne pas paraître désespéré. De faire comprendre à Duffy que si on lançait une opération depuis le Placard, il voulait y participer. Bon sang, il avait plus d'expérience que tous les autres réunis.

Sid Baker sortait tout juste de sa brassière d'entraînement, Cartwright avait planté King's Cross, Ho était un cinglé de l'informatique et les autres auraient fait de bons aimants à frigo. Seul Moody avait réellement enfoncé des portes. Et qu'on ne vienne pas lui dire qu'il ne s'agissait pas de cela : quand on lançait une opération, il y avait toujours une porte à enfoncer, tôt ou tard.

— Un conseil, Jed : Jackson Lamb a autant d'autorité qu'une vendeuse de sucettes, et toi tu es trois échelons en dessous de lui. On sait ce qu'a fait Baker, et seul un bleu appellerait ça une opération. Il nous a rendu un service. Tu saisis la différence ? Tu penses qu'on aurait confié une mission plus importante à quelqu'un comme lui ?

Il se levait déjà.

— Je t'avance une pinte. Sans rancune, OK ? Si une occasion se présente, je te tiendrai au courant. Mais rien ne se présentera.

Moody regarda Duffy disparaître dans les escaliers puis réapparaître au bar en bas, donner de l'argent au barman en désignant Jed du pouce. Le barman leva les yeux, puis encaissa avec un hochement de tête.

En sortant, Duffy s'arrêta près de la blonde en minijupe et lui murmura quelque chose qui la fit glousser. Avant qu'il ne soit parti elle se penchait déjà vers son amie pour lui répéter ses mots. Un frisson de cochonneries entre amies, un commentaire salace passager.

Jed Moody rinça sa pinte et se cala sur sa chaise. OK, fils de pute, songea-t-il. Tu sais tout et moi rien. Je suis coincé dans le trou du cul du monde pendant que t'as des réunions et que tu décides qui suit qui. J'ai le bâton merdeux, tu as la lune. Mais si t'es si malin, pourquoi tu as l'air de croire que Sid Baker est un homme ?

Il ne prit pas la peine de boire la pinte que Duffy lui avait payée. C'était une petite victoire, mais elle comptait.

Bien des années plus tôt – et il ne vous remercierait pas de le lui rappeler –, Roderick Ho avait découvert quel serait son surnom dans le Service. Mais il avait surtout réfléchi à la manière dont il répondrait la première fois qu'on le lui sortirait. *Passe ton chemin, pied tendre*. C'est ainsi qu'on répondait quand on vous appelait John Wayne.

Roderick Ho = Westward Ho = John Wayne.

Mais peut-être qu'il les surestimait. Peut-être qu'ils ne connaissaient même pas le film *Westward Ho*.

Tas de cons. Il travaillait avec un tas de cons. Incapables de faire un jeu de mots sans un dictionnaire et un plateau de Scrabble.

Tout comme Louisa Guy et Min Harper, Ho était chez lui ce soir-là, à ceci près qu'il habitait une maison, pas un appartement, et qu'elle lui appartenait. C'était une maison bizarre, mais cela n'avait rien à voir avec lui. Elle était déjà bizarre quand il l'avait achetée. Sa particularité : le jardin d'hiver à l'étage, une mezzanine avec un toit en verre et du carrelage au sol. L'agent immobilier avait beaucoup insisté sur ce détail, faisant remarquer que la diversité des plantes qui y poussaient avait créé un microclimat, dans un discours émaillé de *naturel*, *vert* et *éco*-je-sais-pas-quoi. Ho avait acquiescé comme si cela l'intéressait, calculant combien d'appareils électroniques il pourrait faire entrer une fois qu'il aurait viré toutes ces écomerdes. Un bon paquet, avait-il estimé. Il avait visé juste.

Il se trouvait donc entouré par un bon paquet d'appareils électroniques, dont certains attendaient en silence qu'il les active, tandis que d'autres ronronnaient agréablement en réponse à des commandes préprogrammées et qu'une chaîne déversait un flot de death metal qui menaçait de rendre le nom du genre littéral.

Il était trop vieux pour cette musique, et il le savait. Pour un tel volume aussi. Mais c'était sa musique, sa maison et il habitait un quartier d'étudiants. S'il ne faisait pas de bruit, il devrait écouter le leur.

Il parcourait actuellement les dossiers du personnel du ministère de l'Intérieur. Il ne cherchait rien en particulier, il voulait juste s'amuser.

Ses parents avaient quitté Hong Kong dix ans avant la rétrocession et Ho – obsédé par les « et si », qui dévorait les livres dont vous êtes le héros quand il ne jouait pas à « Donjons et Dragons » comme un acharné – se demandait souvent ce qu'il serait devenu s'ils étaient restés. Sans doute un informaticien dans une branche plus commerciale, dans la création de logiciels ou d'effets spéciaux, ou encore esclave pour l'une des multinationales sans visage qui étendaient leurs tentacules aux quatre coins du monde connu. Il aurait sans doute gagné plus d'argent qu'en ce moment. Mais il n'aurait pas bénéficié des mêmes possibilités.

La veille, il avait eu rendez-vous avec une femme rencontrée dans le métro le matin. Ils n'avaient pas parlé. Comme à tous les premiers rendez-vous.

Elle était blond-châtain et portait l'uniforme de rigueur à la City – tailleur anthracite, chemisier blanc –, mais Ho avait plutôt été attiré par le badge d'entreprise qu'elle portait autour du cou. Debout à dix centimètres d'elle, il n'avait eu aucun mal à lire son nom. Dix minutes après son arrivée au Placard, il avait découvert son adresse et son statut conjugal (célibataire), sa situation financière (pas mal), son dossier médical (problèmes de femme habituels) et fouillait sa boîte aux lettres électronique : boulot, spams, un petit flirt qui ne menait nulle part avec un collègue. Elle cherchait une voiture d'occasion et avait répondu à une annonce dans un journal gratuit. Le propriétaire n'avait pas donné suite.

Ho l'appela donc et apprit qu'il avait déjà vendu la voiture mais négligé d'en informer les acheteurs malheureux. Aucun problème, lui avait assuré Ho avant d'appeler la femme elle-même pour savoir si elle était toujours intéressée par une Saab vieille de six ans. Ils s'étaient retrouvés le soir dans un bar à vin. Installé dans un coin avant qu'elle n'arrive, Ho l'avait regardée s'énerver pendant l'heure qui avait suivi. Il avait même envisagé de s'approcher d'elle et de lui expliquer qu'on n'était jamais trop prudent. Un badge de sécurité autour du cou revenait à proclamer *Viole ma vie* : informations bancaires, sites Internet préférés, numéros composés, appels reçus. Il suffisait d'un nom et d'autre chose, le lieu de travail, par exemple. Numéro de sécurité sociale, casier judiciaire, cartes de fidélité, abonnements de transport : non seulement on pouvait découvrir ces choses, comme le reste, mais on pouvait les modifier. Il suffisait de sortir de chez vous un matin avec votre badge autour du cou telle une cloche pour qu'en rentrant le soir votre vie ne vous appartienne plus.

Roderick Ho était venu pour donner cette leçon à cette femme.

Mais il ne lui avait rien dit. Il avait attendu jusqu'à ce qu'elle abandonne et s'en aille en trombe, prise d'une fureur silencieuse. Il avait terminé sa bière sans alcool puis était rentré chez lui à pied, satisfait de l'avoir tenue au creux de sa main.

Son petit secret à lui, parmi tant d'autres.

Il se tenait maintenant face à son écran, sans entendre la musique que déversaient ses haut-parleurs, sans même cligner des yeux. C'était comme si un larbin du ministère de l'Intérieur se tenait à côté de son ordinateur, lui montrait le chemin vers les archives, lui donnait la clé. Monsieur désire-t-il une bière sans alcool pendant qu'il fouille ? Eh bien oui, monsieur voudrait bien.

Ho saisit sa canette dans le trou prévu à cet effet dans son bureau : *Merci, larbin.*

Il envisagea d'intervertir les dates de naissance de quelques apparatchiks haut placés pour détruire une ou deux retraites, mais il fut distrait par un lien vers un site extérieur qui le mena vers un autre, puis encore un autre. Etonnant, comme le temps passait vite : quand il leva la tête, il était minuit et il se trouvait à des années-lumière du ministère de l'Intérieur. Il naviguait sur le site d'une petite entreprise de plastique qui entretenait des liens secrets avec le ministère de la Défense. Encore des secrets. Le terrain de jeu qu'il était né pour arpenter, sans que le lieu où ses parents avaient atterri ait eu la moindre importance. Il s'y trouvait dans son élément, il y creuserait jusqu'à la fin des tunnels tel un avare tamisant des montagnes de terre à la recherche d'une pépite d'or.

Il s'agissait d'entraînement, rien d'autre. Mais aucune de ses recherches ne lui avait permis de résoudre le mystère qui le tourmentait vraiment.

Roderick connaissait précisément les péchés qui avaient amené ses collègues au Placard, la nature exacte des gaffes et autres bourdes qui les avaient condamnés à l'obscurité. Il avait calibré leurs erreurs dans les moindres détails, connaissait la date et le lieu de leur chute, comprenait mieux qu'eux-mêmes les conséquences de leurs échecs, car il avait lu les courriels dans lesquels leurs supérieurs protégeaient leurs arrières. Il savait parfaitement quelle main avait tourné son pouce vers le bas, dans chaque cas. Il pouvait citer les chapitres et les versets.

Pour chaque péché, sauf deux.

L'un était celui de Sid Baker, mais il commençait à avoir ses doutes.

Quant à l'autre, il restait aussi insaisissable que cette pépite cachée.

Ho leva à nouveau la canette, mais elle était vide. Il la jeta par-dessus son épaule sans regarder derrière lui et l'avait déjà oubliée avant qu'elle n'atteigne le mur.

Il garda les yeux rivés à l'écran.

Tous les péchés, sauf deux.

Les jours où Jackson Lamb était une créature d'instinct appartenaient au passé, à une version plus mince de lui-même. Mais les vies antérieures ne disparaissent jamais complètement. On garde les peaux que l'on perd dans une penderie, en cas d'urgence.

Tandis qu'il approchait de chez lui, il sentit une silhouette tapie dans la pénombre de la ruelle voisine.

Il n'aurait pas été difficile d'établir une liste de suspects. Lamb s'était fait des ennemis au fil du temps – cela ne lui prenait jamais bien longtemps. Il roula le *Standard* pour s'en faire une matraque avant d'aborder le carrefour, puis l'agita comme s'il dirigeait un orchestre dans sa tête. Il ne paraissait pas se préoccuper du monde extérieur et devait avoir l'air d'une cible facile.

Il devait avoir l'air beaucoup moins aimable quelques secondes plus tard.

Ses bras connaissaient le geste. Comme quand on tombe de vélo.

— Bon sang, m'sieur…

La voix fut coupée par le *Standard* : un aperçu des dangers que l'on courait en réveillant une bête endormie.

Une lumière s'alluma. Ce n'était pas le genre de quartier où les gens sortiraient de chez eux pour intervenir, mais ils aimaient y regarder de plus près.

Dans la lueur jaune qui apparut avant que le rideau ne soit tiré, Jackson Lamb s'aperçut qu'il avait ferré un gamin, un vulgaire pickpocket. Il avait le visage tellement couvert d'acné qu'on aurait cru des coupures.

Il retira lentement le journal de la bouche du garçon, qui se mit à vomir.

Lamb aurait pu s'éloigner, aucun risque que le gamin le suive pour se venger. Mais, d'un autre côté, il n'avait pas bien loin à aller, l'adolescent verrait où il habitait. La vie de Lamb était faite de moments où il décidait qui devait savoir quoi. Dans ce cas précis, il décida que le gamin ne devait rien apprendre sur lui. Il attendit donc, tenant le garçon par le col de la main droite, tandis que de la gauche il jetait le *Standard*, qui avait perdu son utilité plus vite que d'habitude.

— Merde ! s'écria l'adolescent.

Lamb le lâcha.

— Je vous ai rien fait.

Lamb s'aperçut avec satisfaction qu'il était à peine essoufflé.

— Vous êtes malade.

Sauf que son cœur battait fort et qu'il ressentait une chaleur déplaisante au front et sur les joues. Le gamin continuait de parler.

— Je faisais rien de mal, protesta-t-il plaintivement, comme s'il venait de remporter une victoire temporaire.

— Qu'est-ce que tu fabriquais, alors ? demanda Lamb, ignorant les plaintes de son corps.

— Je traînais.

— Pourquoi ici ?

— Faut bien être quelque part, renifla l'adolescent.

— Eh ben va donc voir ailleurs.

Lamb trouva une pièce dans sa poche : deux livres, deux pence, il ne savait pas mais peu lui importait. Il la jeta par-dessus l'épaule du gamin. Quand il eut disparu de sa vue, il attendit encore quelques minutes.

Son cœur reprit un rythme normal. La sueur disparut de son front.

Puis Jackson Lamb rentra chez lui.

Tout le monde n'eut pas cette chance ce soir-là.

Il avait dix-neuf ans. Il avait peur. Peu importe son nom.

Tu crois qu'on en a quelque chose à foutre de savoir qui t'es ?

Il avait garé sa voiture à deux rues de là, impossible de trouver une place plus près. Ce quartier de Leeds devenait surpeuplé – trop d'immigrés, plaisantait son père : ces Polonais et ces Européens de l'Est qui viennent nous piquer notre travail. Très drôle, papa. Tandis qu'il marchait, il essayait de trouver une blague sur les voitures, la seule chose qu'on peut laisser à deux rues de chez soi en espérant la retrouver le lendemain. Il y avait quelque chose à creuser. Une petite pause et…

« En même temps, par chez nous, ça arrive. »

Il fallait que la chute glisse bien. Pas de place pour les ambiguïtés. Ne jamais utiliser deux mots quand un seul suffit. *Ça arrive*. Ce qui signifiait : « Si tu laisses ta voiture la nuit chez nous, bien sûr que tu vas te la faire voler. » Le public comprendrait-il tout de suite ? Cela dépendrait de la façon dont il le dirait.

« En même temps, chez nous, ça arrive. »

Pause.

« Chez nous, tu laisses ta maison dans la rue, la nuit… »

C'est alors que la première silhouette apparut. Il comprit qu'il était en difficulté.

Il se trouvait dans la ruelle. Il n'aurait pas dû prendre le raccourci, mais quand il cherchait des répliques, ses pieds prenaient le contrôle, le cerveau en pilote automatique. En y réfléchissant, la créativité ressemblait à l'ivresse. Il aurait dû le noter pour plus tard, mais il ne pouvait pas car la première silhouette avait émergé de l'entrée de parking où elle aurait aussi bien pu être en train de pisser, de s'allumer une clope ou occupée à toute autre activité innocente s'il n'y avait pas eu ce détail : elle portait un bas sur la tête.

Fuir ou se battre ? La question ne se posait même pas.

« Si tu as des problèmes dans la rue… lui avait un jour dit son père.

— Papa, commence pas.

— Jouer l'aggro ?

— Papa…

— Le rumble ?

— Je sais ce que tu veux dire, papa, pas la peine d'essayer de parler jeux vidéo, utilise tes propres mots.

— Cours aussi vite que tu peux. »

Une devise pour la vie.

Mais impossible de courir où que ce soit, parce que justement, la première silhouette était la première. Quand il se retourna, il en vit une deuxième, puis une troisième. Elles aussi portaient des bas sur le visage. Le reste de leurs vêtements avait peu d'importance.

Cours aussi vite que tu peux.

Au moins, il essaya. Il parcourut trois mètres avant de se faire plaquer au sol.

Quand il rouvrit les yeux, il se trouvait à l'arrière d'une camionnette, avec un mauvais goût dans la bouche, un souvenir de coton hydrophile. L'avaient-ils drogué ? Les cahots n'en finissaient pas. Il avait les membres lourds, mal à la tête. Il se rendormit.

Lorsqu'il se réveilla, il avait une cagoule sur la tête et les mains attachées. Il était en slip. L'air était froid et humide : une cave. Pas besoin d'y voir pour comprendre, ni d'entendre les voix pour savoir qu'il n'était pas seul.

— Tu vas être gentil, maintenant.

Il ne s'agissait pas d'une question.

— Tu vas pas faire de problèmes, tu vas pas essayer de t'enfuir.

Une pause.

— Enfin, ça, t'as aucune chance.

Il essaya de parler, mais parvint juste à gémir.

— Si t'as envie de pisser, y a un seau.

Cette fois-ci, il parvint à retrouver la voix.

— Où… Où ça ?

Pour toute réponse, il entendit un coup de pied métallique à sa gauche.

— T'entends ça ? C'est là que tu pisses, que tu chies, ce que tu veux.

Il hocha la tête.

Puis quelque chose racla le sol, un objet qu'il ne voyait pas mais qui paraissait énorme et punitif, une machine à laquelle on l'attacherait avant d'appliquer des objets pointus sur ses parties faibles…

— Et voilà une chaise.

Une chaise ?

— C'est tout.

Puis il se retrouva seul. Les pas s'éloignèrent. Une porte claqua. Le verrou aussi claqua, comme s'il n'y avait plus aucune chance que cette porte se rouvre un jour.

Il avait les mains solidement liées, mais au moins elles étaient devant lui. Il les leva pour arracher la cagoule de sa tête, manquant de s'étrangler, mais il y parvint. Ce fut au moins une petite victoire. Il jeta la pièce de tissu au sol, comme s'il la tenait pour responsable de tout ce qui lui était arrivé au cours des dernières… quoi au fait ? Heures ?

Combien de temps s'était écoulé depuis qu'ils l'avaient enlevé dans la ruelle ?

Où se trouvait-il à présent ?

Et surtout pourquoi ? Qui étaient ces gens, que fichait-il ici ?

Il donna un coup de pied dans la cagoule. Des larmes coulaient sur ses joues. Depuis combien de temps pleurait-il ? Avait-il commencé avant que la voix ne quitte la pièce ? L'avait-on entendu sangloter ?

Il avait dix-neuf ans et très peur. Plus qu'un public, qu'une pièce remplie de gens qui riaient à ses sketches, il voulait sa mère.

Devant lui se trouvait une chaise ordinaire. D'un coup de pied, il l'étala par terre. Puis il aperçut le seau posé dans un coin, comme promis. Il se retint de le renverser aussi.

Où... Où ça ?

Il se trouvait ridicule d'avoir demandé cela. Comme si on lui indiquait les toilettes dans une pension familiale. Comme s'il se montrait reconnaissant.

Qui étaient ces gens ? Que voulaient-ils ? Pourquoi lui ?

C'est là que tu pisses, que tu chies, ce que tu veux.

Ils comptaient le garder assez longtemps pour qu'il ait besoin de déféquer ?

L'idée lui coupa les jambes. Pleurer l'avait épuisé. Il s'effondra sur le sol de pierre froid.

S'il n'avait pas renversé la chaise, il se serait assis dessus. Mais la tâche de la remettre droite était au-dessus de ses forces.

Que veulent-ils ?

Aucune réponse à portée de main.

Une simple ampoule sans abat-jour éclairait la cave. Elle pendait à un mètre au-dessus de lui. Il la remarqua, surtout quand elle s'éteignit. Sa lueur s'attarda quelques instants, puis disparut tel un fantôme dans l'obscurité.

Il croyait avoir déjà éprouvé un sentiment de panique, mais ce n'était rien comparé à ce qu'il ressentait.

Pendant les minutes qui suivirent, il resta enfermé dans ses pensées, l'endroit le plus terrifiant sur terre. Des horreurs indicibles y étaient enfouies, se nourrissant de cauchemars d'enfance. Une horloge sonna, mais pas une vraie. Cette horloge l'avait réveillé alors qu'il avait trois ou quatre ans et l'avait empêché de se rendormir car il craignait que son tic-tac soit en réalité le bruit d'une monstrueuse araignée qui s'approchait. S'il s'endormait, elle l'attraperait.

Mais il n'avait plus trois ou quatre ans. Appeler ses parents ne servirait à rien. Il faisait sombre, mais il s'était déjà retrouvé dans le noir. Il avait peur mais…

Il avait peur mais il était vivant, il avait faim, et puis il s'agissait peut-être d'une blague, un bizutage des gamins branchés de la fac.

La colère. Voilà à quoi il pouvait se raccrocher : il était en colère.

— OK, les gars, cria-t-il. Vous vous êtes bien amusés, maintenant j'en ai marre de faire semblant d'avoir peur.

Sa voix tremblait, mais pas tant que cela.

— Les gars ? J'en ai marre.

On lui jouait simplement un mauvais tour influencé par Big Brother.

— OK, les gars, vous êtes trop cool, mais vous savez quoi ?

Il ne voyait pas ses mains, mais il les leva au niveau de son visage, les majeurs dressés.

— Asseyez-vous là-dessus !

Puis il releva la chaise et y prit place, espérant que sa respiration ne trahissait pas son anxiété.

Il devait absolument se maîtriser.

Il ne fallait surtout pas perdre la tête.

Plus tôt dans la soirée, River avait rejoint le flot des passagers à London Bridge ; à huit heures, il se trouvait à Tonbridge. Il s'était contenté de passer un coup de fil pour prévenir de son arrivée, mais n'avait pas eu l'impression de prendre le Vieux au dépourvu : un gratin de pâtes et une salade qui ne sortait pas d'un sachet l'attendaient pour dîner.

— Tu te demandais si tu me trouverais avec une boîte de haricots devant la télé ?

— Jamais de la vie.

— Je m'en sors, tu sais, River. A mon âge, on n'est ni seul ni mort. En tout cas, on s'y habitue.

La grand-mère de River était morte quatre ans plus tôt. Maintenant, le Vieux Con, comme l'appelait la mère de River, vivait seul dans cette maison de quatre pièces.

« Il devrait vendre cette baraque et s'acheter un petit pavillon, répétait-elle à River lors de ses rares visites éclair, ou bien déménager dans un de ces complexes résidentiels.

— Je le vois pas faire ça.

— Oh, tu sais, ils ne font pas que regarder la télé et se faire insulter. Il y a des règles, maintenant, disait-elle avec un grand moulinet du bras, le geste qu'elle réservait aux détails triviaux.

— Il pourrait y avoir des commandements, il ne renoncera jamais à son jardin. Tu en as après son argent.

— Non, chéri. Je veux juste qu'il soit malheureux. »

Elle plaisantait peut-être.

Après avoir dîné, River et son grand-père se retirèrent dans le bureau, la pièce où l'on buvait les liqueurs. Bien qu'il proclamât le contraire, le Vieux se raccrochait à la routine de vie créée par sa femme.

Un verre de Glenmorangie à la main, face à la cheminée, River avait demandé :

— Tu connais Robert Hobden ?

— Ce crapaud ? Qu'est-ce que tu lui veux ?

Il avait essayé de prendre l'air détaché, mais une étincelle dans ses yeux le trahit.

— Simple curiosité.

— Il a fait son temps.

— C'est notre spécialité, au Placard.

Son grand-père l'observa par-dessus la monture de ses lunettes – ce seul geste constituait une bonne raison d'en porter.

— Ils ne vont pas te laisser là pour toujours, tu sais.

— C'est pourtant l'impression qu'on m'a donnée.

— C'est le but. Si tu savais que tu y étais pour six mois, ça ne te ferait rien.

Il y avait déjà passé plus de six mois, tous deux le savaient, alors River se tut.

— Fais ton temps, exécute les ordres que te donne Jackson Lamb, et puis tu rentreras à Regent's Park, tes fautes pardonnées. Retour à zéro.

— Quelle faute a commise Lamb ?

Le Vieux fit semblant de ne pas avoir entendu.

— Hobden était une star, à l'époque. Surtout quand il écrivait des reportages pour le *Telegraph*. Ses articles sur le trafic de drogue à Manchester ont ouvert les yeux à beaucoup de monde. Beaucoup croyaient que la drogue était un problème américain. Avec lui, c'était du sérieux.

— Je ne savais pas qu'il avait été reporter. Je pensais qu'il faisait seulement des chroniques.

— A la fin, oui. Mais à l'époque, il fallait passer par le reportage. Maintenant, il suffit d'un diplôme de journalisme et d'un oncle à la rédaction. Mais je ne vais pas commencer avec la décadence du métier.

— Bonne idée, acquiesça River, je ne reste que pour la soirée.

— Tu peux rester aussi longtemps que tu veux.

— Il ne vaut mieux pas. Il était membre du parti communiste ?

— Probablement.

— Personne n'a rien trouvé à y redire ?

— Tout n'est pas noir ou blanc, River. Un sage a dit un jour qu'il ne ferait jamais confiance à quelqu'un qui n'aurait pas été radical dans sa jeunesse. A l'époque, le communisme était l'opinion radicale en vogue. Qu'est-ce qui est arrivé à ta main ?

— Accident de cuisine.

— Tu as joué avec le feu.

Son expression changea.

— Tu m'aides à me lever ?

River lui tendit la main.

— Ça va ?

— Satanée tuyauterie. Ne vieillis jamais, River.

Il sortit en traînant les pieds. Quelques instants plus tard, la porte des toilettes se referma.

River se rassit dans son fauteuil au cuir aussi doux que la reliure d'un agenda. Le bureau bourdonnait agréablement, tandis qu'il faisait tourner le liquide dans son verre.

Toute sa vie, le Vieux avait travaillé au service de son pays, à une époque où les lignes de bataille étaient plus nettes qu'aujourd'hui. Pourtant, la première fois que River l'avait vu, agenouillé dans un parterre de fleurs, il n'aurait pas pu ressembler moins à un combattant secret. Son chapeau de cricket n'empêchait pas la sueur de ruisseler sur son front, il avait le visage luisant comme un fromage. A l'approche de River, il s'était accroupi, sa truelle à la main, sans un mot. River, âgé de sept ans, était arrivé un quart d'heure plus tôt, déposé par sa mère et l'homme qui lui tenait alors compagnie. Ils l'avaient laissé à la porte avec, respectivement, un baiser distrait et un hochement de tête. Jusqu'à ce jour, il ignorait qu'il avait des grands-parents.

« Ils seront ravis de t'accueillir, lui avait annoncé sa mère tandis qu'elle jetait des vêtements au hasard dans une valise.

— Pourquoi ? Ils me connaissent même pas !

— Ne sois pas stupide. Je leur ai envoyé des photos.

— Quand ? Quand est-ce que tu…

— River, je te l'ai déjà dit. Maman doit s'en aller. C'est important. Tu veux que maman soit heureuse, non ? »

Il n'avait pas répondu. Il ne voulait pas que maman soit heureuse. Il voulait que maman soit là. Ça, c'était important.

« Ça ne durera pas longtemps. Et quand je reviendrai… »

Elle jeta une chemise mal pliée dans la valise.

« Peut-être que j'aurai une surprise pour toi.

— Je veux pas de surprise.

— Même pas un nouveau papa ?

— Je l'aime pas ! s'était écrié River. Et puis toi non plus je t'aime pas. »

C'étaient les derniers mots qu'il lui avait adressés pendant deux ans.

Au début, sa grand-mère avait été choquée, puis elle s'était adoucie et l'avait gâté à la cuisine. Dès qu'elle avait tourné le dos, il s'était enfui par la porte de derrière mais il était tombé sur cet homme agenouillé dans son parterre de fleurs, qui n'avait rien dit pendant longtemps, mais dont le silence avait apaisé River. Dans son souvenir, ils avaient ensuite eu cette conversation, bien qu'en réalité elle ait pu avoir lieu à un autre moment, ou jamais. C'était simplement l'un de ces épisodes que l'esprit reconstruit pour expliquer rétrospectivement des événements qui autrement resteraient confus.

« Tu dois être River », avait dit son grand-père.

River n'avait pas répondu.

« Quel nom idiot. Mais bon, ça aurait pu être pire. »

L'expérience de River dans plusieurs écoles suggérait que le vieil homme se trompait.

« Il ne faut pas en vouloir à ta mère. »

Sans savoir s'il devait répondre oui ou non, River avait gardé le silence.

« Tout est de ma faute, pas de la sienne. Encore moins celle de sa mère – enfin, de ta grand-mère. La dame à la cuisine. Elle ne t'a jamais parlé de nous, n'est-ce pas ? »

Cela n'appelait aucune réponse.

Au bout d'un moment, son grand-père avait pincé les lèvres en examinant la terre qu'il travaillait. River ne comprenait pas ce qu'il faisait, s'il plantait des fleurs ou arrachait des mauvaises herbes, car il avait toujours vécu en appartement. Pour lui, les fleurs se vendaient dans des papiers colorés ou poussaient dans les parcs. S'il avait pu se transporter par magie dans un appartement, il l'aurait fait aussitôt, mais le choix n'était pas envisageable. Dans les histoires, les grands-parents se montraient généralement affables, mais pas toujours. L'éventualité qu'ils soient animés d'intentions assassines n'était pas exclue.

« C'est plus simple avec les chiens », avait poursuivi son grand-père.

River n'aimait pas les chiens, mais il avait décidé de garder cette information pour lui, jusqu'à ce qu'il comprenne dans quel sens soufflait le vent.

« Il suffit de regarder leurs pattes. Tu savais ça ? »

Cette fois-ci, il semblait attendre une réponse.

« Non, avait-il répondu après un blanc de trois minutes.

— Non quoi ?

— Non, je ne savais pas.

— Tu ne savais pas quoi ?

— Ce que vous avez dit. Pour les chiens.

— Il suffit de regarder leurs pattes pour savoir jusqu'où ils vont grandir. »

Il s'était remis à creuser, satisfait de l'intervention de River.

« Les chiens grandissent en fonction de la taille de leurs pattes. Pas les enfants. Leurs pieds grandissent en même temps qu'eux. »

River avait regardé la terre couler le long de la truelle. Un objet rouge et gris se tortillait au bout. Un geste sec, et il avait disparu.

— Je ne veux pas dire par là que ta mère a grandi plus qu'on ne s'y attendait. »

C'était un ver de terre. Si ce que River avait entendu était vrai, il s'agissait maintenant de deux vers de terre différents. Il se demandait si les deux moitiés se souvenaient qu'elles avaient été un seul ver et si c'était deux fois mieux. Impossible de répondre à de telles questions. On pouvait étudier la biologie, mais pas plus.

« On ne pouvait pas prévoir qu'elle deviendrait si légère. »

Nouveau coup de truelle.

« Ta mère a fait beaucoup d'erreurs. Ton nom est loin d'être la plus grave. Tu sais quelle est la pire décision qu'elle ait prise ? »

Cela aussi attendait une réponse, mais River avait seulement réussi à secouer la tête.

« Elle ne s'en est pas encore rendu compte. »

Il creusait plus fort, comme s'il devait déterrer quelque chose.

« Nous commettons tous des erreurs, River. J'en ai fait quelques-unes, dont certaines ont causé du tort à d'autres personnes. Ce sont les plus graves. Celles dont il faut apprendre. Mais ta mère ne fonctionne pas comme ça. Elle répète la même erreur, encore et encore, et ça n'aide personne. Surtout pas toi. »

Il avait levé les yeux vers River.

« Mais il ne faut pas lui en vouloir. C'est dans sa nature. »

C'était dans sa nature, songea River en attendant que son grand-père revienne de la salle de bains. A présent, c'était indéniable. Elle n'avait cessé de répéter les mêmes erreurs et ne semblait pas devoir s'arrêter.

Quant au vieil homme, en repensant à des scènes comme celle-là – le chapeau de cricket, le pull troué aux coudes, la truelle et les ruisseaux de sueur qui coulaient sur son visage campagnard –, River avait du mal à ne pas voir qu'il jouait un rôle. Il disposait de tous les accessoires : grande maison entourée d'un jardin, chevaux à quelques pas de là. Gentleman campagnard jusqu'au bout des ongles. Le mot « légère » appartenait aux romans du début du XXe siècle, à un monde où les Evelyn Waugh et les Nancy Mitford jouaient aux cartes sur des tables prévues à cet effet.

Seulement les actes pouvaient dissimuler la réalité. Quand River se rappelait son enfance dans cette maison, c'était toujours en plein été, sans un nuage dans le ciel. Peut-être le jeu du Vieux avait-il fonctionné, car tous les clichés qu'il incarnait, ou prétendait incarner, avaient marqué River. Du soleil en Angleterre et des champs à perte de vue. Quand il était devenu assez grand pour savoir ce qu'avait réellement fait son grand-père pendant sa vie et décider de suivre ses traces, telles étaient les deux images qui lui étaient apparues, réelles ou imaginaires. Le Vieux aurait eu une réponse à cela aussi : *Peu importe si ce n'est pas la réalité. C'est l'idée que tu dois défendre.*

« Est-ce que je vais habiter ici ? avait-il demandé ce matin-là.

— Oui. Je ne vois pas ce qu'on pourrait faire de toi, sinon. »

A présent, voilà qu'il rentrait dans la pièce, plus frais que quand il l'avait quittée. River faillit lui demander si tout allait bien, mais il se ravisa et but une gorgée de whisky.

Son grand-père se rassit dans son fauteuil.

— Si tu as Hobden sur ton radar, alors c'est politique.

— J'ai entendu parler de lui, je ne me rappelle pas où. Son nom me disait quelque chose, c'est tout.

— Dans ton métier, mentir peut être une question de vie ou de mort, alors il va falloir que tu t'améliores, River. A ce propos, que t'est-il réellement arrivé à la main ?

— J'ai ouvert une mallette sécurisée sans le code.

— Quelle idiotie. Pourquoi as-tu fait ça ?

— Je voulais voir si j'y arrivais sans me brûler.

— Maintenant tu connais la réponse. Tu t'es fait soigner ?

C'était la main gauche. S'il avait utilisé la droite, il aurait peut-être été plus rapide, il ne se serait peut-être pas brûlé du tout. Mais River avait opté pour la solution pragmatique : si la mallette explosait comme une grenade, il préférait perdre sa main la moins habile. Il avait éteint la petite flamme avec une bouteille d'eau. Le contenu de la mallette avait été mouillé, mais pas endommagé. Il avait copié les fichiers que contenait l'ordinateur sur une nouvelle clé USB puis avait glissé le portable dans l'enveloppe achetée à la papeterie à côté du Placard. Tout cela sur un banc près d'un parc pour enfants.

Sa main n'allait pas trop mal : un peu rouge, un peu écorchée, c'est tout. Morale de l'exercice : les mal lettes sécurisées ne valaient pas tripette. Ce qui n'avait pas empêché Spider de se réjouir que le Placard ne dispose pas de ce genre de technologie.

Autre morale : réfléchir avant d'agir. Cet épisode découlait de son ressentiment accumulé, d'abord parce qu'on l'envoyait faire les poubelles tandis que Sid se chargeait de la véritable mission, mais surtout parce qu'on faisait de lui le commis de Spider Webb… Il n'avait pas encore examiné le contenu de sa clé USB. Le simple fait d'être en sa possession constituait un crime passible de prison.

— Ça va, répondit-il à son grand-père, un peu brûlé, c'est tout. Pas de quoi s'inquiéter.

— En tout cas, tu as quelque chose derrière la tête.

— Tu sais à quoi je m'occupe depuis un mois ?

— Quoi que tu fasses, je doute que tu sois autorisé à m'en parler.

— Je te fais confiance. Je lis des conversations téléphoniques.

— Et tu mérites mieux que ça.

— C'est une perte de temps. Ils ont enregistré toutes les communications dans des zones stratégiques, surtout dans les environs des mosquées les plus radicales, puis ils les ont transcrites avec des logiciels de reconnaissance vocale. Ils ne m'ont donné que les textes en anglais, il y en a des milliers. Le logiciel écrit souvent du charabia, mais il faut tous les lire et les noter en fonction du degré de soupçon. De un à dix. A ce jour, j'en ai lu huit cent quarante-deux. Tu sais à combien j'ai mis une note supérieure à un ?

River forma un zéro avec son pouce et son index.

Son grand-père saisit la bouteille.

— J'espère que tu n'envisages rien de stupide, River.

— Je mérite mieux que ça.

— Ils te font juste sauter dans un cerceau.

— Eh ben, j'en ai marre de sauter.

— Ils ne vont pas te garder là indéfiniment.

— Tu crois ? Et Catherine Standish, par exemple ? Tu crois que c'est un poste temporaire pour elle ? Ou Min Harper. Il a oublié un disque dur dans un train. Au ministère de la Défense, ils ont tout un club d'imbéciles heureux qui ont oublié des documents confidentiels dans des taxis sans qu'on leur ait sucré leurs frais de bouche pour autant. Mais Harper ne retournera jamais à Regent's Park, hein ? Et moi non plus.

— Je ne connais pas ces gens, River.

— C'est vrai, dit-il en se frottant le front.

L'odeur de la pommade lui assaillit les narines.

— Désolé, je suis énervé, c'est tout.

Le Vieux remplit leurs verres. River n'avait vraiment pas besoin de plus de whisky, mais il ne protesta pas. Il savait que la situation n'était pas facile pour son grand-père. Il soupçonnait Jackson Lamb de lui avoir dit la vérité : sans lui, il se serait fait virer. Sans lui, River n'aurait même pas atterri au Placard, on l'aurait fait fondre pour en faire de la colle. Peut-être Lamb avait-il aussi raison quand il affirmait que le travail abrutissant qu'on lui confiait avait comme seul but de l'inciter à abandonner… Après tout, cela serait-il une si mauvaise chose ? Il n'avait pas encore trente ans, il avait encore le temps de recoller les morceaux, de recommencer une carrière qui pourrait lui faire gagner de l'argent.

Excepté qu'à peine formée, cette idée prenait ses cliques et ses claques et s'en allait. Si River avait hérité quelque chose de l'homme assis en face de lui, c'était son obstination à poursuivre la voie qu'il avait choisie.

— Tu n'es pas en train de jouer au malin avec Hobden, hein ? demanda son grand-père.

— Non, répondit River, j'ai entendu son nom, c'est tout.

— Il avait le bras long, dans le temps. Il n'a jamais travaillé pour nous – il aimait trop se faire mousser – mais des gens importants l'écoutaient.

River sortit une phrase banale sur la chute des grands.

— Il doit y avoir une raison pour que ce soit devenu un cliché. Quand quelqu'un comme Robert Hobden se tire une balle dans le pied, on ne l'oublie pas de sitôt.

De toute évidence, le Vieux voulait l'attention de River.

— Le club auquel il appartenait ne peut pas se permettre de changer d'avis une fois qu'il a viré quelqu'un.

Mais rappelle-toi ceci, River : Hobden n'a pas été excommunié à cause de ses opinions, mais seulement parce qu'il ne faut pas déballer certaines idées si l'on veut dîner à la Grande Table.

— Ce qui signifie que tout le monde savait à quoi il croyait.

— Bien sûr.

Le grand-père de River se cala au fond de son fauteuil pour la première fois depuis son excursion aux toilettes, les yeux perdus au loin. River eut l'impression qu'il regardait le passé, l'époque où il avait navigué dans ces mêmes eaux.

— Prends bien garde, si tu penses sortir de ton pré carré. Les gens dont s'entourait Hobden avant sa chute sont bien moins recommandables que ceux avec qui il s'est associé par la suite.

— Je ne joue à rien, et je ne sors de rien du tout. Hobden ne m'intéresse pas. Ne t'inquiète pas, le vieux, je ne vais pas m'attirer d'ennuis.

— Tu risques, si tu m'appelles encore comme ça.

Sentant que la conversation était terminée, River se prépara à partir. Mais son grand-père n'avait pas fini.

— Et je ne m'inquiète pas. Enfin, si, mais c'est inutile. Quoi que je dise, tu feras ce que tu as prévu de faire.

River eut un pincement au cœur.

— Tu sais que j'écoute toujours…

— Je ne me plains pas, River. Après tout, tu es le fils de ta mère.

Il gloussa en voyant l'expression de River.

— Tu crois avoir hérité de moi, hein ? J'aimerais bien.

— C'est toi qui m'as élevé, avec Rose.

— Mais elle t'a gardé jusqu'à l'âge de sept ans. Elle aurait pu en remontrer aux jésuites. Tu as eu des nouvelles d'elle, récemment ?

Il avait posé cette question négligemment, comme s'il demandait des nouvelles d'un ancien collègue.

— Il y a deux mois. Elle m'a appelé de Barcelone pour me rappeler que j'avais oublié son anniversaire.

Le Vieux éclata de rire, sincèrement amusé.

— Tu vois, mon garçon ? C'est comme cela qu'il faut faire : fixer tes propres priorités.

— Je serai prudent, lui assura River.

Le vieil homme lui attrapa le coude tandis qu'il se penchait pour l'embrasser.

— Sois plus que prudent, mon gars. Tu ne mérites pas d'être au Placard. Mais si tu te plantes en essayant de t'évader, personne ne pourra sauver ta carrière.

Son grand-père n'avait jamais été aussi près d'avouer qu'il était intervenu après le fiasco de King's Cross.

— Je serai prudent, répéta-t-il avant de s'en aller prendre son train.

Il y pensait encore le lendemain matin. *Je serai prudent.* Combien de fois entendait-on cela juste avant que quelqu'un ait un accident ? *Je serai prudent.* Mais qu'y avait-il de prudent à posséder cette clé USB, qui ne se trouvait pas dans sa poche par hasard ? Ce qu'il avait fait de plus prudent jusqu'à présent, c'était de ne pas examiner son contenu.

En faisant cela, il disposerait d'informations inaccessibles à Sid Baker, sans doute même à Spider Webb. Cela lui donnerait un avantage, il aurait de nouveau l'impression d'être un espion. Mais cela pouvait aussi l'envoyer en taule. Quel mot avait employé le Vieux ? Excommunié… *Il ne faut pas déballer certaines idées si l'on veut dîner à la Grande Table*. River était encore loin de la Grande Table, mais il pouvait toujours tomber plus bas. Si on le surprenait en possession de cette clé, la chute serait rude.

Si cela se produisait, tout le monde partirait du principe qu'il avait lu les fichiers…

Ses pensées allaient et venaient. Avoir mauvaise conscience était la pire chose au monde. Tandis qu'il montait les escaliers du Placard, il essaya de prendre son expression matinale habituelle. *Quand on cherche à agir naturellement, il ne faut pas penser à ce qu'on fait*. Leçon numéro un. *Il faut penser à autre chose, au dernier livre qu'on a lu*. Il ne se rappelait pas le dernier livre qu'il avait lu. Mais il ne sut jamais si l'effort pour s'en souvenir lui donnait l'air naturel ou non, car personne ne se soucia de l'humeur de River ce matin-là.

La porte de Roderick Ho était ouverte : depuis le palier, River vit que tout le monde s'était rassemblé dans son bureau, un événement sans précédent. Personne ne se parlait. Tous fixaient l'écran de Ho, le plus grand de la maison.

— Qu'est-ce qui se passe ? demanda River.

Question inutile. Par-dessus l'épaule de Ho, il distingua une cave mal éclairée et une silhouette vêtue d'orange, une cagoule sur la tête. D'une main tremblante, recouverte d'un gant, la silhouette tenait un journal anglais. Compréhensible : personne ne se tenait dans une cave, le journal du jour à la main face à une caméra, sans trembler de peur.

— Un otage, expliqua Sid Baker sans détourner les yeux de l'écran.

River se retint de répondre *Je vois bien*.

— Qui c'est ?

— On sait pas.
— Qu'est-ce qu'on sait ?
— Ils vont lui couper la tête, répondit Sid.

Tout le monde ne se trouvait pas dans le bureau de Ho quand River arriva. Comment avait-il fait pour ne pas remarquer l'absence de Jackson Lamb ? Cette anomalie fut bientôt rectifiée : un pas lourd dans l'escalier, un grondement sourd qui ne pouvait émaner que d'un estomac. Lamb pouvait se déplacer discrètement quand il voulait, mais quand il ne faisait pas d'efforts, on l'entendait arriver. Il entra dans le bureau de Ho, ou plutôt en prit possession avec son souffle profond, sans dire un mot. Sur l'écran, toujours la même absence d'événement : un garçon en jogging orange avec des gants, un sac sur la tête, qui tenait un journal anglais dont on voyait la dernière page. River mit un moment à comprendre qu'il était arrivé à cette conclusion : la silhouette était un garçon.

— A peine neuf heures du matin et vous regardez un porno sadique ? interrompit Lamb.

— Parce qu'il y aurait une meilleure heure pour… commença Struan Loy.

— Tais-toi, coupa Sid Baker.

— Voilà un bon programme, acquiesça Lamb. Taisez-vous, Loy. C'est en direct ?

— C'est transmis en flux direct, précisa Ho.

— Il y a une différence ?

— Vous tenez vraiment à ce que je vous explique ?

— Bien vu. En tout cas, c'est le journal d'aujourd'hui. Donc, si ce n'est pas du direct, c'est à peine décalé, fit remarquer Lamb, visiblement fier de ses capacités de déduction. Comment êtes-vous tombés dessus ?

— Par les blogs, répondit Sid. Ça a commencé vers quatre heures.

— Un prologue ?

— Ils disent qu'ils vont lui couper la tête.

— Ils ?

— On ne sait pas encore. En tout cas, il y a de quoi attirer l'attention.

— Ils ont dit ce qu'ils voulaient ?

— Lui couper la tête.

— Quand ?

— Dans quarante-huit heures.

— Pourquoi quarante-huit ? s'interrogea Lamb. Pourquoi pas soixante-douze. Trois jours, ce n'est pas tant demander.

Personne n'osa lui demander quel était son problème. Il le leur expliqua tout de même.

— C'est toujours un ou trois jours. Le délai est soit vingt-quatre, soit soixante-douze heures. Pas quarante-huit. Vous savez pourquoi je déteste déjà ces branleurs ?

— Parce qu'ils ne savent pas compter ? tenta River.

— Parce qu'ils n'ont aucun sens des traditions. J'imagine qu'ils n'ont pas dit qui était cette souris aveugle ?

— La menace de décapitation est arrivée par les blogs en même temps que le lien, répondit Ho. Et que le délai. Pas d'autre précision. Il n'y a pas de son sur la vidéo.

Pendant cet échange, personne n'avait détaché les yeux de l'écran.

— Pourquoi une telle timidité ? s'étonna Lamb. Quand on décapite quelqu'un, on fait passer un message. Mais si vous ne dites à personne pourquoi vous le faites, ça ne fait pas avancer votre cause.

— Couper des têtes ne fait rien avancer du tout, objecta Sid.

— Sauf si votre cause implique de couper des têtes. Dans ce cas, vous vous adressez au bon public.

— Qu'est-ce que ça change, de savoir qui ils sont ? intervint Ho. Quel que soit leur nom, c'est al-Qaida. Les Fils du Désert, l'Epée d'Allah, la Colère du Livre : ce sont tous al-Qaida.

Un nouveau retardataire fit son entrée : Jed Moody, qui n'avait pas retiré son manteau.

— Vous avez entendu ?

— On est en train de regarder.

Kay White ouvrit la bouche pour dire quelque chose mais se ravisa. Dans une atmosphère plus cruelle, tous auraient fait remarquer que c'était une première.

— Qu'est-ce qu'on fait ? demanda River.

— Ce qu'on fait ? répéta Lamb.

— Oui. Qu'est-ce qu'on fait ?

— On se remet au boulot, qu'est-ce que vous croyez ?

— Bon sang, on ne peut pas faire comme s'il ne se passait rien…

— Non ?

Ce mot pointu perça la bulle de River.

Lamb reprit une voix plate et ennuyeuse. Le garçon avec sa cagoule et son journal aurait aussi bien pu faire office d'économiseur d'écran.

— Vous pensiez que le Batphone allait sonner et que Lady Di allait ordonner le branle-bas de combat ? Eh ben non, on va regarder à la télé, comme tout le monde. On ne fera rien. C'est pour les grands, et vous autres n'avez pas le droit de jouer avec eux. Vous aviez oublié ?

Personne ne répondit.

— Allez, vous avez du papier à brasser. Qu'est-ce que vous fichez encore ici ?

Ils sortirent un par un, sauf Ho et Moody dont c'était le bureau. Moody accrocha son manteau derrière la porte sans prononcer un mot. Ho n'aurait pas répondu s'il l'avait fait.

Lamb s'attarda un instant. Sa lèvre supérieure était saupoudrée du sucre glace d'un croissant aux amandes. Tandis qu'il fixait l'écran où rien de nouveau ne s'était produit depuis les dernières minutes, sa langue découvrit cette veine sucrée et la lécha. En revanche, ses yeux exprimaient une tout autre émotion. Si Ho et Moody s'étaient tournés vers lui à cet instant, ils auraient eu la surprise de voir ce has been graisseux animé d'une colère glacée.

Puis il remonta dans son bureau de son pas lourd.

Arrivé à son bureau, River alluma son ordinateur puis attendit, maudissant sa machine de démarrer aussi lentement. Il remarqua à peine l'arrivée de Sid et sursauta quand elle lui demanda :

— Tu crois que…

— Ah !

— Oh, ça va ! C'est aussi mon bureau, tu sais.

— Je sais, je sais. J'étais… concentré.

— C'est ça. Allumer son PC, opération délicate. J'imagine que ça requiert toute ton attention.

— Sid, je ne t'ai pas entendue entrer, c'est tout. Qu'est-ce que tu veux ?

— Laisse tomber.

Elle s'assit à son bureau. L'écran de River connut son faux réveil habituel : un bref passage au bleu avant de replonger dans le noir. En attendant, il regarda Sid. Elle portait les cheveux tirés en arrière et paraissait plus pâle que d'habitude, peut-être à cause de son pull en cachemire noir, ou bien des dix minutes qu'elle venait de passer à regarder un jeune homme encapuchonné, visiblement condamné à mort.

De plus, elle ne portait pas son pendentif en argent. Si on lui avait demandé s'il trouvait cela inhabituel, il aurait répondu qu'il n'en savait rien, car Sid le portait un jour sur deux : il en avait donc déduit qu'il n'avait aucune valeur sentimentale pour elle. Mais il n'y avait aucun risque qu'on lui pose la question.

Son ordinateur émit le bip aigu qui semblait toujours exprimer son impatience, comme si on le faisait attendre et non l'inverse.

— Au fait, je suis désolé, pour hier. C'était stupide, dit-il, se surprenant presque lui-même.

— Oui, c'était stupide.

— Sur le moment, j'ai trouvé ça amusant.

— Les idées stupides paraissent souvent amusantes.

— En tout cas, je ne me suis pas amusé à nettoyer, si ça peut te faire plaisir.

— Ce qui m'aurait fait plaisir, c'est que tu le fasses correctement. Il y avait encore des coquilles d'œufs sous mon bureau ce matin.

Mais elle souriait à moitié, ce qui signifiait sans doute que l'incident était clos. Même si le fait que Sid avait été envoyée en mission le travaillait toujours.

Son ordinateur s'était réveillé, mais de manière humaine, ce qui signifiait qu'il lui faudrait encore quelques minutes avant d'être réellement opérationnel. Il lança le navigateur.

— Tu crois que Ho a raison, que c'est al-Qaida ? demanda Sid.

River eut envie de lancer une remarque déplaisante, mais il se retint. A quoi bon ?

— Qui ça pourrait être d'autre ? Ce n'est pas comme si on n'avait jamais vu ça avant.

Tous deux replongèrent dans le silence en repensant à d'autres vidéos similaires, où les otages avaient été exécutés pour avoir commis le crime d'être occidentaux.

— Ils doivent être sous surveillance, reprit Sid.

River acquiesça.

— Avec tout ce qu'on fait, ici, à Regent's Park, à la Division des communications, le filet est assez serré. Une fois qu'ils auront découvert qui est ce gamin et où ils le retiennent, ils arriveront bien à trouver une liste de suspects, non ?

Il était enfin connecté.

— C'était quoi, déjà, le lien ?

— Une seconde.

Quelques instants plus tard, un courriel clignotait sur son écran. Il suivit le lien qu'il contenait et l'écran afficha de nouveau l'image désormais familière : garçon, cagoule, cave.

Rien n'avait changé depuis qu'ils avaient quitté le bureau de Ho.

Ils restèrent silencieux mais, contrairement à celui qui emplissait habituellement leur bureau, le silence était partagé, plutôt que dicté par l'embarras.

S'ils espéraient qu'il serait rompu par une voix venant du fond de cette cave, ils furent déçus.

— On dépense beaucoup de temps et d'argent pour surveiller les groupes extrémistes, lâcha enfin River.

Sid avait oublié qu'elle lui avait posé une question.

— Mais on n'a pas beaucoup d'infos en direct.

— Manque de ressources.

Un autre jour, River se serait moqué.

— Oui. Avant, c'était plus facile d'infiltrer les groupes terroristes.

— On dirait que tu t'y connais.

— J'ai grandi avec ces histoires.

— Ton grand-père. C'était David Cartwright, c'est ça ?

— C'est toujours lui.

— Je ne voulais pas…

— Il est toujours vivant, et pas qu'un peu.

Il s'aperçut qu'elle avait reculé sa chaise et le regardait lui, plutôt que l'écran.

— Mais c'est pas comme s'il m'avait raconté des secrets d'Etat avant de me border.

— Ce n'est pas ce que je sous-entendais.

— La première histoire qu'il m'a racontée le soir, c'était *Kim*.

Voyant qu'elle connaissait le titre, River n'insista pas.

— Ensuite, Conrad, Greene, Somerset Maugham.

— *Mr Ashenden, agent secret.*

— Tu vois le tableau. Pour mon douzième anniversaire, il m'a offert les œuvres complètes de Le Carré. Je me souviens encore de ce qu'il m'a dit.

Ces histoires sont inventées, mais ça ne veut pas dire qu'elles ne sont pas vraies.

River se retourna vers son écran. Le journal que tenait le garçon tremblait. Mais pourquoi montrer la dernière page ? *Triomphe de l'Angleterre* : le match de qualification pour la Coupe du monde, la veille.

— La BBC, dit-il à voix haute, pensant toujours au lien que lui avait envoyé Sid.

— Un blog sur une de leurs nouvelles pages. C'est là que le lien a été posté, avec la menace de décapitation. Et puis il a essaimé, on le retrouve partout maintenant.

Soudain, River eut la vision de pièces sombres dans tout le pays, dans le monde entier ; de têtes penchées sur des écrans, sur des iPhone, à regarder alors que rien ne se passait, lentement. Dans le cœur de certains spectateurs, il y aurait la même terreur, le même dégoût qu'il ressentait à présent ; chez d'autres, une joie malsaine.

— On peut tracer le lien ? demanda Sid. Retrouver l'adresse IP ? D'où est-ce qu'ils diffusent ?

— Ça dépend. S'ils sont malins, non. S'ils sont stupides…

Mais tous deux savaient que la solution ne serait ni rapide ni satisfaisante.

— Il t'a énervé plus que d'habitude, non ? demanda Sid.

River n'eut pas besoin de demander de précisions. Elle parlait de Jackson Lamb.

— Ça fait combien de temps que tu es ici ? demanda-t-il.

— Seulement quelques mois.

— Je veux dire exactement.

— Je ne sais pas. Août, environ deux mois, quelque chose comme ça.

— Moi, ça fait huit mois, deux semaines et quatre jours.

Après un silence, Sid répondit :

— OK, mais ça ne fait pas de toi un vétéran.

— Tu ne comprends pas ? Etre ici signifie regarder ça à l'écran, comme tout le monde. Ce n'est pas pour ça que j'ai rejoint le Service.

— Ils auront peut-être besoin de nous.

— Non. Etre au Placard signifie que personne n'a besoin de nous.

— Si tu détestes autant ça, pourquoi ne pas démissionner ?

— Pour faire quoi ?

— Je ne sais pas, ce que tu veux.

— Genre boulanger ? Assureur ?

Elle ne répondit pas.

— Avocat ? Agent immobilier ?

— Arrête tes conneries.

— C'est pour ça que je suis ici, reprit-il en désignant le garçon encapuchonné à l'écran. Pour empêcher que des choses pareilles arrivent. Ou quand elles arrivent, les faire cesser. Voilà pourquoi je me suis engagé, Sidonie. Je ne veux rien faire d'autre.

Il ne se souvenait pas de l'avoir jamais appelée par son prénom.

— Désolée, dit-elle.

— Pourquoi ?

— Désolée que tu le prennes comme ça. Mais une seule erreur ne signifie pas que ta carrière soit terminée. Tu auras une nouvelle chance.

— Qu'est-ce que tu as fait ? l'interrogea-t-il.

— Comment ça ?

— Pour mériter le Placard.

— Ce qu'on fait ici est utile, répondit-elle. Il faut bien que quelqu'un s'en charge.

— On pourrait être remplacés par des singes.

— Merci.

— C'est vrai.

— Et hier matin, quand j'ai volé les fichiers de Hobden ?

— Bon, OK, tu as…

— Je ne veux pas retourner le couteau dans la plaie. Je remarque juste que les choses sont en train de changer. Peut-être que le Placard n'est pas une impasse, après tout. J'ai eu une vraie mission. Tu es sorti pour…

— Aller chercher des poubelles.

— OK, ça, un singe aurait pu le faire.

River rit. Il se tourna vers l'écran, où rien n'avait changé. Son rire se glaça.

— Ce pauvre type a besoin d'autre chose que de singes pour l'aider.

Sid acquiesça.

En posant la main sur sa cuisse, River sentit la clé USB dans la poche de son pantalon.

Sid était pleine de bonnes intentions, mais celui qui l'avait précédée avait démissionné, écrasé par les tâches de routine. Tout comme son propre prédécesseur, un homme du nom de Black qui avait tenu six mois puis était parti avant l'arrivée de River. L'objectif du Placard consistait à se débarrasser des gens sans devoir les renvoyer, à contourner les tracasseries légales et les menaces de procès. Peut-être Sid étaitelle là pour cela : sa jeunesse et sa fraîcheur devaient servir de contrepoint à l'échec des Tocards afin de le rendre encore plus cuisant. En regardant ce garçon à l'écran, River sentait l'odeur de l'échec sur sa peau. Il ne pouvait pas aider ce gamin. Quoi que fasse le Service, ce serait sans lui.

— Qu'est-ce qu'il y a ? demanda Sid.

— Hein ?

— On dirait que tu viens d'avoir une idée.

— Non, rien.

Une pile de transcriptions s'entassait sur son bureau. Catherine Standish devait les avoir apportées avant d'entendre la nouvelle. Il prit la feuille du dessus, puis la reposa. Son travail n'aurait jamais plus d'effet que ce bruit de papier froissé. Il pouvait passer l'heure suivante à écrire un rapport sur une conversation dans une zone prétendument sensible, il ne recevrait pas plus d'attention qu'un coup d'œil en diagonale d'un agent de Regent's Park. Sid ajouta quelque chose, mais River ne comprit pas. Il garda le regard rivé sur son écran, sur ce garçon masqué qui allait être exécuté pour une raison quelconque, ou sans raison, dans moins de quarante-huit heures. A en croire le journal qu'il tenait à la main, tout cela se passait au Royaume-Uni.

Une bombe dans un train, c'était déjà grave. Mais un coup comme celui-là ferait les choux gras de la presse internationale.

Quoi qu'ait dit Sidonie Baker, elle le répéta. Quelque chose qui avait à voir avec des gants.

— A ton avis, pourquoi il porte des gants ?

— Je ne sais pas.

Bonne question. Mais River n'avait pas de réponse.

Ce qu'il savait, c'était qu'il avait besoin de faire quelque chose de concret, quelque chose d'utile. Pas de brasser du papier.

Il sentit à nouveau la clé USB dans sa poche.

Quoi qu'elle renferme, elle était en sa possession. Le fruit d'une véritable opération.

Visualiser son contenu revenait à franchir une ligne, et River était prêt à le faire.

Chez Max, le café était mauvais et le journal ennuyeux. Robert Hobden feuilleta le *Times* sans prendre de notes. Il contemplait la blonde en couverture du *Telegraph* quand il remarqua un murmure en arrière-fond. Il leva la tête. Au comptoir, Max et un client fixaient la télé dans un coin. D'habitude, Hobden insistait pour qu'on baisse le volume. Mais, ce jour-là, il créa la surprise en demandant qu'on l'augmente.

« … n'a encore revendiqué cet acte. Personne d'autre n'est apparu à l'écran que ce jeune homme, mais selon un article anonyme sur un blog de la BBC publié à quatre heures du matin, l'otage doit être exécuté dans quarante-huit heures… »

— Vous croyez à ces conneries ? demanda Max.

— Ce sont des monstres. Il faudrait les descendre, tous autant qu'ils sont.

Hobden les entendait à peine.

Parfois on sait qu'on tient un scoop, on attend simplement qu'il pointe son aileron dans les vagues des nouvelles quotidiennes.

Le voilà qui montait à la surface.

— Vous y croyez ? répéta Max.

Hobden était retourné à sa table, il ramassait clés, portable, portefeuille, calepin et stylo, fourrant tout dans sa sacoche, sauf les journaux, qu'il abandonna sur place.

Il était à peine plus de neuf heures. Un soleil aqueux se déversait sur Londres, indice d'un beau temps à venir, si on était d'humeur optimiste.

Sur le grand immeuble près de Regent's Park, il tombait comme la promesse que les choses ne s'amélioreraient pas.

Diana Taverner occupait un bureau au dernier étage. Elle profitait autrefois d'une meilleure vue mais, depuis les attentats de juillet 2005, les employés haut placés avaient été éloignés des murs extérieurs : pour toute ouverture, elle disposait d'une vitre à travers laquelle elle pouvait surveiller ses subordonnés et par laquelle ils pouvaient la voir les surveiller. Le centre opérationnel ne disposait pas non plus de fenêtre, mais il était baigné d'une douce lumière bleutée qui, selon un rapport ou un autre – sûrement archivé et accessible à tout moment –, était la source d'éclairage électrique se rapprochant le plus de la lumière naturelle.

Taverner approuvait. Elle ne reprochait pas à la jeune génération les privilèges que la sienne avait conquis. Inutile de se battre deux fois pour les mêmes choses.

Elle avait fait son apprentissage à la fin de la guerre froide. Cette période lui semblait parfois plus facile. Le Service entretenait une longue et honorable tradition de femmes mortes derrière les lignes ennemies, mais il semblait moins enthousiaste à l'idée de les placer derrière des bureaux importants. Taverner – Lady Di dans son dos – avait fait de son mieux pour donner un coup de pied dans cette fourmilière. Si on lui avait annoncé dix ans plus tôt qu'une femme dirigerait le Service la décennie suivante, elle aurait été persuadée que ce serait elle.

Mais l'Histoire avait le don de brouiller les cartes. Depuis la mort de Charles Partner, on sentait qu'un vent nouveau soufflait dans les couloirs du Service, qu'on avait besoin de nouvelles perspectives. L'expression « une période troublée » revenait souvent. Il fallait une main sûre. Le fait qu'Ingrid Tearney soit une femme aurait pu réconforter Taverner, mais cela l'irritait encore plus.

Il s'agissait d'un progrès, mais elle eût préféré qu'il la concerne directement. Taverner se retrouvait Second Bureau – même si les nouvelles dispositions prévoyaient l'existence de plusieurs Seconds Bureaux –, son équipe disposait d'un éclairage perfectionné et de fauteuils ergonomiques, ce qui était une bonne chose, car il importait d'affronter des jeunes gens qui prenaient le métro avec des bombes dans leur sac à dos. Tout ce qui pouvait aider son équipe à faire son travail plaisait à Taverner.

Ce matin-là, ils avaient une exécution en cours.

Le lien était apparu sur un blog de la BBC vers quatre heures du matin, accompagné d'un message bref mais efficace : *on lui coupe la tête quarante-huit heures*. Court. Sans ponctuation. Les groupes extrémistes, en particulier les religieux, avaient tendance à sermonner : suppôts de Satan, damnation éternelle, etc. L'absence de ce genre de message rendait ce cas encore plus dérangeant. Une mauvaise plaisanterie aurait été accompagnée d'un baratin.

A présent, comme tous les événements médiatiques, celui-ci s'étalait sur les écrans, sans doute dans tout le pays : dans les maisons, les bureaux, au-dessus des tapis roulants, dans les salles de gym, sur les Palm-Pilot et les iPhone, à l'arrière des taxis noirs. Dans le monde entier, des gens le suivraient aux différents moments de leur journée et ils auraient la même réaction que son équipe : *Cela ne pouvait pas se passer en Angleterre*. D'autres régions du monde regorgeaient de zones incontrôlables. Annoncez au citoyen occidental moyen que l'on joue au polo avec des têtes humaines au Kazakhstan, il hochera la tête en disant : *Ouais, j'en ai entendu parler*. Mais même dans les pires banlieues britanniques, on ne coupait pas de têtes. En tout cas, pas à la BBC.

Cela ne se produirait pas, se promit Taverner. Empêcher cette tragédie deviendrait le sommet de sa carrière, mettrait un terme à la mauvaise passe dans laquelle se trouvait le Service, à plusieurs années de dossiers douteux, de morts suspectes. Cela leur permettrait de quitter la voie de garage : à elle, ses supérieurs et tous les gars et les filles du centre opérationnel, ces gardiens de l'Etat laborieux, sous-payés, qui montaient en première ligne quand le devoir les appelait et que l'on remerciait en dernier quand tout allait bien… A peine un an plus tôt, son équipe avait démantelé une cellule terroriste qui prévoyait une attaque de grande envergure sur la capitale. Les arrestations, les armes saisies avaient étonné les gens pendant deux jours. Mais au procès, la principale question avait été : Comment la cellule avait-elle pu survivre pendant si longtemps ? Comment avait-elle pu arriver si près de son objectif ?

On commémorait chaque année les échecs, la foule sortait dans la rue pour observer une minute de silence pour les victimes innocentes. Les succès se perdaient dans le flot, chassés de la une par les scandales des célébrités et le marasme économique.

Taverner consulta sa montre. Un tas de corvées l'attendaient : le premier rapport sur la situation devait arriver sur son bureau d'une minute à l'autre, il y aurait une réunion de crise trente secondes plus tard, un briefing pour le ministre dans moins d'une heure, puis le Contrôle. Il faudrait faire une déclaration à la presse. Ingrid Tearney se trouvant à Washington, la tâche revenait à Diana Taverner. Ce qui soulagerait Tearney : autant que son nom n'apparaisse pas dans l'affaire si les choses tournaient mal et si un citoyen se faisait couper la tête en direct à la télé.

Avant tout cela, quelqu'un apparut à la porte. Nick Duffy, le patron des Dogues.

Peu importait à quel niveau de l'échelle on se trouvait : quand les Dogues apparaissaient sans être invités, on se sentait pris en faute.

— Qu'est-ce que c'est ?
— Il y a quelque chose que vous devriez savoir.
— Je suis occupée.
— Je n'en doute pas un instant, chef.
— Crachez le morceau.
— J'ai bu un verre avec un ex, hier soir. Moody. Jed Moody.
— Il s'est fait virer après l'affaire Miro Weiss. Il n'est pas au Placard ?
— Ouais, et ça lui plaît pas.
La porte s'ouvrit. Un jeune homme du nom de Tom déposa une enveloppe kraft sur le bureau de Taverner. Le premier rapport sur la situation. Il semblait invraisemblablement mince.
Taverner hocha la tête, Tom sortit sans un mot.
— Je dois être ailleurs dans trente secondes, annonça-t-elle à Duffy.
— Moody parlait d'une opération.
— Il a prêté serment, dit-elle en saisissant le dossier. S'il se vante de ses jours de gloire, arrangez-vous pour le faire taire, ou engagez un flic apprivoisé. Est-ce que je dois vraiment vous dire comment faire votre boulot ?
— Il ne parlait pas du passé. Il prétend que Jackson Lamb dirige une opération.
Taverner marqua une pause.
— Il n'y a pas d'opérations au Placard, répondit-elle finalement.
— C'est pour ça que je me suis dit que vous devriez être au courant.
Le regard de Taverner se perdit derrière lui, vers le centre opérationnel, de l'autre côté de la vitre. Puis elle fixa son propre reflet. Elle avait quarante-neuf ans. Le stress et le temps avaient fait des ravages, mais elle

avait hérité d'un corps solide et jouissait d'une silhouette avantageuse. Elle savait exploiter les deux : ce jour-là, elle portait un tailleur sombre sur un chemisier rose pâle qui rehaussait la couleur de ses cheveux. Elle avait bonne mine. Avec un peu de maintenance entre les réunions, elle pourrait tenir jusqu'au soir sans avoir l'air de sortir d'une porcherie.

A condition de ne pas avoir trop de mauvaises surprises.

— A quoi ressemblait cette opération ? demanda-t-elle.

— A quelqu'un dont je croyais que c'était un mec…

— Sidonie Baker, coupa Taverner d'une voix qui aurait pu trancher le verre. Jackson Lamb l'a mise sur un journaliste, Robert Hobden.

Nick Duffy hocha la tête. Elle lui avait gâché la matinée. Tout content d'apporter un os à la patronne, il était déçu de constater qu'elle l'avait enterré elle-même.

— Ah bon, très bien, c'est juste que…

Elle lui jeta un regard d'acier, mais il ne se dégonfla pas.

— Vous avez dit vous-même qu'il n'y avait pas d'opérations au Placard.

— Ce n'était pas une opération, simplement un service.

Cela ressemblait tellement à ce qu'il avait dit à Moody que Duffy sursauta.

— Nos Tocards brassent du papier, mais on peut leur confier des tâches subalternes. On est serrés, Duffy. Les temps sont durs.

— Tout le monde sur le pont.

— C'est à peu près ça. Autre chose ?

— Non, désolé pour le dérangement.

— Il n'y a pas de mal. Tout le monde doit ouvrir l'œil.

Nick était à la porte, quand elle le rappela.

— Oh, à propos. Certains risqueraient de mal le prendre s'ils apprenaient que je sous-traite. Ils risquent d'interpréter ça comme un manque de confiance.

— Pas de problème, patronne.

— Mais il s'agit juste d'une utilisation optimale des ressources.

— Bouche cousue.

Il sortit.

Diana Taverner n'était pas du genre à prendre des notes quand elle pouvait l'éviter. Jed Moody : ce ne devrait pas être difficile à retenir.

L'écran accroché au mur diffusait toujours l'image du garçon vêtu d'orange, encapuchonné. Des dizaines de milliers de personnes à travers le monde devaient le plaindre, prier pour lui, s'interroger à son sujet. Pour Diana Taverner, il ne représentait qu'une pièce sur un échiquier. Il le fallait. Si elle voulait accomplir sa mission, à savoir ramener ce garçon chez lui sain et sauf, elle ne pouvait se permettre de se laisser distraire par des considérations émotionnelles. Elle devait faire son travail. Son équipe ferait le sien. Ce gamin vivrait, point final.

Elle se leva, rassembla ses papiers, se dirigea vers la porte mais revint à son bureau, où elle rangea dans un tiroir la clé USB que lui avait remise James Webb la veille, puis le ferma à clé. Une copie de la clé USB de Hobden faite par Sid Baker, lui avait-il dit. Livrée à bon port. Personne n'avait vu les fichiers. L'ordinateur de transit avait été nettoyé. Elle le croyait. Elle aurait eu une plus haute opinion de lui si elle avait pensé qu'il regarderait les fichiers, mais elle ne lui aurait pas confié cette mission.

A l'écran, le garçon encapuchonné gardait le silence, son journal à la main. Il vivrait, se promit-elle.

Même si, il fallait bien l'admettre, il devait avoir peur.

La peur vit dans les tripes. C'est là qu'elle crée son nid. Elle s'installe, aménage l'espace, se crée une place. Elle aime l'écho de ses battements d'ailes, l'odeur de ses pets.

Ses bravades avaient duré une dizaine de minutes d'après sa propre estimation, moins de trois en réalité. Quand elles cessèrent, la peur avait repris ses droits. Il avait soulagé ses entrailles dans le seau, serrant les dents. Il avait vite compris qu'il ne s'agissait pas d'un bizutage. Même si ces enfoirés se croyaient drôles, ils avaient dépassé les bornes. A ce point-là, la police aurait dû intervenir. *On voulait juste rigoler* ne suffirait pas devant un tribunal.

Il ignorait si c'était le jour ou la nuit. Combien de temps avait-il passé dans la camionnette ? La prise de vues pouvait avoir eu lieu la veille comme deux heures plus tôt. Si ça se trouve, il tenait un faux journal, rempli de nouvelles qui ne se vérifieraient que le lendemain…

Se concentrer, garder ses esprits, ne pas laisser Larry, Curly et Moe lui détruire le moral.

Larry, Curly et Moe : c'est ainsi que son père appelait les clients qui arrivaient par trois. Quand ils arrivaient par deux, il les appelait Laurel et Hardy.

Il détestait tellement cette manie qu'avait son père d'utiliser ces noms à tout bout de champ : Larry, Curly et Moe par-ci, Laurel et Hardy par-là. Change de disque, papa. Mais à présent, les mots de son père le réconfortaient. Il lui semblait entendre sa voix : *Tu t'es fourré avec une sacrée bande de rigolos.* C'est pas ma faute, papa. Pas ma faute. Il avait simplement emprunté une ruelle au mauvais moment.

Mais il rêvassait en marchant, se rappela-t-il. Son esprit jouait à ses jeux habituels, bidouillait une réplique, ce qui l'avait distrait assez longtemps pour que ces types prennent l'avantage sur lui… En même temps, ça le faisait bien marrer : même des gamins de douze ans auraient pu « prendre l'avantage » sur lui. Il n'était pas Action Man.

Quoi qu'il en soit, ils l'avaient emmené, drogué, déshabillé puis jeté dans cette cave, où ils l'avaient laissé pendant une, deux, trois heures, quinze jours, jusqu'à ce qu'il soit tellement habitué à l'obscurité que la lumière avait semblé déchirer le ciel.

Larry, Curly et Moe : des mains dures, de grosses voix.

Pouah, quel dégueulasse !

Ça pue ici.

Puis ils lui avaient jeté son nouvel uniforme, un jogging orange, une cagoule et des gants.

— Pourquoi… ?

— Ta gueule.

— Je suis personne. Je suis juste…

— Tu crois qu'on en a quelque chose à foutre de savoir qui tu es ?

Ils l'avaient forcé à s'asseoir. Lui avaient jeté un journal dans la main. D'après les bruits qu'ils faisaient, les mots qu'ils prononçaient, il comprit qu'ils installaient une caméra. Il s'aperçut qu'il pleurait. Il ne savait pas que cela pouvait arriver aux adultes, pleurer sans savoir quand ils avaient commencé.

— Arrête de bouger.

Ordre impossible. Comme *arrête d'avoir sommeil.*

— Reste tranquille.

Rester tranquille…

Il resta immobile, les larmes roulant sous sa cagoule. Personne ne dit rien, mais un bourdonnement provenait de ce qui devait être la caméra. Il mit un moment à identifier un bruit de frottement : les pages du journal qui tremblaient avec lui. Il songea qu'il ne faisait pas assez de bruit. Il aurait dû crier, les insulter, hurler à ces enfoirés qu'il n'avait pas peur de minables dans leur genre. Il aurait dû crier, hurler, insulter, mais il n'avait rien fait, car une part de lui-même lui disait : *Si tu les insultes, ils ne t'aimeront pas. Ils penseront que tu es méchant. Et s'ils ne t'aiment pas, qui sait ce qu'ils feront ?* Cette petite voix continuait à lui prodiguer ce genre de conseils tandis que le journal bruissait, que la caméra bourdonnait, jusqu'à ce que l'un des rigolos dise « OK » et que le bourdonnement cesse. On lui arracha le journal des mains, puis on le poussa de la chaise.

Il se mordit la lèvre en atterrissant. Il aurait pu se laisser aller à ce moment-là, mais avant qu'il ait pu émettre un son, une lourde tête s'était approchée de la sienne et lui soufflait son message haineux à l'oreille, accompagné d'une odeur d'oignons. Tandis que le sens de ces mots pénétrait au plus profond de son cerveau, les hommes s'en allèrent et il fut à nouveau englouti par l'obscurité. La petite voix dans sa tête expira, car elle avait enfin compris ce qui se passait : peu importait ce qu'ils pensaient de lui, s'il se débattait ou obéissait, car ce qu'il représentait pour ces gens était scellé depuis longtemps. La couleur de sa peau suffisait. Le fait qu'il ne partage pas leur religion. Ils lui reprochaient sa simple présence, son existence même. Qu'il les insulte ou se mette à genoux pour leur tailler une pipe, rien n'y ferait. A leurs yeux, son crime était d'être qui il était. Sa punition serait celle qu'ils avaient déjà décidée.

On va te couper la tête.

Voilà ce que lui avait soufflé la voix.

On diffusera ça sur Internet.

Voilà ce qu'elle lui avait dit.

Enfoiré de Paki.

Hassan pleura.

Le pub minable de l'autre côté de la rue servait des en-cas et offrait des recoins tranquilles. River avait pris sa pause déjeuner suffisamment tôt pour profiter du brunch, mais le Placard était tellement absorbé par la nouvelle du matin que personne ne s'en apercevrait. Il voulait faire autre chose que de la paperasse, il lui fallait un aperçu des tâches de Spider Webb. Il démarra son ordinateur portable et y inséra la clé USB. Techniquement, il s'agissait d'un acte criminel, mais River était énervé. Dans la vie d'un jeune homme, il y avait toujours des moments où cela semblait être une raison suffisante pour agir.

Dix minutes plus tard, cela lui parut dérisoire.

La baguette au bacon qu'il avait commandée resta intacte. Quant au café, c'était un jus immonde. Tasse d'un côté, assiette de l'autre, l'ordinateur au milieu, il passait en revue les fichiers que Sid avait volés à Hobden. Mais c'était impossible, décida River. Elle ne pouvait pas l'avoir fait, à moins que…

— Qu'est-ce que tu fabriques ?

River n'aurait pas eu l'air plus coupable s'il avait été surpris en train de regarder du porno pédophile.

— Je bosse, répondit-il.

— On a un bureau pour ça, fit Sid Baker en s'asseyant en face de lui.

— J'avais faim.
— Je vois ça.
Elle désigna sa baguette intacte.
— Qu'est-ce que tu veux, Sid ?
— Je pensais que tu étais parti te bourrer la gueule.
— Et alors ?
— Alors je ne trouve pas que ça aurait été malin.
— Qu'est-ce qui se passe ? demanda-t-il en fermant l'ordinateur.
— Ho dit que c'est une boucle.
— Je n'avais pas remarqué.
— Tu n'es pas Ho. D'après lui, elle dure trente-sept ou trente-huit minutes.
— Ce n'est pas du direct, alors.
— Mais ça date de ce matin, à cause…
— Du journal, j'avais compris. On a une localisation ?
— Ho dit que non. Ils ont renvoyé la transmission sur des PC à travers le monde entier. Le temps d'en tracer un, le flux a déjà trente maillons d'avance dans la chaîne. Mais c'est Ho. Peut-être que la Division des communications arrivera à quelque chose.
— Trop compliqué pour être un canular ?
— Jusqu'à ce qu'on découvre l'identité du gamin et de ceux qui l'ont enlevé, on n'exclut aucune possibilité. Mais vu que le monde entier regarde, on a intérêt à prendre l'affaire au sérieux.
— Comment ça, *on* ?
Sid rougit.
— Tu vois ce que je veux dire. Et puis tu n'as pas répondu à ma question : qu'est-ce que tu fiches ici ?
— Apparemment, je suis en train de rater un briefing.
— Ça t'arrive de répondre aux questions ?

— Et toi ?

— Vas-y, pose.

— Qu'est-ce que tu as fait comme recherches sur Hobden ?

Le regard de Sid changea.

— Pas grand-chose.

— Mais suffisamment pour savoir où il prenait son petit-déjeuner.

— Ce n'est pas bien difficile, River.

— Tu ne m'appelles jamais River.

— Je n'appelle jamais personne River. Pas courant, comme nom.

— Vois ça avec ma mère. Elle a eu une phase hippie. Lamb t'a dit de ne pas parler de ta mission ?

— Non, il m'a conseillé d'ouvrir un blog : www.questionsdébiles.gov.uk. A mon tour maintenant. Qu'est-ce que tu sais sur Hobden ?

— Grand reporter à l'époque. Gauchiste convaincu, il est passé à droite en vieillissant. Il s'est retrouvé à tenir des rubriques du style « Mon Dieu, mais pourquoi ? » dans des petits journaux, où il expliquait que tous les problèmes du pays étaient causés par l'immigration, les aides sociales et un type du nom de Roy Jenkins.

— Ministre de l'Intérieur travailliste dans les années 1960.

— Diplômée d'histoire ?

— Google.

— Je vois. En tout cas, sa carrière fait très colonel à la retraite, sauf qu'il a eu l'occasion de rouspéter dans de grands quotidiens nationaux et qu'il a fait quelques apparitions à la télé.

— Ça vaut mieux que faire des discours à la garden-party du pasteur, répliqua-t-elle. Donc, il est passé de jeune homme en colère à vieux râleur en l'espace de vingt ans.

— Parcours classique.

— Mais le sien a été plus marqué. Quand on a découvert qu'il était membre du British Patriotic Party, sa carrière a volé en éclats.

— Le dernier rempart de la nation, comme le proclame leur site Internet.

— Le parti de ceux qui trouvent qu'il n'y a que des mous au British National Party.

River commençait à apprécier cette conversation.

— Et de ceux qui ne veulent pas s'embarrasser de détails comme le politiquement correct pour défendre les valeurs traditionnelles.

— Je crois qu'ils appelaient ça l'approche directe, dit Sid.

— Ou plutôt « casser la gueule aux Pakis », corrigea River.

— On aurait pu croire qu'ils voudraient rester discrets.

— Difficile, quand la liste de leurs membres est diffusée sur Internet.

Tous deux sourirent.

— Ce fut la fin d'une glorieuse carrière, poursuivit River.

Il se souvint des mots de son grand-père : « Pas à cause de ses idées, mais parce qu'il vaut mieux ne pas déballer certaines opinions si on ne veut pas être excommunié. »

Il avait appris tout cela en une heure de recherches sur Internet, la veille au soir.

— C'est vraiment le Service qui a laissé fuiter la liste ?

— Sans doute, répondit River. Lamb ne t'a rien dit ?

— Je ne suis pas censée en parler.

— Tu n'es pas censée être au pub.

— Non, il n'a rien dit.

— De toute façon, tu aurais répondu ça.

— J'imagine que ça doit être frustrant pour toi. Tu sais, c'est la plus longue conversation qu'on ait jamais eue.

Ils venaient de battre ce record pour la deuxième fois de la journée.

— Tu as vraiment lu *Ashenden* ? demanda-t-il.

— Tu veux dire en entier ?

— Ça répond à ma question.

— Je fais des quiz dans les pubs. Je connais le nom de plein de bouquins que je n'ai jamais lus.

Elle s'intéressa à son ordinateur :

— Qu'est-ce que tu fais ? Tu t'occupes encore de ces transcriptions ?

Avant qu'il puisse répondre, elle avait ouvert l'ordinateur et regardait l'écran. La page de chiffres que River contemplait lui apparut.

— Pi…

— Les toilettes sont derrière le bar.

— Très drôle. Le nombre pi.

— Je sais.

Elle fit défiler les chiffres.

— On dirait qu'il y a un million de décimales.

— Je sais.

Il retourna l'ordinateur et ferma le fichier. La clé USB en contenait quinze. Il n'en avait ouvert que sept, mais tous contenaient seulement le nombre pi, avec un million de décimales.

Il parierait son sandwich au bacon que les huit fichiers restants contenaient la même chose.

Sid attendait, le sourcil levé.

— Quoi ?
— Qu'est-ce que tu faisais ? Tu le mémorisais ?
— Rien.
— OK, rien.
Il referma l'ordinateur.
— Tu viens souvent manger au pub ?
— Seulement quand j'ai envie d'être tranquille.
— Pub est l'abréviation de public, dit-elle.
Puis elle consulta sa montre.
— Bon, vu que tu n'es pas mort, je ferais bien d'y retourner.
— Tu as vraiment copié les fichiers de Hobden ?
Un jour, le Vieux lui avait dit : *Beaucoup de questions n'ont pas de réponse parce que personne ne pense à les poser.*
— On en a déjà parlé.
— Recommence.
Elle soupira.
— C'est un homme d'habitudes. Il prend son café au même endroit tous les matins. Il commence invariablement par vider le contenu de ses poches sur la table, y compris sa clé USB.
Elle attendit, mais River ne dit rien.
— J'ai créé la confusion en renversant mon café. Quand il est allé chercher une serpillière, j'ai échangé sa clé contre un leurre, puis j'ai copié les fichiers sur mon ordinateur. Ensuite, j'ai à nouveau échangé les clés.
Elle marqua une pause.
— C'est l'ordinateur que tu as livré à Regent's Park.
— Tu as regardé les fichiers ?
— Bien sûr que non.
Il existait des méthodes pour déterminer si quelqu'un mentait. La direction de son regard, par exemple : gauche pour la mémoire, droite pour la création. Mais

Sid avait les yeux fixés sur River. Ce qui signifiait soit qu'elle ne mentait pas, soit qu'elle le faisait très bien. Après tout, ils avaient suivi la même formation.

— OK, donc…

Mais elle était partie.

Il rouvrit son ordinateur. Au bout de cinq minutes, il eut la confirmation que tous les fichiers contenaient la même chose, une liste de chiffres sans fin. A moins que Hobden n'ait fait des découvertes incroyables sur le nombre pi, il semblait peu probable que ce fût là ce que cherchait Regent's Park. Soit Hobden était un paranoïaque complet qui se promenait avec de fausses sauvegardes de ses secrets, soit Sid l'avait doublé.

A moins qu'il ne se passe autre chose et que River n'y comprenne rien.

Ce qui paraissait plausible, voire très probable… Abandonnant son sandwich, il retourna vers le Placard.

Où l'activité commune avait repris. Quand il arriva sur le palier, Louisa Guy et Min Harper l'appelèrent dans le bureau de Ho, comme s'ils attendaient quelqu'un pour partager la nouvelle.

— Ils montrent une nouvelle vidéo.

— Vraiment ?

Ho se tenait devant son écran. Les autres se pressaient autour de lui, y compris Sid.

— La première était une boucle.

Ho n'avait pas employé d'intonation particulière, mais tous saisirent le sens caché de sa phrase : il était le seul à avoir remarqué qu'il s'agissait d'une boucle.

— Maintenant il y en a une nouvelle. Une boucle aussi.

River contourna les corps massés devant lui pour voir l'écran.

— Tu ne vas pas y croire, lança Struan Loy.

Mais River y croyait déjà, car il se trouvait face à l'écran : même installation, excepté que le garçon ne portait plus de cagoule. On voyait nettement son visage, pas celui auquel on s'attendait.

— Ça ne veut pas dire qu'il ne s'agit pas d'islamistes, dit quelqu'un.

— Ça dépend. Il faudrait savoir qui est ce gamin.

— On va s'apercevoir que c'est un combattant musulman. Exactement le genre de victime dont ils ont besoin.

— Il n'a pas l'air d'un combattant, objecta Sid.

Elle avait raison. Le garçon avait l'air d'un doux rêveur. Mort de trouille. Même un combattant pouvait avoir peur, mais le visage du garçon trahissait la panique de l'inexpérience, la première chose que perdaient les nouvelles recrues.

— C'est pour ça qu'ils lui ont mis des gants, poursuivit Sid. Pour cacher sa couleur.

— Combien de temps dure la boucle ? demanda River.

— Douze minutes et quelques, répondit Ho.

— Pourquoi est-ce qu'ils font ça ?

— Un flux continu les rendrait plus faciles à identifier, ce serait moins impossible en tout cas.

Ho soupira. Il aimait que les gens sachent qu'il connaissait son affaire mais avait horreur de devoir expliquer.

— Il y aurait de petites coupures de transmission chaque fois qu'ils changent d'ordinateur. Si leur réseau a un nombre limité de proxys, ça pourrait nous donner un avantage.

— Qu'est-ce que c'est, au fond ? demanda Catherine Standish.

River n'avait pas remarqué sa présence.

— Où ça ?

— Derrière son épaule gauche.

— Une sorte de manche.

— Je pense que c'est une hache, dit Catherine.

— Bon sang…

Loy s'inquiétait encore de l'identité du gamin.

— Si ce n'est pas un combattant, c'est peut-être quelqu'un d'important. Je me demande qui sont ses parents.

— Il y a eu des disparitions dans les cercles diplomatiques ?

— Peut-être, mais ce n'est pas comme si on allait nous tenir au courant. Et puis si ce gamin était important, les kidnappeurs l'auraient dit. Ça aurait fait monter l'audimat.

— Si ce n'est pas un combattant ni un fils d'ambassadeur, alors c'est qui ? demanda Sid.

— Un des leurs qui a trahi.

— Ou qu'ils ont surpris avec une fille.

— Ou avec un demi et un magazine cochon, renchérit Loy.

— Ou pas, trancha River.

— C'est-à-dire ?

— C'est peut-être un gamin ordinaire qui a juste la bonne couleur.

— Il t'a l'air d'avoir la bonne couleur ? demanda Ho.

— Tout dépend de ceux qui l'ont enlevé, c'est ça que tu veux dire ? comprit Sid.

River acquiesça.

— On en a déjà parlé, non ? fit Ho. Epée du Désert, Colère d'Allah. Peu importe quel nom ils se donnent, c'est al-Qaida.

— Ou pas, répéta River.

Jackson Lamb apparut parmi eux sans cérémonie. Il fixa l'écran pendant quinze secondes puis déclara :

— Il est pakistanais.

— Ou bien indien, sri lankais ou…

— Il est pakistanais, répéta Lamb.

— On a un nom ? demanda River.

— Qu'est-ce que j'en sais ? En tout cas, c'est pas al-Qaida qui l'a kidnappé.

Le fait qu'il venait d'exprimer une opinion similaire n'empêcha pas River de le contredire.

— On ne peut pas l'exclure.

— Ça serait qui, sinon ? intervint Ho. Personne d'autre ne couperait la tête d'un gamin à l'heure de grande écoute, à part…

— Bande d'abrutis, lâcha Lamb.

Il les dévisagea tous lentement : River, Sid et Ho ; Min Harper et Louisa Guy ; Struan Loy et Kay White ; Catherine Standish, sur qui il sembla s'arrêter avec un dédain particulier.

— Vous n'avez pas compris ? C'est le retour de bâton : s'ils coupent des têtes, alors nous aussi. Voilà ce que signifie cette comédie. Il y aura un connard pour dire *combattre le feu par le feu*, un autre pour affirmer que ce qui marche à Karachi vaut aussi pour Birmingham.

Ajoutant aussitôt, voyant que Loy allait ouvrir la bouche :

— Ou ailleurs.

Loy se tut.

— Croyez-moi, il est pakistanais, parce que pour le couillon de base, c'est synonyme de musulman. Le type qu'ils ont ligoté sur cette chaise ne fait pas partie d'al-Qaida, ils se disent juste qu'il fera l'affaire en attendant mieux. Ce ne sont pas des débiles islamistes qui font la guerre au caniche de Satan. Ce sont des abrutis maison qui croient se venger contre l'ennemi.

Personne ne dit rien.

— Je suis déçu. Personne ne pense que je me plante ?

River aurait préféré s'arracher la langue plutôt que de reconnaître qu'il avait pensé la même chose.

— Si ce que vous dites est vrai, pourquoi est-ce qu'ils n'ont pas annoncé la couleur ? Pourquoi sont-ils restés masqués ?

— J'aurais fait comme eux, répondit Lamb. Si je voulais attirer un maximum d'attention, je commencerais par laisser les gens croire qu'ils savent ce qui se passe. Au moment d'annoncer la couleur, tout le monde se sera déjà fait une opinion.

Il avait raison, songea River. Cet enfoiré avait sans doute raison. Partout, les gens devaient être en train de reconsidérer l'idée qu'il s'agissait d'extrémistes islamistes. Il se demanda combien d'entre eux se sentiraient soulagés avant que l'indignation civilisée ne reprenne le dessus, chez combien s'insinuerait l'idée que cette menace ignoble, aussi injuste qu'elle soit, représentait une sorte de compensation.

— J'en ai marre de cette histoire, lança Catherine en sortant.

— A ce propos, j'imagine que ce rassemblement signifie que vous avez tous terminé vos tâches actuelles, intervint Lamb. Parce que je veux un rapport papier d'ici trois heures. Avec un argumentaire en dix points pour expliquer pourquoi elles doivent être prolongées de six mois.

Il regarda autour de lui. Personne ne cilla.

— Parfait. On ne veut pas se faire couper les vivres parce qu'on passe pour des branleurs, n'est-ce pas ?

Sur l'écran de Ho, un clignotement imperceptible indiqua que la boucle revenait au début. Le visage du garçon était toujours doux et luisant, mais ses yeux ressemblaient à deux puits sombres.

— Où est passé Moody ? demanda Lamb.

Personne n'en savait rien, ou personne ne le dit.

Un héron allait et venait le long de la Tamise, creusant son sillage entre Hungerford Bridge et Canary Wharf. Elle ne connaissait pas grand-chose au comportement des oiseaux – elle n'était même pas sûre qu'il s'agisse d'un héron –, mais elle se doutait que si un deuxième faisait son apparition il y aurait du grabuge, les plumes voleraient et le perdant se retrouverait plus bas dans la rivière, à la recherche d'un coin tranquille. Voilà ce qui arrivait quand le territoire entrait en jeu.

Par exemple, cet endroit : ce banc où l'on pouvait s'asseoir, le dos tourné au Globe. Des flots de touristes y passaient sans cesse. Partout, des cracheurs de feu, des musiciens et autres poètes itinérants gardaient jalousement leur terrain, parfois à coups de poing, voire de couteau. Leur revenu en dépendait. Pour le héron, il s'agissait de nourriture. Pour les artistes, de l'argent des touristes. Mais aucun d'entre eux ne connaissait la véritable valeur de l'endroit, à savoir qu'il s'agissait d'un point aveugle. Le banc sur lequel était assise Diana Taverner se trouvait dans un couloir de douze mètres libre de surveillance vidéo. Une sorte de petit refuge à l'air libre qui lui avait été réservé grâce à une traînée de fiente qui parcourait presque toute la longueur du banc. Cette tache répugnante garantissait que même le touriste le plus épuisé irait se reposer ailleurs, même s'il ne s'agissait que d'un moulage en plastique.

Loin des regards, donc, elle alluma une cigarette et remplit ses poumons de ce doux poison. Comme la plupart des plaisirs, celui-ci diminuait à mesure qu'on s'y adonnait. Dans des circonstances habituelles, Lady Di pouvait faire durer un paquet pendant un mois, mais aujourd'hui, elle s'attendait à battre des records.

Une faible lumière baignait le fleuve. Sur les deux rives, on entendait les bruits habituels : le vrombissement et les avertisseurs sonores de la circulation, le bourdonnement constant d'un millier de conversations. Au-dessus de sa tête, des avions s'alignaient en direction de Heathrow, tandis que plus bas, un hélicoptère découvrait un nouveau raccourci d'un bout de Londres à l'autre.

Taverner souffla un nuage de fumée qui resta suspendu deux minutes dans l'air puis se dissipa tel un rêve. Un coureur fit un détour pour l'éviter. La fumée garantissait l'intimité presque aussi efficacement que la fausse fiente de pigeon. A ceci près que, dans quelques années, il s'agirait peut-être d'une infraction passible de prison.

Son besoin de nicotine était dû au fait qu'elle sortait à peine de la troisième réunion de la journée, la réunion avec le Contrôle, anciennement Gestion et Supervision. Elle ignorait si le nouveau nom avait été choisi par humour. Le Contrôle ressemblait à un mélange entre Oxbridge et un quai de gare : un groupe de surdoués sans menton parsemé de quelques vétérans endurcis. Il était plus facile d'arriver à un consensus populaire sur le goût du pudding que de les mettre d'accord entre eux. Les costards détestaient les opérations car elles coûtaient cher, les hommes de terrain les adoraient car les plus réussies rapportaient des fortunes. Bien que Taverner travaillât dans un bureau, son cœur penchait pour les hommes de terrain, ceux qui se salissaient les mains. Et puis, sans opérations, la sécurité se limiterait à enfiler un képi et un badge brillant. En matière de lutte contre le terrorisme, autant creuser des tranchées et distribuer des casques.

Les dossiers qu'elle avait apportés à cette réunion portaient tous le même code de couleur et avaient été tamponnés un quart d'heure plus tôt. Ils portaient l'en-tête Mozart, le code de confidentialité maximale pour cette année. Ils avaient fait le tour de la table plus rapidement que les petits-fours.

Il y avait eu un bref instant de silence, finalement rompu par un homme en costume.

« Vous êtes vraiment sûre de cela ? demanda-t-il.

— Bien sûr.

— Rohum ? »

Il y eut un ricanement. Les vétérans adoraient quand le public glissait un terme technique.

« Oui, renseignement d'origine humaine, répondit-elle.

— Quant à cette équipe, Albion…

— Pourrait-on procéder dans l'ordre, s'il vous plaît ? » interrompit quelqu'un.

Raclements de gorge, bruissements de papiers.

La tradition voulait que les réunions du Contrôle soient minutées, que la session soit ouverte, c'est-à-dire enregistrée, ou fermée. On procéda donc dans l'ordre : date, heure, liste des présents. Dans le fauteuil principal, Leonard Bradley du palais de Westminster. Sur la sellette, Lady Di. Excepté que personne ne l'appelait ainsi.

« Pour ceux qui ne le savent pas, Ms Ingrid Tearney est à Washington cette semaine, sans quoi elle serait présente. Nous sommes reconnaissants à Diana de bien vouloir la remplacer, car nous savons qu'elle est une seconde tout à fait compétente. Diana ?

— Merci, Leonard. Bonjour tout le monde. »

Quelques réponses marmonnées. Elle tapota son dossier.

« D'après ce que l'on sait, la vidéo est apparue sur un blog de la BBC à 4h20 du matin.

— Désolé d'interrompre », lança un homme en costume.

Les regards qui se tournèrent vers lui semblaient suggérer qu'il en avait pourtant l'habitude.

« Est-ce qu'on ne peut pas tracer de telles entrées avec, comment ça s'appelle…

— Si nous avions une trace, cette réunion n'aurait pas lieu d'être. Nous aurions réglé l'affaire avant les informations du matin. »

Bradley esquissa un geste qui aurait paru plus naturel s'il n'avait pas brandi une pipe.

« Peut-être devrions-nous laisser Diana terminer. Ou plutôt commencer.

— Hassan Ahmed, né à Birmingham en 1990. Ses grands-parents sont arrivés d'Islamabad au début des années 1970. Son grand-père tenait un magasin de meubles, que son père a ensuite repris. Hassan est le cadet de quatre enfants, en deuxième année à l'université de Leeds. Etudes de commerce. Il partage un appartement avec trois autres étudiants. Apparemment, c'est un garçon timide. Pas de petite copine, ni de petit copain. Ses profs ne sauraient pas le reconnaître dans un groupe. Il fait partie d'une association étudiante qui s'appelle "Qui rira le dernier", pour les comiques en herbe, mais personne n'a grand-chose à dire sur lui. De toute évidence, il n'enflamme pas les foules. »

Elle marqua une pause pour boire une gorgée d'eau.

« Il est musulman, mais seulement de nom. Avant l'université, il fréquentait régulièrement la mosquée près de chez lui, qui n'a jamais fait l'objet d'une surveillance particulière. Chez lui, on ne pratique pas. Son père semble essentiellement considérer la mosquée comme un lieu où faire des affaires. Ils n'utilisent pas l'urdu à la maison, on ne sait pas trop si Hassan le parle. Aucun contact avéré avec des influences extrémistes, il n'a jamais été vu dans aucune manifestation. Son nom apparaît sur une pétition contre les arrestations de juillet 2005, mais il a peut-être été ajouté par quelqu'un d'autre. Même si c'est lui qui a signé, cela veut seulement dire qu'il était là au moment où la pétition circulait. »

En reposant son verre, elle prit soin de le placer au centre du sous-bock.

« Le profil est succinct et nous savons tous qu'une éducation modérée peut produire des extrémistes acharnés, mais rien ne laisse penser que Hassan soit autre chose que ce dont il a l'air : un Britannique d'origine asiatique qui cherche à obtenir un diplôme. Quoi qu'il en soit, nous savons qu'il a été enlevé tard hier soir tandis qu'il rentrait chez lui de son club de comédie. Ils l'ont pris dans une ruelle non loin de là où il s'était garé. Les ravisseurs…

— Il a une voiture ? demanda quelqu'un.

— Un cadeau de son père », répondit Taverner.

Elle attendit un instant, mais l'homme paraissait satisfait.

« Les ravisseurs se font appeler la Voix d'Albion. »

Leonard Bradley s'avança, le visage froncé, perplexe, comme il aimait le faire avant de se pencher sur le cas de quelqu'un.

« Excusez-moi… »

Elle lui fit signe de continuer, tel un chauffeur de bus qui laisse le passage à un collègue.

« Je pensais qu'il n'y avait eu aucun contact avec ces "ravisseurs". Vous les avez déjà identifiés ? Bon travail, vraiment. »

Il y eut quelques murmures d'approbation.

« Non, il n'y a eu aucun contact, dans le sens où ils n'ont formulé aucune revendication et où ils ne se sont pas identifiés en rapport avec cet… épisode particulier.

— Mais vous avez des fiches sur eux.

— Vous conviendrez que cela fait partie de nos attributions.

— Absolument, vous avez parfaitement raison. »

Au bout de la table, Roger Barrowby émit un claquement de langue. On l'appelait souvent Barrowboy, un surnom qu'il détestait mais dont il prétendait se délecter. Il avait des cheveux blonds clairsemés, un menton proéminent orné d'un grain de beauté sur lequel il avait la manie d'appuyer, comme s'il voulait le faire rentrer dans sa mâchoire. Il semblait avoir réglé son problème de pellicules.

« Roger ! »

Le ton de Bradley n'aurait pas été plus cordial à un barbecue.

« Vous avez une remarque ? Une objection ? »

On aurait pu couper sa bonhomie au couteau. Taverner se demanda pourquoi les deux hommes se détestaient tant.

« Une observation, Len. Une simple observation.

— Et si vous nous la faisiez partager ?

— C'est une sacrée chance, commença Barrowby. Nous tenons un groupe d'originaux sous surveillance juste au moment où ils tentent un coup d'éclat ? Quelle coïncidence. »

Diana ne put s'empêcher de sourire en entendant le mot « originaux ».

« On pourrait discuter de chevaux offerts et d'assurances dentaires, répondit Bradley, mais peut-être que Diana saura nous éclairer.

— Surveillance est un grand mot, dit-elle. Ils font partie des dix-sept groupes que nous suivons en ce moment, car on murmurait qu'une chose de ce genre se préparait et…

— Pardon ? On *murmurait* ? »

Encore Barrowby.

Elle ne prit pas la peine de répondre, car elle savait que les anciens agents présents ne laisseraient pas passer cela.

« Ce n'est pas notre domaine, Roger, lancèrent-ils en chœur.

— Rien à voir.

— Ce comité ne s'occupe pas de la collecte de renseignements.

— Bien sûr, convint Barrowby. Mais puisque nous payons le dîner, on peut bien jeter un regard au menu, non ?

— Nous éplucherons les comptes à la fin de l'année fiscale, dit quelqu'un d'autre. Mais ceux des Opérations se partagent le butin comme ils l'entendent. »

Bradley hochait la tête.

« On goûte les saucisses, mais on ne regarde pas comment elles sont faites, si vous me permettez de filer votre métaphore, Roger. »

Barrowby leva les mains, comme pour se rendre.

« Excusez-moi, Diana. Vous avez donc entendu *murmurer*, vous avez débloqué des ressources, parfait.

On dirait que vous, ou peut-être Ms Tearney, avez pris une sage décision opérationnelle. »

Sans préciser à quel point Ingrid Tearney était impliquée, Diana poursuivit :

« Comme je le disais, il ne s'agissait pas d'une véritable mission de surveillance, sans quoi cette mauvaise plaisanterie n'aurait même pas commencé. Et ça, ç'aurait été une sacrée chance. Quoi qu'il en soit, je suis sûre que nous pourrons y mettre un terme au plus vite.

— Avant qu'ils ne coupent la tête du jeune Hassan, suggéra Leonard Bradley.

— Exactement.

— Inutile de souligner l'aspect relations publiques, j'imagine ? La moitié du pays qui n'est pas encore en train de regarder ça sera scotchée à sa télé d'ici à l'heure du dîner. »

Il jeta un coup d'œil aux papiers devant lui.

« La Voix d'Albion, hein ? J'aurais été plus impressionné s'il y avait la moindre chance que ces demeurés aient un jour lu Blake. »

Sa remarque fut accueillie par le silence.

« Et nos amis en bleu ? demanda-t-il.

— Nous ne leur avons pas communiqué les détails sur la Voix d'Albion, répondit Taverner. Nous le ferons si nécessaire, mais je suis certaine que demain, à la même heure, nous pourrons leur fournir le paquet complet.

— Le garçon a été enlevé dans le centre-ville de Leeds ? intervint quelqu'un.

— Pas exactement le centre : Headingley.

— Ils n'ont pas de caméras ? Il me semblait qu'on ne pouvait pas traverser la rue sans devenir une star de la télé.

— Il se trouve que le système de surveillance vidéo du trafic a été interrompu pendant six heures hier soir, depuis minuit jusque très récemment. Travaux de maintenance routiniers, paraît-il.

— Sacrée coïncidence.

— Nous menons l'enquête. Ou plutôt la police. Mais je ne pense pas qu'Albion ait une telle influence. J'ai imprimé la page d'accueil de leur site Internet. Vous pourrez vous faire une idée de leur poids. »

Il y eut un froissement de papiers tandis que chacun fouillait dans son dossier.

« "Purité nationale" », fit remarquer Bradley avec dédain.

On ne comprenait pas bien si c'était le concept ou l'orthographe qui lui faisait de la peine.

« Nous n'avons pas affaire aux gens les plus fins, acquiesça Taverner.

— On ne peut pas les retrouver par leur site Internet ? demanda Barrowby.

— Dans ce domaine, ils ont fait preuve de bon sens, répondit-elle. Le proxy est domicilié en Suède, où ils prennent la confidentialité très au sérieux. Il nous faudra un moment pour obtenir leurs coordonnées. Plus longtemps que ne le permet l'ultimatum. Mais je répète que cette bande sera sous les verrous avant que le temps ne nous soit compté. »

Bradley fit à nouveau son geste étrange.

« Je veux dire en notre nom à tous que nous sommes reconnaissants à Diana de nous avoir dressé un tableau remarquablement précis en si peu de temps. Et que nous lui serons tout aussi reconnaissants de nous tenir informés heure par heure jusqu'à la rapide et heureuse résolution de cette affaire. »

On frappa à la porte. Tom entra, une feuille de papier pliée en deux à la main. Sans un mot, il la glissa à Diana Taverner puis ressortit.

Taverner la déplia et lut en silence. Son visage ne laissa pas transparaître s'il s'agissait d'une nouvelle information, d'une confirmation ou d'un bulletin météorologique de l'année précédente. Pourtant, quand elle leva les yeux, l'atmosphère changea.

« Du nouveau. Vous aurez des copies dans un instant.

— Peut-être pourriez-vous… » commença Bradley.

Elle s'exécuta.

« Il semble qu'il ne s'agisse pas d'un enlèvement au hasard, comme nous le pensions. »

Cette nouvelle information exigeait autant d'action que de discussion. Diana Taverner sortit donc pour s'occuper de l'action, tandis que tous les autres entamaient la discussion. Presque tous les autres, car elle était sur le point d'arriver à l'ascenseur quand Barrowby la rattrapa, pour ainsi dire littéralement : en se retournant, elle vit qu'il s'apprêtait à lui prendre le bras. Elle lui jeta un regard qui aurait glacé sur place un homme plus sensible.

« Ce n'est pas le moment, Roger.

— Y a-t-il de bons moments ? Diana, ces nouvelles informations…

— Vous en savez autant que moi.

— J'en doute. Quoi qu'il en soit, ça ne change pas grand-chose, si ?

— Vous croyez ? Même pas un peu ?

— Je veux dire que vous paraissiez confiante avant que cette prétendue bombe n'éclate. Son identité ne vous complique pas la tâche.

— Prétendue ? »

Chacune de ses syllabes était un glaçon.

« Mauvais choix de mot. Cependant, vous avez une source, non ? On n'obtient pas des informations classées Mozart par des interceptions téléphoniques ou en étudiant des prêts douteux.

— Je suis heureuse d'avoir l'avis d'un expert, Roger. Rappelez-moi où vous avez connu votre heure de gloire. Beyrouth, Bagdad ou le bar du Frontline Club ? »

Il ne releva pas.

« Je voulais simplement faire remarquer que ce genre de méthode est digne du Placard, s'esclaffa-t-il, satisfait. Espérer que les rats quittent le navire par ennui… Mais ça, c'est d'un niveau supérieur. Vous avez donc une source. »

Elle enfonça le bouton de l'ascenseur.

« Oui, Roger, nous avons une source. C'est ainsi que fonctionne la collecte de renseignements.

— Pourtant, il n'était pas au courant de ce dernier revirement.

— S'il savait tout, ce ne serait pas une source, ce serait Wikipedia.

— Ce type, est-il proche de l'action ?

— Plutôt.

— Pratique.

— On peut dire ça. D'autres parleraient de prévoyance.

— Il y a prévoyance et prévoyance, n'est-ce pas ? Il n'y a pas grand mérite à résoudre une énigme quand on l'a écrite soi-même.

— Roger, j'ai l'impression que vous cherchez à me dire quelque chose. »

L'ascenseur arriva. Avant que les portes ne se soient entièrement ouvertes, elle entra et enfonça le bouton du rez-de-chaussée. Trois fois. Un jour, ils devraient inventer un bouton qui accélère les choses à mesure qu'on appuie dessus.

« Mais non, Diana. Simplement, faites attention. »

Les portes n'étouffèrent pas tout à fait la fin de sa tirade.

« Ne jouez pas avec le feu. »

Jouer avec le feu, songeait-elle à présent en écrasant sa cigarette. Elle consulta sa montre. Il serait une heure dans quinze secondes.

Il arriva par l'est. Même si elle n'avait pas étudié son dossier avant de l'appeler, elle l'aurait reconnu. A Regent's Park, on les appelait les Tocards, mais le plus amusant était de le leur faire savoir. Quand le Placard rencontrait Regent's Park, on savait clairement qui portait la culotte. Voilà qu'il approchait d'un pas décidé de percheron, comme si atteindre la ligne d'arrivée signifiait remporter la bataille. Mais comme toute personne bien éduquée le sait, seul le fait d'arriver premier compte.

Une fois à sa hauteur, il lui adressa un regard mi-agressif, mi-méfiant, tel un amoureux trahi, puis fronça les sourcils en voyant le banc.

— Ces fientes sont fausses.

Il parut hésiter.

— Bon sang, ce banc nous est utile. Vous croyez qu'on laisserait une mouette chier dessus ?

Jed Moody s'assit.

Sur le fleuve, le héron recommençait un nouveau circuit tandis qu'à proximité de Bankside Pier un prêcheur de rue avait dressé une chaire imaginaire et haranguait les passants. En somme, tout était normal.

— On m'a dit que vous aviez fait appel à moi, hier soir.

— Nick est un vieil ami, répondit Moody.

— Taisez-vous. Vous lui avez dit que Jackson Lamb dirigeait une opération, qu'il avait envoyé l'une de vos jeunes collègues collecter des informations. Vous avez ajouté que vous ne faisiez pas ce genre de chose au Placard, mais que si tel était le cas, vous vouliez participer.

— C'est vrai. J'ai passé six ans à…

— Taisez-vous. Je veux savoir comment vous avez su.

— Su quoi, madame ?

Jusqu'à présent, elle fixait les immeubles sur l'autre rive, mais elle se tourna vers lui.

— Ne vous avisez pas de croire qu'il s'agit d'une conversation. Quand je vous demande une information, donnez-la-moi. Ne faites pas semblant de ne pas comprendre de quoi je parle, et ne songez même pas à me dire autre chose que la vérité, sans quoi vous découvrirez qu'il existe des endroits plus froids et plus profonds que cette rivière et que je prendrai un malin plaisir à vous y enterrer. Est-ce clair ?

— Jusqu'à présent oui.

— Tant mieux. J'ai donné des instructions précises à Lamb pour une mission. Je ne me souviens pas de lui avoir demandé de vous en parler. Comment avez-vous su ?

— Il y a un micro, répondit-il.

— Un micro.

Il ne s'agissait pas exactement d'une question. Moody ne répondit donc pas. Il se contenta de déglutir.

— Etes-vous sérieusement en train de me dire que vous avez placé un micro dans le bureau de Jackson Lamb ?

— Oui.

— Bon sang, lâcha-t-elle en riant.

— Ce n'était pas…

— Ce n'était pas quoi ? Vu le climat actuel, vous pouvez en prendre pour trente ans.

— Avez-vous la moindre idée de ce que ça fait, d'être là-bas ?

Elle ne montra pas le moindre intérêt pour la tirade qu'il préparait. Il pouvait se sentir frustré, mis à l'écart, avoir l'impression qu'on le tenait pour responsable d'une bavure du Service, mais la réalité était qu'il ne serait jamais monté plus haut que son grade actuel. Un regard à son dossier suffisait à comprendre que Jed Moody était le prototype du troufion.

— Je m'en fiche. Comment se fait-il que la sécurité n'ait rien remarqué ? Attendez, ne me dites rien.

Il ne dit donc rien.

— C'est vous qui gérez la sécurité.

Il acquiesça.

— Donnez un uniforme à un voleur… Bon sang. Qu'est-ce que vous fabriquez d'autre, là-bas ? En fait, non, je ne veux pas savoir.

Fidèle à son pressentiment, Diana Taverner sortit à nouveau son paquet de cigarettes. Elle le tendit à Moody, qui avait déjà sorti son briquet. Sa main épaisse protégeant la flamme, il l'alluma pour tous les deux. L'espace d'un instant, ils furent unis par leur appartenance au club des parias du XXIe siècle.

— Je n'écoutais pas, dit-il. Enfin, si, mais pas pour le compte de quelqu'un d'autre. Je faisais partie des Dogues. Lamb me demandait de faire des recherches dès que le bar d'à côté changeait de serveur. Pas parce qu'il pensait que quelqu'un chercherait à nous espionner. Juste pour se foutre de moi et que je le sache.

— Pourquoi ne pas démissionner ?

— Parce que c'est mon boulot.

— Mais vous n'êtes pas heureux.

— Personne n'est heureux au Placard.

Taverner semblait se concentrer sur sa cigarette, mais elle possédait une bonne vision périphérique qui lui permettait d'étudier Jed Moody. Il avait sans doute été en bonne forme un jour, mais l'alcool et le tabac y avaient mis un terme, et elle était prête à parier que l'exil avait marqué le début de la spirale infernale. Il combattait sans doute sa culpabilité au gymnase, s'entraînait pendant sept heures pour compenser ses week-ends perdus. Il devait se persuader que cela fonctionnait. Chaque fois que la vérité menaçait de se montrer, il buvait un coup et allumait une clope.

— Même pas Lamb ? demanda-t-elle.

A sa surprise, il lui donna une réponse franche.

— C'est un déchet. Une grosse feignasse.

— Vous êtes-vous déjà demandé pourquoi il était au Placard ?

— Qu'est-ce qu'il ferait ailleurs ?

Cette réponse-là n'était pas aussi franche. On laissait sans doute Lamb régner sur son petit royaume – même dans un palais aussi miteux que le Placard – pour la seule raison qu'il savait où certains cadavres étaient enterrés. Moody ne voulait pas évoquer le sujet avec Diana Taverner. Ce qui signifiait qu'il marchait sur des œufs, estima-t-elle. Cela lui convenait parfaitement.

La cigarette de Moody avait brûlé jusqu'au filtre. Il la laissa glisser entre ses doigts. Elle roula entre deux pavés.

Quand il leva la tête, Taverner lui jeta un regard qui ne laissait planer aucun doute sur leur rapport hiérarchique.

— Voici ce qui va se passer, dit-elle. Vous allez me rendre un ou deux services. Au noir.

— Illégalement.

— Oui. Ce qui signifie que si, pour une raison quelconque, les choses devaient mal tourner et que vous vous retrouviez dans une petite pièce pour subir un interrogatoire, je ne pourrai jamais dire que je vous connais. Est-ce clair ?

— Oui.

— Vous êtes d'accord ?

— Oui, répéta Moody.

Comme d'autres Tocards avant lui, il voulait rentrer dans la partie.

Elle sortit un téléphone de son sac à main et le lui tendit.

— Seulement les appels entrants, dit-elle.

Il hocha la tête.

— Et virez le micro. Le Placard est peut-être un cul-de-sac, mais il s'agit d'une branche du Service. Si on apprend qu'il y a eu des fuites, vos anciens copains vous démonteront, morceau par morceau.

Elle se leva, mais s'attarda un instant.

— Ah, Moody, un mot d'avertissement. Il y a une raison pour laquelle Lamb est un déchet.

— C'est-à-dire ?

— Quand il était sur le terrain, il ne devait pas seulement se préoccuper de ses dépenses. Il risquait d'être pris, torturé, exécuté. Il a survécu. Gardez donc cela en tête.

Elle le laissa là, désormais un agent à sa solde. Certains coûtaient moins cher que d'autres. Et elle savait déjà comment l'employer.

Par la fenêtre, River observa les voitures bloquées sur Aldersgate, victimes des travaux qui paralysaient constamment la rue. Sid était à son bureau. Sur son écran, la boucle de douze minutes défilait encore, montrant le garçon dans sa cave. Ces douze minutes avaient depuis longtemps été englouties par la journée, mais chaque boucle en retranchait autant au temps qui lui restait.

— Un groupe d'extrême droite, murmura River.

Bien qu'ils soient restés silencieux depuis un moment, elle enchaîna aussitôt.

— Il y en a plus d'un.

— Je suis au courant. Tu veux que je te parle des pires...

— River...

— ... nids de barjots, au cas où tu en aurais oublié quelques-uns ?

— Ne crois pas qu'il s'agisse fatalement du groupe de Hobden, c'est tout ce que je veux dire.

— A ton avis, c'est une coïncidence s'il est apparu sur le radar du MI5 le jour avant que cela n'arrive ?

— Il est apparu sur *ton* radar la veille. Le Cinq devait l'avoir dans le collimateur depuis bien plus longtemps.

Le grand-père de River aurait su décrypter son expression butée. Sid Baker poursuivit comme si de rien n'était.

— Les membres du British Patriotic Party sont des crétins de base qui rendent la première minorité venue responsable de leur manque de perspectives d'avenir. Avec quelques bières dans le nez, ils peuvent casser des vitrines et tabasser un commerçant, mais un enlèvement, ce n'est pas dans leurs cordes.

— Tu ne crois pas que Hobden soit assez malin pour organiser une chose pareille ?

— Assez malin, si. Mais pourquoi ferait-il cela ? En plus, si le Cinq pensait qu'il était derrière cette histoire, tu crois vraiment qu'ils s'amuseraient à lui piquer ses fichiers ? Ils seraient en train de l'interroger dans une cave.

— Peut-être, répondit River. Mais peut-être qu'il a suffisamment d'amis haut placés pour qu'on ne puisse pas le jeter dans une camionnette sans provoquer des réactions.

— Tu crois ? Ça fait deux ans que les torchons pour lesquels il bossait ne publient plus une ligne de lui.

— Parce qu'ils ne peuvent pas se permettre de donner l'impression qu'ils le soutiennent.

— Arrête un peu ! Ils l'ont suspendu parce qu'il le mérite. Les médias grand public n'ont aucune sympathie pour ce genre d'opinions. Peut-être il y a vingt ans, mais les temps ont changé.

— Et ils continuent à changer. Je ne sais pas si tu as remarqué, mais on est en pleine récession. Les positions se sont durcies. En tout cas, on s'égare. Voici la situation : un groupe d'extrême droite commet un acte terroriste le jour même où on pique les données du plus grand taré d'extrême droite que connaisse le pays. Impossible qu'il s'agisse d'une coïncidence.

Sid se tourna de nouveau vers son écran.

— Tu n'arrêtes pas de dire qu'on ne fait rien d'important au Placard. Pourquoi est-ce qu'on se retrouverait soudain au diapason du reste du Service ? Si Hobden est derrière tout cela et que le MI5 le surveille, on n'en saurait rien, non ?

Il ne sut pas quoi répondre.

— Ils finiront par le trouver, River. Ce garçon ne se fera pas couper la tête en direct. Ni demain ni un autre jour.

— J'espère que tu as raison, mais…

Il n'acheva pas sa phrase.

— Mais quoi ?

— Rien.

— Tu allais dire quelque chose, ne fais pas semblant.

Mais j'ai vu ce que tu as piqué dans l'ordinateur de Hobden, et c'était du charabia. Tu n'as pas eu ce que tu cherchais. Ce qui signifie que s'il est impliqué là-dedans, il a au moins un coup d'avance sur le MI5 et que la situation ne se présente pas bien pour le gamin...

— Ça a quelque chose à voir avec ce que tu regardais au pub ?

— Non.

— Tu mens.

— OK, je mens. Merci.

— Oh, c'est bon. Je mentirais aussi si je m'étais approprié des informations auxquelles je n'ai pas le droit d'accéder. Vu qu'on est des espions, tout ça.

Il comprit qu'elle essayait de le faire rire. C'était une sensation étrange : il ne parvenait pas à se rappeler la dernière fois qu'une femme avait essayé de lui soutirer ne serait-ce qu'un sourire.

Mais elle ne l'aurait pas.

— Il n'y avait rien, que des fichiers corrompus.

— Drôle de corruption, afficher seulement le nombre pi.

— N'est-ce pas ?

— Ça ressemble plus à un chiffrage de sécurité.

— Ecoute, Sid, ça n'était rien d'important. Et même si ça l'était, ça ne te regarderait pas.

A en juger par l'expression de Sid, on ne la reprendrait pas de sitôt à essayer de le faire sourire.

— Très bien, lâcha-t-elle finalement. Excuse-moi de respirer.

Elle se leva brusquement, renversant sa chaise.

— A propos, le bureau pue toujours. Tu ne peux pas ouvrir un peu la fenêtre ?

Elle sortit.

River continua de regarder par la fenêtre, mais sans l'ouvrir. La circulation n'avait pas sensiblement avancé. Cette phrase resterait sans doute valable pour le reste de la journée.

Ils finiront par le trouver, River. Ce garçon ne se fera pas couper la tête en direct. Ni demain ni un autre jour.

Il espérait qu'elle avait raison, mais il n'y comptait pas trop.

Pourtant, la police trouva Hassan sain et sauf.

Il s'avéra qu'il y avait eu un témoin de l'enlèvement. Depuis la fenêtre de sa chambre, une femme avait aperçu des garçons « se bousculer un peu » – ce furent ses propres termes – au bout de l'allée en face. Ensuite, ils étaient tous montés dans une camionnette Ford blanche et s'étaient dirigés vers l'est. Sur le moment, elle n'y avait pas prêté attention, mais le journal télévisé lui avait rafraîchi la mémoire : elle avait donc transmis ses bribes d'informations à la police. Des caméras surveillaient le carrefour où était passée la camionnette. Elles avaient enregistré une partie de sa plaque d'immatriculation. Ce fragment avait aussitôt été disséminé à travers le pays, où chaque autorité l'avait comparé à toutes les images de camionnettes blanches prises sur les autoroutes, dans les centres-villes, les entrées de garage. Ensuite, ça n'avait été qu'une question de temps. Pourtant, ce fut un coup de chance qui guida la brigade d'intervention jusqu'à la cave de Hassan. Apparemment, un clochard du quartier avait…

Hassan ouvrit les yeux. L'obscurité lui répondit. Il les referma. La brigade d'intervention fit son entrée. Il les rouvrit. Non, ils n'étaient pas là.

Il ne pensait pas que le temps pouvait passer aussi lentement.

Il ignorait également que la peur pouvait vous emmener aussi loin de vous-même. Pas seulement hors du temps, mais hors de votre corps. Vêtu d'un jogging à capuche, tel un patient dans une salle d'attente surréaliste, il avait relâché sa prise sur la réalité et une voix perçante s'était fait entendre dans sa tête, celle qui lui suggérait ses meilleures répliques. Elle tremblait, mais c'était la sienne. Elle faisait comme si rien ne s'était passé, ou plutôt comme si tout s'était bien terminé, comme s'il s'agissait maintenant d'un sujet de comédie à vous glacer les os. Tous les otages qui avaient passé des années enchaînés à des radiateurs avaient écrit des livres, produit des documentaires, témoigné à la radio. Mais combien d'entre eux iraient en parler sur scène ?

« Je vais vous parler de ma cave. »

Une pause.

« Non, vraiment, ma cave. »

Alors le public comprendrait : la cave où il avait été enfermé, pas celle de sa cité où avaient lieu toutes sortes de trafics.

Mais la voix perçante n'allait pas plus loin. Car ce n'était pas terminé. Ça puait trop pour que tout soit terminé : la pisse, la merde, le vomi, tout ce que la peur avait évacué. Il était là. Il n'avait pas de public. Il n'en avait jamais eu : il avait assisté à toutes les soirées micro ouvert à l'association, la tête pleine d'idées, l'estomac noué, mais il n'avait jamais osé monter sur scène.

Le plus drôle, c'est qu'il croyait que c'était ça, la peur : se ridiculiser devant ses camarades éméchés. C'était comme se cogner le petit orteil à une traverse de chemin de fer et bondir de douleur, sans voir le train qui approche à grande vitesse.

Un instant, il rentrait chez lui. Le suivant, il se retrouvait ligoté dans une cave, à tenir un journal devant une caméra.

Ça, ça faisait peur.

Et ça aussi : *On va te couper la tête et le diffuser sur Internet.*

Il aimait Internet, car cela rapprochait les gens. Sa génération avait embrassé le globe entier, twittait et bloguait à qui mieux mieux. Quand on chattait avec un utilisateur appelé PartyDog, impossible de savoir s'il s'agissait d'un garçon ou d'une fille, d'un Blanc ou d'un Noir, musulman ou athée, jeune ou vieux. C'était une bonne chose, non ?…

Mais, un jour, Hassan avait lu l'histoire d'un connard qui avait vu une femme s'écrouler dans la rue et, au lieu de l'aider, comme une personne normale – ou de passer son chemin, comme une personne normale –, il lui avait pissé dessus, s'était filmé avec son téléphone puis avait mis la vidéo en ligne pour faire marrer d'autres connards. Comme si Internet validait certains comportements… L'espace d'un instant, il se sentit soulagé d'avoir trouvé un bouc émissaire, même si Internet s'en moquait éperdument.

Mais ce bref instant devint un autre copeau arraché à une souche qui s'amenuisait à vue d'œil. La conscience que cet instant était passé occupa les minutes suivantes, au cours desquelles aucun groupe d'intervention ne fit irruption dans la cave pour sauver Hassan.

La cuisine n'était pas le genre d'endroit où l'on voudrait préparer un repas. En même temps, personne ne semblait y avoir jamais fait à manger : chaque surface était encombrée d'emballages de nourriture à emporter, de couverts en plastique, sacs en papier gras, boîtes à pizza, bouteilles et paquets de cigarettes vides. Tout ce qui ne bougeait pas avait été transformé en cendrier. Le lino se décollait dans les coins et une tache noire près de la porte indiquait qu'il y avait eu un début d'incendie.

Au centre de la pièce trônait une table en formica dont la surface rouge était constellée de brûlures circulaires et d'entailles. Un ordinateur portable fermé occupait le centre de la table. Des câbles serpentaient tout autour, tels des spaghettis électriques. A côté étaient posés un trépied et une caméra numérique de la taille d'un portefeuille. Autrefois, il fallait une machine grosse comme une maison pour communiquer avec le monde extérieur, mais ce temps était révolu. Autour de la table, quatre chaises dépareillées, dont trois étaient occupées. La quatrième était inclinée selon un angle improbable, seulement retenue par la paire de bottes qui s'amusait à la balancer. Elle semblait constamment sur le point de se renverser mais resta debout.

— On devrait le filmer en direct, disait le propriétaire des bottes.

— Pourquoi ?

— Pour le mettre sur l'Intranet, au lieu de ces vidéos. Comme ça le monde entier pourra le regarder se chier dessus, du début à la fin.

Les deux autres échangèrent un regard.

Bien qu'ils n'eussent pas la même silhouette, tous trois partageaient la même caractéristique : ils ressemblaient à des bouledogues mâles. Si vous tendiez la main vers eux, il était impossible de savoir si vous la récupéreriez. En dessous, dans la cave, Hassan Ahmed les appelait Larry, Curly et Moe. S'il avait dû les décrire, voici ce que cela aurait donné :

Larry, le plus grand, avait le plus de cheveux – pas difficile : les deux autres étaient rasés à blanc, mais un fin duvet couvrait le crâne de Larry, ce qui lui conférait une certaine autorité, comme s'il portait un chapeau dans une pièce pleine de gens nu-tête. Il avait le visage fin, des yeux agités qui surveillaient sans cesse la porte et la fenêtre, comme si elles risquaient de s'ouvrir à tout moment. Il portait une chemise blanche aux manches retroussées, un jean noir et des baskets neuves. Moe était moyen, dans tous les sens du terme : plus petit que l'un, plus grand que l'autre, il arborait un ventre que son teeshirt noir ne faisait rien pour dissimuler. Il avait le mauvais goût d'arborer un bouc qu'il caressait constamment, comme pour s'assurer qu'il restait en place.

Quant à Curly – le propriétaire des bottes –, il semblait être le crétin de service.

— On va pas le diffuser en direct, lui répondit Larry.

— Pourquoi ?

— Parce que.

— Il pourrit là comme un rat pris au piège. Il faut montrer au monde à quoi ils ressemblent quand ils montent pas dans des bus avec des sacs à dos bourrés de semtex.

— Si on diffuse en direct, on a deux fois plus de chances de se faire repérer, répondit Moe d'un ton qui suggérait qu'ils avaient déjà eu cette discussion.

— Mais on diffuse déjà les vidéos.

On pouvait passer la journée à essayer de faire entrer l'idée la plus simple dans le crâne de Curly, songea Larry. Et encore, rien n'était gagné. Si on voulait lui faire comprendre quoi que ce soit de plus compliqué qu'une course à deux chevaux, il fallait lui faire un dessin, ou bien lui donner une cigarette en espérant qu'il oublie.

Mais Moe poursuivit.

— Ces trucs sur Internet, les gens vont essayer de savoir d'où ça vient, mais on a réussi à cacher nos traces. Si on diffuse en direct, ça sera plus facile de nous retrouver.

— Et puis on dit Internet, ajouta Larry.

— Quoi ?

— In*ter*net. L'Intranet, c'est autre chose.

— Oh, c'est pareil.

Larry jeta un nouveau regard à Moe.

— En tout cas, il doit avoir la trouille, fit Curly. Il se sera sacrément chié dessus, demain à la même heure.

Il avait dit cela d'un air définitif, comme s'il assenait l'argument final d'un raisonnement soigneusement élaboré.

— Je vais aux chiottes, ajouta-t-il.

Les deux chaises tombèrent quand il se leva.

Une fois qu'il fut sorti, Larry alluma une cigarette avant de lancer le paquet à Moe.

— Tu crois qu'il est à la hauteur ?

— Il est pas aussi bête qu'il s'en donne l'air.

— Mouais. Effectivement, il arrive à marcher et à respirer en même temps.

— J'ai dit qu'il se donnait un air.

— J'ai compris.

De l'autre côté de la porte, Curly écouta sans bouger un muscle, jusqu'à ce que la conversation se termine. Puis, aussi léger qu'un nuage de fumée, il monta l'escalier et s'enferma dans les toilettes pour passer un appel avec un téléphone qu'il n'aurait pas dû avoir.

Lamb se tenait à son bureau, un dossier devant lui – une analyse des anomalies au péage urbain, de flux Twitter ou d'achats immobiliers en liquide à

Beeston –, mais son attention semblait concentrée sur le tableau en liège accroché au mur, sur lequel étaient affichés des coupons de réduction pour la pizzeria du coin ou les hot dogs de chez Ginster. Catherine l'observait depuis la porte. Elle avait l'intention d'entrer, de poser son rapport sur le tas puis de ressortir, mais quelque chose la retenait. Lamb ne ressemblait pas au chef qu'ils connaissaient et détestaient tous. Il y avait quelque chose de nouveau chez lui.

A une époque, Catherine Standish avait eu envie de rencontrer Jackson Lamb. Par la faute de Charles Partner : Lamb faisait partie de ses hommes de main, en des temps reculés. Un jour, il avait débarqué dans son monde : il avait rendez-vous avec Partner. *Un sacré personnage, Jackson Lamb. Il vous plaira*, avait dit Partner. Elle l'avait cru.

En ce temps-là, Lamb était en transition entre les vacances à l'étranger – comme disaient les agents – et le front intérieur. C'était l'époque bénie où le monde semblait plus sûr, entre la fin de la guerre froide et les dix minutes qui avaient suivi. Elle savait qu'il avait travaillé derrière le rideau de fer. Un tel détail modifiait nécessairement vos attentes : à défaut de glamour, cela supposait un certain courage.

Elle ne s'attendait certainement pas au gros homme débraillé qui avait fait son entrée avec une heure vingt de retard, en pleine gueule de bois ou encore soûl. Partner assistait à une autre réunion. S'il avait été surpris par l'absence de Lamb, il l'avait bien caché. *Quand il arrivera, offrez-lui un café*. Elle lui avait donc offert une tasse de café et l'avait installé dans le fauteuil des visiteurs, qu'il avait occupé tel un paresseux au creux de sa branche. Il s'était endormi, ou avait fait semblant. Chaque fois qu'elle le regardait, il avait les yeux fermés et une bulle se formait au coin de ses lèvres, ce qui ne l'avait pas empêchée de se sentir constamment observée.

Deux ans plus tard, le monde avait basculé : Charles Partner était mort, le Placard tournait à plein régime et Jackson Lamb y régnait en maître.

Pour une raison qui lui échappait, Catherine Standish se retrouvait à ses côtés. Lamb l'avait spécialement réclamée, avait-elle appris, sans qu'il lui dise jamais pourquoi. Elle ne lui avait d'ailleurs jamais posé la question. S'il avait des vues sur elle, il arrivait plusieurs années trop tard : à une époque, elle aurait couché avec lui sans se poser de questions, ou sans s'en souvenir le lendemain. Mais en vieillissant, elle était devenue plus sélective et ne couchait avec personne. Si cela devait changer, elle ne le ferait certainement pas avec Jackson Lamb.

Mais, à présent, il semblait exprimer quelque chose de nouveau. Peut-être de la colère, une colère cependant contenue par la même impuissance qui bloquait tous les occupants du Placard. Lamb avait passé l'essentiel de sa carrière derrière les lignes ennemies : maintenant que l'ennemi était ici, il ne pouvait que rester à observer. Etrangement, Catherine eut envie de le réconforter, de lui dire quelque chose du genre : « On finira par les avoir. »

On les aura. Voilà ce que disaient les gens dans les bureaux à travers le pays, dans les pubs, les écoles et au coin de la rue. *Ça ne peut pas arriver ici, on les aura*. Mais par *on*, tous entendaient la même chose : des gens qui occupaient des postes comme le sien ou celui de Jackson Lamb, ceux qui travaillaient pour les services de sécurité. Ceux qui ne laissaient pas des choses pareilles se produire, même s'ils ne parvenaient généralement pas à tout arrêter avant la cinquante-huitième minute. Catherine songea que si ceux qui pensaient cela pouvaient voir le Placard, ils risquaient de réviser leur opinion : *Ce gamin dans sa cave ? Il ne s'en sortira jamais.*

Elle s'éloigna de la porte et retourna dans son bureau, son rapport sous le bras.

La lune n'apparaissait guère, mais cela avait peu d'importance. River attendait de nouveau devant l'appartement de Robert Hobden. Moins de quarante-huit heures plus tôt, il avait plu à torrents. Sur le trottoir, River avait dû s'abriter sous un auvent. Ce soir-là, il ne pleuvait pas et il était dans la voiture. Si les contractuelles venaient, il se déplacerait. Une faible lumière luisait derrière le rideau de Hobden. De temps à autre, une ombre passait. Le journaliste ne tenait pas en place bien longtemps. Même si cela lui répugnait, River devait admettre qu'ils avaient ce point commun : ni l'un ni l'autre ne pouvait rester tranquille.

Comme pour prouver cette remarque, River bondit : *Qu'est-ce que...*

Juste un coup sur la vitre, mais il n'avait vu personne approcher.

L'intrus se pencha, inspecta l'habitacle.

— River ? articula-t-elle.

Bon sang, songea-t-il. Sid Baker.

Il ouvrit la portière. Elle se glissa à l'intérieur, la referma puis retira sa capuche. Elle tenait deux gobelets de café.

— Sid ? Qu'est-ce que tu fabriques ?

— Je pourrais te poser la même question.

— Tu m'as suivi ?

— Tu devrais espérer que non.

Elle lui tendit l'un des cafés, qu'il ne put s'empêcher d'accepter, puis retira le couvercle en plastique, ce qui libéra un nuage de vapeur.

— Parce que ça voudrait dire que j'ai réussi à te tracer à travers Londres sans que tu t'en aperçoives. A pied. Ça serait fort, non ?

Elle souffla doucement à la surface du liquide, tandis que River s'éclaboussait les cuisses en ouvrant son gobelet. Sid lui tendit une serviette. Il s'essuya, essayant de ne pas renverser davantage de café.

— Tu as deviné que je serais ici ?

— Ce n'était pas bien difficile.

Super, se dit-il. Rien de tel que d'être transparent.

— Donc, tu t'es dit que j'avais besoin de compagnie ?

— Honnêtement, non. C'est où, chez Hobden ? demanda-t-elle en scrutant la façade.

River lui indiqua la fenêtre.

— Il est seul ?

— Pour autant que je sache. Alors, qu'est-ce que tu fais là ?

— Ecoute, je pense que tu te trompes. Si Hobden a quoi que ce soit à voir avec Hassan…

— Ils ont sorti son nom ?

— Pas officiellement. Mais le MI5 l'avait déjà, Ho l'a découvert il y a environ deux heures. Malin, ce garçon. Heureusement qu'il bosse pour nous.

— Alors, c'est qui ?

— Hassan Ahmed. Ho connaît sans doute sa pointure maintenant, mais c'est tout ce qu'il avait quand je suis partie. En tout cas, si Hobden était impliqué, il ne serait sûrement pas en liberté. Le Cinq l'aurait emmené.

— J'y ai pensé, répondit River.
— Et ?
— Je sais qu'il mijote quelque chose.
— Ce truc que tu regardais au pub. Tu vas me dire de quoi il s'agit ?
Il pouvait bien le lui avouer, maintenant. De toute manière, il ne parviendrait pas à la convaincre de son innocence.
— C'était les fichiers de Hobden, répondit-il. Ceux que tu as volés l'autre fois.
— Quoi ?
Il lui raconta aussi brièvement que possible ce qu'il avait fait.
Quand il eut terminé, Sid garda le silence pendant une minute entière, ce qui le soulagea. Elle aurait pu énumérer les raisons précises pour lesquelles il avait agi de manière stupide, lui expliquer que le vol de propriété publique était une chose, mais que le détournement d'informations top secret en était une autre, même si ces informations s'avéraient inexploitables. Il savait déjà tout cela. Elle ne précisa pas non plus qu'avoir écouté ses aveux la mettait dans la même situation que lui. Si River se retrouvait au cachot, elle serait à côté de lui. Sauf si elle sortait immédiatement de la voiture pour appeler les Dogues.
Au lieu de cela, elle lui demanda :
— Pourquoi pi ? C'est un code ?
— Je ne crois pas. Je pense que sa clé de sauvegarde est un leurre. Je pense que c'est le genre de parano qui s'attend à ce qu'on lui pique ses documents et veut être sûr qu'on ne trouve rien. Pire : il veut nous faire savoir qu'il est préparé, avoir le dernier mot.
River se rappela autre chose : Hobden utilisait des pages de *Searchlight*, un journal antifasciste, pour

emballer ses déchets alimentaires. C'était un doigt d'honneur à quiconque fouillait ses poubelles. *Vous croyez qu'il nous traite de nazis ?* avait-il demandé à Lamb. *Evidemment, qu'il nous traite de nazis*, avait répondu Lamb.

— Il n'a pas complètement tort, objecta Sid. Je lui ai piqué ses fichiers. Tu as fouillé ses poubelles.

— Et puis cette liste ne s'est pas retrouvée par hasard sur Internet, poursuivit River. Soyons francs, le Service l'a bien niqué.

— Alors il se vengerait en faisant exécuter un gamin ? Tu sais les répercussions qu'il y aura si cela arrive ?

Son café était encore trop chaud ; il le posa sur le tableau de bord.

— J'imagine. La communauté musulmane dans la rue. Oh, bien sûr, la gauche se montrera compatissante. Un gamin innocent tué sous l'œil d'une caméra. Mais ça ne s'arrêtera pas à quelques manifestants qui réclament le respect. Il y aura une vengeance. Agressions, coups de couteau et Dieu sait quoi encore.

— Voilà où je voulais en venir. C'est peut-être un imbécile, mais il est patriote. Tu crois vraiment qu'il veut le chaos dans la rue ?

— Oui, parce que après le chaos vient la répression. C'est ça qu'il veut. Pas la révolte mais ce qui suit, quand le ton se durcit. Si les gens ne veulent pas voir un gamin décapité à la télé, ils veulent encore moins des émeutes devant leur porte.

— Je déteste les théories du complot, répliqua Sid.

— Il ne s'agit plus d'une théorie une fois qu'elle a été démontrée, seulement d'un complot.

— A quoi ça t'avance de camper devant chez Hobden ?

— Je te dirai ça demain matin.
— Tu comptes vraiment rester là toute la nuit ?
— Je n'ai pas vraiment de projet arrêté.
Elle but une gorgée, incrédule.
— S'il ne se passe rien, tu me dois un petit-déjeuner.
Il ne sut trop quoi répondre, mais avant que cela ne devienne une évidence, elle ajouta :
— River ?
— Quoi ?
— Tu sais que tu es un imbécile ?
Il se détourna pour qu'elle ne le voie pas sourire.

Cela avait eu lieu à dix heures. Pendant l'heure suivante, tout sembla indiquer que River paierait le petit-déjeuner : presque aucun passage dans la rue, en tout cas rien à voir avec Hobden. Sa fenêtre resta allumée. De temps à autre, une ombre derrière le rideau prouvait qu'il était toujours là, ou du moins qu'il y avait quelqu'un. Peut-être River devrait-il frapper à sa porte pour provoquer une réaction.

Mais il ne fallait pas céder à la provocation. *Cela déforme les données.* Spider Webb, pendant un séminaire : *Pousser la cible à agir d'une manière qu'elle n'aurait peut-être pas choisie déforme les données.* Il répétait sans doute comme un perroquet les mots de quelqu'un qui savait de quoi il parlait. Mais si Spider était contre, River était pour.

Il avait déjà eu ce débat cinq fois avec lui-même et n'était pas près de le résoudre.

Il étendit discrètement les jambes. Il portait des vêtements ordinaires : un jean bleu, un tee-shirt blanc sous un pull en V gris. Sid portait un jean noir et un sweat-shirt à capuche. Grossier, mais il lui allait bien. Elle avait reculé son siège aussi loin que possible.

Parfois, ses yeux reflétaient la lumière d'un lampadaire vers River. Elle pensait à lui. Quand une femme pense à vous, c'est soit une bonne chose, soit une mauvaise chose. Impossible de savoir, dans ce cas précis.

— Au fait, pourquoi tu t'es engagée ? demanda-t-il pour rompre le silence.

— Pour le glamour, quoi d'autre ?

Elle soutenait son regard, à présent.

— Ah, tu voulais mener la grande vie.

— Je ne suis pas stupide, tu sais.

— Je ne l'ai jamais pensé.

— J'ai commencé par des études en langues orientales.

— Ça doit te consoler.

— Ce qui me consolerait, ça serait que tu la fermes.

Il la ferma donc.

Dehors, le trottoir était toujours désert, il y avait peu de circulation.

Chez lui, Hobden allait et venait… Il pouvait donner des ordres au téléphone, envoyer des courriels à ses associés. Mais River en doutait. Il ne pensait pas que Hobden utiliserait un moyen de communication risquant d'être intercepté par des écoutes électroniques. Il faisait les cent pas tel un lion en cage, il attendait quelque chose.

River le comprenait.

— Ta famille était dans le Service, dit-elle.

Il acquiesça.

A une époque, cela n'avait rien d'inhabituel : il existait bien des familles de flics ou de plombiers. Il arrivait encore de rencontrer des espions de la troisième, voire quatrième génération, qui avaient hérité de leur position sociale comme de l'argenterie de famille. Petit-fils d'une légende du Service, River n'avait jamais eu la moindre chance. Mais il laissa Sid raconter son histoire.

— Je n'ai pas le même pedigree que toi. Je n'avais jamais pensé devenir fonctionnaire, encore moins dans cette branche. Je me préparais à devenir banquière. Ma mère est avocate. Je devais gagner encore plus qu'elle : c'est comme ça qu'on mesure la réussite, non ? Quand on devient plus riche que ses parents.

Il hocha la tête, mais l'idée que sa propre mère gagne de l'argent le fit sourire.

— J'étais encore à la fac quand les bombes ont explosé.

Cela ne le surprit pas : les attentats avaient partiellement motivé tous ceux qui avaient rejoint le Service depuis.

Il l'écoutait sans la regarder. Tout le monde évoquait ce jour-là de manière différente : soit ils racontaient une histoire dans laquelle les attentats leur étaient arrivés à eux, soit ils se trouvaient là au moment de l'explosion. Quelle que soit l'option qu'elle prendrait, ce serait plus facile s'il ne la regardait pas.

— Je travaillais dans une banque de la City. C'était un boulot d'été, je débutais : je ne savais pas qu'il valait mieux porter des tennis dans les transports et apporter des chaussures pour le travail. Bref, je sortais d'Aldgate quand c'est arrivé. Il n'y a pas eu que le bruit, c'était… une sorte de souffle. Comme quand on ouvre un emballage sous vide. J'ai su ce qui s'était passé, comme si nous attendions ça depuis trois ans et demi sans le savoir.

Une voiture apparut au bout de la rue. Les phares les clouèrent à leurs sièges.

— Le plus bizarre, c'est qu'il n'y a presque pas eu de panique dans la rue. Tout le monde semblait avoir compris que c'était le moment de garder son calme, de ne pas jouer les héros, de laisser les professionnels faire leur travail. Des rumeurs se propageaient concernant d'autres bombes, un hélicoptère crashé sur Buckingham Palace… Je ne sais pas d'où ça venait.

D'autres histoires avaient circulé sur Internet. Malgré la démonstration de sang-froid, on pouvait voir à travers le tissu de la ville à quel point ses coutures étaient fragiles.

— Ils étaient en train d'évacuer le bureau quand je suis arrivée. On avait déjà fait des exercices : tout le monde se rassemblait dehors et regardait sa montre pendant que les pompiers comptaient les têtes. Mais ce jour-là, je n'ai pas pu entrer. Ils avaient raison : ça aurait été le jour idéal pour braquer une banque.

Sa voix s'était installée dans la cadence que prennent les gens quand ils savent qu'ils ne seront pas interrompus, quand ils trouvent un public pour écouter une histoire qu'ils ont répétée dans leur tête. S'ils n'avaient pas été dans une voiture, River songea qu'il aurait pu s'éloigner discrètement sans que Sid s'arrête de parler.

— J'ai fini par rentrer chez moi à pied. Un tas de Londoniens ont fait ça le 7 juillet. C'était le Jour où on rentre à pied. En arrivant chez moi, j'avais les pieds en lambeaux… Je portais des talons parce que je voulais être chic et sexy pour aller travailler dans la City, et parce que personne ne m'avait prévenue que dès ma deuxième semaine de travail, des assassins exposeraient leurs griefs absurdes dans le métro, tueraient cinquante-six personnes et bloqueraient Londres pendant une demi-journée. En rentrant chez moi, j'ai rangé mes chaussures dans un placard et elles n'en ont pas bougé. A chacun ses monuments : moi, c'est une paire de chaussures dans un placard. Chaque fois que je les vois, je repense à cette journée.

Elle regarda River :

— Je ne suis pas très claire, hein ?

— Tu y étais, coassa-t-il.

Il se racla la gorge :

— Ce sont tes souvenirs, ils n'ont pas à être clairs.

— Et toi ?

Où était-il quand les bombes avaient explosé, voulait-elle dire.

En fait, il était en vacances : une escapade italienne avec sa dernière copine sérieuse, une civile. Il avait donc suivi le déroulement de la journée sur CNN, quand il n'essayait pas de changer son billet de retour. Elle était restée. Il ne savait pas si elle avait fini par repartir.

Parfois, River Cartwright se voyait comme un militaire de carrière qui n'avait jamais combattu.

— Alors c'est pour ça que tu t'es engagée, dit-il au lieu de répondre. Pour éviter que cela se reproduise.

— Je dois te paraître naïve.

— Non, ça fait partie du métier.

— Je me suis dit que même si je devais remplir des fiches, surveiller des sites Internet et préparer le thé pour ceux qui empêchent que cela se reproduise, ça me suffirait. Je veux juste participer.

— Tu participes, dit River.

— Toi aussi.

Il ne répondit pas que préparer le thé ne lui suffisait pas.

Une autre voiture s'engagea dans la rue et se gara aussitôt. Elle resta un instant les phares allumés. River entendit le ronronnement du moteur, puis il s'éteignit.

— River…

— Quoi ?

— Tu voulais savoir pourquoi j'ai été affectée au Placard.

— C'est pas grave.

— Mais si.

— Je n'ai pas besoin de connaître les détails, dit-il.

Pas besoin d'être un génie pour comprendre. Sid devait avoir embarrassé la mauvaise personne, soit en ne couchant pas avec lui – ou elle –, soit en couchant avec. Elle n'avait pas sa place au Placard. Mais ce n'était pas une raison pour lui tirer les vers du nez.

— Moi aussi, j'ai fait des erreurs, poursuivit-il.

Des bombes dans le métro avaient catapulté Sid au sein du Service ; une bombe inexistante en avait expulsé River. Un jour il parviendrait peut-être à formuler cela à haute voix pour la faire rire. Peut-être qu'il en rirait aussi. Mais pas maintenant.

— Je n'ai pas fait d'erreur, River.

La vue de River sur la nouvelle voiture était presque entièrement bouchée par le véhicule de devant, mais il savait que personne n'était descendu.

— Je suis là pour une raison précise.

Peut-être que le chauffeur téléphonait. Ou attendait quelqu'un. Il s'agissait peut-être d'un spécimen rare d'automobiliste qui se gare près de chez un ami et ne klaxonne pas pour signaler son arrivée.

— River ?

Il ne voulait pas entendre ça. Pour être honnête, il ne voulait rien savoir du passé sexuel de Sid. Tous ces mois où il avait fait comme si elle n'existait pas n'étaient qu'une manière de se protéger contre le rejet, car Dieu sait qu'il y était habitué. Le monde entier savait qu'il avait planté King's Cross. On utilisait les vidéos pour des séances de formation.

— Bon sang…

Il y avait comme un mouvement au bout de la rue. Une ombre avait-elle quitté la voiture garée pour se fondre dans l'obscurité du trottoir ? Impossible à dire. Mais si tel était le cas, il ne s'agissait pas d'un hasard.

— Tu vas m'écouter, bordel ?

— Je t'écoute, fit-il. Alors, pourquoi tu es au Placard ?

— Pour toi.

Maintenant, elle avait toute son attention. La moitié de son visage dans la pénombre, l'autre blanche comme une assiette de porcelaine, Sid poursuivit :

— On m'a mise là pour te surveiller, River.

— Tu plaisantes ?

Elle secoua la tête.

— Tu plaisantes.

L'œil qu'il voyait le regardait fixement. Il avait connu de bons menteurs. Peut-être que Sid en faisait partie, mais elle disait la vérité.

— Pourquoi ?

— Tu n'es pas censé le savoir.

— Mais tu vas me le dire.

Cette sensation d'étouffer n'avait rien de nouveau. Elle le prenait chaque matin, aussi ponctuelle qu'un réveil. Elle le tirait du sommeil : *chemise blanche, tee-shirt bleu ; chemise bleue, tee-shirt blanc*. Certains jours, il ne se rappelait pas ce qu'avait dit Spider ni comment était habillé le type. Tout ce qu'il savait, c'est que Webb lui avait menti. Il l'avait entubé pour protéger sa carrière. Ce qui surprenait le plus River, ce n'était pas que Spider soit ce genre d'enfoiré. Ce n'était simplement pas un enfoiré suffisamment intelligent. S'il avait vraiment été intelligent, il n'aurait pas eu besoin de cela pour prendre l'avantage.

Maintenant, voilà que Sid lui annonçait que quelqu'un d'autre le manipulait. Qu'elle avait été placée au Placard pour le surveiller. Qui aurait pu faire cela, à part ceux qui l'avaient mis sur la touche?

— Sid…

Elle écarquilla les yeux et montra quelque chose derrière lui.

— Qu'est-ce que c'est? demanda-t-elle.

Il se retourna juste à temps pour apercevoir une silhouette noire qui disparaissait derrière un mur haut de deux mètres à droite de la fenêtre de Hobden.

— On aurait dit… un Cador, murmura-t-elle.

Vêtu de noir, artillerie imposante, travail parfait.

River était sorti de la voiture avant qu'elle n'ait terminé sa phrase.

— Surveille la porte. Je prends le mur.

Il se cogna plutôt dedans, car il avait mal évalué la hauteur. Il dut reculer pour recommencer. Un bond disgracieux le mena dans le jardin, une pelouse bordée de fleurs. Des meubles en plastique éparpillés çà et là, une table équipée d'un parasol solitaire, personne en vue.

Combien de temps s'était écoulé depuis que la silhouette avait disparu? Quinze, vingt secondes?

De l'autre côté de l'immeuble se trouvait un hall commun, dont la double porte vitrée était ouverte. Au bout du couloir, à la gauche de River, une autre porte claqua, coupant un bruit à peine esquissé, une demi-syllabe surprise.

Les chaussures de River cliquetèrent sur les dalles du hall.

Il devait choisir entre deux portes, mais si sa carte mentale ne le trompait pas, la porte de Hobden était celle de gauche. L'homme en noir devait être entré aussitôt – passe-partout ou crochet. S'agissait-il vraiment d'un Cador ? Dans ce cas, que fabriquait River… Mais il était trop tard, tout allait trop vite : il se trouvait là, devant cette porte. La même chaussure qui avait cliqueté dans le hall enfonça la porte dans un fracas d'échardes. River entra dans l'appartement.

Un petit couloir, des portes entrouvertes de chaque côté : chambre et salle de bains. Le couloir se terminait dans un salon, au bout duquel se trouvait la porte qu'il surveillait depuis la rue. Le reste de la pièce n'était que livres et papiers, un téléviseur portable, un canapé miteux, une table encombrée d'emballages de nourriture, la fenêtre par laquelle il avait regardé Hobden faire les cent pas comme s'il attendait quelque chose. Le propriétaire de la silhouette se tenait là.

River n'avait jamais vu Hobden auparavant, mais il devait s'agir de lui : taille moyenne, cheveux bruns clairsemés, l'air apeuré face à cette nouvelle intrusion alors même qu'il était immobilisé par l'intrus précédent, le Cador. Sauf qu'il ne s'agissait pas d'un Cador : il portait des vêtements noirs, une cagoule et une ceinture pleine d'accessoires, mais il manquait un petit côté high-tech à l'ensemble pour faire authentique. En plus, le petit calibre 22 qu'il pointait sur la tête de Hobden n'avait rien d'une arme de service.

Maintenant qu'elle était dirigée sur River, l'arme paraissait insignifiante. Il tendit un bras, comme s'il cherchait à apaiser un chien énervé.

— Tu veux bien baisser ça ?

River se surprit par la banalité de son expression et le calme de sa voix. Hobden laissa échapper un gargouillis incompréhensible.

— Qu'est-ce qui se passe, qui êtes-vous, pourquoi…

L'homme en noir le fit taire d'un coup sur la tête, puis fit signe à River de se mettre à terre. Des pensées décousues se bousculaient dans sa tête : *Ce n'est pas une opération. Descends-le. Qu'est-ce qui te fait croire qu'il est seul ?* Puis ces idées s'évanouirent. River s'agenouilla, mesurant la distance qui le séparait du lourd cendrier posé sur la table. L'homme ne disait toujours rien. Le bras autour du cou de Hobden, il le tira vers la porte, son arme toujours pointée vers River, et relâcha brièvement le journaliste pour ouvrir la porte. Un courant d'air froid s'engouffra. L'homme recula, maintenant Hobden, son attention concentrée sur River. Quel que fût son plan, il ne tenait pas compte de Sid qui attendait dehors. Elle saisit le bras de Hobden, tandis que River s'emparait du cendrier et bondissait en avant pour assommer l'intrus. Hobden tomba sur le trottoir. River atteignit les deux autres, telle la troisième pointe d'un triangle qui n'avait rien d'éternel. Le pistolet toussa doucement. Le trio se dispersa.

L'un d'eux tomba à terre, dans une flaque qui commençait à se former. Elle s'étendit puis coula jusque dans le caniveau, sans se soucier des bruits de fuite et de douleur qui l'entouraient.

DEUXIÈME PARTIE
COUPS BAS

Maintenant que Hassan savait qu'il allait mourir, un certain calme s'était installé en lui. C'était presque irréel. Non, ce n'était pas le bon mot : transcendant, voilà. Il avait atteint une paix intérieure qu'il n'avait jamais connue. A la réflexion, la vie n'était qu'un grand huit. Les détails de toutes les émotions lui échappaient à présent, mais il devait y en avoir eu à pleine dose, sans quoi ce sentiment de soulagement ne serait pas aussi fort. Il ne devrait plus jamais affronter cela. Mourir était le prix à payer.

S'il avait pu conserver cet état d'esprit, il aurait traversé tranquillement ses dernières heures. Mais quand les mots *mourir* et *prix* lui faisaient sentir toute l'horreur de leur signification, la panique délogeait la paix de son esprit. Il avait dix-neuf ans. Il n'était jamais monté sur un grand huit, encore moins s'était-il douté que la vie en était un. Il avait peu profité de tout ce qu'il était en droit d'attendre. Il ne s'était jamais retrouvé sur scène à débiter des blagues face à un public subjugué.

Larry, Moe et Curly.

Curly, Larry et Moe.

Qui étaient ces gens, pourquoi l'avaient-ils choisi ?

Voici l'histoire : Hassan était un étudiant qui voulait devenir comédien. Mis à part qu'il finirait certainement par occuper un poste banal, sans doute dans un bureau. Des études d'économie, voilà ce qu'il suivait, des putains d'études d'éco. Il n'était pas entièrement vrai que son père avait choisi pour lui, mais le paternel s'était montré bien plus enthousiaste que si son fils avait opté pour le théâtre. Hassan aurait aimé étudier le théâtre, mais il aurait dû assumer matériellement ce choix tout seul. Alors quel mal y avait-il à suivre le mouvement ? Cela lui permettait d'avoir un appartement, une voiture, quelque chose sur quoi s'appuyer. Voilà ce que représentaient ses études d'économie : une voie de repli si sa carrière d'humoriste s'effondrait.

Il se demandait combien de gens, y compris ceux qu'on ne menaçait pas de mort dans une cave, vivaient leur plan B. Combien d'employés, de femmes de ménage, d'enseignants, de plombiers, de vendeurs, d'informaticiens, de prêtres et de comptables ne l'étaient que parce que le rock and roll, le football, le cinéma ou l'écriture ne leur avaient pas réussi ? Il décida que la réponse était tout le monde. Tout le monde aspirait à une vie moins ordinaire. Seule une minorité y accédait, même si cette minorité ne l'appréciait sans doute pas tant que cela.

D'une certaine manière, Hassan avait réussi : il avait une vie moins ordinaire. La célébrité lui tendait les bras. Mais il ne l'appréciait pas outre mesure, sauf dans ces moments transcendants de paix intérieure où il semblait que le grand huit était terminé, qu'il pouvait s'abandonner…

Larry, Moe et Curly.

Curly, Larry et Moe.

Qui étaient ces gens, pourquoi l'avaient-ils choisi ?

Le pire, c'était que Hassan pensait savoir.

Dans le pub près du Placard, à la même table qu'avaient occupée River et Sid plus tôt dans la journée, Min Harper et Louisa Guy buvaient : tequila pour lui, vodka Red Bull pour elle. Ils en étaient à leur troisième verre, après avoir bu les deux premiers en silence, ou ce qui y ressemblait le plus dans un pub sur City Road. Dans un coin, un téléviseur bourdonnait, mais aucun des deux ne regardait, de peur d'y voir un garçon dans une cave, l'unique sujet du jour qui finissait par remonter à la surface telle une bulle coincée sous un rocher dans une mare.

— Pauvre gamin.

— Tu crois vraiment qu'ils vont le faire ?

— Lui couper la tête ?

Qu'on lui coupe la tête ! pensèrent-ils tous les deux, en grimaçant.

— Désolé.

— Mais tu y crois ?

— Oui. Je pense qu'ils le feront.

— Moi aussi.

— Parce qu'ils n'ont pas…

— … formulé la moindre revendication. Ils ont juste dit…

— … qu'ils allaient le tuer.

Ils posèrent leurs verres à l'unisson. Le tintement résonna dans l'air.

La Voix d'Albion avait annoncé publiquement sur son site Internet que Hassan Ahmed serait exécuté dans trente heures : *56 morts dans le métro = 56 morts en retour*, disait le slogan. Suivait le bla-bla habituel sur l'identité nationale et la guerre dans la rue. Le site ne comportait qu'une seule page, sur laquelle les auteurs n'offraient aucune preuve de ce qu'ils avançaient. Treize autres groupes diffusaient la vidéo de Hassan et revendiquaient l'enlèvement, mais Ho avait identifié les mots Voix d'Albion sur un mémo de Regent's Park : il semblait donc évident que le MI5 les tenait pour responsables. Le plus étrange, selon lui, c'était que le site n'était apparu que deux semaines plus tôt. Aucune autre référence au groupe sur le Web.

Un nom, c'était déjà un progrès.

— Maintenant qu'ils savent qui est le gamin, ils sauront où chercher.

— Ils le savent sans doute depuis longtemps.

— Ils en savent sûrement bien plus qu'ils ne le disent.

— C'est pas comme s'ils allaient nous tenir au courant.

— Le Placard : les choses simples de la vie.

Par exemple, ratisser Twitter à la recherche de messages codés, établir des listes d'étudiants étrangers qui manquaient plus de six cours par semestre.

Ils finirent leurs verres et prirent une nouvelle tournée.

— Ho doit être à l'affût.

— Il sait tout.

— C'est ce qu'il croit.

— Tu as remarqué son expression quand il a compris que c'était une boucle ?

— Comme s'il avait percé le code d'Enigma.

— Comme si ça avait de l'importance, que la vidéo passe en boucle.

— Comme si ce gamin n'était rien de plus qu'un tas de pixels.

Pour la première fois, ils se regardèrent en face. La boisson ne les mettait pas à leur avantage. Louisa avait tendance à rougir, ce qui n'aurait pas posé de problème en cas de répartition uniforme de la couleur ;

mais sa peau se marbrait, elle ressemblait à une carte routière mal repliée. Quant à Min, son visage s'était affaissé : des poches de peau se formaient le long de sa mâchoire, ses oreilles luisaient, aussi rouges que ses yeux. Cela se produisait dans le monde entier : des collègues se détruisaient ensemble au pub mais n'arrêtaient pas pour autant de boire.

— Lamb doit en savoir plus.

— Que qui ?

— Que nous.

— Tu crois qu'il est dans le secret ?

— Plus que nous en tout cas.

— Ce qui ne veut pas dire grand-chose.

— Je connais son mot de passe.

— … Vraiment ?

— Je crois. Je pense qu'il n'a jamais…

— Attends, laisse-moi deviner.

— … changé le code par défaut.

— Classique !

— Son mot de passe est « Mot de passe » !

— Tu es sûr ?

— C'est ce que pense Ho.

— Il te l'a dit ?

— Il avait besoin de partager ça avec quelqu'un, pour étaler son intelligence.

Ils fixèrent leurs verres un instant. Puis leurs yeux se croisèrent à nouveau.

— Encore un ?

— Ouais. A moins que…

— Quoi ?

— A moins qu'on ne retourne au bureau.

— Il est tard. Il n'y aura plus personne.

— Justement.

— Tu crois qu'on devrait…

— … vérifier les infos de Ho.

— Si Lamb est au courant de quelque chose, on le trouvera dans ses courriels.

Tous deux cherchèrent des inconvénients à ce plan et en trouvèrent beaucoup. Mais ils décidèrent de ne pas en parler.

— Si on se fait prendre en train de fouiller dans les courriels de Lamb…

— On ne se fera pas prendre.

S'il y avait quelqu'un au bureau, ils verraient la lumière à la fenêtre depuis la rue. Le Placard n'avait rien d'un quartier de haute sécurité.

— Tu es sûr que c'est bien utile ?

— Plus que se bourrer la gueule. Ça n'aide personne.

— Pas faux.

Chacun attendit que l'autre se lève en premier.

Pour finir, ils commencèrent par boire un autre verre.

Il n'était pas allé à l'hôpital depuis son enfance. Au cours d'une mauvaise année, River y avait été admis deux fois : la première pour se faire retirer les amygdales, la deuxième pour un bras cassé après une chute du haut d'un chêne, dans un champ près de chez ses grands-parents. Ce n'était pas la première fois qu'il l'escaladait. D'habitude, il avait du mal à redescendre, mais pas cette fois-là. La pesanteur avait fait son œuvre. De retour à la maison, il avait essayé de dissimuler sa blessure car il avait promis de ne pas se faire mal en grimpant aux arbres, mais il avait bien été obligé d'admettre qu'il n'arrivait pas à tenir sa fourchette. Le Vieux lui avait ensuite raconté qu'il était devenu de plus en plus pâle après cet aveu et s'était effondré au sol.

Allongé dans le noir, il se rappelait cet épisode car sa mère était venue lui rendre visite à l'hôpital. Il ne l'avait pas vue depuis deux ans ; elle prétendait être arrivée sur le sol anglais l'après-midi même. « Peut-être au moment même où tu es tombé, mon chéri. Tu dois m'avoir sentie approcher à des kilomètres. » Même à neuf ans, River avait du mal à croire à ce scénario et n'avait pas été surpris d'apprendre par la suite qu'Isobel se trouvait dans le pays depuis plusieurs mois. Quoi qu'il en soit, elle se tenait à son chevet, sans « nouveau père », peu perturbée par le fait que River avait dit à l'infirmière qu'il était orphelin. La seule chose qui l'avait indignée était la négligence de ses parents : « Grimper aux arbres ? Comment ont-ils pu te laisser faire une chose pareille ? »

Toujours cette habitude de rejeter la faute sur les autres. River lui-même en avait pâti. De toutes les blessures qu'elle lui avait infligées, la pire était son prénom. Mais même à neuf ans, il avait conscience d'avoir échappé à pire, car la période hippie d'Isobel Cartwright avait été suivie d'une phase teutonique. S'il était né un an plus tard, il aurait bien pu s'appeler Wolfgang. Il soupçonnait que son grand-père s'y serait opposé : le Vieux était aussi doué pour détruire les vraies identités que pour en construire des fausses.

Mais cela remontait à longtemps. L'eau avait coulé sous les ponts. River était le nom approprié pour cela. Dans ce nouvel hôpital, il se demandait qui il serait devenu s'il avait eu une mère différente, qui ne se serait pas rebellée de manière aussi radicale et inefficace contre son éducation bourgeoise. Il n'aurait pas été élevé par ses grands-parents. Il ne serait pas tombé d'un arbre, en tout cas pas de celui-là. Il n'aurait pas connu un tel sens du devoir, une vie loin de la banalité… Mais sa mère n'avait fait qu'aller et venir dans sa vie telle une chanson. Pendant ses plus longues absences, il oubliait les mots. Quand elle était là, il y en avait toujours de nouveaux à ajouter à la liste. Elle était belle, vague, solipsiste, enfantine. Récemment, il avait remarqué à quel point elle était devenue fragile. Elle s'imaginait souvent l'avoir élevé elle-même et se vexait quand on lui rappelait la vérité. Non seulement ses années sauvages étaient derrière elle, mais elles appartenaient à quelqu'un d'autre. Isobel Dunstable – son dernier mariage avait été heureux, il lui avait apporté respectabilité, richesse et veuvage en une succession rapide – semblait n'avoir jamais vu une pipe à haschisch de sa vie. Son père n'avait pas le monopole quand il s'agissait de détruire de véritables identités.

River préférait ces pensées familières à l'autre solution : songer à complètement autre chose.

Il entendit un raclement contre la porte fermée à clé, comme si quelqu'un se balançait sur une chaise, les pieds calés contre le mur d'en face.

Enfant, River savait reconnaître son environnement : l'hôpital était un endroit où les rideaux remplaçaient les murs, où l'on disposait de peu d'intimité et où la plupart des visiteurs étaient indésirables.

Il entendit des pas approcher dans le couloir.

Le Placard aussi était plongé dans le noir. A Regent's Park, même s'il ne se passait rien, il y avait toujours assez de monde pour organiser un match de football nocturne : deux équipes de onze plus les remplaçants. Ici régnaient l'obscurité et l'odeur de la déception. Tandis qu'il montait l'escalier désert, Min Harper songea que l'endroit ressemblait à une façade pour un sex-shop par correspondance. Cette idée lui donna l'impression décourageante de participer à une entreprise dont tout le monde se désintéressait, où des employés blasés accomplissaient des tâches inutiles. Au cours des deux derniers mois, Min avait examiné les anomalies du péage urbain de Londres : les voitures qui entraient dans des zones pour lesquelles le propriétaire n'avait jamais payé, ou bien dont le propriétaire niait s'être rendu dans la zone en question. Chaque fois, il parvenait à la même conclusion, banale, ennuyeuse : il surprenait seulement des fraudeurs communs. Ils s'amusaient loin de chez eux, vendaient des DVD piratés ou amenaient leur fille se faire avorter loin des regards de la famille… Dans certaines prisons, les détenus passaient leur journée à pousser un rocher d'un bout à l'autre de la cour. Cela aurait sans doute été une activité plus épanouissante.

Quelque chose bougea plus haut dans l'escalier.

— Tu as entendu ?

— Quoi ?

— Je ne sais pas. Un bruit.

Ils s'arrêtèrent sur le palier. Le bruit ne se reproduisit pas. Louisa s'approcha de Min, qui sentit le parfum de ses cheveux.

— Peut-être une souris.

— On a des souris ?

— Sûrement des rats.

L'alcool leur empâtait la voix. Peut-être avaient-ils imaginé ce bruit. L'odeur des cheveux de Louisa persistait. Min se racla la gorge.

— On y va ?

— Euh…

— On monte, je veux dire.

— Bien sûr. Pas question de descendre…

Heureusement qu'il faisait noir.

Tandis qu'ils montaient à l'étage, leurs mains s'effleurèrent, leurs doigts s'entrelacèrent, puis ils s'embrassèrent. Ils s'enlaçaient dans l'obscurité, chacun se pressait contre l'autre comme s'ils voulaient occuper le même espace contre le mur du bureau de Loy, le premier qu'ils avaient atteint.

Trois minutes s'écoulèrent.

Quand ils reprirent leur souffle, leurs premiers mots furent :

— Bon sang, je n'aurais jamais…

— Tais-toi.

Ils se turent.

Deux étages plus haut, une silhouette vêtue de noir s'immobilisa dans le bureau de Lamb.

De l'autre côté de la porte, un homme de Nick Duffy se balançait sur une chaise en plastique, adossé contre le mur. Deux minutes avant d'être affecté à ce poste, Dan Hobbs avait bien failli se retrouver effacé du tableau de service. Quand un agent se faisait tirer dessus, il n'y avait pas de répit. Même s'il s'agissait d'un Tocard, même si c'était la faute de ce crétin.

Même sans connaître les détails, Dan Hobbs savait que ce crétin se trouvait là par sa propre faute.

Tous les agents du Service étaient fichés. Dès que leur nom apparaissait sur le registre d'un hôpital, Regent's Park était informé. Hobbs avait reçu le message : il avait lancé une alerte pour agent blessé, outrepassé ses prérogatives en se rendant à l'hôpital, établi la liste des blessures de l'agent et reçu des instructions de Duffy : *Mettre les survivants en sécurité et attendre.* Hobbs avait obéi, utilisant la seule pièce disponible, un placard à balais peuplé de fantômes.

Cela remontait à une demi-heure. Aucune nouvelle depuis. Il fixa son téléphone : aucun signal.

Merde.

Il envisagea de monter à l'étage. Cela ne prendrait qu'une minute. Moins il tarderait à appeler Regent's Park, moins il y aurait de risques que quelqu'un s'aperçoive qu'il avait perdu le contact.

Il entendit alors un grincement dans l'escalier caoutchouteux : quelqu'un descendait.

Hobbs redressa sa chaise, posa les pieds par terre.

Aucun doute, cette fois-ci. Il y avait eu un bruit, suffisamment fort pour distraire Min et Louisa de ce qu'ils faisaient. Quelques minutes plus tard, ils n'auraient rien entendu, mais ils se trouvaient au moment où l'issue reste incertaine.

— Tu as entendu ?

— Oui.

— Ça venait d'en haut.

— Du bureau de Lamb ?

— Ou celui de Catherine.

Ils attendirent, mais rien ne se passa.

— Tu crois que c'est Lamb ?

— Il aurait allumé la lumière.

Ils se séparèrent, se rhabillèrent et se dirigèrent vers la porte sans un bruit. On aurait pu croire qu'ils avaient répété ces mouvements : déplacement discret dans le noir en présence d'un intrus.

— Tu as une arme ?

— Sur le bureau.

Un presse-papier en verre et une agrafeuse qui pouvait faire office de coup-de-poing américain.

— Tu veux vraiment faire ça ?

— Je préférerais continuer ce qu'on était en train de faire.

— Ouais, mais…

— Mais on doit faire ça à la place.

A la place, ou d'abord, peut-être. N'importe…

Personne n'aurait pu deviner qu'ils avaient été en proie à l'alcool et au désir quelques instants plus tôt : tous deux paraissaient parfaitement sobres quand ils sortirent sur le palier, Min en tête, Louisa fixant ses mains, attentive au moindre signal qu'il aurait pu lui donner dans le silence qui les enveloppait.

L'homme approchait d'un pas pesant. Peut-être s'était-il aventuré à l'étage inférieur par erreur, qu'il venait simplement se faire soigner le cœur ou installer un anneau gastrique. Hobbs courait dix kilomètres par jour, qu'il pleuve ou qu'il vente, convaincu que la mauvaise forme physique représentait un lent suicide : cela signifiait avoir le dessous dans un combat, ce qui ne lui était encore jamais arrivé.

Il se prépara à affronter le public au service duquel il travaillait théoriquement.

Mais l'homme n'avait rien d'un badaud. Il ne demanda même pas à Hobbs qui il était, comme s'il le savait déjà et s'en moquait.

— Un conseil : portables, Smartphones, tous ces bidules ne font pas bon ménage avec le sous-sol.

Hobbs se réfugia dans une attitude neutre de fonctionnaire.

— Je peux vous aider ?

— Vous pourriez ouvrir, répondit le gros homme en désignant la porte.

— Vous devez vous tromper, monsieur. Renseignez-vous à l'accueil.

— Savez-vous qui je suis ? demanda l'homme, incrédule.

Pépin. Hobbs se prépara à se lever d'un bond.

— Je n'ai pas cet honneur.

L'homme se pencha pour parler à l'oreille de Dan.

— Très bien.

Sa main bougea.

L'escalier semblait plus raide dans le noir, ou peut-être après une soirée au pub et un coït interrompu dans un bureau sombre. Ces pensées leur étaient suggérées par des expériences différentes. Louisa sortant du pub, Min se faisant tripoter : ces peaux avaient mué quand ils avaient entendu l'intrus. Ils étaient redevenus des gens normaux, ceux qu'ils étaient avant la catastrophe qui les avait exilés dans ce bâtiment humide en marge de tout ce qui comptait.

Plus le moindre bruit. Peut-être s'agissait-il d'un incident sans importance, d'un tableau tombé du mur. Quand le métro passait, les objets mal fixés subissaient la loi de la gravité. Min et Louisa gravissaient peut-être l'escalier armés d'un presse-papier et d'une agrafeuse pour affronter un cadre décroché.

D'un autre côté, l'intrus pouvait s'être immobilisé, comprenant qu'il n'était pas seul.

L'équipe échangeait des messages silencieux.

Ça va ?

Bien sûr…

On est entraînés pour ça.

Alors allons-y…

Et ils y allèrent.

L'échange se termina par le bruit d'un objet posé sur le sol, précédé par des voix, dont une familière à River. Il ne fut donc pas surpris par la silhouette qui ouvrit la porte.

— Nom d'un petit bonhomme ! s'écria Jackson Lamb, aussi bruyant qu'une locomotive. Debout, mon gars.

Effectivement, River était allongé au sol. Les étiquettes des cartons empilés le long des murs indiquaient qu'ils contenaient gants en caoutchouc, draps-housses, gobelets en plastique, couverts jetables et autres ustensiles. Peu intéressé, il avait éteint la lumière. De toute évidence, Hobbs l'avait enfermé dans un placard à balais.

— Vous êtes là depuis combien de temps ?

River cligna des yeux. Dix minutes ? Vingt ? Trois ? Le temps avait passé différemment depuis que la porte s'était refermée.

Il n'avait pas résisté. Arriver jusqu'ici l'avait épuisé : un véritable cauchemar, traverser les rues infestées de zombies derrière une ambulance folle. Il était couvert de sang. *La blessure à la tête saigne. Beaucoup.* L'information à laquelle il s'était raccroché. La blessure à la tête saigne beaucoup. Le fait que Sid Baker saignait beaucoup ne signifiait pas inévitablement qu'elle se trouvait dans une situation désespérée. Peut-être une simple éraflure. Alors, pourquoi avait-elle l'air d'être morte ?

Il l'avait vue attachée à un brancard, poussée dans les couloirs par les infirmiers et n'avait même pas cherché à lui trouver une fausse identité. Une blessure par balle signifiait police, mais les Dogues du Service réagissaient plus vite, quoi qu'on en dise. Hobbs était arrivé en premier. Il s'était emparé de River en attendant le débriefing.

River soupçonnait que l'interrogatoire qui l'attendait après la blessure par balle d'un agent s'annonçait long et désagréable.

— Combien de temps comptiez-vous rester ici ? demanda Lamb. Allez, en route.

Cela aussi s'annonçait long et désagréable.

River se leva et suivit son chef vers la lumière.

Personne ne les attendait en haut de l'escalier. Min sentait le presse-papier confortablement lové dans sa main : une présence lourde, ronde et douce, qui lui rappelait un peu… Il chassa cette pensée et entra dans le bureau de Jackson Lamb. Les stores étaient baissés. Des rais de lumière filtraient depuis le ciel nocturne de la ville, cette lueur phosphorescente qui englobait Londres comme dans une bulle.

Des formes se matérialisèrent lentement : bureau, portemanteau, classeur, étagère. Aucune silhouette humaine. Aucun intrus embusqué.

Derrière lui, Louisa inspecta la minuscule cuisine. A moins que celui qui avait provoqué le bruit ne tienne dans un frigo, aucun danger.

— Le bureau de Catherine.

Même topo : bureau, étagères, classeurs. Depuis la fenêtre du toit, une lumière grise fantomatique éclairait l'absence de Catherine. Elle avait laissé son clavier en équilibre sur son écran, aligné ses dossiers au bord du bureau. Beaucoup d'ombres occupaient la pièce, mais la plupart paraissaient vides.

— J'allume la lumière.

— OK.

Ils eurent mal aux yeux un instant, leur ivresse se réveilla.

— Il n'y a personne.

— On ne dirait pas.

En pleine lumière, tous deux paraissaient épuisés.

Ils retournèrent dans l'autre bureau, où ils pouvaient maintenant voir le tableau en liège de Lamb appuyé au mur. Celui sur lequel il épinglait ses coupons de réduction.

— Tu crois… ?

Qu'il était tombé du mur ?

Il y eut un mouvement derrière eux, juste avant que quelqu'un frappe Min.

Il eut le temps d'esquiver, de sorte que le poing ne fit que lui effleurer l'oreille. Il perdit l'équilibre mais ne tomba pas. Leur assaillant, vêtu de noir, portait une cagoule et un petit pistolet qu'il n'utilisa pas. Il avait surgi d'un coin d'ombre dans le bureau de Catherine, sans doute de derrière une armoire. Son deuxième coup atteignit Louisa en pleine poitrine. Elle laissa échapper un cri de douleur.

Min saisit l'intrus par les jambes ; tous deux roulèrent dans l'escalier.

Hobbs paraissait endormi sur la chaise en plastique. Un filet de bave luisait sur son menton. River prit le temps de récupérer sa carte du Service et ses clés de voiture dans sa poche, puis suivit Lamb.

A l'étage, deux policiers parlaient à l'infirmier de garde, qui consultait son calepin. Lamb les dépassa sans un regard tandis que l'infirmier dirigeait les policiers vers la réception.

Dehors, il faisait sombre et il pleuvait à nouveau. La voiture de River, qu'il avait laissée de travers sur une place réservée aux ambulances, avait disparu. Il se demanda si Sid aussi avait disparu. Les médecins et les infirmières l'avaient emmenée avec un certain empressement. Peut-être n'avaient-ils pas entendu la même chose que lui. Ils n'avaient certainement pas pensé : *Bah, les blessures à la tête, ça a toujours l'air grave.*

— On s'en tient au plan, Cartwright.

— On va où ?

Ses mots ressemblaient à du coton : ils lui asséchaient la bouche, l'épuisaient.

— Loin d'ici.

— Ma voiture a disparu.

— Fermez-la.

Il poursuivait Lamb à travers le parking courte durée, entre tous ces véhicules qui n'avaient pas prévu de venir là ce soir et dont les propriétaires se trouvaient dans le bâtiment derrière lui. Il évita de penser aux blessures qui avaient pu les amener là, les coups de couteau, les agressions, les bites coincées dans des aspirateurs. Il effaça l'image de Sid allongée sur la table d'opération, une balle logée dans le crâne. A moins qu'elle ne l'ait seulement effleurée. Il n'avait pas pu se rendre compte, il y avait tellement de sang.

— Bon sang, Cartwright.

Deux voitures de police étaient garées non loin de là, inoccupées.

Lamb conduisait une voiture japonaise massive. Sans réfléchir, River monta et attendit que Lamb démarre. Ce qui n'arriva pas.

Il ferma les yeux. En les rouvrant, il vit le pare-brise constellé de gouttes de pluie, chacune contenant une boule de lumière orangée.

— Alors, vous vous êtes laissé enfermer, fit Lamb.

— En attendant… je sais plus trop quoi, répondit River.

— Après avoir envoyé des signaux de fumée à Regent's Park. Vous vous rendez compte de ce que vous faites ?

— Il fallait que je l'amène ici.

— Vous avez appelé l'ambulance, quel besoin aviez-vous de la suivre ?

— Elle risquait de mourir. Peut-être qu'elle est déjà morte.

— Elle est encore sur le billard, fit Lamb. La balle lui a arraché une partie du crâne.

River ne parvint pas à le regarder.

— Ils disent qu'elle a des chances de s'en tirer.

Dieu merci. Il repensa à la lutte sur le trottoir, au bruit soudain : *Pfut*. Puis il y avait eu du sang noir sur le trottoir, Sid était tombée. Robert Hobden s'était évanoui dans la nature. Quant à l'homme en noir, il était déjà au milieu de la rue avant que River ne parvienne à se redresser, effrayé à l'idée de toucher Sid, de la bouger, incapable d'évaluer les dégâts. Il s'y était repris à trois fois pour appeler une ambulance. Ses doigts semblaient s'être changés en bananes.

— Mais peut-être pas. Même si elle s'en sort, elle aura peut-être les mêmes choix de vie qu'une carotte. Bilan plutôt négatif, finalement.

Il claqua des doigts sous le nez de River.

— Réveillez-vous, c'est important.

River se tourna vers lui. Dans la pénombre, Jackson Lamb ressemblait à un mannequin suspendu au-dessus d'un brasier. Ses yeux rouges, hallucinés, paraissaient torturés par la fumée. Il avait les joues hérissées. Il avait bu.

— Qui c'était ?

Ils dévalèrent l'escalier dans un tumulte de bras et de jambes. Louisa se précipita à leur suite : en deux bonds, elle les rejoignit à l'étage inférieur. Min était à terre, l'homme en noir étalé sur lui telle une couverture. Louisa le saisit, lui tordit le bras, rencontrant moins de résistance que prévu : une balle de coton, un épouvantail brisé.

— Bon sang, ça va ?
— Où est le flingue ?
Il avait glissé dans un coin.
Tandis que Min se redressait, l'homme en noir s'affala comme un brochet échoué, un sac-poubelle éventré.
— Il est mort ?
Il en avait tout l'air. Il devait être tombé sur la tête, car son cou était tordu selon un angle impossible.
— J'espère bien qu'il est mort.
Les os de Min craquèrent quand il se pencha pour ramasser le pistolet. Il aurait des courbatures le lendemain matin. Il n'avait encore jamais dévalé un escalier et n'était pas prêt à renouveler l'expérience, sauf que…
Sauf qu'il se sentit bien, l'espace d'un instant, un intrus vaincu à ses pieds, une arme à la main. Louisa le regardait avec une admiration sincère.
Bon, il exagérait. Louisa regardait l'inconnu, pas lui.
— Il est mort ?
Ils espéraient tous les deux qu'il l'était, même s'ils ignoraient ce qu'il faisait là. Quiconque connaissait le Placard savait qu'il était inutile de s'y introduire. Pourtant, ce type avait débarqué armé, cagoulé.
Armé, mais il s'était caché.
— Pas de pouls.
— On dirait qu'il s'est cassé le cou.
Pourquoi un homme armé se cacherait-il face à des agresseurs équipés d'un presse-papier et d'une agrafeuse ?
— Voyons qui est cet enfoiré.

— Qui c'était ? demanda Lamb.
— Il était équipé. Tenue de combat, cag…
— Je m'en doute. Vous l'avez reconnu ?

— Au début, j'ai cru que c'était un des nôtres, un Cador. Mais quelque chose ne collait pas. D'autant qu'il était seul.

— Qu'est-ce qui clochait ?

— Je ne sais pas…

— Bon sang, Cartwright…

— Taisez-vous !

River referma les yeux pour revivre ces quelques secondes mouvementées. Le type qui avait tiré sur Sid était au milieu de la rue avant que River ne parvienne à se redresser… Il s'y était repris à trois fois pour appeler une ambulance. Non, c'était avant. Mais de quoi s'agissait-il ?

— Il n'a pas prononcé un mot, dit-il.

Lamb ne fit pas mieux.

— Pas ouvert la bouche.

— Et alors ?

— Il avait peur qu'on reconnaisse sa voix.

Lamb attendit.

— Je pense que c'était Jed Moody.

Louisa retira la cagoule de la tête de l'homme.

Du point de vue de Min, le visage était à l'envers, mais il le reconnut aussitôt.

— Merde.

— Ouais…

Ils n'auraient pas dû se trouver là.

Ils allaient devoir trouver une bonne excuse.

La pluie avait cessé quand Lamb sortit du parking. River regardait droit devant lui à travers la trace en forme de M qu'avaient laissée les essuie-glaces. Il ne demanda pas où ils allaient : au Placard, évidemment.

Il avait du sang sur la chemise. Il avait du sang dans la tête.

— A quoi est-ce que vous jouiez ? demanda Lamb.

L'interrogatoire qui l'attendait après la blessure par balle d'un agent s'annonçait long et désagréable…

— Je surveillais Hobden, répondit-il.

— Ça, j'ai compris. Pourquoi ?

— Parce qu'il a quelque chose à voir avec l'enlèvement du gamin qui…

— Je sais de quel gamin vous parlez. Qu'est-ce qui vous fait croire ça ? Le fait qu'il fréquente des nazillons ?

River sentit ses certitudes vaciller face à l'agressivité de Lamb.

— Comment m'avez-vous trouvé ? demanda-t-il.

Ils s'arrêtèrent devant un passage pour piétons. Un groupe de jeunes à capuches traversa lentement.

— Des signaux de fumée, je vous dis, répondit Lamb. Dès que le nom d'un agent est enregistré par les flics, un hôpital, etc., une troupe de danseurs tyroliens débarque à Regent's Park. C'est ça, votre idée de la discrétion ? Bon sang, vous vous appelez River : vous devez être quatre à porter ce prénom dans tout le Royaume-Uni !

— Le Cinq vous a mis au courant ?

— Bien sûr que non. J'ai l'air de connaître leurs secrets ?

— Alors ?

— Le Placard a beau être un trou perdu, on a tout de même quelques atouts.

Le feu passa au vert. Lamb avança.

— Ho est peut-être aussi sympathique qu'un crapaud-buffle, mais il sait se servir d'un ordinateur.

Aussi sympathique qu'un crapaud-buffle : Jackson Lamb semblait penser qu'il existait un monde où cette phrase ne pouvait s'appliquer à lui.

— J'ai du mal à imaginer Ho vous rendant service. A vous ou à quiconque, d'ailleurs.

— Oh, il ne s'agissait pas d'un service. J'avais quelque chose dont il avait besoin.

— C'est-à-dire ?

— De quoi peut avoir besoin Ho ? D'informations. La réponse à une question qui l'obsédait.

— Laquelle ?

— Pourquoi il s'était retrouvé au Placard.

River aussi s'était déjà posé la même question. Non qu'elle l'ait beaucoup préoccupé, mais il se l'était posée.

— Et vous le lui avez dit ?

— Non, mais je lui ai donné la réponse à une autre question.

— A savoir ?

Le visage de Lamb trahissait moins d'émotion que celui de Buster Keaton.

— Je lui ai dit pourquoi moi, je m'étais retrouvé là.

River ne sut quoi dire. De sa main libre, Lamb chercha une cigarette.

— Vous pensez que Hobden est le seul taré d'extrême droite dans ce pays ? Ou bien c'est le seul auquel vous avez pensé quand ils vous ont viré du pub ?

— C'est le seul à qui on a mis deux espions au cul dans les dernières quarante-huit heures, à ce que je sache.

— Alors comme ça, vous vous prenez pour un espion ? Bravo. Je croyais que vous aviez loupé l'examen.

— Allez vous faire foutre, Lamb. J'y étais. Je l'ai vue se faire tirer dessus. Vous savez ce que ça fait ?

Lamb l'observa, les yeux mi-clos. River se souvint alors que l'hippopotame faisait partie des animaux les plus dangereux du monde. Malgré sa taille imposante et sa maladresse, il valait mieux le titiller depuis un hélicoptère, pas à l'intérieur d'une voiture.

— Vous n'avez pas seulement vu, répondit-il. C'est arrivé par votre faute. Vous vous croyez malin ?

— Vous pensez que je l'ai fait exprès ?

— Je pense que vous n'avez pas été assez bon pour l'empêcher. Si vous n'êtes pas assez bon, vous êtes inutile.

Lamb changea violemment de vitesse.

— Sans vous, elle serait dans son lit à l'heure qu'il est. Ou dans celui de quelqu'un d'autre. J'ai bien remarqué les regards que vous lui jetiez.

La voiture poursuivait sa route dans un grondement.

— Elle m'a dit qu'elle était une taupe.

— Quoi ?

— Qu'elle avait été envoyée au Placard pour me surveiller.

— Elle vous a dit ça avant ou après s'être pris une balle dans la tête ?

— Enfoiré…

— Ne prenez pas la grosse tête, Cartwright. Vous croyez que le monde tourne autour de vous ? J'ai un scoop : ce n'est pas le cas.

L'espace d'un instant, les oreilles de River bourdonnèrent, sa main palpitait encore de la brûlure de la veille. Tout était réel, même les mots de Sid : *On m'a mise là pour te surveiller, River. Tu n'es pas censé le savoir.* Elle avait bien prononcé ces mots.

Quant à savoir ce qu'ils signifiaient…

Le restaurant chinois, qui même ouvert paraissait abandonné, était réellement fermé. Lamb se gara en face. Tandis qu'ils traversaient la rue, River aperçut un rai de lumière à une fenêtre de l'étage, sans doute un reflet des Barbican Towers.

— Qu'est-ce qu'on fait là ?

— Vous préféreriez être ailleurs ?

River haussa les épaules.

— Nous savons tous les deux que vous ne savez rien, Cartwright, reprit Lamb en l'emmenant vers la porte de derrière aux éraflures familières. Mais Regent's Park n'abandonnera pas les recherches pour autant. Je ne dirais pas que c'est le dernier endroit où ils viendront chercher, mais il ne figurera certainement pas en haut de leur liste.

Ils entrèrent, accueillis par un silence à peine rétabli. Sans que River sache trop comment, tous deux l'avaient compris. Quelqu'un venait de s'immobiliser et attendait en haut de l'escalier.

— Restez là, souffla Lamb.

Il monta les marches, aussi léger qu'un soupir. Comment faisait-il ? C'était aussi incroyable que voir un arbre changer de forme.

River le suivit.

Deux volées de marches plus haut, il le rattrapa et trouva ce qu'ils avaient raté : Jed Moody, une cagoule relevée sur la tête, raide mort.

Assis trois et cinq marches plus haut se tenaient Min Harper et Louisa Guy.

— Si vous aviez des problèmes avec lui, j'aurais pu en parler aux ressources humaines, lança Lamb.

Il donna de petits coups de pied dans l'épaule de Moody.

— Casser le cou d'un collègue sans en référer à votre supérieur, ça va faire tache sur votre dossier.

— On ne savait pas que c'était lui.

— Un peu faible, comme défense.

— Il avait une arme.
— Déjà mieux, répondit Lamb. Si ça peut vous aider, il s'en est servi tout à l'heure. Il a tiré sur Sid Baker.
— Sid ?
— Bon sang, elle est…
— Elle est vivante, compléta River, qui avait retrouvé sa voix.
— Elle l'était il y a vingt minutes, rectifia Lamb, qui fouillait les poches de Moody. Quand est-ce que c'est arrivé ?
— Il y a dix minutes.
— Peut-être un quart d'heure.
— Et qu'est-ce que vous attendiez ? Que tout ça disparaisse ? Qu'est-ce que vous fichiez ici, d'ailleurs ?
— On était en face.
— Au pub.
— Vous ne pouvez pas vous payer une chambre ?
Lamb tira un téléphone portable de la poche de Moody.
— Où est son arme ?
Harper la lui désigna.
— Il avait l'air de vouloir s'en servir ?
Min et Louisa échangèrent un regard.
— Que les choses soient bien claires, poursuivit Lamb, on n'est pas au tribunal. Avait-il l'air de vouloir s'en servir ?
— Il la tenait à la main.
— Il ne l'a pas exactement braquée vers nous.
— Vous allez peut-être devoir réviser votre position sur ce point.
Il tira une enveloppe marron de la poche de Moody :
— Fils de pute.
— Il était dans votre bureau.
— On s'est dit qu'il cherchait des infos.

En les voyant se donner la réplique, River s'aperçut que quelque chose avait changé entre eux, une sorte de nouvelle complicité semblait s'être établie. L'amour ou la mort, songea-t-il. L'amour sous sa forme la plus banale – des caresses maladroites dans l'escalier, des baisers alcoolisés – et la mort dans ses vêtements habituels. L'un ou l'autre avait uni les deux agents. Il repensa à cet instant, sur le trottoir devant chez Hobden, où ce qui avait commencé entre Sid et lui s'était brutalement arrêté.

Il avait encore son sang sur sa chemise. Peut-être même dans les cheveux.

— Il portait une cagoule.

— Il n'avait pas l'air d'un junkie cambrioleur.

— Mais on n'avait pas l'intention de le tuer.

— Ouais, mais ça ne sert plus à rien d'être désolés, maintenant, fit Lamb.

— Qu'est-ce qu'il y a dans l'enveloppe ? demanda River.

— Vous êtes encore là, vous ?

— Il l'a prise dans votre bureau, non ? Qu'est-ce qu'il y a à l'intérieur ?

— Les plans, répondit Lamb.

— Quoi ?

— Les plans secrets. Le microfilm. Enfin, peu importe.

Il venait de trouver autre chose : les vêtements noirs de Moody cachaient plus de poches qu'un costume de magicien :

— Fils de pute, répéta-t-il, moins agressif, avec une pointe d'admiration.

— Qu'est-ce que c'est ?

L'espace d'un instant, Lamb parut sur le point de dissimuler sa trouvaille, mais il la brandit à la lumière :

un bout de fil aussi long qu'un trombone déplié, qui se terminait par une sorte de bouton.

— Un micro ?

— Il vous avait mis sur écoute ?

— A moins qu'il n'ait été en train de le faire, suggéra River.

— Après la soirée qu'il venait de passer, j'imagine que placer un micro dans mon bureau n'était pas sa priorité, fit Lamb. Non, il faisait le ménage.

Il n'avait pas encore fini sa fouille.

— Deux portables ? Sacré Jed, je serais surpris que tu aies assez d'amis pour en avoir l'utilité.

— A qui pouvait-il parler ?

— Heureusement que vous êtes là, sinon je ne me serais jamais posé la question.

Un portable dans chaque main, Lamb enfonçait les touches avec une adresse surprenante pour un adversaire proclamé de la technologie.

— Comme c'est étrange, lança-t-il. Il s'est à peine servi de celui-ci. Il a reçu un seul appel.

River voulut lui suggérer de rappeler le numéro : seule la certitude que Lamb voulait l'entendre dire cela le retint.

Min et Louisa tenaient un conciliabule à voix basse.

Après un instant de réflexion, Lamb enfonça quelques touches puis porta le téléphone à son oreille.

On décrocha presque immédiatement.

— Je crains qu'il ne puisse pas répondre, dit Lamb.

Puis :

— Il faut qu'on parle.

Dans une rue tranquille d'Islington dont les portes se dressaient en haut de marches en pierre, flanquées de piliers ou surmontées de vitraux, marchait Robert Hobden, son imperméable battant au vent. Il était minuit passé. L'obscurité enveloppait certaines maisons. Dans d'autres, un rai de lumière filtrait derrière d'épais rideaux. Hobden imaginait les couverts qui s'entrechoquaient, les verres qui tintaient. Il trouva la maison qu'il cherchait au milieu de la rue.

Aucune lumière. Il perçut à nouveau le murmure d'un dîner imaginaire : à cette heure-ci, ils en seraient au digestif. Peu importait. Lumière ou pas, il resterait pendu à la sonnette jusqu'à ce que la porte s'ouvre. Il attendit moins d'une minute.

— Oui ?

Un homme soigné lui avait ouvert, les cheveux ramenés en arrière, le front haut. Ses yeux perçants scrutaient Hobden. Costume noir, chemise blanche. Un majordome ? Peut-être. Aucune importance.

— Mr Judd est là ?

— Il est très tard, monsieur.

— Je suis au courant. Il est là ?

— Qui dois-je annoncer, monsieur ?

— Hobden. Robert Hobden.

La porte se referma.

Hobden se retourna vers la rue. En face, les maisons semblaient se pencher vers lui sous l'effet de la hauteur et du passage incessant des nuages sur un rideau de velours. Son cœur battait de manière étonnamment régulière. Il venait d'échapper à la mort, mais un certain calme s'était installé en lui. Peut-être précisément pour cette raison : statistiquement, quelles étaient les chances pour que la même chose se reproduise ce soir-là ?

Il n'avait pas la certitude que l'intrus voulait le tuer. Tout s'était déroulé de manière confuse : il arpentait son appartement en attendant un coup de fil qui n'arrivait pas, quand un inconnu masqué avait fait irruption, exigeant son ordinateur portable. Il devait avoir crocheté la serrure. Tout n'avait été que bruit et terreur, l'homme brandissait un revolver, puis une nouvelle intrusion, un autre étranger. Ils s'étaient retrouvés dehors, du sang sur le trottoir et…

Hobden s'était enfui. Il ignorait qui avait été blessé et peu lui importait. Il avait couru, pour la première fois depuis longtemps. A l'époque où il devait se rendre à des endroits importants, il prenait le taxi. Au bout de quelques instants, il avait cru que ses poumons allaient éclater, mais il avait continué. Ses pieds battaient le bitume tels deux gros poissons plats, faisant vibrer sa mâchoire. Il avait tourné un coin, puis un autre. Il vivait dans les replis de Londres depuis plus longtemps qu'il ne voulait s'en souvenir, ce qui ne l'avait pas empêché de se perdre au bout de quelques minutes. Il n'osait pas regarder en arrière. Il ne savait pas où s'arrêtait le bruit de ses pas et où pouvait commencer celui des pas de quelqu'un d'autre : deux boucles de son entrelacées tels les anneaux olympiques.

Finalement, essoufflé, il s'était recroquevillé devant l'entrée d'un magasin où flottaient les odeurs habituelles de la ville : saleté, gras, mégots et, inévitablement, pisse d'ivrogne. Il avait alors compris que personne ne le suivait. Seuls erraient les fantômes nocturnes de Londres, qui sortaient une fois les honnêtes citoyens endormis et pour qui toute personne encore dans la rue représentait une proie légitime.

— T'as du feu, mec ?

— Dégage, OK ?

Il fut surpris par la férocité de sa propre réponse.

Les fous nocturnes ont une qualité : ils savent reconnaître leurs supérieurs en la matière. L'homme s'était donc éloigné, Hobden avait repris son souffle, emplissant ses poumons de cette mixture d'odeurs nauséabondes, puis s'était remis en route.

Impossible de rentrer chez lui. Pas maintenant, peut-être jamais. Etrangement, la pensée le réjouissait. Où qu'il aille, il ne retournerait jamais là-bas.

Il n'avait pas un nombre infini de possibilités. Chacun a besoin d'un endroit où les portes s'ouvriront toujours. Hobden n'en connaissait pas : dans sa vie, les portes s'étaient fermées quand son nom était apparu sur cette liste, quand il s'était mis à figurer dans les journaux non plus accolé au terme *provocateur* mais à l'ignoble adjectif *inacceptable*. Cependant, il pouvait encore murmurer dans certaines boîtes aux lettres. Des gens lui devaient des services. A l'époque où la tempête faisait rage, Hobden avait su se taire. Certains avaient cru qu'il accordait plus d'importance à leur survie qu'à la sienne. Personne n'avait compris que s'ils étaient mis au ban de la même manière que lui, leur cause reculerait de plusieurs années.

Rien à voir avec du racisme, quoi qu'en disent les élites bien-pensantes. Rien à voir avec la haine, le rejet de la différence. Il s'agissait d'une question de caractère, de la nécessité d'affirmer l'identité nationale au lieu de se mettre à plat ventre, d'accepter ce multiculturalisme impraticable, cette recette catastrophique…

Il n'avait pas le temps de passer en revue ses arguments imparables. Il lui fallait un abri. Il devait aussi faire passer son message : si Peter Judd ne répondait pas au téléphone, il allait devoir lui ouvrir sa porte.

Mais, évidemment, Peter Judd n'ouvrait pas sa porte en personne. Certainement pas à une heure pareille, ni à aucun autre moment.

La porte se rouvrit sur l'homme soigné.

— Mr Judd n'est pas disponible.

L'absence de toute formule de politesse résonna dans l'air.

Hobden n'hésita pas à bloquer la porte avec son pied.

— Dans ce cas, dites à Mr Judd qu'il va devoir se rendre disponible à la première heure demain matin. Les tabloïds aiment préparer leur couverture avant l'heure du déjeuner. Ça leur laisse le temps d'organiser les infos importantes. Comme les photos de filles, la rubrique potins.

Il retira son pied ; la porte se referma.

Pour qui est-ce qu'ils me prennent ? songea-t-il. Ils croient que je vais rester les quatre fers en l'air, comme un chien enragé qu'ils n'inviteraient jamais chez eux ?

Deux, trois minutes, il ne compta pas : il observa de nouveau les nuages qui défilaient, les hauts toits qui menaçaient de s'écrouler.

Quand la porte se rouvrit, Monsieur Propret ne prononça pas un mot. Il s'écarta simplement, comme s'il avait tiré l'expression *A contrecœur* dans un jeu de mime.

L'homme emmena Hobden à l'étage inférieur. En passant devant le salon, il entendit des bruits joyeux. Il ne se rappelait pas la dernière fois qu'on l'avait invité à un dîner, bien qu'on ait dû parler de lui à nombre d'entre eux.

En bas, la cuisine était à peu près aussi grande que l'appartement de Hobden, mieux aménagée : toute de bois et d'émail luisant, avec un îlot en marbre de la taille d'un cercueil au centre. L'éclairage impitoyable aurait pu révéler des taches de gras et de sauce, mais il n'y en avait aucune. Le lave-vaisselle ronronnait, les verres étaient alignés sur le plan de travail, évoquant l'illustration d'une fin de soirée dans un manuel de savoir-vivre. Des poêles pendaient à des crochets d'acier, chacune prévue à un effet particulier : une pour les omelettes, une autre pour les œufs sur le plat, etc. Une rangée de bouteilles d'huile d'olive occupait une étagère, classées par régions d'origine. Robert Hobden n'avait pas perdu son œil de journaliste. Selon la personne dont il établissait le portrait, il aurait considéré cela comme une preuve de suffisance bourgeoise, ou bien comme des accessoires achetés dans l'espoir de créer cette image. Mais il n'écrivait plus de portraits. S'il le faisait, personne ne les publierait.

Propret se tenait près de la porte pour montrer qu'il ne voulait pas laisser Hobden seul. Celui-ci traversa la pièce pour s'adosser contre l'évier.

S'il devait écrire un article sur son hôte, il commencerait fatalement par son nom. Peter Judd. PJ pour les intimes et les autres. A quarante-huit ans, encore jeune avec sa chevelure cotonneuse et parsemant son discours d'expressions surannées – Sapristi ! Bon sang de bonsoir ! Mes aïeux ! –, Peter Judd s'était depuis longtemps imposé comme une figure inoffensive de la droite conservatrice. Sa popularité auprès du public, qui le voyait comme un sympathique idiot, lui permettait de gagner sa vie hors du Parlement en lâchant à la demande des formules chocs pour plaire aux électeurs et de commettre en toute impunité des peccadilles comme sauter la baby-sitter de ses enfants, détourner l'argent du contribuable ou provoquer la colère du chef de son parti avec des sorties impromptues. (« Jolie ville, avait-il fait remarquer lors d'un voyage à Paris. Ça vaudra la peine de la défendre, la prochaine fois. ») Aucun de ceux qui avaient travaillé avec lui ne le prenait pour un clown. Ceux qui l'avaient vu perdre son sang-froid le soupçonnaient même d'être un requin politique, mais PJ se contentait généralement de l'image qu'il s'était forgée : celle d'un électron libre aux cheveux en bataille avec une araignée au plafond. Il fit irruption dans la pièce avec un tel empressement que Monsieur Propret s'écarta pour ne pas se faire écraser.

— Robert Hobden ! s'écria-t-il.

— PJ.

— Comment vas-tu, Rob ?

— Pas mal, et toi ?

— Très bien, très bien. Seb, prenez le manteau de Robert, voulez-vous ?

— Je ne vais pas rester…

— Tu as sûrement le temps de retirer ton manteau ! Mets-toi à l'aise. Vous pouvez nous laisser, Seb.

Ainsi, Propret s'appelait Seb. La porte de la cuisine se referma.

— Qu'est-ce que tu fous ici, sale enfoiré ? demanda PJ sans se départir de sa bonhomie.

Cela lui rappelait des jours plus sombres, des missions dont on risquait de ne pas revenir. Evidemment, il était toujours revenu, mais d'autres n'avaient pas eu cette chance. Impossible de savoir si cette différence tenait à la mission ou aux hommes.

Ce soir-là, il espérait bien revenir, mais il avait déjà un agent à terre et un autre à l'hôpital, un taux de pertes anormalement élevé quand on ne menait même pas d'opération.

Le rendez-vous avait lieu près du canal, au bout du chemin de halage, là où l'eau s'engouffrait dans un long tunnel. Lamb avait choisi cet endroit car il y avait un nombre limité de points d'accès. Il ne faisait pas confiance à Diana Taverner. Pour la même raison, il arriva le premier. Il était près de deux heures. Un quart de lune disparaissait par intermittence derrière les nuages. De l'autre côté du cours d'eau, les trois étages d'une maison étaient allumés. Il entendait les voix et les rires des fumeurs dans le jardin. Certains faisaient la fête en pleine semaine. Jackson Lamb, lui, comptait les pertes de son département.

Elle arriva du côté d'Angel, annoncée par le bruit de ses talons sur le chemin.

— Vous êtes seul? demanda-t-elle.

Il écarta les bras, comme pour mesurer la bêtise de sa question. Ce geste déboutonna sa chemise, et l'air nocturne lui gratta le ventre.

Elle scruta la pente parsemée d'arbres derrière lui.

— A quoi vous jouez? reprit-elle.

— Je vous ai prêté un agent, répondit-il. Elle est à l'hôpital.

— Je sais. Désolée.

— Du niveau de Lloyd Webber, disiez-vous. A peine plus dur que tailler des crayons. Maintenant, elle a une balle dans la tête.

— Lamb, la mission a eu lieu l'autre jour. Ce qui lui est arrivé depuis ne…

— Inutile de protester. Elle s'est fait tirer dessus devant chez Hobden. Par Jed Moody, qu'il l'ait fait exprès ou non. Quand vous ne détournez pas mon équipe, vous la corrompez. Vous avez donné un portable à Moody. Quoi d'autre ? Vous lui avez rempli la tête de belles promesses pour son avenir ?

— Les règles du jeu sont claires, Lamb. Vous dirigez le Placard, et Dieu sait que personne ne vous envie. Mais je dirige les opérations, ce qui signifie que je dirige le personnel. Tout le personnel, y compris le vôtre.

Jackson Lamb péta.

— Bon sang, vous êtes répugnant.

— A ce qu'il paraît. Mettons que vous ayez raison, que ce ne soit pas mes affaires. Qu'est-ce que je fais de ce cadavre dans mon escalier ? J'appelle les Dogues ?

Il avait réussi à capter son attention.

— Moody ?

— Oui.

— Il est mort ?

— Raide comme un manche de pioche.

De l'autre côté, les fumeurs s'esclaffèrent après une plaisanterie particulièrement drôle. Le vent rida la surface du canal.

— Vous auriez dû mieux choisir, si vous vouliez sous-traiter, reprit Lamb. Bon sang, Jed Moody ! Même quand il était bon, il était nul. Et il n'a jamais été bon à rien.

— Qui l'a tué ?

— Vous en voulez une bonne ? Il a trébuché tout seul.

— Ça va faire bonne impression, devant le Contrôle. Je ne pense pas que ça les fera rire.

Lamb ricana en silence. L'ombre des feuilles dansait sur son visage tremblotant. Il ressemblait à un portrait de Goya.

— Ha, ha, le Contrôle, très amusant. Alors on appelle les Dogues ? Autant commander un rouleau compresseur. D'ailleurs, j'ai un portable.

Il lui adressa un large sourire, laissant apparaître ses dents inégales.

— OK.

— Le médecin légiste. C'est son rayon, non ?

— J'ai compris le message, Lamb.

Il fouilla dans ses poches. L'espace d'un instant, Diana songea avec terreur qu'il se déshabillait, mais il sortit un paquet de Marlboro. Il en tira une avec les dents, puis après réflexion lui tendit le paquet.

Taverner en prit une. Toujours accepter la générosité. Cela crée un lien, vous fait des alliés.

Bien sûr, celui qui lui avait appris cela ne connaissait pas Jackson Lamb.

— Parlez, lui ordonna-t-il.

— Content de te voir, PJ.

— Tu es devenu maboul ?

— Tu ne réponds pas au téléphone.

— Bien sûr que non, tu es nuisible. Quelqu'un t'a vu entrer ?

— Je ne sais pas.

— Qu'est-ce que c'est que cette réponse à la con ?

— La seule réponse à la con que j'aie ! cria Hobden.

Sa voix fit vibrer un objet métallique. Cela sembla calmer PJ.

— Mince alors. Bon. J'imagine que tu as une bonne raison, dit-il.

— Quelqu'un a essayé de me tuer.

— De te tuer ? Oh, tu sais, il y a tellement de malades dans la nature. Enfin, tu n'es pas le plus connu…

— Ce n'était pas un malade, PJ. C'était un espion.

— Un espion.

— Je te parle d'une tentative d'assassinat.

Judd ne parvint plus à tenir son personnage public.

— Oh, bordel, qu'est-ce qui s'est passé ? Tu as failli te faire renverser sur un passage pour piétons ? Putain, j'ai des invités, Hobden. Il y a le ministre de la Culture là-haut. Il a la capacité de concentration d'un moucheron, alors je ferais mieux de…

— C'était un espion. Ils m'ont suivi. Il s'est introduit chez moi, m'a braqué avec un flingue. Quelqu'un a été blessé. Si tu ne me crois pas, allume la télé. En fait, non, ils diront que dalle. Appelle le ministre de l'Intérieur, il sera au courant. Il y a du sang sur le trottoir devant chez moi.

PJ pesa le pour et le contre : la vraisemblance des propos de Hobden, sa présence dans sa cuisine.

— OK, mais tu vis au milieu de nulle part, Robert, dit-il finalement. Il doit y avoir des cambriolages toutes les semaines. En quoi celui de ce soir est-il différent ?

— Tu ne m'écoutes pas.

Il ne lui avait pas encore exposé toute l'histoire. L'incident chez Max l'autre jour, le café renversé. Apparemment un incident banal, mais depuis l'apparition de l'homme armé, Hobden avait passé en revue les événements récents. Il en avait conclu que cette soirée constituait un point culminant, pas une action isolée. Quand il avait ramassé ses clés au café, sa barrette USB était tombée sur la table. Cela n'était jamais arrivé avant. S'agissait-il d'un signal d'alarme ?

— Ils ont déjà essayé de me voler des fichiers. Ils veulent savoir ce que je sais.

PJ paraissait maintenant mortellement sérieux.
— Tes fichiers ?
— Ils ne les ont pas eus. Ils ont copié le contenu de ma clé USB, mais…
— Qu'y a-t-il dans ces fichiers, Hobden ?
— … c'est un leurre. Rien que des chiffres. Avec un peu de chance, ils croiront que c'est un code et perdront leur temps à essayer de…
— Dis-moi ce que contiennent ces fichiers !
Hobden se leva, examina ses mains qui tremblaient.
— Tu vois ça ? dit-il. Ils auraient pu me tuer.
— Bon sang.
Peter Judd se mit à fouiller sa cuisine, certain de trouver de l'alcool quelque part. Une bouteille de vodka apparut. De la vodka de cuisine ? Est-ce qu'on pouvait cuisiner avec de la vodka ? PJ marmonnait-il cela, ou bien son corps le suggérait-il tandis qu'il versait une dose généreuse ?
— Alors, dit-il en tendant le verre à Hobden. Que contiennent tes fichiers ? Des noms ?
Il aboya le rire qui plaisait tant à la télévision.
— Le mien n'y figurerait pas, par hasard ?
— Aucun nom.
Cette bonne nouvelle exigeait quelques précisions.
— Alors, quel est ton problème ?
— Le MI5 a lancé une opération. Je suis au courant depuis un moment. Ou plutôt, je me doutais qu'il allait se passer quelque chose.
— Bordel, arrête avec tes énigmes.
— J'étais au Frontline, un soir l'année dernière.
— Ils te laissent encore entrer ?
Un regard assassin.
— J'ai payé ma cotisation.
Il termina sa vodka et tendit son verre.

— Diana Taverner était là avec un de ses potes journaliste gaucho.

— Je ne sais pas ce qui me dérange le plus, dit Peter Judd tout en remplissant le verre de Hobden. Le fait que le MI5 soit dirigé par des femmes ou bien que tout le monde semble le savoir. De mon temps, on appelait ça un service secret.

Hobden avait déjà entendu cette réplique, sans doute sur un plateau de télévision. Il l'ignora.

— C'était le soir des élections européennes. Le British National Party avait fait un bon score. Tu te souviens ?

— Bien sûr que oui.

— C'est de ça qu'ils parlaient. Ce gratte-papier – Spencer, il s'appelle – était complètement bourré, il a commencé à débiter les conneries habituelles, que les fascistes prenaient le pouvoir, et à demander quand Taverner comptait y faire quelque chose. Alors elle lui a répondu…

Hobden ferma les yeux pour mieux se souvenir :

— Quelque chose du genre « La situation est sous contrôle » ou « On va s'y mettre ». Je ne me rappelle pas les mots exacts, mais elle lui a laissé entendre qu'elle préparait quelque chose, pas seulement contre le BNP, mais contre toute l'extrême droite. Tout le monde sait qui cela inclut.

— Elle a dit ça à proximité de vous ?

— Ils ne savaient pas que j'étais là.

— Tu es en train de me dire que le Second Bureau du MI5 a annoncé qu'il comptait frapper le BNP et toute l'extrême droite dans un bar ?

— Ils étaient bourrés. Ecoute, c'est la vérité. Il est en train de se passer quelque chose. Tu n'as pas vu les infos ? Ce gamin dans sa cave ?

PJ le regarda froidement.

— Je sais de quoi tu parles. Tu prétends que c'est une opération du Service ?

— Sacrée coïncidence, tu ne trouves pas ? On me cherche des noises la semaine même où ça arrive, on essaie de me tuer le jour même où…

— Si c'est le cas, c'est l'opération secrète la plus foireuse dont j'aie jamais entendu parler depuis la baie des Cochons.

Il jeta un regard à la bouteille qu'il tenait à la main puis se mit à la recherche d'un deuxième verre. Il en trouva un près de l'évier, le remplit largement sans même le rincer.

— C'est pour ça que tu m'appelais ?

— A ton avis ?

PJ lui administra une claque magistrale. Le bruit résonna dans toute la cuisine.

— Ne fais pas le malin, petite fiotte. Souviens-toi où est ta place. Tu es un ex-journaliste dont le nom pue jusqu'à Tombouctou. Moi, je fais partie du gouvernement de Sa Majesté. Tu m'as fait renverser mon verre, ajouta-t-il en examinant sa manche mouillée.

— Tu m'as frappé ! s'écria Hobden, tremblant comme une feuille.

— Oui, bon. Mettons que j'ai perdu patience. Oh, et puis zut.

Il lui versa à nouveau de la vodka. Hobden était peut-être un paria, mais il n'était pas stupide. Il avait eu tort de l'oublier. Ce qui n'empêchait pas PJ d'être furieux.

— Tu prétends que cette comédie a été organisée par le MI5 pour discréditer la droite, tu viens de me dire que tu es sous surveillance et tu oses m'appeler ? Tu es complètement taré !

— Il fallait que quelqu'un soit au courant. Qui devais-je prévenir ?

— Pas moi.

— On se connaît depuis des années…

— Nous ne sommes pas amis, Robert. Ne commets pas cette erreur. Tu m'as toujours bien traité dans tes articles, et je te respecte pour cela, mais soyons clair, tu es un putain de has been, on ne peut plus s'associer avec toi. Alors va raconter ça ailleurs.

— Qu'est-ce que tu suggères ?

— Pourquoi pas tes petits copains du Patriotic Party ?

La marque rouge qu'avait laissée la main de PJ sur le visage de Hobden s'assombrit.

— Mes copains ? Quand cette liste est sortie sur Internet, qui crois-tu qu'ils ont tenu pour responsable ? La moitié des menaces de mort que je reçois provient de gens que j'ai soutenus ! Ils sont persuadés que, sans moi, ils seraient restés tranquilles. Mais nous savons tous les deux qui a réellement publié cette liste : ce sont les mêmes criminels gauchistes qui me pourchassent en ce moment !

— Peut-être, mais ça ne justifie pas que tu te pointes chez moi au beau milieu de la nuit…

— Il faut arrêter cette opération ! s'écria Hobden.

— Parlez, dit Lamb en allumant un briquet menaçant devant le visage de Taverner.

Elle se pencha vers la flamme. Sa septième de la journée : inhaler de la fumée devenait de plus en plus habituel. Elle expira.

— Vous êtes-vous jamais demandé pourquoi nous faisons ce métier ?

— Taverner, il est plus de deux heures et mon équipe compte moins de membres qu'hier. Passons aux choses sérieuses, voulez-vous ?

— Quinze attentats terroristes ont échoué depuis le 7 juillet, Jackson. Ça doit être vrai, je l'ai lu dans le journal.

— Un bon point pour nous.

— C'était en bas de la page onze.

— Si vous vouliez devenir célèbre, il ne fallait pas choisir les services secrets.

— Il ne s'agit pas de moi.

Jackson Lamb en doutait.

— Nos échecs font plus de bruit que nos succès. Vous êtes bien placé pour le savoir. Le dossier sensible, les armes de destruction massive ? OK, c'était le MI6, mais vous croyez que les gens s'en soucient ?

Elle parlait plus vite à présent. Chacun de ses mots laissait une traînée de tabac dans l'air qui les séparait.

— Selon un sondage récent, plus de quarante pour cent de la population pensent que le MI5 a quelque chose à voir avec la mort de David Kelly. Plus de quarante pour cent. Vous savez quel effet ça me fait ?

— Ça vous donne envie de changer quelque chose. Laissez-moi deviner : vous avez monté une combine débile dans laquelle un groupe néofasciste enlève un gamin musulman et menace de lui couper la tête sur YouTube. Excepté que ça n'arrivera pas, parce qu'un des membres du groupe fait partie de votre équipe. Alors quand le MI5 débarquera pour un sauvetage de dernière minute, vous aurez l'attention des médias du monde entier, à qui vous pourrez expliquer que vous avez mis en place un dispositif infaillible.

Il souffla de la fumée.

— J'ai bon ?

— Débile ?

— Oh, je vous en prie. On a un mort et une blessée grave parce que vous essayez de tenir les journalistes éloignés. Au cas où vous auriez oublié, ce sont mes agents. Ou ils l'étaient.

— Je suis désolée pour Sid Baker.

— Génial.

— Moody a l'air de s'être pris les pieds dans sa bite, ce n'est pas ma responsabilité. Mais je suis désolée pour Baker.

— Je ferai écrire ça sur son diagramme, vous savez, celui qu'ils affichent au pied de son lit pour savoir quand changer ses cathéters. Vous croyiez vraiment que ça allait marcher ?

— C'est encore possible.

— Bon sang, les roues commencent à se détacher avant même que vous les ayez fixées. Parlez-moi de Hobden. Pourquoi croyez-vous qu'il soit dangereux ?

— Je ne suis pas sûre qu'il le soit.

— Je ne suis pas venu me chamailler. Vous nous avez fait voler ses fichiers et fouiller ses poubelles. Pourquoi ?

Elle se prit la tête entre les mains. Quand elle regarda Lamb, il crut presque voir à travers sa peau des veines tendues sur ses os luisants. Une chiquenaude l'aurait fait voler en éclats.

— Vous connaissez Dave Spencer ? demanda-t-elle.

— Le journaliste du *Guardian* ?

— Ex. Il s'est fait virer. Enfin, oui, celui-là. Nous sommes amis. Ça vous paraît bizarre que je fréquente un journaliste de gauche ?

Rien ne paraissait bizarre à Lamb, sauf peut-être que les gens aient des amis.

— Nous étions au Frontline Club le soir des élections européennes, quand le BNP a gagné deux sièges. Vous vous souvenez ?

Lamb hocha la tête.

— On a suivi les résultats, et Dave a commencé à perdre la boule. Il boit pas mal. C'est l'une des raisons pour lesquelles il s'est fait virer. Bref, il s'est lancé dans une diatribe, comme si tout était de ma faute. « Qu'est-ce que vous foutez ? répétait-il. Il serait temps que vous éliminiez ces fachos de pacotille. »

— Bon sang, s'exclama Lamb.

— Je ne sais plus ce que je lui ai répondu. J'ai cherché à le faire taire en lui disant qu'on s'en occupait, quelque chose du genre. Rien de précis.

— Tout ça à proximité de Hobden.

— Je ne savais pas qu'il était là ! Il faisait profil bas.

— Bien sûr, c'est un putain de paria ! En gros, vous avez laissé entendre à un journaleux d'extrême droite que vous prépariez une opération contre ses amis, alors qu'il était déjà en boule parce que le Service avait révélé ses sympathies extrémistes. Pas étonnant que vous ayez voulu découvrir ce qu'il savait avant de vous engager dans la partie. Qu'avez-vous trouvé dans ses fichiers ?

— Oh, et puis merde : pi avec un demi-million de décimales. Et vous croyiez que c'était nous, les paranos.

Lamb y voyait simplement de la prudence. Il aurait fait la même chose que Hobden, tel un touriste qui se déplace avec un faux portefeuille dans les mauvais quartiers, ses cartes de crédit et ses traveller's chèques cachés dans une chaussette.

— Alors vous avez envoyé Moody pour vérifier ? Pour lui piquer son disque dur ?

Il marqua une pause.

— Avec un flingue.

— Bon sang, Lamb, vous croyez que je l'ai autorisé à le prendre ?

— Au point où j'en suis, plus rien ne m'étonne.

— Il était censé voler l'ordinateur et faire en sorte que ça ressemble à un cambriolage de junkie.

— Encore un brillant succès sur son CV.

Il cracha bruyamment.

— Grâce à lui, Sid Baker est sur le billard en train de se faire retirer une balle de la tête. Moody a dû s'apercevoir qu'il avait plus que foiré : il a voulu faire le ménage, ce qui impliquait de retirer le micro qu'il avait placé dans mon bureau. Et puis il s'est pris les pieds dans sa bite, comme vous dites.

— Il était seul quand c'est arrivé ?

— On est toujours seul, dans les derniers moments, vous ne croyez pas ?

Jackson Lamb projeta son mégot mourant dans le canal.

— En tout cas, c'est fini. Pour lui comme pour vous. Toute cette opération.

— Ça peut encore marcher.

— Non. Si Hobden ne se doutait de rien avant, ce n'est plus le cas. Ah, est-ce que je vous ai dit qu'il est dans la nature ? Vous n'avez pas le choix, il faut tout annuler.

— Hobden est un rigolo. Les seuls canards qui acceptent encore de le publier ont des noms du genre *UK Watch* et ne sont lus que par ceux qui ont déjà l'écume à la bouche.

— Je ne parle pas de ce qui se passera après, je parle de ce soir. Tous ces groupuscules, le BPP, les néonazis et autres enfoirés : ils se détestent peut-être entre eux, mais pas autant qu'ils détestent les autres. Hobden va faire passer le mot, si ce n'est pas déjà fait. Retirez votre agent immédiatement, sinon Moody et Baker ne seront pas les seules pertes que nous subirons.

Elle se détourna.

— Taverner ?

— C'est un groupe isolé. Ils ne reçoivent aucune communication extérieure.

— Dans vos rêves. Regardez à quoi vous êtes arrivée jusqu'à présent. Votre plan s'est écroulé plus vite que si vous l'aviez acheté chez Ikea, et vous prétendez être une professionnelle. Vous croyez que les rigolos que votre agent a entraînés dans cette histoire n'ont rien dit à personne ? D'une minute à l'autre, ils vont recevoir un coup de fil de quelqu'un qui connaît quelqu'un qui connaît Hobden pour leur annoncer qu'il s'agit d'un coup monté. Cela signifie que deux personnes sont en danger maintenant : votre agent et ce gamin, qui a pour seul tort d'être de la mauvaise couleur.

Elle ne répondit pas.

— Bordel, s'écria Lamb, la situation ne pourrait pas être pire.

— Tu ne vois pas qu'il faut arrêter cette opération ? s'écria Hobden.

— Si c'est un coup du Service, ils arrêteront tout, fit remarquer Peter Judd. Le MI5 ne peut pas se permettre de laisser décapiter quelqu'un sur Internet. Ils veulent…

— Je sais très bien ce qu'ils veulent : faire oublier les bombes dans le métro et toutes ces arrestations qui se sont soldées par des acquittements. Ils veulent des images de nos braves espions volant à la rescousse d'un pauvre basané et faire passer la droite pour un tas de meurtriers assoiffés de sang au passage. Voilà ce que je veux empêcher. Et toi ? Tu veux qu'ils réussissent ?

— Vu leur passif, je doute qu'ils y arrivent. Ça ne me dit toujours pas pourquoi tu viens me raconter tout ça.

— Parce que nous savons tous les deux que le vent est en train de tourner. Les honnêtes citoyens de ce pays en ont marre d'être pris en otage par ces gauchistes de Bruxelles. Plus tôt nous reprenons le contrôle de notre futur, de nos frontières…

— Tu me fais la leçon ?

— Cela finira par arriver, avant la fin de ce gouvernement. Nous le savons. Peut-être pas avec ce Parlement, mais le prochain. Je sais aussi bien que toi où tu comptes habiter d'ici là, et ce n'est pas à Islington.

Hobden s'était animé, ses yeux luisaient.

— Plutôt Downing Street.

— Hum, oui. Disons que si on me demande de servir mon pays, je relèverai le défi.

Le PJ agressif et insultant qui avait frappé Hobden semblait avoir quitté la pièce, remplacé par le personnage balourd qui avait fait les choux gras d'innombrables émissions télévisées et de YouTube.

— Tu veux entraîner ton parti encore plus à droite, mais que comptes-tu faire si ce terrain est déjà occupé ? Et si un des groupes qui l'occupent est devenu célèbre pour avoir tenté une exécution à l'heure de grande écoute ?

— Tu es ridicule. Même le pire fouille-merde de ton espèce n'oserait pas faire le lien entre le gouvernement de Sa Majesté et…

— Ils risquent de le faire s'ils apprennent que tu es lié à l'un de ces groupes.

Ils arrivaient enfin au cœur du problème.

— Ne crois pas que je n'en ai jamais parlé dans mes articles parce que je voyais ça comme une erreur de jeunesse, reprit Hobden. Seulement, je ne voulais pas te pousser à un démenti public. Tu as l'étoffe d'un Premier ministre. Avec toi aux commandes, ce pays peut retrouver sa grandeur. Ceux d'entre nous qui attendent un gouvernement fort ne veulent pas te voir t'excuser d'opinons auxquelles tu crois sincèrement.

PJ posa soigneusement son verre sur le comptoir.

— Je n'ai jamais rien eu à voir avec les extrémistes, répondit-il d'une voix neutre.

Il était redevenu Peter Judd, l'expert populaire : il employait exactement le ton dont il usait à la télévision quand il s'apprêtait à remettre quelqu'un à sa place.

— Il se trouve que j'ai rédigé un rapport sur certains groupuscules au début des années 1990 : j'ai participé à certains meetings dans le cadre de mes recherches.

Il se pencha vers Hobden, qui sentit son haleine.

— Tu crois vraiment avoir la moindre crédibilité ? poursuivit-il d'une voix veloutée. Tu vas trouver le naufrage qu'est devenue ta vie aussi confortable qu'un lit de plumes, comparé à ce qui va t'arriver.

— Je ne veux pour rien au monde créer le scandale. Mais si je le voulais… Si je le voulais, je n'aurais pas besoin de la moindre crédibilité. J'ai bien mieux que ça.

Hobden vida lentement son verre puis le posa à côté de PJ.

— J'ai une photo.

— Bordel, la situation ne pourrait pas être pire.

— Il ne s'agit pas simplement d'améliorer l'image du MI5. Nous sommes en guerre, Jackson. Même depuis le Placard, vous devez avoir remarqué. Nous avons besoin d'un maximum d'alliés.

— Qui est ce gamin ?

— La question est plutôt : qui est son oncle ?

— Bon sang, ne me dites pas…

— Le frère de sa mère s'appelle Mahmoud Gul, poursuivit Taverner.

— Et merde.

— Le général Mahmoud Gul. Actuellement Second Bureau à la Direction des renseignements interservices du Pakistan.

— Merci, je sais qui c'est, répliqua Lamb. Merde.

— Considérez cela comme un moyen de rapprocher les communautés. En sauvant Hassan, nous nous ferons un ami. Ça peut nous être utile, dans les services secrets pakistanais.

— Avez-vous envisagé le revers de la médaille ? Si quelque chose va de travers, et Dieu sait qu'on en prend le chemin, vous aurez assassiné son neveu.

— Tout va bien se passer.

— Votre confiance serait touchante si votre stupidité ne me dégoûtait pas tant. Arrêtez cette opération. Immédiatement.

Un nouvel éclat de rire flotta depuis l'autre côté du canal, mais il paraissait moins sincère, causé par l'alcool plutôt que par un trait d'esprit.

— Supposons que nous arrêtions tout ce soir, dit-elle, fixant un point derrière Lamb. Un jour plus tôt. Ça peut quand même marcher.

— Quand j'entends cette phrase…

— En fait, ça marchera encore mieux, le coupa-t-elle. Pas de sauvetage de dernière minute. On libère le gamin vingt-quatre heures avant que le couperet tombe. Et pourquoi ? Parce qu'on est bons. Parce qu'on sait ce qu'on fait. Parce que *vous* savez ce que vous faites.

— Vous êtes complètement malade, s'étrangla Lamb.

— Pourquoi est-ce que ça ne fonctionnerait pas ?
— Pour commencer, il n'y a aucune trace de la moindre enquête. Comment suis-je censé les avoir trouvés ? L'inspiration divine ? Bordel, ils l'ont emmené jusqu'à Leeds.
— Ils l'ont ramené ici, pas loin.
— Ils sont à Londres ?
— Pas loin, répéta-t-elle. Quant à l'enquête, on bricolera quelque chose. On a un tas d'éléments. Hobden est notre point d'entrée. Votre équipe l'a surveillé et a intercepté ses fichiers.
— Qui ne contenaient que du charabia, lui rappela-t-il.
— Pas forcément. On peut encore décider de ce qu'ils contenaient réellement.

Le visage de Taverner était suffisamment éclairé pour que Lamb comprenne qu'elle croyait sincèrement à ce qu'elle disait. Elle avait pété les plombs. Ça arrivait, dans le métier, et ça ne changeait rien qu'on soit une femme. Si elle avait eu les idées claires, elle aurait remarqué une faille dans son raisonnement : lui, Jackson Lamb, se fichait de ce qu'elle lui proposait comme de son premier caleçon. A moins qu'elle n'y ait pensé.
— Réfléchissez un instant à ce que ça signifie.
— Je pense au cadavre dans mon escalier.
— Il est tombé dans l'escalier. Il vous suffit d'une bouteille vide.

Ses murmures se faisaient pressants, maintenant. Ils parlaient de la mort d'autres gens, possiblement de la fin de leur carrière, voire d'autre chose.
— La rédemption, souffla-t-elle.
— Pardon ?
— La réhabilitation.

— Pas besoin, je me trouve bien là où je suis.

— Vous êtes bien le seul. Bon sang, Jed Moody aurait donné sa couille gauche pour reprendre du service.

— Et regardez où ça l'a mené.

— Ça prouve qu'il était un tocard dans l'âme. Les autres sont aussi nuls ?

Lamb fit mine de réfléchir.

— Ouais, sans doute.

— Ce n'est pas une fatalité. Si vous marchez avec moi, vous redeviendrez un héros. Et votre équipe aussi. Réfléchissez un peu, les tocards de retour parmi les pur-sang. Vous ne voulez pas leur donner une chance ?

— Pas particulièrement.

— OK, alors considérez le côté négatif. Moody était-il vraiment seul quand il s'est brisé le cou, ou bien avait-il de la compagnie ?

— On en a déjà parlé. Appelez les Dogues. Quand ils auront fini de vous déchiqueter, il leur restera peut-être suffisamment d'énergie pour nous. Dans tous les cas, cette affaire ne me regarde pas, lâcha-t-il avec un bâillement qu'il ne fit aucun effort pour dissimuler.

— Peu importe qui se fait écraser, hein ?

— C'est vous qui le dites.

— Même Standish ?

— Vous tirez au hasard pour voir ce que vous touchez. Standish n'a rien à voir là-dedans. Elle est chez elle, profondément endormie, je vous le garantis.

— Je ne parle pas de ce soir.

Cette fois-ci, elle sentit qu'elle avait touché juste : Lamb relâcha les muscles de sa bouche comme pour signifier l'indifférence.

— Elle est passée à ça d'un procès pour trahison. Vous croyez que j'ai oublié ?

— Je ne crois pas qu'on ait intérêt à ouvrir ce sac de nœuds, rétorqua-t-il, les yeux luisants.

— Vous me trouvez insistante ? Vous avez raison, ce soir tout va de travers. Je veux que cette histoire se règle vite et bien. Avec quelqu'un de confiance aux commandes. Que vous le vouliez ou non, le Placard est impliqué, maintenant. Vous devrez tous participer. Quant à cette pauvre Catherine, elle ne sait même pas à quels ennuis elle a échappé, n'est-ce pas ?

Lamb scruta le canal. Diverses lumières dansaient à la surface. Quelques péniches dormaient dans la pénombre, leurs cabines décorées de plantes en pots qui étendaient leurs doigts verts jusqu'à la surface de l'eau, encombrées de vélos soigneusement empilés. Style de vie alternatif ou refuge pour hippies du dimanche. Quelle importance ?

— C'était avant votre époque, mais vous savez pourquoi je suis au Placard, dit-il.

Il ne s'agissait pas d'une question.

— J'ai entendu trois versions différentes, répondit Taverner.

— Eh bien la pire, c'est la vraie.

— C'est bien ce que je pensais.

— Vous avez utilisé le Placard comme une boîte à jouets, et ça, ça me met en rogne, dit-il en se penchant vers elle. Suis-je clair ?

Elle enfonça le clou.

— Au fond, vous les aimez bien.

— Non, ce sont de sales perdants. Mais ils sont à moi, pas à vous. Alors je participerai, mais à certaines conditions. Moody doit disparaître. Baker a eu un accident de la route. Tous ceux qui m'accompagnent deviennent intouchables et vous me restez éternellement redevable. Je peux vous assurer que vous n'avez pas fini de recevoir mes notes de frais.

— Nous pouvons tous sortir de cette affaire couverts de gloire, lâcha-t-elle.

Lamb envisagea sept ou huit répliques cassantes, mais se contenta de secouer la tête en fixant la surface du canal où des éclats de lumière épars se balançaient doucement.

— J'ai une photo de toi en train de faire un salut nazi, l'autre bras autour des épaules de Nicholas Frost. Tout le monde l'a oublié, maintenant, mais c'était une figure centrale du National Front, à l'époque. Mort poignardé dans un meeting quelques années plus tard, ce qui n'est pas plus mal. Il donnait une mauvaise image de la droite.

Une longue pause.

— Cette photo a été détruite, lâcha finalement PJ.

— Je te crois.

— Tellement détruite qu'elle n'a jamais existé.

— Dans ce cas, tu n'as rien à craindre.

Tous les personnages de PJ – le mondain, l'hésitant, le vicieux, le cruel – se fondirent en un seul. L'espace d'un instant, le véritable Peter Judd apparut derrière l'écolier attardé. Comme toujours, il évaluait la menace que représentait son adversaire et la meilleure manière de le neutraliser. « Proprement » signifiait sans répercussions. Si cette photo existait encore et se trouvait en la possession de Hobden, les conséquences étaient potentiellement catastrophiques. Il bluffait peut-être, mais le fait qu'il connaisse l'existence de ce cliché mettait l'aiguille de PJ dans le rouge.

Premièrement, neutraliser les conséquences. S'occuper de la menace plus tard.

— Qu'est-ce que tu veux ? demanda-t-il.

— Fais passer le message.

— Quel message ?

— Que toute cette histoire, cette prétendue exécution, n'est qu'un coup monté. Que la Voix d'Albion, qui n'est constituée de rien de plus que de voyous des rues, a été infiltrée par les services secrets. Ils se servent d'eux pour une opération de relations publiques, et ça ne leur réussira pas. Je me fous de ce qui arrive à ces imbéciles, mais ils feront un tort incalculable à notre cause.

PJ laissa passer le *notre* cause.

— Qu'est-ce que je dois faire ? Une annonce au Parlement ?

— Ne me dis pas que tu ne connais personne. Un mot de ta part glissé dans une oreille attentive aura bien plus d'effet que s'il venait de moi. Je ne t'impliquerais pas si je pouvais régler cela moi-même, poursuivit-il d'une voix pressante. Mais comme je te l'ai dit, il ne s'agit pas de mes copains.

— Il est sans doute déjà trop tard, objecta PJ.

— Il faut essayer.

Soudain épuisé, Hobden s'épongea le visage.

— Ils peuvent encore dire que c'est une blague qui est allée trop loin, qu'ils n'avaient pas l'intention de faire couler le sang.

Une rumeur se fit entendre dehors, des voix dans l'escalier : *PJ ? Bon sang, où t'es passé ?* Et aussi : *Chéri, où es-tu ?* La dernière paraissait plus qu'irritée.

— J'arrive tout de suite, répondit PJ. Tu ferais bien d'y aller.

— Tu vas passer ce coup de téléphone ?

— Je m'en occupe.

Quelque chose dans son regard dissuada Hobden d'insister.

Lamb partit. Taverner l'observa jusqu'à ce que sa silhouette massive se fonde dans les ombres du paysage, puis attendit encore deux minutes avant de se détendre. Elle consulta sa montre : deux heures trente-cinq.

Un rapide calcul mental : le compte à rebours avant l'exécution de Hassan durerait encore vingt-six heures.

Idéalement, Diana Taverner aurait préféré faire durer le plaisir, attendre que chaque écran du pays affiche le décompte avant de lancer l'opération de sauvetage. Mais elle devrait passer à l'action cette nuit même. Le fait qu'il ne s'agissait pas d'une intervention de dernière minute mais d'une opération maîtrisée, sans panique, porterait ses fruits. Aucun danger. Le rapport conclurait que le MI5 avait contrôlé la situation depuis le début. Hassan rentrerait chez lui sain et sauf le matin, l'agent de Taverner pourrait abandonner sa couverture tandis qu'elle recevrait les félicitations et que le prestige du Service s'envolerait. Cerise sur le gâteau, Ingrid Tearney n'avait aucune chance de rentrer à temps de Washington pour lui voler la vedette.

Cependant, elle ne se sentait pas rassurée par le fait que les choses soient maintenant entre les mains de Jackson Lamb. Il représentait pire qu'un raté du Service : c'était un bateau ivre qui avait volontairement coupé les amarres. Il lui avait demandé si elle savait pourquoi il était au Placard pour la menacer, comme pour lui rappeler de quoi il était capable. Si les choses tournaient mal ce soir, Lamb ne laisserait pas les Dogues faire le ménage. Il s'en chargerait lui-même.

Dans ce cas, mieux valait prévoir un plan de secours. Elle sortit son téléphone portable et composa un numéro. Elle attendit cinq sonneries avant la réponse.

— Taverner, dit-elle. Désolée de vous déranger, mais je viens d'avoir une conversation très étrange avec Jackson Lamb.

Tout en parlant, elle s'engagea sur le chemin de halage et fut bientôt engloutie par l'obscurité.

Malgré l'heure tardive, le dîner battait son plein. Une ligne de coke de temps en temps ne faisait pas de mal. PJ avait résolu de laisser filer, mais il aurait des mots avec les coupables avant la fin de la semaine. On pouvait se permettre certaines excentricités quand on faisait partie de l'opposition, encore plus quand on était au pouvoir, mais une fois entré au Conseil des ministres, il y avait certaines règles à respecter. Bien sûr, aucun des blancs-becs qui participaient aux réjouissances n'atteignait le niveau d'exaltation de PJ, mais c'était lui manquer de respect que de croire qu'il n'avait rien remarqué.

Mais cela pouvait attendre. Au cours de la demi-heure qui avait suivi le départ de Hobden, PJ avait passé en revue son histoire et décidé qu'elle était probablement vraie. Même dans ce monde hyperconnecté où les théories du complot se répandaient plus vite que l'acné sur le visage d'un blogueur, PJ n'avait aucun mal à croire que certains éléments du MI5 puissent avoir concocté ce numéro grand-guignolesque. Pour tout dire, cela l'impressionnait. Un peu plus téléréalité que cape et épée : voilà comment enflammer l'imagination du public. Rien de plus réel que le sang.

Il n'avait pas encore décidé comment réagir. Malgré le ton apocalyptique de Hobden, PJ pensait que l'électorat saurait distinguer entre la droite établie et celle qui s'épanouissait dans les champs d'ordures. En outre, si l'on suivait le raisonnement de Hobden, la réussite ou l'échec du plan n'avait aucune importance : dans les deux cas, l'extrême droite passait pour un ramassis d'assassins. Etant donné que PJ se fichait éperdument qu'un citoyen de deuxième génération (au mieux) vive ou meure et qu'il comptait un jour atteindre une position où la force des services secrets le concernerait directement, il penchait pour ne pas lever le petit doigt.

Mais il y avait la photo. Si elle existait. Dans l'intimité de ses pensées, PJ n'avait aucune raison de prétendre le contraire. La question de son existence actuelle avait théoriquement été résolue grâce à une forte somme d'argent, quelques promesses et un acte de violence. Il y avait peu de risques qu'une copie ait survécu, mais si tel était le cas, Robert Hobden était le plus à même de l'avoir retrouvée. Sans parler de ses connexions avec l'extrême droite, Hobden s'était illustré tant par sa capacité à déterrer les fautes des politiciens que par sa suffisance. Avant sa disgrâce, les hommes de pouvoir le prenaient avec des pincettes. Le fait qu'il ne sache pas tout semblait indiquer qu'il ne bluffait pas : s'il avait eu le moindre soupçon que la mort de Nicholas Frost lors d'un meeting du National Front n'était pas un simple incident, il aurait soulevé la question. Mettons que la photo existe, songea PJ. Mettons que Hobden en possède une copie. Quels étaient les risques pour lui, PJ ?

Il se trouvait dans une impasse. Il recula sa chaise et fit signe à sa femme qu'il devait répondre au téléphone. Elle croirait sans doute que cela avait un rapport avec la prise d'otage, ce qui était le cas.

Il trouva Sebastian sur le palier de l'étage supérieur, d'où il observait la rue silencieuse. *Factotum* était le mot idéal pour le définir. PJ songeait également à *majordome* et à *Batman*. Ce dernier n'était vraiment pas mal : le chevalier masqué, les basses besognes pour la bonne cause. Ce qui incluait PJ.

Si la photo existait… Bien sûr, il y avait certaines règles à respecter quand on faisait partie du Conseil des ministres, mais la plus élémentaire d'entre elles consistait à ne pas laisser les autres vous mettre le couteau sous la gorge.

Les hommes de pouvoir avaient autrefois pris Hobden avec des pincettes. A présent, on pouvait envisager de le transpercer avec des tenailles. Mais il lui fallait d'abord sortir de l'impasse, faire passer le message, comme le voulait Hobden. PJ n'entretenait pas de rapports avec les bas-fonds. A quoi bon, quand on a un Batman ?

— Seb, j'aimerais que vous passiez quelques coups de fil, dit-il.

Le corps de Jed Moody gisait toujours sur le palier, sinistrement éclairé par une ampoule nue. Lamb n'y prêta pas attention en montant dans son bureau, où il raccrocha son tableau en liège tombé à terre. Puis il déverrouilla son tiroir et en sortit une boîte à chaussures. A l'intérieur, emballé dans un bout de tissu, se trouvait un Heckler & Koch. Après l'avoir brièvement examiné à la lumière de sa lampe de bureau, il le glissa dans la poche de sa veste, ce qui fit pencher le vêtement. Laissant la boîte à chaussures sur le bureau et la lampe allumée, il redescendit.

— Où est passé le pistolet ? demanda-t-il.

— C'est moi qui l'ai, répondit River.

Lamb tendit sa main charnue et River lui confia l'arme, qui disparut dans sa poche. Il sembla retrouver son équilibre.

— Garde bien la maison, hein ? lança Lamb en regardant Moody.

Le cadavre ne répondit pas.

Lamb mena la marche jusqu'en bas des escaliers. Il alluma une cigarette avant de sortir. Dehors, il exhala un épais nuage de fumée blanche.

— Quelqu'un d'autre est garé près d'ici ?

Louisa Guy fit signe que oui.

— Vous êtes en état de conduire ?

— Oui.
— Alors suivez-moi.
— Où ça ? demanda River.
— Vous venez avec moi. Roupell Street, lança-t-il aux deux autres. Vous connaissez ?
— Au sud de la rivière.
— A cette heure-ci ?
— Vous faites de l'humour ? rétorqua Lamb.
— Qu'est-ce qu'on va faire là-bas ? demanda River.
— Sauver Hassan Ahmed, répondit Lamb. Et devenir des héros.
River, Min et Louisa échangèrent des regards.
— Ça vous pose un problème ? Vous aviez d'autres projets ?
Ils n'en avaient pas.

Larry, Moe et Curly.
Curly, Larry et Moe.
Qui étaient ces gens, pourquoi l'avaient-ils enlevé ?
Tu crois qu'on en a quelque chose à foutre de savoir qui t'es ?
Pendant de longs moments, Hassan croyait avoir arrêté de penser. Rien que des sensations. Mais il se trompait : en réalité, ses pensées s'étaient changées en sensations et tournoyaient dans sa tête tels des papillons impossibles à épingler. Elles le menaient d'une chose à l'autre, puis à une autre, qui pouvait aussi bien être la première sans qu'il en sache rien, car il avait déjà oublié. Impossible de savoir si cela était dû à la peur, à la faim ou à la solitude. Le plus intéressant (qui l'intéressait comme auraient pu l'intéresser les activités d'une fourmi) était qu'il s'était découvert un don pour le voyage temporel. L'espace d'une fraction de

seconde, il parvenait à se projeter hors de cette cave, dans un passé où rien de tout cela n'était arrivé.

Par exemple, il se souvint de la première fois où il avait interrogé sa mère sur l'homme dont la photo trônait à son chevet, un militaire aux traits fermes. Ses yeux suggéraient que lui aussi connaissait le secret du voyage dans le temps, il paraissait regarder à travers l'objectif ce futur où un enfant observait sa photo en se demandant qui il était.

— C'est ton oncle Mahmoud », lui avait-elle répondu.

Hassan avait environ cinq ans à l'époque.

— Où est-il ?

— A la maison, au Pakistan. »

Mais pour Hassan, le Pakistan n'était pas la maison. Il se sentait chez lui là où il vivait, dans la maison où il se réveillait chaque jour avec ses parents, ses frères et sœurs, dans la rue où se trouvait cette maison, dans la ville où se trouvait cette rue, etc. Il ne comprenait pas que pour sa mère cela puisse avoir un autre sens. Si les mots ne voulaient pas dire la même chose pour tout le monde, comment pouvait-on s'y fier ?

Et si cet homme était son oncle, pourquoi Hassan ne l'avait-il jamais rencontré ?

— Pourquoi est-ce qu'il ne vient pas nous voir ? »

Parce que son oncle était un homme important et occupé, que le devoir retenait à l'autre bout du monde.

Les informations que l'on reçoit tôt dans la vie s'incrustent dans le cerveau. Cette réponse avait non seulement satisfait Hassan mais semblait être la seule chose à dire sur le sujet. Quand, des années plus tard, il avait vu aux informations de la BBC ce qui semblait être le même homme en train d'accueillir le président des Etats-Unis lors d'une de ses tournées sur le thème « Bienvenue dans mon monde », cela avait simplement confirmé les dires de sa mère : son oncle était un homme important et occupé.

Puis le vent de l'Histoire avait cessé de souffler, et Hassan s'était retrouvé dans sa cave.

Son oncle était un homme trop important et trop occupé pour venir en Angleterre, voilà ce qu'il s'était raconté dans son enfance. La vérité était tout autre, comme le lui avait appris son père bien des années plus tard : son oncle ne leur avait jamais rendu visite car il désapprouvait le mariage de sa sœur et son style de vie laïque. Il n'en restait pas moins officier supérieur de l'armée pakistanaise.

Cela paraissait-il suffisamment important à Larry, Curly et Moe ?

Tu crois qu'on en a quelque chose à foutre de savoir qui t'es ?

Peut-être mentaient-ils. Après tout, ils l'avaient agressé, drogué et kidnappé, avant de l'informer froidement qu'ils allaient lui couper la tête. Ils lui avaient donné une bouteille d'eau et une banane, rien d'autre. Ils étaient des bandits : rien d'étonnant à ce qu'ils lui aient menti. Puisque importance rimait souvent avec richesse, il pouvait s'agir d'une variété de kidnapping domestique : malgré toutes leurs menaces et leurs fanfaronnades, Moe, Curly et Larry cherchaient peut-être simplement à extorquer de l'argent à son oncle, rien de plus. Cela paraissait plus raisonnable que de réclamer une rançon à ses parents, qui étaient occupés mais pas importants, confortables mais pas riches. Hassan en était certain, à présent.

Enfoiré de Paki.

Bon, OK, ils avaient dit ça, mais seulement pour lui faire peur.

On va te couper la tête. On diffusera ça sur Internet.

Mais ils voulaient dire : sauf si ton oncle paie la rançon.

Hassan avait vu suffisamment de films pour savoir ce que cela signifiait : la police pourrait tracer l'argent, il y aurait une surveillance par hélicoptère. Une enquête discrète, suivie du passage à l'action : des cris, des lumières, puis la porte de la cave s'ouvrirait à la volée, éclairée par une torche…

Non, songea-t-il. Oublie. Ça n'arrivera pas.

Mais quel mal y avait-il à penser à cela ? Comment devait-il s'occuper en attendant que le couperet tombe ?

Tandis que ces pensées entraient en collision dans sa tête, quelque chose heurta le plafond au-dessus de lui. Des voix poussèrent des cris de colère et de surprise. Il crut reconnaître les bruits de la violence. Une brève détonation suivie d'un nouveau choc. Dans sa tête, de nouvelles images se dessinaient…

Une équipe d'intervention avait fait irruption.

Des policiers armés envahissaient la maison.

Son oncle, le militaire, l'avait retrouvé.

L'une de ces trois solutions…

Hassan se laissa aller à espérer.

Il y avait peu de circulation, principalement des taxis et des bus de nuit. Londres vivait vingt-quatre heures sur vingt-quatre, mais seulement pour les choses désagréables comme rentrer chez soi en pleine nuit ou partir au travail dans la froide obscurité du petit matin. Tout en regardant par la fenêtre, River tenta de digérer ce que Lamb leur avait dit avant qu'ils ne s'entassent dans les voitures. Il y avait trois ravisseurs dont un allié, mais impossible de savoir comment il réagirait.

— Ils sont armés ?

— J'imagine qu'ils doivent avoir un objet tranchant quelconque. Ils n'auraient pas l'air malin à essayer de décapiter ce gamin avec un cornichon.

— Pourquoi nous ? demanda River. Pourquoi pas un groupe d'intervention ? Pourquoi pas les Cadors ?

Lamb ne répondit pas.

A travers la vitre River distingua une silhouette recroquevillée devant un magasin sous une pyramide de cartons, mais elle avait aussitôt disparu sans laisser le moindre souvenir. River fixa son reflet. Il avait les cheveux en bataille, une barbe de vingt-quatre heures. Il ne se rappelait pas sa dernière visite chez le coiffeur. Il songea qu'ils devaient avoir commencé par raser la tête de Sid. Elle devait paraître plus petite sans cheveux. Elle aurait l'air d'un alien de Hollywood.

Son reflet se dissipa, puis réapparut quand il cligna des yeux.

Hobden, Moody, Hassan Ahmed, Sid blessée… Tout cela faisait partie du jeu de quelqu'un d'autre et Lamb semblait avoir réussi à assembler les pièces. Il était sorti rencontrer Lady Di. Il n'avait rien dit, mais comment pouvait-il en être autrement ? River n'avait pas revu Diana Taverner depuis qu'il avait passé deux jours à la suivre, bien des mois plus tôt. Lamb, apparemment, menait des négociations nocturnes avec elle…

Ils dépassèrent une papeterie au logo familier bleu et blanc. Cela lui rappela un détail qu'il avait oublié.

— C'était de l'argent, non ? dit-il.

— Quoi ?

— Dans l'enveloppe que Moody a piquée dans votre bureau. C'est votre magot.

— Ça fait un moment que je n'ai pas entendu cette expression, répondit Lamb.

— Mais c'est de ça qu'il s'agit.

— Vous devez tenir ça de votre grand-père.

Il hocha la tête comme s'il venait de résoudre un problème.

Effectivement, River tenait cette expression de son grand-père. *Tout le monde a besoin d'un magot. Deux mille, deux cents, peu importe. Dans le monde normal, on appellerait ça une caisse « Allez tous vous faire foutre ». Merde, je n'aurais pas dû te dire ça. Ne le répète pas à ta grand-mère.*

River se rappelait encore le frisson qu'il avait éprouvé en entendant cela, à douze ans. Pas parce que son grand-père avait prononcé un gros mot, mais parce qu'il avait ajouté : *Ne le répète pas à ta grand-mère*. Il lui faisait donc confiance. Ils partageaient un secret.

Il fallait un magot quand on vivait au bord du gouffre et qu'on risquait de glisser à tout moment. Il fallait un amortisseur, quelque chose qui permette de se retourner.

— Oui, répondit Lamb à la surprise de River. C'est mon magot.

— Ah.

— Pas une fortune, si vous vous croyiez tiré d'affaire.

— Ce n'était pas le cas.

— Quinze mille, un passeport et la clé d'un coffre.

— En Suisse ?

— J'emmerde la Suisse. Une banque dans un bled paumé en France, à quatre heures de Paris.

— Quatre heures, répéta River.

— Pourquoi est-ce que je vous raconte tout ça ?

— Pour avoir une excuse pour me tuer ?

— Sans doute.

Lamb n'avait pas changé : c'était toujours un gros enfoiré, habillé comme s'il était passé à travers la vitrine d'un magasin de l'Armée du Salut mais, bon sang, il était malin. Il gardait son magot planqué derrière son panneau d'affichage recouvert de coupons de réduction et d'offres spéciales périmées que personne ne remarquait plus. Un leurre. Il fallait toujours en avoir un, disait le Vieux. *Il y a toujours quelqu'un pour t'observer. Fais toujours en sorte qu'ils ne voient pas ce qu'ils croient voir.*

En traversant la Tamise, River aperçut une marée de hauts bâtiments en verre. La plupart étaient plongés dans l'obscurité, des tours de vitres éteintes qui réfléchissaient les lumières de la rue ou du ciel. Çà et là, on distinguait une fenêtre allumée, derrière laquelle se tenait parfois une silhouette recroquevillée sur un bureau ou simplement debout, concentrée sur des problèmes inconnus. Il se passait toujours quelque chose. Mais, de l'extérieur, il n'était pas toujours possible de savoir de quoi il s'agissait.

Bien sûr, l'espoir finissait toujours par vous gagner.

Le silence qui suivit fut pire que le bruit.

Hassan retenait son souffle, comme si c'était lui qui se cachait volontairement. Il songea que si ces enfoirés savaient à quel point il était anglais, à quel point il évitait d'attirer l'attention, ils oublieraient la couleur de sa peau et l'accueilleraient comme l'un des leurs… Mais non, ces enfoirés n'oublieraient jamais sa peau. Hassan Ahmed espéra que la brigade d'intervention, les policiers armés, son oncle le militaire ne feraient aucun quartier, maintenant qu'ils avaient retrouvé ces salauds.

Larry, Moe et Curly.

Curly, Larry et Moe.

Hassan aussi se foutait de savoir qui ils étaient.

Mais ce ne fut pas son oncle qui fit irruption dans la cave quelques instants plus tard.

— Toi.

C'est à lui qu'ils parlaient.

— Debout, grouille.

Mais Hassan ne pouvait pas se lever. La pesanteur l'avait cloué à sa chaise. Ils durent donc l'aider, c'est-à-dire le soulever, le tirer violemment jusqu'à ce qu'il tienne sur ses jambes tremblantes, puis ils l'entraînèrent dans l'escalier. Hassan se demanda s'il avait fait du bruit pendant tout ce temps. Peut-être qu'il priait. On finit toujours par retrouver son dieu. Depuis qu'il était entré dans cette cave, il suppliait Allah de le libérer : dans ce genre de situation, on tente toujours la négociation. Peut-être que si Hassan avait cru en Lui, Il ne l'aurait pas abandonné à son sort, mourir parce qu'il croyait en Lui. Mais Hassan n'eut pas le temps de méditer ce dernier point. On l'emmenait de force dans un escalier étroit, en haut duquel l'attendait son avenir immédiat.

Il pensait que l'exécution aurait eu lieu dans la cave. Mais elle eut lieu dans la cuisine.

La maison se trouvait dans une rue qui avait connu des jours meilleurs, sans doute avant la guerre. Les fenêtres de l'étage étaient barricadées avec des planches, celles du rez-de-chaussée masquées par d'épais rideaux qui ne laissaient filtrer aucune lumière. Une tache d'humidité s'étendait sur la façade.

— Que ceux qui n'ont pas bu ce soir lèvent la main, murmura Lamb.

Min et Louisa échangèrent un regard. Lamb tendit l'arme de Moody à River.

— Tenez. Si vous le pointez vers moi, je vous le reprends.

C'était la première fois que River se retrouvait avec une arme dans la rue. Elle paraissait légère.

— Vous croyez qu'ils sont ici ? demanda-t-il.

La maison ne semblait pas seulement endormie, mais carrément morte.

— Faites comme si c'était le cas, répondit Lamb.

Ils s'étaient garés vingt mètres après la maison. Min et Louisa les suivaient de près. Maintenant, ils étaient tous accroupis près de la voiture de Lamb. River consulta sa montre. Si les prévisions de Lamb étaient exactes, ils avaient cinq minutes avant l'arrivée des Cadors. Sept, pour être précis.

— On entre ? demanda-t-il.

— Vous et moi, oui. Prenez la porte, ordonna-t-il à Louisa. Vous, derrière, ajouta-t-il pour Min. Si quelqu'un sort, ne vous montrez pas, mais ne les perdez pas de vue. Tout est clair ?

Tout était clair. Des mois qu'ils attendaient une véritable opération : ils n'allaient pas laisser passer leur chance.

— OK, que personne ne se fasse tirer dessus, sinon c'est moi qui prends.

Louisa alla chercher le pied-de-biche et ils s'approchèrent de la maison. Min la contourna. Arrivée à la porte, Louisa introduisit le pied-de-biche au niveau de la serrure telle une cambrioleuse professionnelle. Elle pesa dessus de tout son poids et le battant s'ouvrit avec fracas. Lamb se précipita à l'intérieur avec une vitesse impensable étant donné sa corpulence, tenant son H & K à deux mains. Il fit deux pas à droite, ouvrit d'un coup de pied une porte qui donnait sur une pièce vide.

— Police ! cria-t-il.

River monta les escaliers quatre à quatre. Il faisait sombre. Aucun rai de lumière ne trahissait la moindre présence. Il pénétra dans la première pièce accroupi, tourna sur lui-même, l'arme tendue.

— Police !

Rien. Seulement deux matelas par terre, un sac de couchage ouvert évoquant une dépouille. Un cri lui parvint du rez-de-chaussée. Il sortit, ouvrit la deuxième porte : même chose. Un nouveau cri. Lamb l'appelait. Derrière la dernière porte, une salle de bains. Il alluma la lumière. Une tache verte s'étendait sous l'un des robinets. Une chemise humide pendait à la tringle du rideau de douche. Lamb l'appela de nouveau. River dévala les escaliers.

La silhouette de Lamb se découpait au bout du couloir. Il regardait quelque chose par terre dans la cuisine. Il tenait toujours son arme, mais son bras pendait le long de son corps.

— Rien en haut, annonça River.

— Il faut qu'on file, répondit Lamb d'une voix caverneuse, rauque.

Louisa Guy s'approcha derrière River, le pied-de-biche à la main.

— Qu'est-ce qui se passe ?

— On s'en va, tout de suite.

River franchit le seuil de la cuisine.

Le corps étendu au sol avait un jour été plus grand. Il gisait à présent dans une mare de sang au-dessus de laquelle bourdonnait une grosse mouche bleue.

— Oh, mon Dieu, s'écria Louisa.

Sur la table trônait une tête arrachée à son propriétaire.

River se retourna, bouscula Louisa. Il eut à peine le temps d'arriver au caniveau avant de vomir.

Ils traversèrent le fleuve noir dans une voiture bleue, l'esprit entaché de souvenirs pourpres. Ils avaient suffisamment de sang sur les manches et les chaussures pour paraître coupables au premier coup d'œil, pas besoin d'enquête.

— C'était vraiment la peine de… demanda le conducteur.

— Oui.

— Il était…

— Il était quoi ?

— C'est juste que… C'est juste que j'étais pas prêt pour ça.

— Mais bien sûr.

— C'est vrai.

— Eh ben lui non plus. Mais tu sais quoi ? Ça change rien, parce qu'il est mort.

Effectivement, il était mort. Ils avaient laissé sa tête sur la table de la cuisine.

Comment pouvait-on être plus mort ?

— Vos portables, tout de suite.

Muets, ils fouillèrent dans leurs poches.

— Où est Harper ?

Il arrivait en trottinant.

— Qu'est-ce qui s'est passé ?

— Votre téléphone.

— Mon téléphone ?

— Tout de suite, bordel !

Min Harper sortit son portable, l'ajouta aux trois que Lamb tenait à la main et le regarda avec horreur les jeter dans la bouche d'égout à ses pieds.

— OK, allez chercher Ho, Loy et White. Je m'occupe de Standish.

Pour River, tout cela ressemblait à un rêve : les voix allaient et venaient, le lampadaire semblait flotter. Il avait les jambes en coton, une bourrasque de vent aurait pu le renverser. Il ne voulait pas regarder la maison avec sa porte encore ouverte, sa cuisine avec sa table sur laquelle gisait une tête tranchée. Si seulement une tête pouvait s'asseoir.

— Bon sang, Cartwright, ne commencez pas.

— Je l'ai déjà vu, dit-il.

— On l'a tous déjà vu.

Louisa passa une main tremblante dans ses cheveux. Min Harper lui effleura le coude, mais elle le repoussa.

— C'était l'un des nôtres, Cartwright. C'était un Tocard. Maintenant, bougez-vous. Allez chercher les autres. Ne rentrez pas chez vous.

River jeta un regard à Min et Louisa.

— On ne sait pas où ils habitent.

— Seigneur…

Il énuméra des adresses : Balham, Brixton, Tower Hamlets.

— Et ensuite ?

— Sur la tombe de William Blake. Vite.

Ils partirent dans des voitures séparées.

A peine une minute plus tard, deux fourgonnettes noires se garèrent et déchargèrent des silhouettes noires.

— Un espion.

— Mais…

— Va te faire foutre. C'était une taupe. Fin de la discussion.

Il mima la décapitation. Dans leurs deux esprits, la tête tomba au sol.

— Je…

— Quoi encore ?

— J'ai juste…

— T'as la trouille.

— Tu l'as tué.

— *On* l'a tué.

— Je savais même pas que t'allais faire ça.

— Tu croyais que c'était un jeu ?

— Mais ça change tout.

— T'es vraiment qu'une tapette. Rien n'a changé.

— Rien n'a changé ? On vient de buter un flic…

— Un espion.

— Espion, flic, qu'est-ce que ça change ? Tu crois qu'ils vont laisser passer ça ? Tu crois que… Quoi ?

Curly avait laissé échapper un rire sans joie.

Diana Taverner se tenait dans son bureau. Peu après trois heures, le centre opérationnel était presque vide : seuls deux agents penchés sur un écran coordonnaient la surveillance d'un groupe de défense des animaux. Elle venait de raccrocher. L'équipe opérationnelle – les Cadors – venait d'entrer dans la maison près de Waterloo : vide, à part un cadavre, décapité. Seul point positif, pour ainsi dire : il était mort avant que cela n'arrive.

L'analyse des empreintes digitales était en cours, mais elle savait déjà à qui appartenait le corps. S'il ne s'agissait pas de Hassan Ahmed, ce devait être Alan Black. Son agent. Jackson Lamb et son équipe avaient disparu. Ses craintes que les choses n'empirent encore s'étaient dissipées. Heureusement qu'elle avait un plan d'urgence.

Comme pour renforcer cette sensation, son téléphone sonna : Ingrid Tearney, sa supérieure. Taverner l'avait déjà appelée depuis le canal. Elle était au-dessus de l'Atlantique, plus proche de New York que de Londres.

— Ingrid, dit-elle.

— J'entends de drôles de rumeurs. Qu'est-ce qui se passe, Diana ?

— Comme je vous l'ai dit tout à l'heure, c'est Jackson Lamb.

— Vous êtes sûre ?

— On dirait bien.

Elle se prit la tête dans les mains. Il suffisait de jouer le rôle, la voix suivrait.

— Ce corps, à Waterloo, c'est Alan Black. Un ancien agent de Lamb. Il a démissionné l'année dernière, mais peut-être pas, après tout. On dirait que Lamb a continué à se servir de lui.

— Bon sang, c'est impossible.

— A mon avis, Lamb a orchestré le kidnapping pour régler un compte personnel. Ou bien pour donner une bonne image du Service. En tout cas, il a bien foiré. Son agent s'est fait assassiner et les autres ont disparu avec Hassan Ahmed. Ils n'ont plus aucune raison de respecter leur ultimatum, maintenant.

— Enfin, Diana, c'est votre secteur…

— Mon secteur ? Le Placard n'est pas vraiment sous ma juridiction. Avant de commencer à chercher un coupable, mettons les choses au clair. Ce cadavre appartient à Lamb. Il savait quoi faire pour éviter ça.

— Alors il était à Waterloo aussi ? demanda Ingrid Tearney.

— Oui. Je ne sais pas où il est passé, mais nous allons le retrouver.

— A temps ?

— Ingrid, au point où nous en sommes, il en sait autant que nous sur Hassan Ahmed. Son opération a foiré. On peut seulement limiter les dégâts maintenant. Je sais que vous devez être surprise, mais il a toujours eu un grain. Depuis l'affaire Partner…

— Attention à ce que vous dites.

— Je ne sais pas exactement ce qui s'est passé, mais j'ai mon idée. Quiconque est capable de faire ce que Lamb a fait doit se croire intouchable. C'est pour ça que j'ai placé Sid Baker.

— Qu'est-ce qu'elle vous a dit ?

— Que Lamb gère cet endroit comme un ermite fou. Il reste terré dans son repaire au dernier étage, les stores baissés. Ça ne me surprend pas qu'il ait pété un plomb, Ingrid.

Elle utilisait trop son prénom, elle devait faire attention.

— Que dit Baker des opérations de ce soir ?

— Elle n'est pas en état de parler, elle fait partie des victimes.

— Bon sang, j'ai raté la réunion où ils annonçaient qu'on était en guerre ?

— On fait le ménage. J'ai un des agents de Lamb en bas. On ne mettra pas longtemps à trouver une preuve en béton armé. Il nous faut juste de quoi établir le lien entre Lamb et Black, vu qu'il a quitté le Service. Il faut voir les choses en face, Lamb n'est pas du genre réunions d'anciens camarades.

— Vous m'avez l'air d'aimer jouer les juges.

— C'est un sacré merdier ! On a le cadavre d'un traître dans la maison où Hassan Ahmed était retenu. Comment va le prendre son oncle ? On aura beau clamer notre innocence, il saura que le Service est impliqué. Le gouvernement espère le rallier au camp des modérés, il faut absolument nettoyer tout ça.

— Il y a une équipe sur place ?

— Oui, mais ce ne sont pas des enquêteurs. S'il y a des indices évidents, ils les trouveront, mais autrement…

— Autrement, ils risquent de rater quelque chose qui permettrait aux flics de retrouver Hassan, compléta Tearney.

Elles gardèrent le silence. Une lumière clignotante sur le poste de Taverner lui indiqua qu'elle recevait un autre appel. Elle l'ignora. Le combiné était brûlant, elle le serrait si fort que sa main tremblait.

— OK, embarquez-le.

— Lamb ?

— Oui. On va voir ce qu'il a à dire pour sa défense.

— Et Hassan Ahmed ?

— Je pensais avoir fait le tour du sujet.

On joue avec les règles de Londres, songea-t-elle.

— J'ai besoin de vous l'entendre dire, Ingrid.

Pour certaines décisions, il valait mieux que quelqu'un d'autre soit impliqué dès le départ.

— Bon sang ! Que le neveu de Mahmoud Gul soit assassiné sur notre sol est une chose. Qu'il se fasse tuer par notre faute en est une autre. Laissez faire les flics, en priant pour qu'ils le retrouvent à temps. Quoi qu'il en soit, le MI5 ne doit pas figurer dans leurs rapports.

— Il y a peu de chances pour que Lamb se rende sans résister.

— Ce n'est pas un imbécile. Mettez Duffy sur le coup. Et amenez aussi les autres.

— Quels autres ?

— Toute l'équipe du Placard. Arrêtez-les et voyez ce qu'ils savent avant qu'il n'y ait plus de dégâts. Je ne veux pas que le MI5 soit impliqué dans cette affaire. On a suffisamment de problèmes comme ça.

— C'est comme si c'était fait. Bon vol.

L'espace d'un instant, Diana Taverner resta parfaitement immobile, à observer ses hommes à travers la vitre. Tous les espaces vides se rempliraient bientôt d'autres agents qui s'attelleraient à des tâches ingrates. Bien sûr, chacun d'entre eux le savait au moment de s'engager, mais sans vraiment y croire. Chacun espérait secrètement un peu de reconnaissance. Elle avait voulu leur procurer une victoire éclatante, mais elle avait échoué. Le mieux qu'elle pouvait faire était de s'assurer que le crash ait lieu le plus loin possible et ne les affecte pas.

Elle appela l'équipe à la maison de Waterloo. Ce fut un bref monologue.

— Faites disparaître le corps. Nettoyez la maison.

Pour nettoyer efficacement une maison, il fallait de bons agents. Le feu restait plus sûr.

Elle rappela ensuite Nick Duffy. Il se trouvait à Regent's Park, plusieurs étages en dessous d'elle.

— Lequel ?… OK, cinq minutes.

— Qui c'était ?

— Alan Black.

River ne l'avait jamais rencontré. Il avait quitté le Placard plusieurs mois avant son arrivée : apparemment, le feu sacré qui l'avait poussé à s'engager s'était éteint au contact des corvées quotidiennes. River ignorait pour quel échec Black s'était retrouvé en leur compagnie. Poser la question revenait à exhumer des péchés ancestraux, à demander quel oncle avait fauté avec quelle femme de chambre. Mais, surtout, il aurait fallu que cela intéresse River, ce qui n'était pas le cas.

Alors pourquoi le visage de Black lui était-il familier ?

Il se trouvait sur la banquette arrière, avec Louisa au volant, Min Harper à côté d'elle. A la lueur des lampadaires, leurs visages paraissaient pâteux et négligés, mais au moins ils étaient rattachés à leurs corps. Le goût âcre du vomi s'attardait dans la gorge de River. A plusieurs rues de là, la tête sur la table de la cuisine l'observait, sans doute pour toujours.

River avait déjà vu ce visage. La dernière fois, lui aussi était rattaché à un corps. Pour l'instant, il n'arrivait pas à rassembler les morceaux : la tête sur l'homme, l'homme dans ses souvenirs. Mais cela viendrait. River avait une bonne mémoire. Il passait déjà en revue les possibilités, qu'il saisissait comme les balles dans la machine du loto. Pas encore de numéro gagnant, il fallait attendre.

— Tu es sûr ?

— Que c'était Black ?

— Oui.

— Oui, certain. Pourquoi est-ce que cet enfoiré a balancé nos téléphones ?

— Pour que personne ne puisse nous repérer.

— Merci, j'avais compris. Mais pourquoi croit-il qu'on va chercher à nous repérer ?

— C'est un coup monté, répondit River tout en réfléchissant. On devait sauver Hassan Ahmed, mais on trouve un ancien agent mort. Cet enlèvement, ça m'a tout l'air d'une opération. Salement tordue, même.

— Comment Lamb a su où aller ?

— Il est allé voir Lady Di, tout à l'heure, non ?

— Tu crois qu'elle le lui a dit ?

— C'est ce qu'il prétend.

— Lamb dirigerait une opération ?

— Je ne sais pas, répondit River. Peut-être. Mais si c'était le cas…

— Quoi ?

River marqua une pause.

— Si c'était le cas, je ne pense pas qu'il aurait foiré comme ça.

Silence à l'avant. Min et Louisa n'étaient pas de grands admirateurs de Jackson Lamb.

— Il a pris ses économies. Si la situation était désespérée, il aurait les moyens de s'évanouir dans la nature. Il ne nous enverrait pas chercher les autres…

Il fut plus lent à comprendre que ses compagnons.

— Ouais, bien sûr.

— C'est pour ça qu'on n'a plus de téléphones.

— Et qu'on court aux quatre coins de Londres. Et lui, il est où ?

— Il n'était pas obligé de venir me chercher à l'hôpital, objecta River.

— Si, pour savoir ce qui se passait.
— Il aurait été au courant, s'il dirigeait l'opération.
— Alors, qu'est-ce qu'on fait ? demanda River. On lui obéit, ou on va cracher le morceau à Regent's Park ?

Il ne reçut aucune réponse. Ses camarades semblaient avoir dessoûlé sous le choc.

Une masse bleu et jaune passa en trombe, toutes sirènes hurlantes. Peut-être se dirigeait-elle vers la maison qu'ils venaient de quitter. Mais River songea que le ménage se ferait plus discrètement.

— J'imagine que s'il ne vient pas à la tombe de Blake, on saura qu'il s'est foutu de nous, entendit-il.

— Foutu pour foutu, autant être foutus tous ensemble.

— Ça nous fera gagner du temps.

Sans trop savoir pourquoi, River éprouva une certaine reconnaissance.

— OK. Alors, vous avez noté les adresses ?

Sans détourner le regard de la route, Louisa Guy les récita à la virgule près.

— Bien joué, fit River, impressionné.

— Si ce ne sont pas les bonnes, on saura à quoi s'en tenir.

— On ferait mieux de se séparer, dit-il. Occupez-vous de Loy et Ho. Laissez-moi ici, je vais aller chercher White.

— Tu vas t'en sortir pour les transports ?

— Je t'en prie.

La voiture s'arrêta, il descendit.

— A plus tard.

Dans une autre voiture, Curly hurlait un rire sans joie.

— Quoi ? Qu'est-ce qu'il y a de si marrant ?

— Tu crois qu'ils auraient laissé courir après qu'on aurait coupé la tête du Paki ?

— On avait prévu de pas le faire.

— *Tu* avais prévu ça. Pas moi.

Hassan était dans le coffre. Ils lui avaient enfilé la cagoule et attaché les poignets : *Si tu fais le moindre bruit, je t'arrache la langue.*

— Comment t'as su ?

— Su quoi ? demanda Curly.

— Que c'était un espion.

Curly tapota la poche de sa veste en jean, où se trouvait son portable.

— J'ai reçu un coup de fil.

— T'étais pas censé avoir de téléphone.

— Heureusement que j'en avais un. Sans ça, on serait encore avec cette taupe à attendre les flics.

Certes, il n'aurait pas dû avoir de téléphone. Une règle de Larry : les portables peuvent être repérés. Mais encore fallait-il savoir à qui il appartenait. Sinon, c'était juste un signal électronique comme il en existait tant. Il avait donc acheté une puce prépayée, qu'il avait utilisée pour appeler Gregory Simmonds, de la Voix d'Albion, environ toutes les deux heures. S'il ne répondait plus, cela voudrait dire que les flics se doutaient de quelque chose.

Curly avait rencontré Simmonds sur le site Internet du Patriotic Party, où il postait des messages sous le pseudonyme de Excalibur88 (88 signifiait HH, *Heil Hitler*). C'était juste après que le terroriste de Lockerbie avait été relâché. On l'avait montré à la télévision rentrant chez lui, accueilli comme un héros par une foule agitant des drapeaux. Pendant ce temps, on faisait un procès au BNP sous prétexte qu'il était illégal d'avoir un parti réservé aux vrais Anglais, la liste des adhérents était diffusée sur Internet pour que les voyous de gauche viennent jeter des briques dans leurs fenêtres, menacer leurs femmes et leurs enfants.

Le problème était simple, écrivait Curly sur le forum. Pour chaque Blanc qui mourait dans un attentat, il fallait pendre un musulman à un lampadaire. Aussitôt, n'importe qui. Ce n'était pas comme si les terroristes vérifiaient l'identité de leurs victimes avant de mettre une bombe dans le métro pour s'assurer qu'il n'y aurait pas d'enfants ni d'infirmières. Il fallait les pendre l'un après l'autre pour leur montrer à qui ils avaient affaire. Tu me donnes un coup de pied, je t'en rends deux, et puis je t'écrase la tête. C'est comme ça qu'on gagne une guerre.

Il avait donc été contacté par Gregory Simmonds, la Voix d'Albion. Un petit homme avec de grandes opinions. Simmonds avait fait fortune dans la logistique longue distance, qu'on appelait autrefois les déménagements. Il avait fondé la Voix parce qu'il en avait assez de voir ce fier pays sombrer à cause de politiciens pourris à la solde d'intérêts étrangers. Une conversation avec lui ressemblait à un discours politique, mais il ne faisait pas que parler. La Voix d'Albion avait pour but d'agir. Simmonds connaissait plusieurs personnes, il avait un plan. L'action intéressait-elle Curly ?

Oui, Curly aimait l'action. Il aurait voulu être soldat. Ça n'avait pas marché, alors il était au chômage. Il bossait au noir comme coordinateur de sortie dans un club, ce qu'on appelait autrefois videur. A Bolton. Il y avait des villes plus intéressantes.

Bref, tandis que les officiers restaient à l'abri derrière les lignes, Simmonds préparait un plan d'action avec l'aide de ces autres types, Moe et Larry.

Ils voulaient une exécution sur Internet.

La plupart des candidats se seraient rétractés en entendant ça. La plupart des gens auraient pensé que Simmonds était un malade. Mais Curly savait que Simmonds s'attendait à ce qu'il lui fasse une réflexion dans ce sens. Comme il avait horreur de faire ce que les gens attendaient de lui, il s'était contenté de boire la bière que Simmonds lui avait payée toute la soirée.

Pour finir, Simmonds lui avait expliqué qu'ils n'auraient pas vraiment besoin de décapiter quelqu'un. Il suffisait de l'annoncer. Faire comprendre au monde qu'ils pouvaient le faire, s'ils voulaient. Que si on était en guerre, les deux camps se battraient. Curly était-il avec lui ?

Curly ne réfléchit pas longtemps. Il était avec lui.

La seule chose qui lui posait problème, c'était de ne pas vraiment le faire.

Il ne connaissait ni Larry ni Moe et ne leur faisait pas confiance : il avait donc joué l'imbécile avec eux et gardé le contact avec Simmonds derrière leur dos. C'est ainsi qu'il avait reçu un coup de fil quarante minutes plus tôt, la Voix d'Albion terrifiée lui annonçait qu'ils étaient compromis – c'est le terme qu'il avait utilisé. L'information venait d'un contact du BPP. La mission était compromise. Il fallait abandonner, disparaître.

Simmonds n'employa pas le nom de Larry. C'était inutile. S'il y avait un espion, ce ne pouvait être que lui, qui parvenait à faire comme si toutes les décisions venaient de lui.

— On va où ?

Panique dans la voix.

— Continue tout droit, répondit Curly d'un ton égal.

Ils étaient toujours au sud de la rivière. Le principal était de ne pas retourner en arrière.

Il aurait pu s'enfuir quand il avait reçu l'appel de Simmonds. Il aurait pu disparaître. Les autres ne connaissaient pas son vrai nom. En quelques minutes, il aurait pu s'évanouir dans la nuit.

Au lieu de cela, il avait passé un doigt sur le mur crasseux de la salle de bains. Il s'était adapté à la situation, avait laissé décanter. Puis il était redescendu à la cuisine.

La hache était appuyée au mur tel un outil domestique. Manche en bois, lame rouge et gris, comme dans un dessin animé. Curly l'avait saisie dans sa main gauche en passant, puis l'avait jetée dans sa main droite sans s'arrêter. Un bon poids. Douce au toucher. Les soldats devaient avoir de telles sensations en épaulant leur fusil.

Moe, assis à table, s'était retourné à son approche. Larry était appuyé à l'évier, une canette de Coca à la main. Ils n'avaient pas changé : Moe avec son tee-shirt noir et son bouc ridicule qui lui chatouillait le menton ; Larry avec ses yeux vifs et ses cheveux courts, les manches relevées, son jean chic et ses tennis neuves. Il avait l'air de jouer un rôle. Comme si c'était un jeu, qu'on n'allait pas lui couper la tête. Son sourire de petit chef avait disparu quand il avait aperçu Curly. Il y avait eu quelques mots :

Quoi ?

Pourquoi ?

Mais bordel…

Ils avaient effleuré Curly tels des moments insignifiants, engloutis par l'affaire qui l'occupait.

La hache avait décrit un arc de cercle, touchant presque le plafond. Au lieu de cela, elle avait fendu l'air pour atterrir dans le dos de sa cible.

La violence du choc lui avait secoué le bras.

Moe avait craché du sang avant de s'effondrer sur la table.

Larry avait une grande gueule, mais Moe était le cerveau.

— Pas trop lentement. N'attire pas l'attention, dit Curly à Larry.

Larry, qui n'était pas près de sourire à nouveau comme un petit chef, accéléra.

Curly sentait encore l'impact brusque de la hache dans les muscles de son bras. Il se frotta le coude, qui paraissait aussi chaud qu'une ampoule à peine éteinte.

Dans le coffre, ligoté et bâillonné, Hassan se recroquevilla, comme si cela pouvait le raccrocher à la vie.

A Regent's Park, « en bas » pouvait signifier plusieurs choses, selon le contexte. C'était là que l'on conservait les archives, là où se trouvait le parking. Mais il y avait un autre « en bas », bien plus profond : dans ce contexte, on se retrouvait plus bas que l'immeuble n'était haut. Personne ne voulait se retrouver là.

Dans le centre de Londres, il y a presque autant de bâtiments sous la rue qu'au-dessus. Certains sont ouverts au public, comme le métro, mais aussi des sites plus intéressants comme les salles du Conseil de guerre et plusieurs abris antiaériens. Et puis il y a tout le reste. Parfois, certains noms filtrent dans le domaine public – le Bastion, le Rempart, la Citadelle, le Pindar –, mais ils restent inaccessibles. Ces lieux font partie de la forteresse londonienne, ce réseau complexe de passages et de tunnels, ces « aménagements de crise » qui existent moins pour défendre la capitale elle-même que son système de gouvernement. Si le pire devait arriver – toxique, nucléaire, naturel ou civil –, le contrôle serait rétabli depuis ces retranchements. Ces fondations de la géographie londonienne ne figurent dans aucun guide touristique.

Il existe aussi d'autres lieux, encore plus secrets, comme en dessous de Regent's Park.

L'ascenseur descendait lentement. C'était voulu. Une longue descente avait pour effet d'affaiblir quiconque arrivait ici contre sa volonté, pourvu qu'il soit conscient, évidemment. Pour passer le temps, Diana étudia son reflet. Elle se trouva plutôt bien, pour une femme qui avait dormi moins de quatre heures. Mais elle filait un mauvais coton. Même quand sa vie suivait un cours plus normal, elle prenait les virages sur les chapeaux de roues : bureau puis salle de sport ; bureau puis bar à vin ; bureau puis maison, voilà une journée typique. Le sommeil n'encombrait pas son emploi du temps. Dormir revenait à perdre le contrôle. Pendant ce temps, il pouvait se passer n'importe quoi.

Bien sûr, n'importe quoi pouvait aussi arriver pendant qu'on était réveillé. Son agent, Alan Black, était mort, assassiné par les brutes de la Voix d'Albion. S'il s'était agi d'une autre opération, le château de cartes se serait effondré, il y aurait eu une enquête. Quand un agent mourait, il y avait des vagues, parfois assez fortes pour briser des carrières.

Mais cette partie s'était jouée selon les règles de Moscou, telle une opération top secret en territoire ennemi. D'après son dossier, Black avait quitté le Service un an plus tôt et Taverner ne l'avait rencontré qu'une seule fois depuis le début de sa mission. Jusqu'à ce que Black ne l'infiltre, la Voix d'Albion était un groupuscule de fascistes du dimanche avec pour seuls adhérents un homme et son chien. Aucun détail de l'opération – l'adresse de la maison, le nom des conspirateurs ou les véhicules qu'ils avaient employés – ne figurait sur papier ni, Dieu merci, sur support informatique. La veille, le rapport du Contrôle était plutôt avare de détails : « observation » n'avait rien à voir avec « surveillance ». On ne pouvait donc pas en vouloir à Taverner si Albion leur avait échappé… Un peu léger, mais elle avait repêché des opérations qui prenaient encore plus l'eau. Un rapport hermétique valait toutes les combines de la terre.

L'ascenseur s'arrêta doucement. Diana Taverner sortit dans un couloir sensiblement différent de ceux qu'on trouvait en surface : ici, les murs étaient de brique nue, le sol en ciment criblé de trous comme un trottoir temporaire. Des fuites d'eau. Une atmosphère savamment entretenue, pleine de clichés, mais qui avait fait ses preuves.

Nick Duffy l'attendait, adossé contre une porte équipée d'un judas fermé.

— Un problème ?

Son attitude en disait long, mais il répondit tout de même :

— Aucun.

— Tant mieux. Allez chercher les autres.

— Les autres ?

— Les Tocards. Tous.

— D'accord, dit-il.

Mais il ne bougea pas.

— Je sais que je n'ai pas à poser de questions, mais qu'est-ce qui se passe ?

— Exact, vous n'avez pas de questions à poser.

— Très bien. J'y vais.

Il se dirigea vers l'ascenseur, mais elle le rappela.

— Nick. Excusez-moi. Tout est parti en couille, comme vous l'avez sans doute remarqué.

Sa vulgarité la surprit autant que Duffy.

— Ce kidnapping… Ce n'est pas ce qu'on croyait.

— Le Placard est impliqué ?

Elle ne répondit pas.

— Bon sang.

— Amenez-les ici. Séparément. Au fait… Je suis désolée pour Jed Moody. C'était un ami à vous, non ?

— On bossait ensemble.

— D'après Lamb, il s'est cassé le cou en trébuchant, mais…

— Mais quoi ?

— Il est trop tôt pour savoir. Interrogez Lamb vous-même. Mais faites attention, il est plus malin qu'il en a l'air.

— Je le connais par cœur, lui assura Duffy. Il a déjà amoché un de mes hommes.

— Alors sachez ceci.

Elle hésita un instant.

— S'il est impliqué dans cet enlèvement, il fera tout pour nous échapper. Et il est coriace.

Duffy attendit.

— Je ne peux pas vous donner d'instructions, Nick. Mais si quelqu'un doit être blessé, je préfère que ce soit eux que nous.

— Alors c'est eux et nous ?

— Personne ne pouvait s'y attendre. Allez-y. Les Reines vous donneront la localisation de leurs portables. Venez bientôt au rapport.

Duffy prit l'ascenseur.

Tout en composant le code de la porte à laquelle il s'était adossé, Diana Taverner songea brièvement à Hassan Ahmed, qui n'était soudain plus une priorité. Deux choses pouvaient lui arriver : soit il apparaîtrait à un coin de rue sain et sauf, soit on retrouverait son corps dans un fossé. La seconde hypothèse était plus probable. Après avoir tué Black, il y avait peu de chances qu'Albion laisse Hassan en vie. A leur place, Taverner ne perdrait pas de temps. Mais peut-être agiraient-ils différemment. Elle avait tendance à tout faire pour couvrir ses arrières.

La porte s'ouvrit avec un déclic.

Taverner entra, prête à dompter un Tocard.

Silence dans le coffre. Ils auraient préféré droguer à nouveau le gamin, mais c'était Moe qui avait le chloroforme. S'il lui en restait, car ils ne l'avaient pas trouvé. Moe avait décidé beaucoup de choses : le choix de la cible, la maison, le site Internet. Larry avait l'impression de diriger les opérations, mais en réalité Moe pilotait tout. Enfoiré d'espion.

— On pourrait le larguer, lâcha soudain Larry.

— Où ça ?

— N'importe où. On n'a qu'à le balancer et puis s'en aller.

— Et ensuite ?

— On disparaît.

Bien sûr, mais personne ne disparaissait totalement. On allait simplement ailleurs.

— Continue tout droit, lui ordonna Curly.

La force de l'impact lui parcourait encore le bras. La lame avait presque entièrement disparu dans le dos de Moe, on aurait cru qu'un membre supplémentaire lui avait poussé. Il y avait eu du sang partout, jusque dans les oreilles de Curly. Larry avait ouvert la bouche, peut-être avait-il crié, peut-être pas. Impossible de savoir. Cela n'avait duré que quelques secondes. Moe avait toussé son dernier souffle sur la table de la cuisine, tandis que la force envahissait le bras de Curly.

Mais pourquoi lui avoir coupé la tête, l'avoir laissée là ?

Pour entrer dans la légende.

Dehors, des rangées de magasins défilaient. Quand leurs noms n'étaient pas familiers, ils imitaient ceux de marques connues : Kansas Fried Chicken, JJL Sports. Tous les endroits se ressemblaient. C'était le monde où il avait grandi. Gregory Simmonds, la Voix d'Albion, était très clair sur ce point. Les choses avaient changé, et pour que les enfants légitimes de ces îles puissent jouir de leurs droits innés, tout devait redevenir comme avant.

Il regarda derrière lui. Sur la banquette se trouvaient la caméra numérique, le trépied, l'ordinateur et tous ses câbles. Il ne savait pas trop comment tout ce bazar fonctionnait, mais peu importait. Le plus important était de tout filmer. Il trouverait un moyen de le mettre sur le Web plus tard.

La hache aussi était là, enveloppée dans une couverture. Dans les vidéos qu'il avait vues, ils utilisaient des sabres, de grandes lames qui coupaient les os comme du beurre. Curly avait une hache anglaise. Autres lieux, autres mœurs.

Un gloussement lui échappa.

— Quoi ?

— Rien. Garde les yeux sur la route.

La légende. Dans les pubs, dans les cités, sur Internet, partout où les gens disaient encore ce qu'ils pensaient sans craindre de finir emprisonnés, ils deviendraient des héros. Il devrait vivre dans l'ombre, les flics sur les talons. Il deviendrait le héros conquérant, Robin des bois, il serait célèbre pour avoir frappé ce grand coup, pour avoir montré aux fanatiques étrangers qu'ils n'étaient pas les seuls à verser le sang, que tous les Anglais n'avaient pas trop peur pour se défendre, que la résistance vaincrait.

En observant Larry, il lut la peur qu'il tentait de dissimuler. Aucune importance. Larry devrait se contenter de faire ce qu'on lui disait, et il obéirait car il était actuellement incapable de penser par lui-même.

S'il était en état de réfléchir, il comprendrait qu'ils auraient plus de chances de s'en sortir si un seul d'entre eux passait à l'acte.

Mais Larry continuait à rouler.

Cette obscurité-ci était plus légère que la précédente. Hassan portait de nouveau la cagoule, un mouchoir enfoncé dans la bouche, les genoux ramenés contre la poitrine, les mains liées. Quand il bougeait, la corde lui entaillait les poignets. Même s'il parvenait à se détacher, que pouvait-il faire ? Il était dans le coffre d'une voiture en mouvement. Ses ravisseurs le retenaient toujours. Deux ravisseurs, car le troisième était mort. Sa tête était posée sur la table dans cette maison.

Ils l'avaient fait sortir de la cave puis mené à la cuisine. Là, sur la table, une tête humaine dans une mare de sang. Que pouvait-il dire d'autre ? Hassan avait déjà vu des têtes coupées dans des films, et il avait ri car elles n'étaient « pas réalistes », sans jamais penser qu'il n'avait aucun point de comparaison. Maintenant, si. Il parvenait simplement à se dire qu'une vraie tête coupée ressemblait plutôt à celles des films, à une différence de taille près : c'était une vraie. Le sang, les cheveux, les dents, tout était vrai. Ce qui signifiait que ce qu'ils avaient dit : *On va te couper la tête* ; *on diffusera ça sur Internet* était vrai aussi. *Enfoiré de Paki.*

Il s'était pissé dessus. Son jogging lui collait aux jambes. Il aurait voulu l'enlever, se sécher. Il aurait voulu prendre une douche, se changer, aller se coucher ailleurs que dans le coffre d'une voiture en mouvement.

Puisqu'il en était venu à faire des vœux, mieux valait commencer par le début. Il devrait plutôt demander à être libre, sain et sauf. Il s'occuperait de changer de pantalon plus tard.

Dans sa tête, la voix de l'humoriste s'était tue. Certains sujets ne prêtaient pas à rire. Cet argument était régulièrement descendu en flammes au club de comédie. Si on essayait de le défendre, on passait pour un fasciste. La liberté d'expression comptait plus que le bon goût. Hassan Ahmed y avait cru. Comment aurait-il pu penser différemment ? Quand le moment viendrait, il prendrait le micro et évacuerait tout. Des trucs osés, mordants. Aucune limite. C'était le contrat entre l'humoriste et son public : tout le monde savait qu'il mettait son âme à nu. Sauf que, après avoir vu une tête sur une table, Hassan avait aussitôt compris qu'on ne pouvait pas en rire. En tout cas pas lui, car cela prouvait que ceux qui le retenaient étaient capables de décapiter quelqu'un.

Les cahots ne semblaient pas vouloir s'arrêter. La corde autour de ses poignets ne céderait pas. Hassan ne parviendrait pas à se libérer, il continuerait à souffrir jusqu'à ce que la voiture atteigne sa destination, qui serait aussi celle de son dernier voyage.

Et quand bien même : s'il trouvait la meilleure blague du monde à propos de la décapitation d'un être humain, il ne pourrait jamais la raconter, ni celle-là ni aucune autre. Sans compter que, pour être parfaitement honnête et impartial – pour respecter le contrat entre le comédien et son public –, Hassan devait reconnaître qu'il n'avait jamais été particulièrement drôle. Certes, il pouvait faire des blagues, sortir des répliques. Il savait dérouler le fil d'un sketch, l'amarrer aux piliers traditionnels : des remarques sur les vieux qui faisaient leurs courses, les jeunes qui envoyaient des textos, les gens qui ne souriaient jamais dans le bus. Mais seulement dans sa tête. Il n'avait jamais été lui-même en public. Et ne le serait jamais. Cela resterait pour toujours sur la liste de ce qu'il voulait faire avant d'avoir trente ans. Cette liste ne s'allongerait ni ne raccourcirait, car Hassan n'aurait jamais trente ans.

Ces gens ne le libéreraient jamais. Pas avant de l'avoir tué. *On va te couper la tête. On diffusera ça sur Internet. Enfoiré de Paki.*

Un cahot le fit bondir. Hassan essaya de se faire plus petit. Dans son esprit, il s'évadait de mille manières différentes, mais son corps restait dans le coffre.

La sagesse populaire prétendait que voler une voiture provoque des émotions fortes, mais cela ne valait sans doute pas quand la soirée avait déjà impliqué du sang, des armes à feu et une tête tranchée. La voiture en question était une vieille Austin, empruntée dans une petite rue. River songeait qu'en constatant le vol le propriétaire pousserait un soupir de soulagement. Pas de clés derrière le rétroviseur ni dans la boîte à gants, mais cette dernière contenait un téléphone portable, un gros appareil gris qui ressemblait aux lointains ancêtres de celui de River. Il mit sept minutes à démarrer le véhicule, soit probablement six minutes cinquante de plus que le record. Il emprunta le chemin par lequel il était arrivé, traversa le fleuve à Blackfriars puis essaya d'appeler l'hôpital par le portable, avant de s'apercevoir qu'il n'avait plus de crédit.

Cela lui procura une émotion, mais plutôt désagréable. Jeter le téléphone par la fenêtre l'aurait soulagé, mais il se contenta de lâcher un chapelet de jurons. Cela faisait du bien. Cela l'empêchait de penser au fait que Sid était peut-être morte, de penser à la tête sur la table, sommairement arrachée à son propriétaire.

Mais pourquoi lui était-elle familière ?

Il ne voulait pas s'attarder sur la question, mais il savait qu'il le fallait… La réponse était enfouie dans son subconscient, elle devait être à sa portée. Il cessa de jurer. Il se souvint qu'il était en mission, s'arrêta à un carrefour pour prendre ses repères. Il se trouvait sur Commercial Road, en direction de Tower Hamlet, où il allait chercher Kay White. Une voiture le dépassa en klaxonnant. Il jura à nouveau. Cela faisait parfois du bien d'avoir un ennemi visible.

Car Dieu sait qu'il en avait assez, des invisibles.

Il chassa ses idées de têtes coupées et reprit sa route. Au bout de deux minutes, il trouva la rue où il devait tourner : à gauche se dressait une résidence en briques de trois étages, dont les fenêtres et les gouttières identiques indiquaient qu'il s'agissait de logements sociaux. Vingt mètres plus loin, garée en double file devant un immeuble qui pouvait être celui de Kay, se trouvait la voiture qui avait klaxonné trois minutes plus tôt, le contact et les phares allumés. Une silhouette massive se tenait derrière le volant. River se gara et déconnecta les fils du contact. Il s'engagea dans la rue à pied. Arrivé au coin, il s'agenouilla et vit un homme emmener Kay White hors de chez elle et la pousser dans la voiture qui attendait.

Elle n'était ni menottée ni malmenée. L'homme l'entraînait par le coude, on aurait presque pu prendre cela pour un geste affectueux. Il lui ouvrit la portière et s'installa sur la banquette après elle. La voiture démarra. Le moment où River aurait pu intervenir pour empêcher cela était déjà passé quand il était arrivé. D'ailleurs, il ne savait pas trop ce qu'il aurait pu faire.

La dernière fois qu'il avait tenté une intervention, Sid s'était retrouvée étendue sur le trottoir.

La voiture arriva au carrefour, tourna, puis disparut.

River retourna à l'Austin, qu'il vola à nouveau.

La nuit de Struan Loy avait débuté de façon prometteuse. Il avait un rendez-vous, le premier depuis trois ans. Il l'avait préparé comme une ascension de l'Everest, avec un bar à vin pour camp de base, puis le restaurant italien, et enfin chez elle. La première étape avait été un succès total, car elle était venue. La seconde fut moins réussie, car elle avait filé en plein milieu. Quant à la troisième, elle s'était transformée en destination inconnue. Loy était rentré chez lui, pour trois heures de sommeil dans un lit défait, interrompues par l'arrivée de Nick Duffy.

A présent, l'éclairage vif du sous-sol l'aveuglait. La pièce était capitonnée, les murs recouverts d'un revêtement synthétique noir qui sentait l'eau de Javel. En plein milieu, une table flanquée de deux chaises, face à face, l'une d'elles vissée au sol. On lui avait ordonné de s'asseoir sur celle-là.

— Alors, qu'est-ce qui se passe ? demanda-t-il à Diana Taverner.

Il essayait de paraître détaché, avec moins de succès que Gordon Brown.

— Que peut-il bien se passer, Struan ?

— Pour commencer, vous m'avez amené ici en pleine nuit.

On dirait qu'il s'est habillé dans le noir, songea Taverner.

— Nick Duffy vous a amené ici parce que je le lui ai demandé, dit-elle. Nous sommes au sous-sol pour que personne ne sache que vous êtes ici. Mais nous n'avons pas cette discussion parce que vous avez fait quelque chose de mal. Au contraire, je suis presque sûre que vous êtes innocent.

Elle insista juste assez sur le *presque*.

— Content de vous l'entendre dire.

Taverner ne répondit pas.

— Parce que je suis à peu près sûr de n'avoir rien fait.

— A peu près sûr ?

— Façon de parler.

Elle ne dit rien.

— Je sais que je n'ai rien fait.

Silence.

— En tout cas, pas depuis…

— Depuis ce courriel dans lequel vous suggériez que votre supérieure, et la mienne, Ingrid Tearney, était une taupe d'al-Qaida.

— C'était à cause de ce qu'elle portait à la télé, vous savez, cette robe du désert…

Elle ne dit rien.

— C'était une plaisanterie.

— Et nous avons le sens de l'humour. Sans cela, vous n'auriez plus jamais revu la lumière du jour.

Loy cilla.

— Je plaisante, dit-elle.

Il hocha la tête, peu convaincu, comme s'il commençait juste à comprendre à quel point une plaisanterie pouvait ne pas être drôle.

Diana Taverner consulta sa montre, sans chercher à se cacher. C'était la dernière chance qu'il avait de prendre le train en marche. Il ne pouvait pas se permettre de réfléchir, de lui donner sa réponse le lendemain matin.

— Donc, vous vous êtes retrouvé au Placard. Ça vous plaît ?

— Ben, vous savez…

— Vous vous y plaisez ?

— Pas tant que ça.

— Mais vous n'avez pas démissionné.

— Non. Enfin…

Elle attendit.

— Pour être honnête, je ne saurais pas trop quoi faire, sinon.

— Vous vous demandez encore si on vous laissera revenir là-haut.

— Là-haut ?

— A Regent's Park. Je vais vous faire rire, Struan. Vous savez combien de personnes sont revenues à Regent's Park depuis le Placard ?

Il cligna des yeux. Il connaissait déjà la réponse. Tout le monde la connaissait. Elle la lui donna tout de même.

— Aucune. Ça n'est jamais arrivé.

Il cligna de nouveau des yeux.

Bien sûr, ça ne veut pas dire que cela n'arrivera jamais. Rien n'est impossible.

Cette fois-ci, il ne cilla pas. Dans ses yeux, elle vit des roues commencer à tourner, des possibilités s'agencer tels les pignons d'un engrenage.

Il ne dit rien mais s'agita sur sa chaise. Il s'avança, comme s'il participait à une conversation plutôt qu'à un interrogatoire.

— Avez-vous remarqué quelque chose d'inhabituel au Placard, ces temps-ci ?

— Non, répondit-il avec certitude.

Elle ne dit rien.

— Enfin, je ne crois pas, ajouta-t-il.

Elle consulta encore sa montre.

— Inhabituel comment ?

— Plus d'activité que d'habitude.

Il réfléchit un instant. Pendant ce temps, Diana Taverner saisit son sac, suspendu au dossier de sa chaise. Elle en tira une photographie en noir et blanc, 7 cm sur 12, qu'elle posa sur la table entre eux, tournée vers Loy.

— Vous le reconnaissez ?

— C'est Alan Black.

— Votre ancien collègue.

— Oui.

— Vous l'avez vu récemment ?

— Non.

— Vous en êtes sûr ?

— Oui.

— Vous ne l'auriez pas aperçu en compagnie de Jackson Lamb ?

— Non.

— Ah, nous avons un problème.

Elle se redressa et attendit.

— Un problème ? dit-il finalement.

— Oui. Dites-moi, Struan, aimeriez-vous m'aider à le résoudre ?

Dans les yeux de Struan, l'engrenage se remit en route.

— On devrait peut-être passer par-derrière.

— On peut ?

— Il doit y avoir une allée.

Min Harper et Louisa Guy étaient arrivés chez Ho. Ils s'étaient garés juste avant qu'une autre voiture n'arrive et se gare à son tour, plus loin dans la rue. Ils observèrent en silence l'homme qui en sortit.

Ils se trouvaient à Balham, à un jet de pierre de la voie ferrée. Brixton, où ils s'étaient arrêtés pour prendre Struan Loy, avait été un échec : soit il n'était pas chez lui, soit il était mort dans son sommeil. Comme tous les Tocards, Loy vivait seul. Etrange que Min n'ait jamais songé à cette triste statistique. Il ignorait si Loy était célibataire par choix, divorcé, séparé… Mécontent de son ignorance, il envisagea d'évoquer le sujet avec Louisa, mais elle était concentrée sur la conduite. Avec ce qu'ils avaient bu dans la soirée, mieux valait ne pas la déranger. En y réfléchissant, ils avaient d'autres sujets à aborder, mais mieux valait attendre. De but en blanc, ils se trouvaient en pleine opération. Comment était-ce arrivé ?

— Alors…

L'homme qu'ils observaient disparut.

— OK, on tente le coup.

En traversant la rue, Min sentit sa veste heurter sa jambe. Le presse-papier. Il avait emporté le presse-papier dont il s'était servi face à l'intrus masqué qui n'était autre que Jed Moody. Il passa son pouce sur l'objet sans le sortir de sa poche. Il n'avait pas frappé Moody avec. Inutile : après leur chute, seul Min s'était relevé. Il songea que cela devrait figurer dans le grand livre de comptes, en face de la colonne où il avait oublié une disquette dans le train et où sa carrière s'était enfoncée en sifflant dans le tunnel.

Il n'aimait pas Jed Moody, mais l'idée qu'il avait causé sa mort ne lui plaisait pas. Il se doutait que ce sentiment n'avait pas fini de le tourmenter. Tout s'était passé tellement vite qu'il n'avait pas eu le temps de bien digérer les événements.

N'y pense pas, songea-t-il. On pouvait répéter longtemps ce mantra : *N'y pense pas.*

— Ça me paraît faisable.

Ils avaient trouvé un petit chemin de terre derrière la rangée de maisons. Il n'était pas éclairé, était broussailleux et aucun d'entre eux n'avait de torche, mais Ho n'habitait que la quatrième maison. Louisa ouvrait la route. Les buissons étaient humides, couverts de toiles d'araignées. Le sol boueux glissait : ils marchaient tellement près que si l'un tombait, il entraînerait l'autre. En d'autres circonstances, la situation aurait pu être amusante.

— Celle-ci ?

— Je pense.

Il y avait de la lumière au premier étage. Ho semblait avoir un jardin d'hiver. Ils escaladèrent la fragile palissade en bois. Min atterrit dans un jardin pavé. Derrière lui, une planche se brisa net avec un bruit aussi sec qu'une balle. Il s'immobilisa, déjà prêt à entendre une alarme, des sirènes, mais le bruit s'évapora simplement dans la nuit. Aucun rideau ne s'écarta, aucune voix ne s'éleva. Louisa Guy atterrit près de lui.

Ils s'approchèrent. Min crut entendre de la musique.

De la musique provenait de la pièce à l'étage, une lumière filtrait par la fenêtre du toit. Il était plus de quatre heures, mais Dan Hobbs entendait la musique depuis la rue.

Si j'étais son voisin, je le casserais en deux, cet emmerdeur, songea-t-il. Je balancerais une poubelle dans ses fenêtres pour attirer son attention, et puis je l'étranglerais jusqu'à ce que ses yeux éclatent comme des raisins.

Dan Hobbs ne passait pas la meilleure nuit de sa vie.

Il enfonça le bouton de la sonnette.

Après sa rencontre avec Jackson Lamb à l'hôpital, il était revenu à lui au sol. Aucun bleu visible, mais il avait l'impression de s'être fait piétiner. La porte du débarras était ouverte. River Cartwright avait disparu. Hobbs était remonté à l'étage, où il était tombé nez à nez avec Nick Duffy, à peine arrivé.

Hobbs avait appris à ses dépens que les problèmes descendent la ligne hiérarchique.

« C'était juste un gros type, comment est-ce que je pouvais savoir…

— Vous vous rappelez Sam Chapman ? Bad Sam ? »

Hobbs s'en souvenait.

« Un jour, Bad Sam a dit qu'il n'avait peur de personne à part des gros avec une mauvaise haleine et des chemises mal ajustées. Vous savez pourquoi ? »

Hobbs ne savait pas.

« Parce qu'il y avait une chance sur un milliard que l'un d'eux soit Jackson Lamb. Et quand vous réalisez que c'est lui, vous avez déjà perdu votre déjeuner, vos chaussures et une bonne partie de vos dents. Maintenant grouillez-vous de rentrer au Park. »

Au bout de deux heures d'engueulade, il avait reçu de nouvelles instructions : embarquer un autre Tocard.

« Roderick Ho, lui avait annoncé Duffy en lui donnant l'adresse. Le crack en informatique du Placard. Vous allez vous en sortir tout seul ? »

Hobbs soupira. Le Service avait beau avoir une hiérarchie stricte, on ne rentrait pas chez les Dogues en respectant le protocole.

« Je l'embarquerais en dormant, répondit-il à son chef. Vous dites vous-même que Sam Chapman avait peur de Lamb et je le connaissais même pas. Alors lâchez-moi un peu. »

Il y eut un blanc de douze secondes.

« Vous êtes aussi utile qu'une ancre en caoutchouc, lâcha enfin Duffy. Mais vu que ma nièce de quatre ans pourrait arrêter Ho, je vais vous faire confiance.

— Comment est-ce que je l'embarque ? demanda Hobbs, essayant de dissimuler son soulagement.

— C & C. »

L'abréviation pour calme et confort, c'est-à-dire sans inquiéter les passants, dans le jargon des Dogues.

« Dan, si vous foirez, je vous vire, vous et toute votre famille. »

Il ne foirerait pas. Cela ne remettrait pas les compteurs à zéro, mais il prouverait au moins qu'il était encore dans la course et comptait y rester.

La prochaine fois qu'il rencontrerait Jackson Lamb…

Mais il écarta cette idée. Il n'y avait rien de plus dangereux que de garder une rancune.

Il se tenait à présent devant chez Ho. Il aurait préféré entrer par-derrière, mais la musique changeait la donne. Ho était réveillé. Il avait peut-être de la compagnie. Qui sait, les mordus d'informatique pouvaient avoir une vie sociale.

Compagnie ou pas, personne n'ouvrait la porte. Il enfonça de nouveau le bouton de la sonnette, garda le doigt appuyé.

Il ne voulait pas se faire surprendre une nouvelle fois : il avait donc fait des recherches, ou plutôt demandé aux Reines de la base de données d'en faire pour lui. Le dossier de Roderick Ho était arrivé sur son BlackBerry bien avant qu'il n'atteigne sa maison. Il en ressortait que sans ses talents d'informaticien, il aurait été mis en invalidité pour épargner cette honte au Service. Ce devait être le genre à porter un masque sanitaire dans le métro. Même si le dossier mentait et que Ho était le cousin de Bruce Lee, ça ne posait pas de problème, Hobbs connaissait quelques prises.

Est-ce que la musique avait sauté ? Il s'était passé quelque chose. Sans détacher le doigt de la sonnette, Hobbs regarda par la fenêtre. Une silhouette floue s'approchait de la porte.

Roderick Ho ne s'était pas couché. D'ordinaire, il dormait peu, mais ce soir-là, il était occupé. Ce soir, il avait un compte à régler.

En rentrant chez lui, il avait acheté deux sachets de tortilla chips format familial, qu'il avait laissés échapper quand un abruti en Lexus avait klaxonné alors qu'il traversait sur un passage pour piétons… Il avait perdu ses lunettes en se baissant pour ramasser les sachets. L'abruti en Lexus avait klaxonné de nouveau : de toute évidence, il s'amusait à égayer ce temps mort où il avait dû s'arrêter pour laisser passer un putain de piéton. Après tout, la route appartenait aux voitures. Elle appartenait à SI 123, comme l'annonçait sa plaque. Ho avait ramassé ses lunettes et ses sachets de chips. A peine eut-il dépassé le pare-chocs de la Lexus qu'elle démarra dans un crissement de pneus. Ho sut que le conducteur n'avait déjà plus qu'un vague souvenir de lui. *T'aurais dû voir la tête du type*.

Mais maintenant, SI 123 s'appelait Simon Dean, de Colliers Wood. Ho était encore réveillé à quatre heures parce qu'il lui avait fallu tout ce temps pour découvrir cela, pour démonter sa vie morceau par morceau. Simon Dean était télévendeur pour une compagnie d'assurance-vie, ou du moins le croyait-il encore : cependant, d'après la mémoire rigoureusement sauvegardée du système de messagerie de son entreprise, sa dernière action avant de quitter le travail avait été d'envoyer un courriel de démission accompagné d'une liste détaillée de ses intentions envers la fille de son patron. Ensuite, Simon avait augmenté le plafond de ses cartes de crédit, annulé tous ses virements permanents, hypothéqué sa maison à un prix ridiculement bas, changé de numéro de téléphone et envoyé à tout son répertoire un immense bouquet de fleurs accompagné d'une déclaration d'amour. Il avait légué ses économies aux Verts, rejoint la Scientologie, vendu sa Lexus sur eBay, et dans moins de quarante-huit heures serait informé de son statut de délinquant sexuel, ainsi que tous les habitants de son quartier. En gros, Simon Dean n'allait pas passer le meilleur moment de sa vie. Roderick Ho, lui, se sentait guilleret comme jamais. En plus, ses chips n'avaient pas été trop endommagées par la chute.

Rien de surprenant à ce qu'il n'ait pas vu passer le temps, tandis que son lecteur de CD changeait continuellement de disque. Le plus étonnant était que ce rêve électronique ait vacillé, que quelque chose ait attiré son attention. Il y avait quelqu'un à la porte, peut-être depuis un bon moment.

Bon sang, songea Ho, on ne peut donc pas être tranquille ? Il avait horreur du manque de tact. Il arrêta la musique et alla voir qui le dérangeait.

Louisa Guy commençait à avoir mal au crâne. Peut-être à cause de la proximité de la mort : deux dans la soirée, deux collègues – même si Alan Black avait perdu ce statut avant de perdre sa tête. Elle avait senti l'odeur du sang avant d'entrer dans la cuisine. Elle savait qu'elle allait découvrir une scène macabre, mais elle s'attendait à trouver l'otage, Hassan. Au lieu de cela, elle avait trouvé la tête d'Alan Black, un homme à qui elle n'avait jamais songé auparavant, pour être honnête.

Elle avait eu le souffle coupé en le voyant. Tout s'était ralenti. Mais elle n'avait pas craqué, n'avait pas vomi comme Cartwright. Elle le regrettait presque. Elle se demandait ce que cela signifiait, pouvoir supporter une scène pareille sans vomir… Cette vulnérabilité inattendue lui avait fait réviser son opinion sur Cartwright. Elle évitait la plupart de ses collègues, à part, récemment, Min Harper. La plupart de ses collègues agissaient comme elle. Le destin et leurs propres erreurs les avaient rassemblés, mais ils n'avaient jamais agi en équipe auparavant. Ils s'y mettaient justement au moment où cette équipe se réduisait à vue d'œil.

Elle se trouvait à nouveau dans le noir, cette fois dans le jardin derrière la maison de Ho. Elle s'étonna qu'il possède un jardin alors que tous les gens qu'elle connaissait vivaient dans des boîtes à chaussures. Mais inutile de se demander pourquoi les salauds prospéraient. Accompagnée de Min, elle avança vers la porte de derrière, s'efforçant de ne pas grincer des dents. La lumière était allumée, elle entendait de la musique. Etonnant à quel point Ho pouvait être prudent pour certaines choses et stupide pour d'autres. Il avait déployé des efforts surhumains pour ne pas se compromettre, mais il emmerdait ses voisins avec son vacarme musical en pleine nuit.

Elle échangea un regard avec Min. Tous deux haussèrent les épaules.

Louisa frappa à la porte de Ho.

— Quoi ?

Un type revêche, maigrichon, la vingtaine, vêtu d'un tee-shirt Che Guevara et d'un short hawaïen.

N'importe lequel de ces détails aurait suffi pour lui valoir l'antipathie éternelle de Dan Hobbs, mais le plus grave était qu'il ne s'agissait pas de Roderick Ho.

— Je cherche Ho, annonça Hobbs.

— Tu cherches quoi ?

— Roderick Ho.

— C'est pas moi. Il est quatre heures du mat'. Ça va pas de venir sonner chez les gens ?

La porte aurait claqué si Hobbs n'y avait pas glissé son pied. Il passait en revue les informations que lui avaient fournies les Reines de la base de données. Le type revêche rouvrit la porte pour protester. L'occasion rêvée. Hobbs lui donna un coup de poing sec dans la gorge. Face à un civil, on avait beau prévenir qu'on allait frapper, cela ne servait jamais à rien. Hobbs ferma la porte, enjamba l'homme puis partit à la recherche de Ho.

Il y a longtemps, quand il tâtonnait encore avec le système du Service, Ho avait accédé à son dossier personnel et changé son adresse. Si on lui avait demandé pourquoi, il n'aurait pas compris la question. Il l'avait fait pour la même raison qu'il ne donnait jamais son vrai nom quand il prenait une carte de fidélité : pour ne pas donner d'accès à sa vie. Pensez à Simon Dean, avec sa plaque d'immatriculation rutilante : autant distribuer des cartes avec écrit Branleur au-dessus de son numéro de compte. En fait, cela aurait pu fonctionner avec n'importe quelle plaque, mais pourquoi faciliter la vie à l'ennemi ? Pour Roderick Ho, tout le monde était un ennemi jusqu'à preuve du contraire.

Comment Min Harper et Louisa Guy avaient-ils donc atteint son jardin ?

— … Quoi ?

— Tu mets toujours ta musique aussi fort la nuit ?

— Mes voisins sont des étudiants. Qu'est-ce que ça peut faire ?

Ho portait les mêmes vêtements que quand il avait quitté le Placard dix heures plus tôt, à ceci près que son sweat-shirt était maintenant couvert de miettes de chips. Quant à ses visiteurs, il ne se rappelait pas ce qu'ils portaient au bureau, mais ils n'avaient pas l'air d'avoir dormi. Ho avait du mal avec les gens parce qu'il ne les aimait pas, mais il remarqua que quelque chose n'allait pas avec ces deux-là. Pour commencer, ils étaient deux. Il aurait pu leur demander ce qui se passait, mais une question plus importante lui brûlait les lèvres.

— Comment vous m'avez trouvé ?

— Pourquoi, tu te cachais ?

— Comment ? répéta-t-il.

— Lamb nous a donné ton adresse.

— Enfoiré de Lamb. Je le déteste.

— Je ne crois pas qu'il t'aime beaucoup non plus, mais il nous a envoyés te chercher.

— Alors nous voilà.

Ho se demandait comment Lamb savait qu'il avait modifié son dossier et où il habitait réellement. Une autre pensée, plus perturbante, lui vint à l'esprit : les connaissances informatiques de Lamb étaient aussi vastes qu'un pixel. Il était donc impossible qu'il ait découvert son secret de manière honorable, en se servant d'un ordinateur. Ce qui ouvrait la voie à une possibilité terrifiante : il existait d'autres moyens de démanteler une vie, et le fait d'être un guerrier numérique ne conférait aucunement l'invulnérabilité.

Ho ne voulait pas vivre dans un monde où de telles choses étaient possibles. Il refusait de croire que cela pouvait arriver. Il secoua donc la tête pour chasser cette pensée dans l'air nocturne qui devenait matinal.

— Je vais chercher mon ordinateur, dit-il.

— Quoi ? s'écria Duffy.

— Il n'est pas là.

— Il est où alors ?

— Je ne sais pas, répondit Hobbs.

Il y eut un moment de silence, au cours duquel Dan Hobbs entendit les vestiges de sa carrière rouler dans les couloirs de Regent's Park tel un buisson poussé par le vent.

Duffy lui raccrocha au nez.

Il n'était jamais allé chez elle, n'avait jamais perdu de temps à se demander à quoi ressemblait son immeuble. Il ne fut donc ni surpris ni rassuré par l'apparence de ce bloc arts déco situé à St John's Wood, avec ses angles arrondis et ses fenêtres en métal. Orwell avait vécu dans le quartier : il y avait sans doute emprunté certains détails pour inventer son futur totalitaire. Cet immeuble en particulier paraissait plutôt normal au petit matin, avec son hall d'entrée et ses interphones clignotants. Seul le panneau annonçant une vidéosurveillance rappelait le monde de Big Brother, mais il avait sans doute pour but d'économiser un vrai dispositif. Le Royaume-Uni est le pays le plus surveillé au monde, mais seulement aux frais du Trésor public : les sociétés privées préfèrent généralement installer de fausses caméras. Il fallut une minute à Jackson Lamb pour crocheter la serrure, à peine plus récente que le bâtiment. Il étouffa le bruit de ses pas sur les dalles de l'entrée. Au rez-de-chaussée, de la lumière filtrait sous une seule porte.

Lamb emprunta les escaliers : plus silencieux et plus fiables que l'ascenseur. Prendre de telles précautions était devenu une seconde nature, comme enfiler un vieux manteau. *Les règles de Moscou*, avait-il décidé après son entrevue avec Diana Taverner au bord du canal. Elle était théoriquement de son côté, théoriquement sa supérieure, mais elle jouait un jeu trouble : il appliquerait donc les règles de Moscou. A présent, la partie se déroulait partout à la fois, comme sur un plateau de Scrabble : pour l'instant, retour aux règles de Londres.

Moscou signifiait avoir des yeux dans le dos, Londres couvrir ses arrières. Les règles de Moscou s'étaient écrites dans la rue, celles de Londres avaient été élaborées dans les couloirs de Westminster. Elles disaient, en version simplifiée : quelqu'un finit toujours par payer, fais en sorte que ce ne soit pas toi. Personne ne le savait mieux que Jackson Lamb, et il n'y avait pas meilleur joueuse que Diana Taverner.

Il s'arrêta à l'étage de Catherine Standish. On n'entendait aucun bruit, à part le grésillement régulier de l'éclairage. L'appartement de Catherine était à l'angle, ce fut la première porte qu'il atteignit. Il approcha l'œil du judas : aucune lumière. En sortant son crochet, il ne fut pas surpris de constater qu'elle s'était enfermée à double tour et avait fermé l'entrebâilleur. Alors qu'il s'apprêtait à affronter ce dernier obstacle, une voix parvint de derrière la porte entrouverte.

— Qui que vous soyez, reculez, je suis armée.

Il était certain de n'avoir fait aucun bruit. Catherine avait le sommeil sacrément léger : elle devait se réveiller quand des pigeons passaient.

— Vous n'êtes pas armée, lui dit-il.

Il y eut un silence.

— Lamb ?

— Ouvrez.

— Qu'est-ce que vous voulez ?

— Tout de suite.

Elle ne l'avait jamais aimé, et il ne pouvait pas lui en vouloir. Elle ouvrit la porte pour le laisser entrer, puis referma et alluma la lumière du couloir dans le même mouvement. Elle tenait une bouteille. Rien que de l'eau minérale, mais elle aurait pu faire des dégâts s'il s'était agi d'un véritable intrus.

A en juger par son expression, elle semblait peut-être le considérer comme tel.

— Qu'est-ce qui se passe ?

— Habillez-vous.

— Je suis chez moi, vous ne pouvez pas…

— Habillez-vous.

Elle paraissait vieille, dans cette lumière soudaine, ses cheveux gris lâchés sur les épaules. Sa robe de chambre qui lui tombait jusqu'aux chevilles, boutonnée devant, aurait eu sa place dans un livre de contes de fées.

Quelque chose dans la voix de Lamb changea le contexte. Elle avait beau se trouver chez elle, elle appartenait au Service et il était son chef. Il devait se passer quelque chose de grave, pour qu'il soit venu en pleine nuit.

Attendez ici, dit-elle en indiquant une porte ouverte.

Puis elle disparut dans sa chambre.

Avant de s'apercevoir que c'était Lamb qui forçait sa porte, Catherine Standish avait songé qu'il s'agissait d'un cambrioleur ou d'un violeur. Elle avait automatiquement saisi la bouteille d'eau à son chevet. Quand elle avait reconnu l'intrus, elle s'était demandé s'il venait lui faire des avances. Elle l'avait cru ivre ou fou. Tout en s'habillant, elle se demandait pourquoi elle avait saisi une bouteille au lieu du téléphone, pourquoi sa réponse à ce dernier moment effrayant n'avait pas seulement été la peur. Cette montée d'adrénaline semblait plutôt avoir soulagé une tension en elle que provoqué la panique. Comme si elle attendait depuis des années que quelqu'un vienne crocheter sa serrure.

Depuis qu'elle avait découvert le corps de Charles Partner.

Elle enfila la robe qu'elle avait préparée pour le lendemain matin, s'attacha les cheveux et se regarda dans le miroir. *Je m'appelle Catherine et je suis alcoolique.* Elle avait du mal à voir son reflet sans que ces mots lui reviennent. *Je m'appelle Catherine et je suis alcoolique.* Pendant longtemps, elle s'était trouvée lâche. Elle avait mis longtemps à comprendre qu'arrêter de boire exigeait un grand courage, tout comme prononcer cette phrase en public. Saisir une arme plutôt qu'un téléphone faisait appel au même type de courage. Il lui avait fallu de nombreux efforts pour reconstruire sa vie après que tant de ses composantes lui eurent été retirées. Même si cette vie semblait parfois ne pas en être une, c'était la seule qu'elle avait et elle n'y renoncerait pas sans se battre, quitte à n'avoir qu'une bouteille d'eau pour toute arme.

Je m'appelle Catherine et je suis alcoolique. Au moins, avec le mantra des Alcooliques Anonymes, on ne risquait pas d'oublier qui on était.

Prête à affronter son patron monstrueux, elle le rejoignit dans la pièce voisine.

— Que se passe-t-il ?

Debout près de la bibliothèque, il semblait relever des informations.

— Plus tard, venez.

Il se dirigeait déjà vers la porte, sans regarder derrière lui, comme s'il s'attendait à ce qu'elle le suive.

Peut-être aurait-elle mieux fait de l'assommer avec la bouteille.

— Je n'irai nulle part avec vous en pleine nuit tant que vous ne m'aurez pas dit ce qui se passe.

— Pourtant, vous vous êtes habillée, non ?
— Pardon ?
— Vous vous êtes habillée, vous devriez être prête à partir, reprit-il avec cette expression qu'elle connaissait bien, comme si elle devait faire les choses simplement parce qu'il l'ordonnait. Allez, on y va.
— Je me suis habillée parce que je n'ai aucune intention de rester en robe de chambre pendant que vous envahissez mon espace. Si vous voulez que j'aille où que ce soit, il va me falloir une explication.
— Bon sang, vous croyez que j'essayais de vous surprendre en petite culotte ?
Il porta une cigarette à sa bouche.
— On est dans la merde. Jusqu'au cou. Vous pouvez partir maintenant avec moi, ou plus tard avec des gens moins sympathiques.
— On ne fume pas ici.
— Je fumerai dès que je serai sorti, dans moins d'une minute. Libre à vous de m'accompagner.
Catherine s'écarta pour le laisser partir.
Elle avait toujours conscience de la présence physique de Jackson Lamb. Il occupait toujours plus que son propre espace. Plusieurs fois, elle s'était retrouvée avec lui dans la cuisine du Placard : elle avait fini écrasée contre le mur à essayer de ne pas se trouver sur son passage tandis qu'il fouillait dans le réfrigérateur pour s'approprier la nourriture de quelqu'un d'autre. Elle ne pensait pas que ce comportement soit délibéré. C'était plutôt l'effet d'un désintérêt, ou alors Lamb avait tellement l'habitude de vivre en exil dans sa propre peau qu'il partait du principe que les autres lui laisseraient de la place.
Ce soir-là, elle en avait plus conscience que jamais, parce que Lamb se trouvait chez elle avec son odeur

de cigarettes, d'alcool, de nourriture à emporter, avec ses vêtements qui paraissaient avoir fondu, à la jauger du regard. Mais il y avait autre chose. Ce soir-là, on aurait dit qu'il avait quelqu'un à ses trousses. Il avait toujours fait des cachotteries mais n'avait jamais paru inquiet. Comme si sa paranoïa était enfin récompensée. Comme s'il avait trouvé un autre ennemi que son passé, tapi dans l'ombre de sa panse.

Elle saisit ses clés, son manteau, son sac à main qu'elle trouva plus lourd que d'habitude, verrouilla la porte derrière elle et descendit les escaliers.

Il l'attendait dans le hall, sa cigarette éteinte à la bouche.

— Quel genre de problèmes ? Pourquoi suis-je impliquée ?

— Parce que vous faites partie du Placard. A partir de ce soir, le Placard est officiellement dans la merde.

Catherine passa brièvement en revue les derniers jours d'activité mais ne trouva rien d'autre que l'habituelle compilation de listes, l'analyse de données.

— Laissez-moi deviner : Cartwright a pété un plomb et on va tous plonger avec lui.

— Presque, reconnut Lamb.

Il ouvrit la porte, sortit le premier et inspecta le parking.

— Ce sont les voitures habituelles ?

— Comme si je faisais attention, répondit-elle. Oui, ce sont les voitures habituelles, ajouta-t-elle au bout d'un moment.

Lamb lui jeta un bref regard.

— Baker est blessée. Moody est mort. Les Dogues sont sans doute après nous, et j'aimerais autant ne pas passer les deux prochains jours à répondre à des questions stupides dans les sous-sols de Regent's Park.

— Sid est blessée ?

— Et Moody est mort.

— Gravement ?

— Je ne crois pas qu'il s'en remettra. Il est mort, au cas où vous n'auriez pas entendu.

— Jed Moody aurait mal fini de toute manière, mais j'aimais bien Sid.

— Vous êtes pleine de surprises, vous savez ? lui dit-il.

Ils traversèrent la cour avec son parking privé entouré d'un muret et de hautes haies. Dehors, il aperçut la camionnette garée en face.

— J'espère qu'il ne va pas nous donner trop de fil à retordre, fit Nick Duffy en voyant la réaction de Lamb.

— Il ne doit pas être bien coriace, répliqua Webb.

James « Spider » Webb. Ce commentaire paraissait aussi inévitable que le surnom dont on l'avait affublé. Âgé de moins de trente ans, Webb vivait avec la conviction que toute personne de vingt ans son aînée devait s'estimer heureuse d'avoir survécu au déluge.

Duffy soupira. Toute la nuit, il avait raclé ses fonds de tiroir, au point d'envoyer Dan Hobbs chercher le crack en informatique du Placard tout seul. Cela s'était plutôt bien passé, il avait seulement assommé un honnête citoyen. Ho avait donc disparu et les autres Tocards avaient jeté leurs portables ou tenaient un conciliabule dans les égouts sous Roupell Street. En plus, Duffy devait diriger d'autres agents comme Spider Webb pour compléter ses effectifs.

Seul point positif, Lady Di avait raison : Lamb était venu chercher Standish lui-même. A moins que le patron du Placard ne tente une action spectaculaire, Duffy pourrait au moins compter un succès à son actif.

— Vous risquez d'avoir des surprises, répondit-il à Webb.

Ils descendirent de la camionnette et traversèrent la rue.

Lamb et la femme les regardèrent approcher. Duffy savait qu'ils avaient peu de solutions : rentrer à l'intérieur, ce qui ne les aurait pas aidés, ou bien s'enfuir. Si Lamb possédait des talents cachés sous ses replis de graisse, la vitesse n'en faisait pas partie. Duffy l'imaginait mal courir.

— Longue nuit, hein ? lança Duffy, arrivé à quelques mètres d'eux.

— On fait des heures sup, rétorqua Lamb.

— J'ai besoin de savoir si l'un de vous est armé, intervint Spider Webb.

— Non, répondit Lamb sans le regarder.

— Je vais devoir vérifier.

— Nick, je ne porte ni revolver ni couteau, ni même une brosse à dents explosive, poursuivit Lamb, ignorant toujours Webb. Mais si ton caniche a l'intention de nous fouiller, il ferait mieux de commencer par ma collègue, parce qu'il ne pourra plus le faire avec deux poignets cassés.

— Bon sang, personne ne fouille personne, fit Duffy. Webb, retourne dans la voiture. Ms Standish, montez devant. Jackson, on va derrière.

— Et si on refuse ?

— Si tu comptais refuser, tu n'aurais pas posé la question. Allez, ce petit jeu a trop duré, en route pour Regent's Park.

Plus tard, il comprit que Lamb s'était moqué de lui. L'appeler par son prénom ? Bien sûr, ils s'étaient déjà rencontrés, mais de là à être amis… Duffy n'était pas du genre à se laisser flatter. Contrairement à lui, Lamb avait connu des missions sur le terrain, impossible de l'ignorer. Des gamins comme Webb ne voyaient en lui qu'un raté, mais la génération précédente se rappelait ce qui avait provoqué sa chute... Bon sang, songea Duffy, il doit avoir trouvé ça aussi difficile que remonter sa montre. Mais ces pensées lui vinrent plus tard, à Regent's Park, bien après la disparition de Lamb et Standish.

Ils montèrent tous les quatre, Webb démarra la voiture.

Lamb éternua deux fois, renifla puis – Catherine ne vit pas, elle regardait droit devant elle – sembla se moucher dans sa manche. Elle se sentit soulagée de ne pas se trouver à côté de lui.

Un filet de circulation approchait. Rien à voir avec le flot qui envahirait ces rues quelques heures plus tard. La ville était encore sombre, mais on entendait les premiers murmures de l'aube, les lampadaires perdaient de leur emprise. A cette heure-là, Catherine attendait habituellement que la lumière pénètre dans sa chambre. Les cent premiers matins, elle essayait de ne pas penser à l'alcool. Cela lui arrivait moins souvent à présent, elle dormait parfois jusqu'à ce que son réveil sonne, mais l'aube restait une heure familière. Simplement, elle ne la passait généralement pas dans une voiture, en état d'arrestation, car c'est bien ce qui lui arrivait, quels qu'aient été les mots employés. A la différence qu'elle aurait dû être seule, pas avec Lamb. Pourquoi était-il venu la chercher ?

— C'était Loy ? lança-t-il derrière elle.

Duffy ne répondit pas.

— Ça doit être lui. C'est le plus facile à retourner. Taverner a dû mettre trois minutes, au maximum.

— Trois minutes pour quoi ? demanda Catherine.

— Pour qu'il accepte de dire ce qu'elle lui demande de dire. Elle est en train de réécrire l'histoire pour impliquer le Placard.

— Le trajet passera beaucoup plus vite si on attend d'être arrivés pour avoir cette discussion, intervint Nick Duffy.

— Impliquer le Placard dans quoi ? insista Catherine.

— Dans l'exécution de Hassan Ahmed.

Lamb éternua à nouveau puis poursuivit :

— Taverner applique la politique de la terre brûlée, mais ça ne marchera pas. Les histoires qu'on invente pour couvrir ses arrières finissent toujours par nous trahir, Nick. Elle le sait, mais elle croit pouvoir faire exception. C'est ce que tout le monde croit. Et tout le monde se trompe.

— La dernière fois que je suis passé à Regent's Park, c'est elle qui commandait. Jusqu'à nouvel ordre, je lui obéis, lâcha Duffy.

— Ça fera bon effet face au Contrôle. Bon sang, je croyais que tu étais le chef des Dogues. C'est pas ton boulot de t'assurer que personne ne dépasse les bornes ?

Catherine observa le chauffeur : Webb, l'avait appelé Duffy. Il avait le même âge, le même type que Cartwright, mais il semblait plus prompt à courir après les os qu'on lui lançait. Il vit qu'elle le regardait, l'espace d'un clignement d'yeux, qu'il gardait fixés sur la route. Un léger sourire lui retroussa la lèvre.

Elle comprenait à peine ce qui se passait, mais savoir de quel côté elle se trouvait lui procurait un certain confort.

— Ecoute, tout ce que je sais, c'est que je dois vous amener au Park. Tu perds ton temps à chercher à savoir ce qui se passe.

— Je sais déjà ce qui se passe. Taverner couvre ses arrières. Le problème, c'est qu'elle est trop occupée à ça pour chercher Hassan Ahmed. Tu te souviens de lui, Nick ?

Duffy ne répondit pas.

— Taverner préférerait encore qu'on lui coupe la tête plutôt que d'admettre que tout est de sa faute. C'est pour ça qu'elle avait besoin de Loy, qui a sans doute déjà confirmé sa version des événements. Maintenant que Moody est mort, elle peut lui faire jouer le rôle qu'elle veut, il ne viendra plus la contredire.

A l'avant, Catherine trouvait que les rues commençaient à prendre leur apparence familière : on y faisait des affaires, les gens s'y déplaçaient librement au lieu de sauter d'une ombre à l'autre. Ils s'y sentaient à leur place.

— Tout va se casser la gueule, Nick, poursuivit Lamb. Le plus raisonnable serait d'oublier les règles de Taverner et de trouver ce gamin avant qu'il soit raccourci, lui aussi. Si ce n'est pas déjà fait.

Il éternua à nouveau.

— Bon sang, vous avez un chat, ici, ou quoi ? Standish, vous avez un mouchoir dans votre sac ?

Catherine posa le sac en question sur ses genoux, l'ouvrit et en sortit le revolver que Lamb y avait glissé pendant qu'elle s'habillait. Elle retira la sécurité avant de le pointer vers sa cible.

— Tout le monde se doute que je ne vais pas vous tuer, dit-elle à Webb, mais je peux vous tirer dans le pied s'il le faut. Comme ça, vous arrêterez peut-être de sourire comme un crétin.

— D'ici, vous pouvez rentrer à pied, fit Lamb.

La tombe de Blake se trouve à moins d'un kilomètre du Placard, dans le cimetière de Bunhill Fields. Elle est marquée par une petite pierre, également dédiée à sa femme Catherine, située au bout d'une zone pavée entourée de bancs et d'arbustes. La pierre ne marque pas le lieu exact où gît le couple : elle indique simplement que leurs restes ne sont pas loin. A côté se dresse un mémorial à Defoe, à quelques mètres de la tombe de Bunyan. Tous des non-conformistes. Etait-ce pour cela que Lamb avait choisi ce point de rendez-vous ? Impossible de le savoir. Quoi qu'il en soit, ils s'y retrouvèrent tous.

N'ayant pas réussi à ramener Kay White, Cartwright arriva seul. Il escalada les grilles verrouillées et s'assit sur un banc. Derrière lui, la circulation s'amplifiait. La ville ne dormait jamais complètement : elle se contentait de nuits blanches et d'un sommeil agité. Son petit-déjeuner se composait de cigarettes, café noir et aspirine, un parfum de mort réchauffée.

Un bruit de ferraille indiqua que les autres arrivaient.

Min, Louisa et Roderick Ho approchèrent, ce dernier agrippé à un ordinateur portable. Min et Louisa étaient aussi pâles que River, mais ils marchaient droit. Il se passait enfin quelque chose, ils n'étaient plus sur la touche.

— Moody est vraiment mort ? demanda Ho.
Cartwright hocha la tête.
— Ah, fit Ho en s'asseyant sur le banc d'en face.
Il démarra son ordinateur, auquel il connecta un boîtier de sécurité. Personne ne lui demanda ce qu'il faisait. S'il les avait écoutés un moment ou avait essayé d'engager une conversation, ils auraient demandé, mais Ho immergé dans le Web faisait partie de la routine.
— White ?
— Trop tard, répondit River.
— Elle est pas…
— Non, non. Ils l'ont juste emmenée. Et Loy ?
— Introuvable.
Louisa s'assit à côté de River. Min resta debout, s'étira sur la pointe des pieds, écarta les bras comme si on le crucifiait.
— C'est les Dogues, alors ?
— Je pense.
— Ils croient qu'on a tué Jed ?
— Ils doivent croire qu'on a tué Alan Black, répliqua River. Vous le connaissiez bien, vous ?
Louisa et Min haussèrent les épaules.
— Il ne parlait pas beaucoup.
— Soyons réalistes, personne ne parle beaucoup au Placard.
— Il n'a jamais dit pourquoi il avait démissionné ?
— Pas que je sache. Tu ne l'as pas connu ?
— Il est parti avant que j'arrive, répondit River.
— Pourquoi croiraient-ils qu'on l'a tué ?
— Parce qu'il s'agit d'un coup monté, reprit River. C'est une voiture ?
Effectivement, un véhicule ralentit et se gara derrière les arbustes qui bordaient le côté est du cimetière.

River et Louisa se levèrent. Ho, absorbé par son écran, n'y prêta aucune attention. Au bout de l'allée ils entendirent un cliquetis, le bruit d'un cadenas qu'on ouvrait.

— C'est Lamb, annonça River.

— Il a la clé ?

— Ça expliquerait pourquoi il nous a donné rendez-vous ici.

Quelques instants plus tard, Lamb et Catherine Standish apparurent.

Voici où on en était arrivé : Curly était infiltré dans un pays étranger en temps de guerre. Etranger dans son propre pays.

Ils dépassèrent une mosquée – une putain de mosquée, au cœur de la capitale d'Angleterre. Ça ne s'invente pas.

Pendant des années, on avait tiré la sonnette d'alarme, mais à quoi bon ? Bordel. N'importe qui peut entrer dans le pays : on leur donne un travail, une maison, de l'argent, et s'ils ne veulent pas travailler, on les paye quand même. L'Etat providence ? Laissez-moi rire : ce pays s'est transformé en association de bienfaisance.

Pour tout arranger, ils étaient perdus. Aucune idée d'où ils se trouvaient. Il suffisait pourtant de suivre les panneaux vers le nord, rien de bien compliqué.

Mais Larry s'endormait. Quel lâche. *On devait seulement lui foutre la trouille*. Ah, parce que c'est comme ça qu'on fait la guerre ? Les assassins du 7 juillet n'ont pas ouvert leur sac à dos pour montrer leur bombe et dire : *Vous voyez ce qu'on aurait pu faire, si on avait voulu ?* Ils l'avaient fait. Parce que eux, au moins, savaient qu'ils étaient en guerre. Sauf qu'on ne se bat pas tout seul.

Il ne s'était pas aperçu qu'il s'agissait d'une mosquée avant d'arriver devant. Maintenant, il voyait que ça ne pouvait rien être d'autre, avec ces bulles aux formes étrangères. Comme s'ils étaient tombés du bord de la carte pour se retrouver dans leur pire cauchemar. La panique s'empara de lui : et si le gamin reconnaissait l'endroit aux bruits, à l'odeur, commençait à donner des coups dans le coffre ? Curly imagina la foule encerclant la voiture, la secouant de part et d'autre, libérant le gamin. Et ensuite ? Ils les brûleraient, les traîneraient dans la rue et les lapideraient. Tous des barbares. Il agissait avant tout pour qu'ils goûtent aux effets de leurs propres méthodes.

Il se calma. Le Paki était dans le coffre. Impossible qu'il devine où ils se trouvaient.

Personne ne savait où ils étaient.

— Tu as une idée d'où on est ?

— Tu m'as dit de m'éloigner, non ? J'ai…

— Je t'ai pas dit de nous amener en Inde.

Ils laissèrent la mosquée derrière eux. Partout, des immeubles en béton aux fenêtres condamnées. La seule touche de vert provenait du rideau de fer d'un magasin discount.

Appuyé à la rambarde qui entourait la tombe de Bunyan, Lamb mangeait un sandwich au bacon. Dans l'autre main, il tenait un autre sandwich, emballé dans du papier sulfurisé. Les Tocards s'étaient regroupés autour de lui.

— Black a été recruté par Taverner. Le kidnapping était un coup monté. Mais maintenant le gamin a vraiment disparu, alors Taverner cherche un bouc émissaire.

Il avala une bouchée.

— C'est-à-dire nous.

— Pourquoi ? demanda Min.

— Parce que personne ne va nous regretter, répondit Catherine.

— Et puis elle avait enrôlé Black. Ça fait déjà un Tocard impliqué, ajouta Louisa.

— Qui ne risque pas de la contredire, acquiesça Lamb. Il se peut que Taverner ait fabriqué des preuves selon lesquelles Black travaillait pour le Placard, pas pour elle.

— Elle cherche vraiment les emmerdes, fit River. D'accord, on a deux morts sur les bras et la situation du gamin n'est pas rose, mais ce n'est pas la première opération qui foire. De quoi est-ce qu'elle a aussi peur ?

— Le nom de Mahmoud Gul vous dit-il quelque chose ? demanda Lamb.

— C'est un général, répondit aussitôt River. Direction des renseignements interservices, les services secrets pakistanais.

Cela lui valut un regard.

— Je parie que vous collectionniez les images avec votre grand-père, avec des photos d'espions à la place des joueurs de foot.

Ho tenait son portable devant lui comme un marchand de glaces son plateau.

— Département des Renseignements conjoints, lut-il. L'équivalent de notre Second Bureau.

River fouillait sa mémoire à la recherche d'autres détails, mais il ne se souvenait que des grandes lignes.

— Un peu intégriste.

— Ils le sont tous, non ?

— Au tournant de la guerre, on a soupçonné certains éléments de l'Interservices d'alerter les talibans avant les bombardements, poursuivit Ho. Gul faisait partie des suspects. Il n'y a pas eu de procès, mais d'après les analystes de Regent's Park, il peut pencher dans un camp comme dans l'autre.

— Pourtant, il a toujours soutenu le gouvernement en public et il est pressenti comme prochain directeur, poursuivit River, qui venait d'épuiser ses connaissances sur Gul. Quel rapport avec tout ça ? Attendez, laissez-moi deviner, ajouta-t-il avant que Lamb puisse répondre.

— Super, on joue aux devinettes, lâcha Catherine.

Louisa lui jeta un regard. Un tel commentaire ne lui ressemblait pas. En même temps, elle ne ressemblait pas à la Catherine qu'elle connaissait : certes, elle avait le nez rougi par le froid, ses joues prenaient la même teinte, mais une lueur inhabituelle brillait dans ses yeux. Peut-être prenait-elle plaisir à cette aventure. Quand leurs yeux se croisèrent, Louisa détourna le regard.

Lamb termina son sandwich avec un rot satisfait.

— Délicieux, dit-il. Cinq étoiles.

— Qu'est-ce qu'il y a d'ouvert, à cette heure-ci ? demanda Louisa.

Il indiqua vaguement la direction d'Old Street.

— Une sandwicherie de nuit sur le chemin. Je me suis dit que vous m'attendriez.

— Désolé de vous interrompre, coupa River, mais Hassan Ahmed, il fait partie de l'équipe de Gul ?

— Ce n'est pas un agent.

— Certain ?

Lamb souffla.

— Dans ce cas…

La vérité frappa soudain River.

— Il est de sa famille ?

— Le fils de sa sœur.

— On… Taverner a fait kidnapper le neveu de Mahmoud Gul par des fachos ? Mais à quoi est-ce qu'elle joue ?

— Elle se croit maligne. « Considérez cela comme un moyen de rapprocher les communautés », cita Lamb. C'est ce qu'elle a dit. « En sauvant Hassan, nous nous ferons un ami. »

— Ils sont proches ? demanda Min.

Ho fouillait toujours le dossier de Regent's Park sur Gul.

— Les parents de Hassan se sont rencontrés à Karachi, mais son père vivait déjà ici. Sa mère est venue en Angleterre après leur mariage. Elle n'est jamais retournée au Pakistan, et rien n'indique que Gul lui ait rendu visite.

— Mais c'est un espion, on ne peut pas l'exclure, intervint Min.

— En tout cas, on peut supposer qu'il ne serait pas ravi qu'on coupe la tête à son neveu en direct sur Internet, fit Lamb.

Il déballa son deuxième sandwich. Une odeur de saucisse envahit l'air. River l'ignora.

— Alors c'était ça, le plan ? Faire du gringue à Gul en sauvant son neveu d'une bande de fanatiques ?

— De fanatiques bien de chez nous, précisa Lamb. Détail important.

— Comme ça, il a une dette envers nous et il a plus de chances de passer de notre côté quand il deviendra directeur des Renseignements interservices, raisonna Louisa.

— Brillant, concéda River. Mais que se passera-t-il si on ne sauve pas Hassan ? Est-ce qu'elle y a pensé ?

— Apparemment pas, répondit Lamb. Et, vu d'ici, dans environ vingt-quatre heures, les renseignements britanniques auront assassiné le neveu d'un responsable des services secrets d'un pays pas si ami que ça.

— Seulement s'ils s'en tiennent à leur ultimatum, objecta Catherine. Pourquoi devraient-ils le respecter, maintenant qu'ils sont découverts ?

— Alors ils vont tuer le gamin, s'écria Min. Bon sang, on a déclaré des guerres pour moins que ça.

— C'est exactement pour cette raison que Lady Di essaie par tous les moyens de nous faire porter le chapeau, dit Lamb. Que Hassan meure, c'est une chose. Mais qu'il meure et qu'on apprenne que c'est par la faute du MI5, ça fait pire qu'une tache sur son CV.

Un morceau de viande tomba, laissant une traînée de mayonnaise sur son pantalon.

— Merde. Je déteste quand ça arrive, lâcha-t-il en fixant la tache, pas tellement plus grosse que les autres. Bref, si ça se sait, Taverner ne nous rejoindra pas au Placard. Elle finira sa vie dans une cellule, à moins d'être assassinée avant.

— Assassiner quelqu'un du Second Bureau ? C'est possible ?

— Il y a sûrement un précédent, répondit Lamb. Pourquoi ne pas poser la question à papy ? En tout cas, personne ne cherche plus Hassan. Taverner savait depuis le début où il se trouvait, mais elle n'avait pas intérêt à ce que quelqu'un d'autre le trouve. Les flics travaillent donc sans l'aide du Service, et depuis qu'ils ont été infiltrés par Black, ceux de la Voix d'Albion ont cessé de faire des vagues sur leur radar.

— Un radar ne fait pas de… tenta Ho.

— Taisez-vous.

— Si ce ne sont que des amateurs, quelles sont leurs chances de réussite ? intervint Catherine. Peut-être qu'ils vont se prendre les pieds… dans leur bite ?

— Elle n'a pas tort, convint Louisa.

— Pas vraiment. Le fait d'être des crétins de base a plutôt joué en leur faveur. Personne ne leur a jamais prêté attention avant, alors personne ne sait qui ils sont.
— Pourtant, Alan Black les a trouvés.
— Ouais, il les a trouvés, fit Lamb.

River écoutait d'une oreille distraite. Son cerveau ruminait les nouvelles informations, les additionnait à ce qu'il savait déjà, croyait déjà savoir ou avait oublié. En plus, il avait faim. Cet enfoiré de Lamb aurait pu apporter des sandwichs pour tout le monde. N'importe quel chef l'aurait fait, pour une réunion à l'aube – pour autant qu'un autre chef que lui soit capable de convoquer une réunion à l'aube dans un cimetière… River se rappelait à peine la dernière fois qu'il avait bu et mangé. C'était sans doute devant chez Hobden, avec Sid, quand elle se tenait encore debout, pas allongée sur un lit d'hôpital, une table d'opération ou sous un linceul. Il ignorait comment elle allait. Il n'avait pas encore digéré ce qui lui était arrivé, ni le fait qu'elle avait été placée au Placard pour le surveiller. Sans doute par Taverner. Mais pourquoi ?
Lamb parlait de poulets sans tête. River sentit soudain une baisse de régime : besoin de sucre, de quelque chose de chaud.
Bon sang, il tuerait pour une tasse de café…
Au fond de son cerveau, des rouages cliquetaient.

Lamb prit une généreuse bouchée de son sandwich à la saucisse.
— Le problème, dit-il la bouche pleine, c'est que Black était un agent secret aussi bien entraîné que vous, donc un raté. Il a dû se planter quelque part.
— Merci, fit Louisa.

— Qu'est-ce que ça change ? demanda Min. Il est mort. Les autres vont en finir avec Hassan dès que possible et retourner d'où ils sont venus.

— S'ils avaient voulu en finir avec Hassan dès que possible, vous auriez retrouvé son corps à côté de celui de Black, fit remarquer Catherine.

Min hocha la tête, pensif.

— Raté ou pas, Black a réussi à leur faire quitter Leeds le soir où ils l'ont enlevé, dit Ho. Le système de vidéosurveillance a été en panne pendant des heures.

— Sûrement un coup de Lady Di, répliqua Lamb. Mais maintenant, personne ne les contrôle plus, Black ne décide plus à leur place. Ils doivent courir comme des poulets sans tête et se raccrocher à ce qu'il reste du plan original que Black avait sans doute élaboré.

Il les regarda un à un. Tout le monde l'écoutait, sauf River Cartwright, qui fixait le ciel comme s'il attendait un hélicoptère.

— A la place d'Alan Black, qu'est-ce que vous auriez fait ?

— Pour commencer… fit Min.

— Oui ?

— Je ne me serais pas laissé impliquer dans un tel merdier.

— Une autre remarque utile ?

— Je ne l'ai jamais aimé, fit Ho.

— Qui ?

— Black.

— Quelqu'un lui a coupé la tête et l'a laissée sur une table il y a à peine quelques heures, répondit Lamb.

— C'était juste pour dire.

— Bon sang, vous n'avez pas mieux à proposer ?

— Je viens de me rappeler où je l'ai vu, lâcha River.

Dans tous les films d'horreur, la scène du couloir finit par arriver tôt ou tard. Les lumières du plafond s'éteignent une par une : *boum, boum, boum*. Et puis on se retrouve dans le noir.

Comme Hassan.

La dernière couleur qu'il avait vue était l'enfer rouge vif de la cuisine, au milieu de laquelle la tête de Moe trônait sur la table telle une citrouille d'Halloween. La différence était qu'il faudrait plus d'une bougie pour éclairer à nouveau ses yeux. *Boum, boum*. Un lac pourpre recouvrait le sol, le sang avait éclaboussé les murs. *On va te couper la tête et le diffuser sur Internet*. C'était déjà arrivé. Il serait le prochain.

Dans son esprit, les lumières s'éteignaient.

Même sans mouchoir dans la bouche, Hassan n'aurait pas pu crier. Il n'avait plus de mots. Son corps n'était qu'os et fluides.

Boum.

Chaque objet produit un son différent. Il se trouvait sous la cuisine quand ils avaient assassiné Moe, mais il n'avait entendu que des bruits confus qui auraient pu signifier n'importe quoi. Hassan se serait attendu à d'autres sons pour une chose pareille. Par exemple, un choc suivi d'un roulement.

Ces sombres pensées lui échappaient, maintenant que les lumières s'éteignaient : *boum, boum, boum*. Il était seulement Hassan parce qu'il fallait bien être quelqu'un, et il devrait le rester jusqu'à ce que la dernière lampe s'éteigne : *boum, boum*.

Ensuite, il ne serait qu'un bagage.

Boum.

Quand River eut terminé, ils restèrent silencieux un moment. Non loin, un oiseau pépia. Il devait sentir l'aube arriver. Une lueur multicolore provenant de City Road et son reflet plus léger de l'autre côté s'entremêlaient dans les branches.

— Vous êtes sûr ? demanda Lamb.

River hocha la tête.

— OK.

Il paraissait pensif.

— Tout ça ne nous aide pas à retrouver Hassan, fit Min.

— Toujours prêt à remonter le moral, vous.

— Oh, c'était juste pour dire.

— Il y a un endroit ouvert avec le Wi-Fi, par ici ? demanda Ho.

— Où on pourrait prendre le petit-déjeuner ? ajouta Louisa.

— Bon sang, vous ne pensez qu'à votre estomac, lâcha Lamb en avalant la dernière bouchée de son sandwich, avant de jeter son papier gras dans une poubelle voisine. Ce gamin va mourir aujourd'hui, un peu de concentration.

Il sortit ses cigarettes.

— Impossible que Taverner en réchappe, dit River.

— Je vois que vous avez le sens des priorités, remarqua Lamb.

— Je ne parle pas de ce qu'elle m'a fait. Elle est derrière tout ça. Si on veut sauver Hassan, il faut la doubler.

— Nous ?

— Personne d'autre ne le fera.

— Alors ce garçon est déjà mort.

— Vous auriez pu laisser les Dogues nous embarquer. Pourquoi être venu nous chercher ? demanda Catherine Standish.

— Pas pour vos talents, rassurez-vous.

— Je pense que vous n'agissez jamais sans raison.

— Le jour où je laisserai les branleurs de Regent's Park me marcher sur les pieds, je me ferai moine. Si les Dogues essaient de me voler mon taille-crayon, je le cache. D'ailleurs, je n'en ai pas.

— C'est quoi, un taille-crayon ? demanda Ho.

— Très drôle.

Ho paraissait perplexe.

— Alors, qu'est-ce qu'on fait là ? demanda Louisa.

Lamb alluma une cigarette. Avec son visage couronné de fumée, il aurait aussi bien pu sortir de la tombe sur laquelle il s'appuyait.

— Soyons réalistes, les Dogues vous trouveront avant que vous ayez pris votre petit-déjeuner, mais au moins vous savez ce qui se passe. Taverner a pris Loy et White, elle doit déjà les avoir retournés à l'heure qu'il est. Ils jureront les yeux fermés que tout ce qu'elle dit est vrai, que j'ai planifié tout ce merdier depuis le Placard.

— Je vois que vous avez le sens des priorités, fit River.

— La différence entre nous, c'est que j'ai une carrière derrière moi et je ne laisserai pas Taverner s'essuyer les pieds dessus.

— Alors c'est tout, on attend que les Dogues viennent nous cueillir ? demanda Min.

— Vous avez un meilleur plan ?

— Hassan est toujours dans la nature, répondit Louisa. Peut-être tout près d'ici. On ne peut pas se tourner les pouces en attendant de retrouver son cadavre.

— Je croyais que vous n'attendiez que votre petit-déjeuner.

— Vous essayez juste de nous motiver, hein ?

— Ouais, c'est ça, pour vous faire découvrir les héros qui sommeillent en vous. Ecoutez, je n'ai pas l'habitude de dire ce genre de chose, mais il faut que vous le sachiez : vous êtes tous aussi nuls les uns que les autres.

Il tira une bouffée. Ils attendirent un « mais ».

— Non, je suis sérieux. Si vous n'étiez pas des ratés, vous seriez encore à Regent's Park. Si vous êtes le dernier espoir de Hassan Ahmed, j'espère que ce garçon croit en Dieu.

Il écrasa sa cigarette sur les feuilles mortes humides.

— Vu que Cartwright est le seul à avoir quelque chose d'utile à proposer, autant qu'il vienne avec moi.

— Où ça ? demanda River.

— Crever les pneus de Taverner, répondit Lamb. Les autres, faites ce que vous voulez.

— Alors vous vouliez vraiment les motiver ? demanda River sur le chemin de la grille.

— Non, répondit Lamb qui le devançait. Je pensais chaque mot que j'ai dit.

— Ça peut quand même avoir pour effet de les motiver.

— Grand bien leur fasse, mais je reste persuadé qu'ils n'arriveront à rien.

Il lança une clé à River qui ouvrit la grille, le laissa passer puis le suivit dans la rue. Lamb traversa en direction d'une camionnette noire garée sur le trottoir d'en face.

— Où est-ce que vous avez trouvé ça ?

— Véhicule de fonction, répondit-il. Vous êtes retourné au Placard ?

— Pas depuis qu'on est partis tous ensemble.

— Alors on ne sait pas si le ménage a été fait.

River ne comprit pas aussitôt : dans son souvenir, personne ne faisait jamais le ménage au Placard. Puis il se rappela Moody.

— Ça fait plusieurs heures. Ils ont peut-être déjà fini.

— Ou bien il est encore là-bas.

Lamb voulait dire le cadavre de Moody. Il démarra.

— Allons voir.

Les autres observèrent Lamb et Cartwright qui disparaissaient entre les arbres.

— Enfoiré ! s'écria Louisa.

— Il nous a traités d'incapables pour qu'on lui prouve le contraire, fit Catherine Standish.

— Non, il cherche juste à couvrir ses arrières, c'est tout.

— Et si ce n'était pas le cas ? objecta Catherine.

— Qu'est-ce que ça change ?

— Ça voudrait dire qu'il veut qu'on lui prouve le contraire.

— Je me fiche de son avis.

— Hassan Ahmed apprécierait qu'on intervienne.

— Le pays entier le cherche depuis deux jours. Comment va-t-on le trouver ? demanda Min.

— On sait où il était il y a peu de temps, répondit Catherine. Et puis on ne le cherche pas lui, on cherche ceux qui l'ont enlevé.

— Quelle différence ?

— On n'a pas répondu à la question de Lamb, après l'interruption de Cartwright. Qu'est-ce que vous auriez fait à la place d'Alan Black ?

— Tu as raison, ça nous donne un avantage, fit Louisa.

— Tu trouves ? s'étonna Ho.

— Pas toi ?
— Je ne me rappelle pas lui avoir adressé la parole.
— Alors pourquoi tu ne l'aimais pas ?
— Il ouvrait les fenêtres.
— Je comprends à quel point ça peut être énervant pour toi, répondit sèchement Catherine.
Ho retira le boîtier de sécurité de son ordinateur et l'éteignit :
— En tout cas, ça ne sert à rien de rester ici, il fait froid et humide. Il est où, ce café ?
— Old Street.
— Alors on y va.
— Tous ensemble ?
— Il faut que quelqu'un m'accompagne, je n'ai pas pris d'argent. Tu as vu s'ils avaient le Wi-Fi ?
Louisa regarda Min, puis Ho.
— Tu veux essayer de chercher Hassan ?
— Pourquoi pas ? fit Ho avec un haussement d'épaules.
— Ne me dis pas que tu cherches l'approbation de Lamb.
— Bien sûr que non, répondit Ho. Je veux juste prouver à ce connard qu'il se trompe.

La voiture s'arrêta, le corps de Hassan cogna contre le hayon. Il le remarqua à peine. Quelques bleus de plus lui paraissaient insignifiants.
Après tout, le pire restait à venir.

Lamb se gara près de l'arrêt de bus en face du Placard. L'un des endroits que Moody surveillait constamment, se souvint River.

— Alors, qu'est-ce qu'on fait ? demanda-t-il.

— Vous voyez de la lumière ?

— Au troisième étage.

— Vous l'avez laissée allumée ?

— Je ne me rappelle pas.

— Réfléchissez.

River réfléchit. En vain.

— Je ne me rappelle pas. Vous étiez là aussi. Pourquoi est-ce que je devrais penser à éteindre la lumière ?

— Parce que j'ai des choses plus importantes à faire.

Aucune silhouette n'apparut à la fenêtre, aucune autre lumière ne s'alluma. Les nettoyeurs pouvaient se trouver à l'intérieur, en train de débarrasser les lieux du corps de Moody. Ils pouvaient être partis en laissant la lumière allumée, ou bien ne pas être venus du tout et débarquer dans les prochaines minutes.

— Il n'y a qu'une seule façon de savoir, fit Lamb qui avait suivi les pensées de River.

— On entre ?

— Vous. Inutile que nous prenions ce risque tous les deux.

— Et si je ne me fais pas prendre, qu'est-ce que je dois faire ?

Lamb lui expliqua.

— Alors qu'est-ce qu'on fait, on essaie de deviner comment on aurait agi à leur place ?

— On essaie de deviner le plan qu'avait prévu Black au cas où leur planque serait découverte.

— Mais son but était justement de faire découvrir leur planque.

— Certes, répondit patiemment Catherine, mais puisqu'il ne le leur a sans doute pas dit, ils devaient avoir un plan B.

— Ils ont tué Black parce qu'ils ont découvert que c'était un espion, ils ne vont sûrement pas se fier à ses plans maintenant.

— C'est vrai, intervint Min, mais en même temps, c'est une bande d'abrutis.

— Qu'est-ce qu'on en sait ?

— Ils sont rentrés dans un groupe qui s'appelle la Voix d'Albion. Si tu veux une définition de l'abruti…

— Ils ont quand même identifié Black.

— Ce n'était pas non plus James Bond.

— Tout ça ne nous mène nulle part, interrompit Catherine.

Ils se trouvaient dans un café sur Old Street, un local long et étroit doté d'un comptoir devant la fenêtre et de tables face à un mur couvert de miroirs. Ils avaient pris un café et commandé le petit-déjeuner. Ho, ayant ouvert son ordinateur portable, arborait son expression habituelle, absorbée, qui signifiait que le monde de son écran devenait plus réel, moins irritant que celui qui l'entourait.

— Ils l'ont peut-être déjà raccourci, dit-il. Pourquoi se préoccuperaient-ils de l'ultimatum ?

— Faisons comme si on avait encore une chance de lui sauver la vie, répondit Catherine. Sinon, autant rentrer nous coucher.

— Et les caméras ? intervint Louisa. Je croyais que le Royaume-Uni en était couvert, surtout les routes.

Ho lui jeta un regard condescendant.

— On ne sait même pas ce qu'ils ont comme véhicule.

— Alors comment on fait ?

Il y eut un silence.

— Il y a peu de chances que Black ait utilisé sa carte de crédit, lâcha enfin Min.

— Il y aura bien une trace papier.

— Des empreintes.

— Dans une opération secrète ?

— Ça coûte de l'argent. A moins que Taverner l'ait financée de sa poche, il y aura…

— Des empreintes, répéta Ho. Pas de trace papier.

— Comme tu veux.

— Ce n'est pas une opération secrète, corrigea Catherine. Elle est clandestine.

— Quelle différence ?

— On peut nier une opération secrète. Une opération clandestine n'a jamais eu lieu.

— Alors comment se passe le financement pour une opération clandestine ?

Catherine réfléchit un instant.

— Un jour, j'ai entendu parler d'une maison tout équipée pour ce genre de mission, à Walsall je crois. Les factures, les impôts locaux, tout était payé par virement permanent. Mais la maison n'existait pas. L'argent passait de la comptabilité vers un compte qui servait à financer l'opération.

— Ça doit être facile de retrouver la trace de ces virements, fit Ho.

— Sauf que la maison dont tu parles n'a jamais existé, objecta Louisa. La nôtre, si.

— Celle de Roupell Street, compléta Min.

Tous se tournèrent vers Ho.

— Je m'en occupe.

— Il faut qu'on sorte de la ville, dit Curly.

— On devrait surtout se débarrasser de la bagnole et disparaître, répondit Larry.

Curly voyait bien qu'il avait ressassé ces mots jusqu'à ce qu'ils lui paraissent irréfutables : *On devrait faire comme ça parce que je l'ai décidé.*

— On a buté un espion, dit-il.

— *Tu* l'as buté.

— Tu étais là quand il est mort, ne chipote pas.

— Face à un tribunal…

— Qu'est-ce que tu racontes, bordel ?

— Parce que…

— Si tu crois qu'on va se retrouver devant un tribunal, tu es encore plus débile que ce jean t'en donne l'air.

— Qu'est-ce qu'il a, mon jean ? demanda Larry.

— On a buté un espion. Tu crois vraiment qu'ils vont nous arrêter ?

— Qu'est-ce que tu racontes ?

— Ils vont nous descendre, point. Pas d'arrestation, pas de procès, pas moyen de chouiner que tu as seulement regardé pendant que je lui coupais la tête.

En prononçant ces mots, il sentit le sang affluer dans son bras. Il avait l'impression d'avoir une érection jusqu'au bout des doigts.

— Deux balles chacun : bam, bam, fin de l'histoire.

Larry tremblait.

— Alors oublie ton tribunal, parce qu'on n'ira pas. Compris ?

Pas de réponse.

— Compris ?

— J'ai compris.

— Tant mieux. Mais ça n'arrivera pas, ajouta-t-il pour détendre l'atmosphère. On ne va pas se faire prendre.

— On a été infiltrés par un espion. Tu crois que…

— Je sais qu'on a été infiltrés. Mais ça veut pas dire qu'ils vont nous choper. Tu crois qu'on est tout seuls ? Il y a du monde avec nous. Tu crois qu'ils vont nous tourner le dos ?

— Peut-être pas, répondit Larry.

— Comment ça, peut-être pas ? Si c'est ce que tu crois, tu aurais mieux fait de rester au pub à te plaindre qu'ils envahissent notre pays, comme un pleurnicheur sans couilles.

— Mais je suis là. Tu sais très bien que je fais pas que parler.

— Ouais, c'est ça.

Curly aurait voulu en dire plus, expliquer à Larry ce que l'avenir leur réservait : ils deviendraient des héros, des hors-la-loi, des Robin des bois. Le symbole de la lutte contre l'Islam. Quand la guerre éclaterait, ils dirigeraient le peuple. Mais il ne dit rien, car Larry n'était pas à la hauteur. Il se prenait pour un soldat, mais ce n'était qu'un lâche, fort en gueule mais trouillard dès qu'il s'agissait de passer à l'action. Inutile de lui parler d'un avenir qui n'appartenait qu'à Curly.

Larry ne savait encore rien de tout ça, mais il allait bientôt le découvrir.

La maison de Roupell Street ne leur apprit rien.

— Propriété de l'administration depuis les années 1950, lut Ho dans les archives qu'il avait trouvées en ligne. D'abord des Finances, avant de passer à « fonctions collatérales ».

— Une planque.

— Apparemment, elle est à vendre.

— Ce qui signifie qu'il n'y aura aucune trace, fit Catherine. Taverner s'est contentée de chercher une maison vide dans le portefeuille des ventes.

— Alors ils squattaient, dit Min.

— En gros.

— Ils auraient eu l'air malin si un acheteur s'était présenté.

— Peu probable, vu les prix du marché.

— Tout ça ne nous mène nulle part, coupa Louisa. Qu'est-ce qu'on fait ?

— On se tourne les pouces, répondit Ho. Ce gamin est foutu.

— Fermez-la ! lança Catherine.

Ho lui jeta un regard méfiant.

— Mettez-vous bien ça dans la tête : tant qu'on n'a pas la certitude qu'il est mort, on continue à chercher. On ne sait rien de leur plan. Ils sont capables de vouloir s'en tenir au timing original parce que c'est l'anniversaire d'Hitler ou je ne sais quoi. On a peut-être encore le temps.

Ho ouvrit la bouche comme pour annoncer la date de l'anniversaire d'Hitler, mais il se ravisa.

— Personne ne songe à abandonner, fit Louisa.

Leurs assiettes arrivèrent : trois petits-déjeuners anglais complets, une omelette aux champignons. Ho posa son ordinateur sur ses genoux et engloutit une fourchette de haricots.

— On ne t'a jamais appris à manger ? demanda Louisa.

Ho la regarda tout en mâchant, comme pour annoncer qu'une repartie foudroyante arriverait dans quelques instants.

— Bon, ils ont eu la maison gratos, mais ils auront bien eu besoin d'argent, ne serait-ce que pour le transport, fit remarquer Min.

— Ils ont peut-être volé une voiture.

— Pour un kidnapping ? Trop risqué.

— Ils ont peut-être utilisé leurs propres véhicules.

— Black était un pro. Il doit avoir demandé du neuf.

Catherine acquiesça.

— Et payé cash, ajouta Min.

— Sûrement, convint Louisa.

— S'ils ont payé en liquide, on ne retrouvera pas la moindre trace.

Catherine découpait son omelette en tranches égales. Les autres l'observaient, fascinés.

Quand elle eut terminé, elle mangea deux morceaux en silence puis but une gorgée de café.

— Pas nécessairement, dit-elle. Black opérait sous un faux nom. Quand on se fait une couverture, on commence par prendre une carte de crédit. C'est facile. Ensuite, pourquoi ne pas s'en servir ? Ça fait gagner en vraisemblance.

— Gagner quoi ? demanda Ho.

Catherine lui jeta un regard en coin.

— C'est bien joli, mais où est-ce que ça nous mène ? On ne sait pas quel nom il utilisait, fit remarquer Min.

— Lamb ne lui a pas fouillé les poches ?

— Je pense qu'il nous l'aurait dit s'il avait trouvé un indice.

— Reprenons au début, suggéra Louisa. Vous menez une opération, de quoi avez-vous besoin ?

— D'une couverture, répondit Ho.

— Avec au moins trois soutiens.
— Des soutiens ?
— Comme des références sur un CV, expliqua Catherine. Il faut au moins deux adresses ou numéros de téléphone de gens qui puissent confirmer qui vous êtes au cas où quelqu'un voudrait vérifier.
— Comment ça marche, quand on est clandestin ?
— On fait appel à des free-lances.
Ils réfléchirent.
— Ça commence à faire cher.
— Caisse noire, répondit Louisa.
— C'est difficile, depuis l'affaire Miro Weiss.
Au cours de laquelle un quart de milliard de livres investies pour la reconstruction en Irak avaient disparu dans la nature.
— OK, alors comment est-ce qu'on fait ça pour pas cher ?
— Avec des amis.
— Personne n'a d'assez bons amis pour ça, objecta Ho.
— Peut-être pas dans ton monde, mais un tas de gens doivent sans doute des services à Taverner. En plus, ce n'est pas grand-chose : il suffit de répondre à un coup de fil d'un abruti qui demande si tu te portes garant pour untel. Ça prend deux minutes, maximum.
— Non, répliqua Catherine. Il faut une ligne de téléphone spéciale et être prêt à jouer un rôle vingt-quatre heures sur vingt-quatre. En temps normal, ce sont les Reines qui gèrent ça. Quand elles reçoivent un appel, le système leur dit quel rôle elles sont censées jouer.
Min se souvint que Catherine avait été le Vendredi de Charles Partner. Min était arrivé bien après l'époque de Partner, mais l'homme était encore une légende.
— Bon… dit-il, mais n'alla pas plus loin.

— Oh, merde, lâcha Catherine.

C'était la première fois qu'ils l'entendaient jurer.

— Je crois que je sais ce qu'ils ont fait.

— Je croyais qu'on sortait de la ville, dit Curly.

— J'essaye, répondit Larry.

Il n'avait pas l'air. Ils venaient de dépasser une autre mosquée, ou alors ils tournaient en rond et c'était la même.

— C'est grand ce bordel ?

— Londres ? Assez… répondit Larry.

Curly l'observa du coin de l'œil, mais il ne se moquait pas. Il avait plutôt l'air mal en point. Il ne manquerait plus qu'un policier les arrête pour s'assurer qu'il n'allait pas faire une attaque cérébrale au volant.

— Je croyais que tu suivais les panneaux.

— Je croyais que tu devais me dire lesquels suivre.

— On a une carte quelque part ?

Curly répondit à sa propre question en ouvrant la boîte à gants, où il ne trouva rien d'autre que les documents de location et quelques manuels.

— Il y a ça, dit Larry.

— Quoi ?

— Ça, indiqua-t-il.

Curly comprit.

— OK, dit-il. Maintenant, on sait où on va.

Après avoir franchi la porte, River marqua une pause. Une faible lueur provenait du troisième étage telle une présence fantomatique, mais il n'entendait rien. Ce qui signifiait soit qu'il était seul, soit que les autres occupants de la maison étaient très calmes.

Il pouvait rester là à se poser cette question, ou bien monter vérifier.

Il gravit lentement la première volée de marches, autant par prudence que par fatigue. Son corps ressentait le poids des dernières heures : poussées d'adrénaline, scènes violentes. Epuisant. *Le problème n'est pas de savoir si tu supportes ce qui arrive*, disait le Vieux. *Il faut tenir le coup après, une fois que tout est fini.*

Mais tout n'était pas fini. Il eut un regain d'énergie en pensant à ce que lui avait fait Diana Taverner.

La deuxième volée de marches fut plus facile. Arrivé à la troisième, il espérait presque trouver quelqu'un, l'un des nettoyeurs, un Dogue. Quelques heures plus tôt, il se serait éclipsé discrètement. Pas cette fois-ci.

Il ne trouva personne d'autre que Jed Moody, raide mort sur le palier. River le dépassa et monta jusqu'au bureau de Lamb. Il y trouva une boîte à chaussures, comme promis. Suivant ses instructions, il l'emporta et redescendit.

Arrivé sur le palier, il s'agenouilla à côté du corps de Moody. Le fait qu'il soit mort aurait dû lui faire quelque chose, mais il trouvait seulement étrange que Moody, comme lui-même, n'ait été qu'un pion dans un jeu joué par d'autres. Excepté que pour Jed, la partie était finie. Les serpents et les échelles, c'était une chose. L'escalier lui avait été fatal.

Pourtant, il avait une arme, il n'aurait pas dû être éliminé. S'il avait été prêt à s'en servir, River serait agenouillé à côté du cadavre de Min Harper ou de Louisa Guy et Moody aurait disparu avec les économies de Lamb.

Moody n'avait pas voulu leur tirer dessus : peut-être existait-il une loyauté entre les Tocards, après tout. Ils ne s'étaient jamais témoigné la moindre sympathie, du moins avant le début de cette longue nuit, mais Moody ne s'était pas résolu à leur tirer dessus.

Ni sur personne d'autre, même si Sid avait été victime d'un accident.

Pour une raison ou pour une autre, River laissa une dernière seconde de répit à Moody.

Puis il déshabilla son cadavre.

— Les légendes ne meurent jamais, dit Catherine. Sinon ça ne serait pas des légendes. Quand on prend une couverture pour longtemps, il faut faire des papiers : passeport, certificat de naissance, tout. Cartes de crédit, de bibliothèque, tout ce qui remplit un portefeuille.

— Bien sûr.

— On sait ça.

— Et ça coûte de l'argent.

Ho leva les yeux au ciel. Il avait plus parlé ce matin-là qu'au cours des deux derniers mois.

— On a compris. Où tu veux en venir ?

— Ils ont dû faire les choses au rabais.

— Merci, le génie de service. Alors d'après toi, ils ont trouvé des faux papiers en solde ? Peut-être chez Oxfam…

— Tais-toi, Ho.

— Ouais, tais-toi. Qu'est-ce que tu entends par « au rabais », Catherine ?

— Ils réutilisent de vieilles identités, répondit-elle. Est-ce que Black a déjà été infiltré ?

Voilà qui était mieux. A présent, ils avaient un guide. « Tournez à gauche dans cent mètres. »

— Quelle bêcheuse, dit Larry.

— C'est toutes des bêcheuses.

— Tu sais très bien de qui je parle.

— Eh ben non, vraiment pas. Et je m'en fous.

Il était cinq heures, ce qui signifiait qu'ils avaient perdu une heure. Aucun son ne provenait du coffre. Curly se demanda si le Paki s'était endormi, s'il était mort d'une crise cardiaque ou autre. Ça serait vraiment arnaquer le bourreau. Il se demanda ce que ça changerait s'ils devaient le décapiter déjà mort. Pas grand-chose, conclut-il. Moe aussi était déjà mort : lui couper la tête avait quand même été une affaire sérieuse. Le monde comprendrait le message.

Il rit, un aboiement sec qui surprit Larry. Il fit un écart, faillit érafler une autre voiture… Le moindre détail compte. Erafler une voiture, déclencher une alarme, se faire arrêter par un policier : *Sortez du véhicule, s'il vous plaît. Qu'est-ce que c'est, sur la banquette arrière ?*

C'est quoi, ce bruit dans le coffre ?

Mais Larry se ressaisit. Il n'y eut ni égratignure ni alarme.

— Qu'est-ce qu'il y a de si drôle ?

Curly avait oublié. Seule sa révélation lui resta : tout pouvait dégénérer en l'espace d'une seconde. La moindre erreur pouvait tout gâcher.

Alors autant oublier l'ultimatum. Il fallait trouver un endroit sûr et le faire.

Le faire, filmer, disparaître.

Ho accéda au dossier de Black. Il avait été rétrogradé depuis son départ mais restait actif – contrairement à Black lui-même. Ho se retint de faire la remarque. Il n'aimait pas Black mais, ce matin-là, être un Tocard semblait compter pour quelque chose.

— C'est aussi facile que ça, d'accéder à nos dossiers ?

— Tu peux trouver les nôtres ?

— Non, répondit-il à la première question. Oui, à la seconde.

Si c'était si facile, n'importe qui pourrait le faire. Mais pour Ho, c'était du gâteau.

— Je croyais qu'ils changeaient régulièrement les paramètres.

— Ils le font.

Mais Ho piratait les paramètres du système de sécurité plutôt que la base de données et se laissait un accès. Peu lui importaient les modifications. C'était comme s'ils changeaient la serrure tous les mois puis laissaient la porte ouverte.

— Alan Black. Nous y voilà, annonça-t-il. Il a surtout fait la sécurité des ambassades.

— La planque.

— Il a déjà été infiltré ?

— Une seconde !

— Pardon.

— Prends ton temps.

— On croyait juste que tu étais doué.

Ho vit trois paires d'yeux qui le fixaient, hilares.

— Ouais, c'est ça. Allez vous faire foutre, répliqua-t-il.

Mais il trouvait ça cool. Un peu comme s'ils l'avaient appelé Clint.

— Tant que tu y es, comment s'est-il retrouvé au Placard ? demanda Catherine.

— Il s'est tapé la femme d'un ambassadeur vénézuélien.

— C'est ce qui est écrit ?

— En termes plus édulcorés.

Catherine repensa à Alan Black qui avait tenu six mois au Placard. Elle n'avait aucun souvenir précis de lui, à part sa frustration constante de s'être retrouvé dans ce cul-de-sac, mais cela pouvait s'appliquer à n'importe lequel d'entre eux – sauf peut-être Struan Loy. Et elle-même, bien sûr. Il était gros, de taille moyenne, allure moyenne… Personnalité moyenne, en fait. Elle ne parvenait pas à l'imaginer ayant du succès auprès des femmes. D'un autre côté, il n'avait pas complètement foiré, puisque Taverner l'avait recruté pour son opération clandestine. Elle devait avoir un faible pour lui.

A la différence que l'histoire s'était plutôt mal terminée.

— OK, j'ai trouvé, annonça Ho. Il avait des papiers au nom de Dermot Radcliffe. Couverture complète.

— S'il faisait de la surveillance, pourquoi avait-il besoin de faux papiers ?

— La surveillance peut devenir très rapprochée, dit Catherine.

— L'ambassadeur vénézuélien en sait quelque chose.

Catherine ignora la remarque.

— Quand on travaille dans une ambassade, mieux vaut avoir des papiers. Après tout, on est en territoire étranger.

— Et mieux vaut ne pas utiliser son vrai nom pour une mission intime.

— Vous allez continuer avec ça toute la matinée ?

— Pardon.

— J'ai un numéro de compte, lança Ho.

— Il est toujours actif ?

— Comme je vous l'ai dit, les couvertures ne meurent pas, dit Catherine. Personne ne les efface jamais. S'il avait deux sous de bon sens, il a gardé ses cartes en quittant le Service. Un garde-fou.

— Au cas où il aurait besoin de devenir quelqu'un d'autre.

— Ou bien de reprendre cette identité-là, ajouta Catherine.

— Vérifions donc l'activité du compte de ce M. Radcliffe, fit Ho, ses doigts arpentant le clavier.

Hassan ?

La voix perça l'obscurité.

Hassan !

Il savait qui c'était. Seulement il n'y croyait pas.

Hassan, ouvre les yeux, chéri.

Il ne voulait pas.

Hassan se vidait. Le micro ouvert dans sa tête s'était refermé, le spot s'était éteint, remplacé par le noir, le bruit du moteur et les vibrations du cercueil en fer dans lequel on l'avait entassé.

Hassan, ouvre les yeux !

Il n'était pas sûr de pouvoir. D'autres gens prenaient les décisions. Hassan Ahmed n'avait plus ni volonté ni pouvoir, il rétrécissait à chaque instant. Bientôt, il ne resterait rien de lui. Quel soulagement.

Mais qu'il le veuille ou non, il fut ramené à la lumière.

Hassan ! Ouvre les yeux ! Tout de suite !

Il ne le fit pas. Impossible. Il résista.

Mais, du fond de l'obscurité, il se demanda : *Pourquoi est-ce que Joanna Lumley me parle ?*

Quelque chose a changé chez Catherine Standish, songea Louisa Guy tout en observant Ho qui se frayait un chemin dans la jungle numérique tel un Tarzan électronique. Tous avaient changé, mais Catherine avait épousé le rôle de leader. Avant, elle hantait le Placard tel un fantôme, brassait du papier, désapprouvait le désordre, toujours là, virtuellement absente. Une ancienne alcoolique, tout le monde le savait. Quelque chose en elle évoquait la perte, un élément manquant. Une ampoule grillée. Louisa ne s'était jamais demandé de quoi elle était capable à pleine puissance. Après tout, elle avait été l'assistante personnelle de Charles Partner, Miss Moneypenny.

Mais Louisa devait se concentrer sur sa mission. Lamb les prenait pour des incapables. S'il avait raison, Hassan mourrait. S'il avait tort, il risquait tout de même de mourir. Ses chances étaient minces.

Ho, par exemple, était tout sauf incapable. Il avait beau être un sale con, il savait se servir d'un clavier. En le regardant piller les informations sur le Net puis les fixer à travers l'épaisse monture noire de ses lunettes, Louisa songea qu'elle n'aimerait pas qu'il porte son regard de hacker sur sa vie privée et sa carrière.

Chose que, bien sûr, il avait sans doute déjà faite.

L'immeuble de Regent's Park était éclairé : au sol, des spots bleus projetaient d'énormes ovales lumineux sur la façade, comme pour souligner le fait qu'il s'y passait des choses graves. Dans le temps, peu de gens savaient à quoi servait ce bâtiment. A présent, sa photo figurait sur un site où l'on pouvait télécharger des formulaires de recrutement.

Jackson Lamb gara la camionnette volée sur le trottoir et attendit. Il ne fallut pas longtemps : en moins de trente secondes, le véhicule fut encerclé.

— Pourriez-vous descendre de la voiture, monsieur, s'il vous plaît.

Aucune arme en évidence. Pas besoin.

— Monsieur ?

Lamb baissa la vitre. Il se retrouva nez à nez avec un jeune homme qui fréquentait assidûment la salle de sport : muscles fermes sous un costume anthracite. Un fil blanc reliait son oreille au revers de sa veste.

— Descendez, monsieur, répéta-t-il.

— Va chercher ton chef, petit, dit aimablement Lamb avant de remonter la vitre.

— Il a loué une voiture, annonça Ho.

— Tu rigoles.

— Je t'assure. « Location Triple D », à Leeds.

— Il a loué une voiture en mission ?

— Ce n'est pas idiot, intervint Catherine.

Signe de sa nouvelle place dans le groupe, tous attendirent qu'elle en dise plus.

— OK, il était en mission, mais n'oublions pas qu'elle devait être de courte durée. Le gamin devait être sauvé. Black n'avait pas besoin de couvrir ses traces.

— Alors le plus simple était de louer une voiture.

— Voilà.

— Quelqu'un a un téléphone ? demanda Ho.

— Lamb nous a dit de les balancer.

— Il y a une cabine aux toilettes, dit Catherine. Quel est le numéro ?

Elle griffonna les chiffres que lui dictait Ho puis se dirigea vers le téléphone.

— Le soleil est à peine levé, tu crois que ça sera ouvert ?

— « Triple D offre un service vingt-quatre heures sur vingt-quatre », lut Ho.

— Ça doit être un gamin au fond de son garage, supposa Min.

— Je parie dix livres qu'elle foire.

— Tenu, répondit Louisa.

— Pareil, renchérit Min.

— Qu'est-ce qui se passe ? s'inquiéta Ho. Tout le monde se comporte bizarrement, depuis hier.

— Le Placard reprend du service, répondit Min. Elle va ramener des infos utiles.

— Elle a du ressort, ajouta Louisa.

James Webb, dont la mission futile consistait à empêcher les gens de l'appeler Spider, se trouvait dans son bureau. Après que Lamb l'eut abandonné sur le trottoir avec Nick Duffy et qu'il se fut remis du choc de voir une femme d'âge mûr le menacer avec une arme – *Je peux vous tirer dans le pied s'il le faut. Comme ça, vous arrêterez peut-être de sourire comme un crétin* –, ils étaient rentrés. Duffy n'avait pas décroché un mot. Hé, c'est pas ma faute, avait eu envie de lui crier Webb. A présent, il était de retour dans son clapier, où Duffy n'avait plus besoin de lui.

Après tout, Webb ne faisait pas partie de ses Dogues. Il était arrivé là par la voie des études : il avait fait ses deux ans de stage, suivi les cours, passé les examens. Il avait supporté des nuits sur des landes abandonnées, des exercices d'évaluation comme autant d'étapes sur la voie du succès. Il avait arrêté un kamikaze potentiel devant la Tate Gallery, joué le rôle de contrôleur lorsque Cartwright avait lamentablement échoué à sa propre évaluation. Taverner l'avait pris sous son aile, ce qui expliquait pourquoi lui, et non Cartwright, se trouvait maintenant à Regent's Park.

Contrairement à River, il n'avait jamais voulu travailler sur le terrain. Les agents n'étaient que des pions sur l'échiquier. L'ambition de Webb était de s'asseoir à table pour jouer. Son travail actuel, faire passer les entretiens aux nouvelles recrues – *relations humaines*, s'était moqué River –, constituait un premier pas sur la route qui ferait de lui le maître des secrets. Cela sonnait moins glamour que les missions sur le terrain, mais cela rimait avec moins d'intempéries, moins de chances de vérifier à quel point les techniques de résistance aux interrogatoires étaient efficaces et, théoriquement, moins de chances qu'une femme mûre vous braque avec une arme. Il avait toujours existé une opposition entre les costards et les agents. Cependant, les règles du jeu avaient changé au cours des dix dernières années. Le renseignement était un business comme les autres : il y aurait toujours des champs de bataille sanglants, mais au niveau des renseignements, la guerre ressemblait plus à celle que se livraient Coca-Cola et Pepsi. Un combat que Webb se sentait capable de mener.

Pour l'instant, River semblait se trouver au cœur des événements. Les Tocards avaient mis tout le monde sur le pont, cette nuit-là. Sid Baker était sous un scalpel, un autre était mort et, selon la rumeur, Jackson

Lamb aurait orchestré le kidnapping de ce gamin. Quelle que soit la vérité, il avait l'impression diffuse qu'une catastrophe était imminente. Pourtant, tout restait interne. Aucun ministre dans les parages. Spider l'aurait remarqué : dès que le ministre entrait dans le bâtiment, il s'y répandait comme une onde de choc.

Costard ou pas, Spider se sentait mis sur la touche. Taverner n'aimait pas le voir au centre opérationnel sans qu'il y ait été invité. Voilà l'inconvénient d'être sous son aile : elle ne voulait pas que cela se sache. Cependant, il ne parvenait pas à rester face à ses dossiers sans avoir l'impression que c'était lui et non River qui avait échoué à un examen important.

Après s'être demandé à quel point il redoutait d'énerver Lady Di, il décida d'attendre encore un peu.

— Comment tu as fait ?

— Dermot Radcliffe a loué une Volvo il y a trois semaines pour des vacances en famille, répondit Catherine Standish. Il voulait un grand coffre.

Louisa sentit son cœur s'emballer.

— Ils t'ont dit ça comme ça ?

— Pourquoi pas ? Après tout, je suis sa sœur et je cherche désespérément à le joindre. Notre mère est à l'hôpital.

Catherine s'assit. Elle prit sa tasse de café puis la reposa, s'apercevant qu'elle était froide. Elle récita le numéro d'immatriculation de mémoire.

— Evidemment, on ne peut pas savoir s'ils s'en servent encore.

— Ils ont quitté Roupell Street à la hâte, fit Min Harper. Soit ils ont pris cette voiture, soit ils en ont volé une autre. Dans ce cas, la Volvo n'a pas bougé et la nouvelle sera bientôt signalée.

— Impossible de se déplacer dans Londres sans être filmé.

— Ça nous serait utile si on était au Trocadéro, mais je n'ai qu'un ordinateur, lança Ho.

Il parlait du centre névralgique des systèmes de surveillance de la ville, où l'on pouvait scruter Londres sur un mur d'écrans.

— Ça peut quand même suffire, dit Catherine.

Trois paires d'yeux se tournèrent vers elle.

— Les voitures de Triple D sont équipées d'un GPS.

Joanna Lumley était la sauveuse de l'ethnie gurkha, maltraitée par plusieurs gouvernements britanniques consécutifs. Une femme formidable. Quand on avait refusé aux Gurkha le droit de vivre dans le pays qu'ils avaient défendu pendant la guerre, elle s'était élevée contre cette situation. Lors d'un retournement de situation typiquement britannique, Joanna Lumley avait réussi à faire céder un gouvernement qui, visiblement sous le charme, avait accordé aux Gurkha le droit de résidence. En retour, ceux-ci la vénéraient comme une déesse.

Comment Hassan pouvait-il ignorer ses ordres ?

Hassan, ouvre les yeux, chéri. C'est bien.

Il ne voulait pas les ouvrir.

Je ne vais pas te le répéter.

Il ouvrit les yeux.

Bien sûr, il n'y avait rien à voir. Mais, au moins, il était présent, contrairement au vide dans lequel il était tombé quelques instants plus tôt.

Rien n'avait changé. Il était toujours recroquevillé dans le coffre d'une voiture, toujours cagoulé, ligoté, bâillonné. Il était toujours secoué comme la bille d'un sifflet. Et il entendait toujours Joanna Lumley, excepté qu'elle ne s'adressait plus à lui. Elle semblait plutôt donner des indications à quelqu'un d'autre. *Tout droit sur deux cents mètres.* Hassan comprit qu'il s'agissait d'un GPS programmé avec la voix de Joanna Lumley. Cela devait coûter plus cher que la version basique, mais certains trouvaient sans doute que cela en valait la peine.

Joanna ne s'était jamais adressée à Hassan.

Quoi qu'il en soit, il était de retour dans le monde des vivants. Du moins pour l'instant.

— C'est une blague ? demanda Nick Duffy.

— Je te rends ta voiture. J'ai eu peur qu'ils la retiennent sur ton salaire.

— Tu m'as braqué avec un flingue.

— Non, j'ai laissé quelqu'un d'autre le faire. Et puis elle ne l'a pas braqué sur toi mais sur ton agent.

Toujours assis à la place du conducteur, Jackson Lamb posa son coude gras sur le bord de la vitre ouverte et murmura :

— Le flingue est dans ma poche, au cas où je m'agiterais.

— Descends de la voiture.

— Tu ne vas quand même pas me faire abattre ?

— Pas ici.

— Tant mieux. Je voulais juste dire deux mots à Lady Di.

Il s'enfonça dans son siège et remonta la vitre. Duffy ouvrit la portière et lui tendit la main.

Avec force halètements – une comédie qui ne prit pas avec Duffy –, Lamb sortit sur le trottoir puis tira l'arme de la poche de son manteau.

L'espace d'un instant, toute l'assistance se raidit.

Lamb posa le revolver dans la main tendue de Duffy puis laissa échapper un pet sonore.

— Sandwich au bacon, expliqua-t-il. Ça va durer toute la matinée.

Le jeune homme baraqué dans le costume anthracite se glissa derrière le volant de la camionnette. Aussi naturellement que s'il avait répété la scène, il fit marche arrière et disparut au coin de la rue, où une allée le mènerait vers le monde souterrain de Regent's Park.

— Bon, fit Lamb une fois qu'il eut disparu. Je tuerais pour un café. On rentre ?

— Tourne ici.

— Ici ?

— Je parle à un mur ?

Larry emprunta la sortie. Joanna Lumley protesta.

— Changement de programme, chérie, annonça Curly en éteignant le GPS.

— On va où ? demanda Larry.

La bretelle les mena sur une petite route qui longeait la forêt d'Epping. S'ils avaient continué vers le nord, ils ne seraient pas arrivés bien loin de là, mais se perdre avait certains avantages. Curly n'était jamais venu, mais il connaissait le nom. Tout le monde le connaissait. Le cimetière idéal, fréquemment mentionné dans les émissions criminelles. C'était là que les gangsters enterraient leurs ennemis, ou se contentaient de brûler la voiture dans laquelle ils les avaient descendus avant de rentrer en sifflotant dans la jungle de ciment. L'endroit avait sans doute connu plus de meurtres que de pique-niques. Il y aurait bien la place pour un autre corps. Deux, au besoin.

Des arbres touffus bordaient la route, le ciel disparaissait derrière la canopée. Des phares approchèrent. Le bruit du véhicule atteignit les oreilles de Curly comme s'il avait été sous l'eau.

— On va passer aux choses sérieuses, dit-il.

Une bulle gonfla en lui, puis éclata sous forme d'un gloussement.

Larry lui lança un regard en coin mais n'osa pas prononcer un mot.

Enerver Lady Di ne serait pas bon pour la carrière. De telles considérations dictaient souvent les choix de Spider Webb. Il n'avait pas besoin de monter au centre opérationnel. Il lui suffisait de se promener au rez-de-chaussée. Regent's Park fonctionnait comme n'importe quel bureau : les gens à l'accueil étaient les premiers à savoir ce qui se passait.

Il quitta donc son bureau, descendit le couloir et emprunta l'escalier de secours. Il s'arrêta un instant, distrait par un mouvement de l'autre côté de la fenêtre. Deux étages plus bas, une camionnette noire descendait la rampe du parking souterrain. Toutes les camionnettes se ressemblaient, mais Webb se demanda si ce n'était pas celle que Lamb avait détournée quelques heures plus tôt. Dans ce cas, soit Lamb avait été pris, soit il s'était rendu. Le cœur de Spider penchait pour une arrestation brutale. Pour la femme aussi. *Je peux vous tirer dans le pied.* Il n'était pas près d'oublier cela. Surtout la parfaite sincérité de sa voix.

Le véhicule disparut. Impossible de voir qui était au volant : il pouvait aussi bien s'agir de Lamb en personne. Il n'aurait pas pu franchir les barrières sans l'autorisation du Park, mais Webb avait entendu bien des fables à son sujet. Il était donc possible que Lamb erre dans le ventre de l'immeuble.

C'était peu probable, mais cela donnait à Spider l'excuse dont il avait besoin pour aller voir ce qui se passait.

Une nouvelle décharge d'adrénaline envahit Catherine Standish tandis qu'elle regardait Ho accomplir une énième pirouette virtuelle. Rien à voir avec lui. Elle n'admirait pas particulièrement les talents technologiques : ils étaient utiles quand quelqu'un d'autre les possédait car cela lui évitait de se fatiguer, mais ils ne représentaient pas plus une qualité à ses yeux que le fait de posséder telle ou telle marque de voiture.

L'excitation avait débuté plus tôt dans la matinée, quand elle avait sorti le revolver de Lamb pour le braquer sur le jeune homme à côté d'elle. *Je peux vous tirer dans le pied s'il le faut. Comme ça, vous arrêterez peut-être de sourire comme un crétin.* Parfois, d'autres subissaient les moments effrayants.

Min Harper dit quelque chose, à moins que ce ne fût Louisa Guy.

— Pardon ?

— Tu crois qu'on retrouvera sa trace à temps ? répéta Min.

Ça aussi, c'était nouveau : ils la regardaient comme si elle possédait des réponses, ou du moins des opinions valables. Elle serra le poing sous la table, comme si elle tenait encore une arme.

— Il faut agir comme si on voulait lui sauver la vie, pas retrouver son corps, dit-elle.

Min et Louisa échangèrent un regard qu'elle ne comprit pas.

Dehors, le jour s'était levé, la circulation s'amplifiait. Les clients affluaient, emportaient leur café et leurs croissants ou bien leur dîner après une nuit de travail. Habituée à se lever tôt, Catherine trouvait cette scène familière. Cependant, elle voyait cette matinée avec des yeux nouveaux. Elle détendit la main. Combattre les conduites addictives lui avait appris à quel point elles pouvaient être puissantes : elle savait qu'elle se raccrochait à un souvenir malsain. Pour l'instant, elle se sentait bien. Elle espérait simplement que les autres ne remarquent pas son excitation.

— Il ne reste plus qu'à attendre, fit Ho.

— Tu as trouvé le système de navigation ? demanda Louisa.

— Bien sûr. Ils utilisent RoadWise. Il suffit de pirater le système.

— Pourquoi il faut attendre ?

— Parce que je viens de contacter quelqu'un qui l'a déjà fait. Ça sera plus rapide que de m'y prendre moi-même.

Il replongea dans son ordinateur, jusqu'à ce que le silence de ses collègues brise sa concentration.

— Quoi ?

— Tu peux expliquer un peu ?

Il poussa un soupir exagéré.

— Il existe une communauté de hackers, au cas où vous ne le sauriez pas.

— Comme pour les philatélistes.

— Les fous de trains.

— Les poètes.

— Un peu, convint Ho à la surprise générale. Mais c'est bien plus cool. Les hackers piratent les systèmes seulement parce qu'ils existent. Comme les gens qui font des mots croisés ou des Sudoku.

Son expression laissait imaginer ce qu'il pensait de ces activités.

— On pirate et on partage.

— Alors quelqu'un a déjà piraté RoadWise ?

— Ouais, bien sûr. Si ça existe, ça a déjà été piraté. Et si quelqu'un est assez cool pour l'avoir fait, il appartient à la communauté. Il va répondre d'un instant à l'autre, fit-il en désignant son ordinateur comme s'il s'agissait d'une foule. On ne dort jamais, ajouta-t-il en voyant leurs expressions dubitatives.

— Il y a quelque chose que je ne comprends pas, dit Catherine.

Ho attendit.

— Tu es en train de nous dire que tu as des amis ?

— Les meilleurs : ceux qu'on ne voit jamais.

Son ordinateur émit un bip.

— Et voilà.

Catherine le regarda se remettre au travail. *Il faut agir comme si on voulait lui sauver la vie, pas retrouver son corps*. C'était la seule approche possible.

Ça ne serait pas mal s'ils pouvaient se dépêcher un peu : le temps ne jouait pas en faveur de Hassan.

La voiture s'arrêta, le moteur également.

Le silence et l'immobilité étaient pires que le bruit et le mouvement. Le cœur de Hassan battait la chamade. Il n'était pas prêt à mettre son plan d'évasion à exécution, parce qu'il n'en avait pas. Et puis comment se préparer à être tiré du coffre pour qu'on lui annonce qu'il allait mourir ? Il n'était pas prêt.

Les yeux fermés, il essaya d'invoquer Joanna Lumley, mais elle ne vint pas. Il était seul.

Puis le coffre s'ouvrit, de grosses mains le soulevèrent et le jetèrent au sol tel un sac de patates.

Instinctivement, il retira la cagoule qui lui couvrait le visage. Pas évident, avec les mains attachées, mais il y parvint. La tête libérée, Hassan eut l'impression de voir le monde pour la première fois. Il se trouvait dans une forêt. La voiture s'était arrêtée sur un chemin de terre entouré d'arbres et de souches tapies dans les creux tels des gobelins. Le sol était recouvert d'une boue compacte parsemée de branches et de feuilles mortes. L'air avait la saveur du petit matin. On sentait la présence de la lumière, qui traçait le contour des branches.

Les deux ravisseurs restants se penchèrent au-dessus de lui. Il vit d'abord leurs bottes. Cela semblait dans l'ordre des choses : il devait y avoir plus d'activité dans leurs chaussures que dans leur crâne. Cette pensée soulagea un peu Hassan. Il avait froid, il était sale, couvert de bleus et il puait, mais au moins il n'était plus dans une cave. Il n'était pas le chien de ces enfoirés, prêt à obéir au moindre de leurs ordres. A tous les niveaux, il valait mieux qu'eux deux réunis.

L'une des bottes lui enfonça l'épaule dans le sol. Elle appartenait à celui que Hassan appelait Curly. Loin au-dessus de ce pied, son visage lui adressait un sourire cruel.

— Terminus, dit-il.

— Heureuse que vous soyez revenu à la raison, dit Taverner.

Lamb l'ignora. Il se contenta d'inspecter son équipe : chacun était penché sur son bureau, absorbé par son travail, mais surveillait le moindre de ses mouvements. Une lumière douce baignait le centre opérationnel, qui bourdonnait d'une sorte de bruit blanc dont l'effet s'apparentait à celui d'un rideau acoustique. Même sans la paroi de verre, personne n'aurait pu entendre leur conversation.

Sauf Nick Duffy qui se trouvait avec eux dans le bureau de Taverner.

S'il subsistait le moindre doute quant au fait que Diana Taverner puisse lire dans les pensées, elle le démentit aussitôt.

— C'est bon, Nick, vous pouvez nous laisser.

Il sortit à contrecœur.

— Trois sucres, tu seras gentil, lui lança Lamb tandis qu'il s'éloignait.

— Vous voulez le topo ? lui demanda Taverner.

— J'en meurs d'envie, ma chère.

— On a trouvé le cadavre de Black. Il faisait partie de votre équipe. De toute évidence, il était impliqué dans le kidnapping de Hassan Ahmed. On vous a vu en sa compagnie au début de l'été, longtemps après son départ du Placard. Deux membres de votre équipe ont témoigné dans ce sens. Vous voulez que je continue ?

— Je suis tout ouïe, lui assura Lamb. Ces deux témoignages, Loy et White j'imagine.

— Ce sont des témoins crédibles. Ils vous ont associé à Black. Entre cela et l'excursion meurtrière de Moody hier soir, le Placard se retrouve dans de sales draps. Si vous voulez vous en sortir, il va falloir coopérer.

— Meurtrière ? releva Lamb.

Une ombre passa sur le visage de Taverner.

— Désolée, vous n'étiez pas au courant ?

Il sourit, ou plutôt la chair de son visage se tendit.

— Voilà un souci en moins, dit-il.

— C'est comme ça que vous voyez vos agents ? Des soucis ?

— Baker n'a jamais fait partie de mon équipe, à ce que je sache. Vous ne l'avez pas mutée au Placard parce qu'elle avait couché avec la mauvaise personne. C'était une taupe. Elle surveillait River Cartwright.

— Vous en avez la preuve ?

— Elle me l'a dit.

— Elle ne risque pas de confirmer, rétorqua Taverner, le regard fixe. Je vais vous faire une proposition,

Jackson, un compromis acceptable dont nous sortirons tous gagnants. Signez la déclaration de Loy et White, qu'on en finisse.

— Je ne suis pas très subtil, je ne vois pas quel intérêt j'aurais à faire ça.

— Vous êtes de la vieille école, Jackson, vous ne comprenez plus comment marchent les choses. Si j'offre un bouc émissaire au Contrôle, le résultat comptera plus que les preuves. C'est ainsi que fonctionnent les choses, maintenant. S'ils trouvent une voie de sortie discrète, le Contrôle s'y précipitera. Ils vous mettront simplement à la retraite.

Jackson Lamb glissa la main dans son manteau et eut la satisfaction de la voir tressaillir. L'expression de Taverner se mua en dégoût quand elle comprit qu'il se grattait l'aisselle.

— Je crois que je me suis fait piquer au bord du canal.

Elle ne répondit pas.

Il ressortit sa main et se renifla les doigts.

— Alors, votre plan, c'est de me faire porter le chapeau. Et si je refuse ?

— Les choses vont mal tourner.

— Elles ont déjà mal tourné.

— J'essaie de trouver la solution qui causera le moins de dégâts pour nous tous. Que ça vous plaise ou non, le Placard est dans la ligne de mire, Jackson. Les apparences comptent. Vous allez tous faire l'objet d'une enquête.

— Il s'agit encore de Standish ?

— Vous pensiez que j'avais oublié ?

— Vous me connaissez, je suis optimiste.

— Charles Partner partageait tout avec elle. Il a laissé un rapport détaillé sur ses trahisons, dans lequel il la désignait comme sa complice. Elle a eu de la chance de ne pas se faire arrêter.

— C'est une alcoolique, répondit Lamb.

— Ça n'excuse pas la trahison.

— Les choses ne devaient pas se passer ainsi. C'est pour cela que Partner s'est cru à l'abri. Il l'a gardée après sa crise. Un alcoolique qui ne boit plus reste un alcoolique. Elle lui était loyale alors il s'est servi d'elle, il a voulu laisser entendre qu'elle l'avait aidé à vendre ses secrets. Mais aucun de ceux qui ont vu ce *rapport détaillé*, comme vous dites, n'en a cru un mot. C'était son ultime tentative de partager la faute, une pure fiction.

— Qui a été rapidement étouffée.

— Bien sûr. Le Service avait déjà suffisamment de problèmes. La plupart des crimes de Partner ont été enterrés dès le départ et ces abrutis du Contrôle n'en ont jamais entendu parler. Si vous ressortez tout ça maintenant, évidemment que les choses vont mal tourner. Vous êtes sûre de vouloir jouer à ce petit jeu ?

— En soi, couvrir la trahison constitue un crime. Cette fois, ils enquêteront à fond.

Diana Taverner était la plus en forme d'entre eux, elle le savait. Mais après un bon bain, avec des vêtements neufs, Jackson Lamb pouvait rivaliser si elle se trouvait dans un mauvais jour.

— Vous lui avez trouvé un bon refuge, sans quoi elle serait déjà morte en coma éthylique dans une chambre d'hôtel. Vous ne pourrez pas la sauver une seconde fois. Je vous propose d'accepter que je le fasse à votre place.

Elle regarda le centre opérationnel derrière Lamb. Son équipe se cachait à peine pour observer ce qui se passait à travers la vitre. Elle infléchit légèrement la voix. C'est le ton qu'elle aurait employé si, Dieu l'en garde, elle avait voulu le séduire. Cela marchait presque à tous les coups.

— Reconnaissez votre erreur. C'était une tentative honorable d'obtenir un bon résultat, ce n'est pas votre faute si vous avez échoué. Le public n'en saura jamais rien et, entre ces murs, vous serez un héros.

Elle s'arrêta. Elle savait lire les gens. Lamb était un sujet difficile – il s'était entraîné à devenir indéchiffrable –, mais Diana Taverner voyait qu'il soupesait ses mots. Il semblait comparer les conséquences de la politique de la terre brûlée aux avantages d'un compromis. Elle se sentit comme un baleinier qui voit son harpon s'enfoncer dans la chair : une seule blessure, même superficielle, suffit à garantir l'issue du combat. Il ne lui restait plus qu'à attendre. Elle continua à croire cela jusqu'à ce que Jackson Lamb se penche, ramasse la corbeille en métal près de son bureau et la projette contre la paroi en verre avec une pirouette presque gracieuse.

— Tu as compris ?

— Quoi ?

— Ce qu'on cherche, répondit Ho avec son habituelle expression de mépris pour l'esprit analogique. La voiture. La Volvo de Dermot Radcliffe.

Min Harper fit le tour de la table avec sa chaise pour voir l'écran de l'ordinateur. Un instant, il crut que Ho allait le lui cacher, comme un premier de la classe protège ses devoirs avec son coude. Au lieu de cela, il décala même un peu l'écran pour que Min puisse voir.

S'il s'attendait à voir un point rouge clignoter sur une carte (ce qui était un peu le cas), Min fut déçu. Il ne trouva qu'une photo légèrement floue mais reconnaissable d'arbres vus de haut.

— Il est là-dessous ?

— Ouais, répondit Ho. Probablement.

— Tu peux préciser ? demanda Catherine Standish.

— C'est là que le GPS de la voiture louée par Dermot Radcliffe chez Triple D a été localisé il y a environ cinquante secondes. Il y a un léger décalage, ajouta-t-il en regardant Catherine.

— Merci.

— Ils ont peut-être jeté le GPS par la fenêtre depuis plusieurs heures.

— Sachant que Black était le cerveau, ils n'y ont peut-être pas pensé.

— Ne les sous-estimons pas, dit Catherine. Black est mort, pas eux. Où se trouve le GPS à présent, Roddy ?

Ho rougit légèrement. Ses doigts pianotèrent sur le clavier. Une carte apparut à l'écran. En deux clics, il zooma.

— Dans la forêt d'Epping, annonça-t-il.

Curly retira sa botte. Hassan enleva le mouchoir de sa bouche et le jeta aussi loin qu'il put. Allongé au sol, il inspira goulûment l'air humide. Il n'avait pas remarqué à quel point ses poumons étaient vides, à quel point il étouffait dans ce coffre, à respirer sa propre puanteur pour survivre.

Il se redressa. Chaque partie de son corps protestait. Derrière Curly se dressait Larry. Plus grand, plus large, mais bizarrement moins imposant. Il tenait ce qui ressemblait à un fagot. Hassan cligna des yeux. Le monde devint flou, puis revint à la normale. Il s'agissait d'un trépied. Quant à la petite boîte dans l'autre main, ce devait être une caméra.

Curly tenait un tout autre objet.

Hassan plia les genoux, se pencha en avant et appuya les mains sur la terre froide. Sa dureté le rassura, mais elle semblait en même temps étrangère. Que savait-il de la nature ? Il ne connaissait que les rues et les supermarchés. Il se leva maladroitement. Je tremble, songea-t-il. Je suis tellement petit, au milieu de ces grands arbres. J'ai mal et je tremble. Mais je suis vivant.

— Alors ça y est ? demanda-t-il en regardant Curly.

Sa voix était étrange, comme si un acteur jouait son rôle, quelqu'un qui ne l'aurait jamais entendu parler mais aurait reconstitué sa manière de parler à partir d'une vieille photo.

— Ouais, répondit Curly. Ça y est.

Aux yeux de Hassan, la hache que Curly tenait ressemblait à un objet médiéval. C'*était* un objet médiéval : ce manche en bois recourbé avec sa tête en métal gris, affûtée pour tuer. Cette arme avait traversé les siècles car elle échouait rarement. Si le manche s'usait, on le remplaçait. Il arrivait que la lame s'émousse.

Joanna Lumley avait disparu. Le comédien en Hassan n'était pas revenu sur scène. Cependant, quand il parla à nouveau, sa propre voix lui revint et pour la première fois depuis longtemps il prononça les mots qui lui venaient à l'esprit.

— Sale lâche.

Curly avait-il tressailli, comme s'il ne s'attendait pas à cela ?

— Je suis un soldat, répondit-il.

— Toi, un soldat ? Tu appelles ça un champ de bataille ? Tu m'as ligoté, tu m'as entraîné dans une forêt et tu vas me couper la tête. Sacré courage.

— C'est une guerre sainte, et c'est ta famille qui l'a déclenchée.

— Ma famille ? Ils vendent de la quincaillerie.

Le vent se leva dans le bois, produisant un bruissement pareil à un public admiratif. Hassan sentit le sang affluer dans ses veines, la peur gonfler une bulle dans sa poitrine. Elle risquait d'éclater à tout moment, à moins qu'elle ne le fasse s'envoler.

— Et toi, ajouta-t-il en regardant Larry, tu vas rester planté là et le regarder faire ? Toi aussi, t'es un putain de soldat ?

— Ta gueule.

— Ouais, c'est ça. Si je ne me tais pas, qu'est-ce que tu vas faire ? Me couper la tête ? Filmez-moi maintenant en train de parler. Vous n'êtes que des lâches et ces enfoirés du BNP sont des gros losers.

— On n'est pas du BNP, répondit Curly.

Hassan éclata de rire.

— Tu trouves ça marrant ?

— Vous croyez que j'en ai quelque chose à foutre, de qui vous êtes ? BNP, Ligue de défense de l'Angleterre ou des putains de nazis, qu'est-ce que ça change ? Vous n'êtes rien. Vous êtes des minables. Vous finirez votre vie en prison et vous serez toujours des minables.

— OK, ça suffit, dit Larry.

Evidemment, Duffy entra aussitôt. Il ne s'était guère éloigné. Il trouva la corbeille par terre. La paroi de verre ne portait aucune trace de violence. Cependant, Taverner était pâle comme un linge et, à en juger par son expression, Jackson Lamb paraissait satisfait du résultat.

— Un commanditaire ne balance jamais son homme de main, c'est la pire des trahisons. C'est ce qu'a fait Partner en utilisant Standish comme bouclier. C'est ce que vous êtes en train de faire. Je suis peut-être de la vieille école, mais je ne veux pas que ça se reproduise.

— Partner ? interrogea Nick Duffy.

— Ça suffit, coupa Taverner. Il dirigeait le Placard comme une milice. Bon sang, il a mené des opérations. Emmenez-le au sous-sol.

Lamb avait trouvé une cigarette dans la poche de son manteau et tentait de la redresser, comme si c'était son principal problème.

Duffy n'était pas armé. Il n'en avait pas besoin.

— OK, Lamb, pose ça et mets ton manteau par terre.

— D'accord.

Nick ne put s'empêcher de jeter un regard à Taverner. Elle le fixait droit dans les yeux.

— Mais avant, je dois vous dire quelque chose.

A présent, tous deux regardaient Lamb.

— Vous savez, la camionnette que vous venez de garer sous cet immeuble ? Il y a une bombe sur la banquette arrière. Une grosse.

Une seconde passa.

— Tu rigoles ?

— Peut-être pas. Je vous avais prévenue, ajouta-t-il à l'intention de Taverner, je ne suis pas très subtil.

Les gars de l'accueil n'aimaient pas Spider autant qu'il le croyait, mais tout le monde aime recevoir des informations. Quelqu'un s'était garé devant le bâtiment et avait inévitablement reçu la visite des gardes ainsi que de plusieurs agents de Duffy, à peine rentrés de diverses missions. Ils avaient encerclé le véhicule, qui appartenait au Service, jusqu'à l'arrivée de Nick.

— C'était qui ?

— Jackson Lamb, répondit le plus vieux réceptionniste.

— Tu es sûr ?

— Ça fait vingt ans que je bosse ici. On finit par connaître Jackson Lamb.

Bien qu'il n'ait pas été prononcé, le mot *gamin* flottait dans l'air.

Duffy avait emmené Lamb au centre opérationnel. Les écrans de la réception ne montraient pas ce qui s'y passait, mais il n'était pas ressorti.

Spider se mordit la lèvre. Quoi que Lamb ait en tête, cela ne concernait ni la folle avec son revolver ni River. Il marmonna des remerciements aux réceptionnistes et ne vit pas le regard qu'ils échangèrent quand il remonta l'escalier. Arrivé sur le palier, il s'arrêta devant la fenêtre. Dehors, il se passait quelque chose. Une camionnette noire s'arrêta dans un crissement de pneus, les portières s'ouvrirent à la volée sur trois, quatre, cinq ombres vêtues de noir qui s'évaporèrent comme de la fumée dans le parking souterrain.

Les Cadors, comme on les appelait. Spider Webb avait toujours trouvé ce surnom ridicule, une expression qui n'aurait pas dû survivre. Il s'agissait de la brigade d'intervention, qui s'occupait principalement des enlèvements. Il les avait seulement vus à l'exercice. Cela ne ressemblait pas à un exercice.

Il se demanda si quelqu'un attaquait le bâtiment. Dans ce cas, l'alarme se serait déclenchée, ce serait la panique.

Dehors, il ne se passait toujours rien. Des incidents insignifiants : le vent agitait les arbres, un taxi passa. Rien.

Webb haussa les épaules, un geste inutile puisqu'il était seul. Comme toujours. La dernière fois qu'il avait été proche de quelqu'un, c'était de River Cartwright.

Impossible de supporter certaines de leurs formations sans établir une alliance que d'aucuns appelaient l'amitié. Plus d'une fois, il avait cru que leurs carrières évolueraient en parallèle. Mais, avec le temps, Spider avait compris que River était meilleur que lui dans bien des domaines, à tel point qu'il ne fut plus capable de supporter la comparaison. Ce genre de moment pouvait se révéler fatal pour une alliance.

Il monta. A l'étage, il ouvrit la porte de son couloir et l'un des Cadors lui braqua son arme sur la tempe.

— Ça suffit, dit Larry. J'arrête. Si tu veux continuer, fais-le tout seul.

— Tu abandonnes ?

— C'est n'importe quoi. On devait juste lui foutre la trouille et le filmer pour leur montrer qu'on était sérieux.

— Juste faire peur, c'est pas assez sérieux.

— Moi, ça me suffit. T'as buté un espion. Je me casse. Je rentre à Leeds pour…

Se cacher sous un lit. Rentrer chez lui en espérant que tout rentre dans l'ordre. S'il fermait les yeux assez fort, ce serait comme si rien de tout cela n'était arrivé.

— Non, mon gars, fit Curly. Tu vas nulle part.

Larry lâcha le trépied et lui jeta la caméra, qui atterrit aux pieds de Curly.

— Tu veux filmer ? Fais-le toi-même.

— Comment veux-tu que je…

— Je m'en fous.

Larry se retourna et s'engagea sur le sentier.

— Reviens ici !

Il ne répondit pas.

— Larry ! Reviens, enfoiré !

— Sacrés soldats, fit Hassan.

— Ta gueule !
— Un soldat se fait descendre s'il déserte, non ?
— Ferme ta gueule !
— Sinon ? demanda Hassan.

La bulle en lui éclata. Il s'était souillé, pissé dessus, il avait transpiré, pleuré pendant ces jours de peur. A présent, il en était sorti. Il avait passé le pire côté de la mort : la certitude qu'elle allait arriver, la honte absolue de savoir qu'il ferait n'importe quoi pour l'éviter. Maintenant, il voyait le plan de son assassin s'effondrer.

— Tu devrais montrer ça sur Internet, sale nazi. Ah, c'est vrai, tu peux pas, t'as que deux mains.

Dans un accès de rage, Curly le frappa avec la hache.

Ils se tenaient tous les quatre autour de la table. Leurs assiettes avaient été débarrassées. Depuis que Catherine était revenue, ils avaient passé en revue ce qu'ils savaient : elle avait appelé la police, expliqué qui elle était, ce qu'elle savait et comment elle le savait. Personne ne prononçait un mot. Ho avait refermé son ordinateur. Louisa se tenait la tête entre les mains. Min gardait les lèvres pincées, comme absorbé dans ses pensées. Le moindre bruit attirait l'attention de Catherine, comme si une tasse entrechoquée, une cuillère qui tombait annonçaient un désastre.

Sur Old Street, les voitures avançaient par bonds successifs, dictés par les feux de circulation.

Min se racla la gorge mais ne dit rien.

— Vous savez quoi ? lança Ho.

Ils ne savaient pas.

— J'ai mon portable dans la poche.

Tout le monde se tourna vers lui.

— C'est plutôt nase, pour un génie de la communication, fit Min.
Ils attendirent encore.

Un homme en noir – un Cador – apparut au centre opérationnel. Il tenait une boîte en carton qu'il déposa sur le bureau de Diana Taverner. Elle émettait un tic-tac.
— J'imagine qu'il ne s'agit pas d'une bombe, dit Taverner.
L'homme secoua la tête. Il ouvrit la boîte et posa l'horloge du bureau de Lamb sur le sous-main de Taverner. L'objet en bois détonnait dans cet environnement high-tech.
— C'est bien ce que je pensais, fit Diana.
Lamb et Duffy étaient encore présents. Au centre opérationnel, l'équipe avait repris les tâches interrompues quand l'annonce de Lamb avait mis les Cadors en ébullition, ou du moins toute l'équipe faisait semblant, peut-être de manière moins crédible qu'avant. Ce qui se passait derrière la paroi en verre accaparait leur attention.
— En théorie – mais je me trompe peut-être, je reçois plein de spams des relations humaines –, vous auriez dû évacuer le bâtiment.
— Et c'est ce que vous attendiez.
— Si ç'avait été une vraie bombe, vous seriez dans un beau pétrin.
— Si ce truc avait été sur la banquette arrière quand mon gars est entré dans le parking, il l'aurait entendu, intervint Nick Duffy.
Le Cador quittait déjà la pièce, marmonnant quelque chose dans son micro.
— Vous ne vouliez pas nous faire quitter le bâtiment, dit Taverner. Vous avez fait entrer quelqu'un.

— Vous croyez encore pouvoir étouffer l'affaire ? demanda Lamb.

Spider Webb entra dans son bureau à reculons, se prit les pieds dans le tapis et s'étala au sol. River retira le passe-montagne de Moody et rangea son revolver derrière son dos. Il songea à donner un coup de poing à Spider. Il ne lui avait pas fallu longtemps pour sortir du coffre de la camionnette, placer la fausse bombe de Lamb sur le siège arrière et monter les escaliers, mais il n'avait pas le temps de s'amuser. Si Lamb avait bien joué son rôle, les vrais Cadors envahiraient bientôt le bâtiment.

— Mon rapport d'évaluation, dit-il.

— Cartwright ?

— Tu en as gardé une copie. Où est-elle ?

— Alors c'est pour ça ?

— Où est-elle ?

— Tu es complètement malade.

River saisit Spider par le col de sa chemise.

— Je ne rigole pas.

Il était armé dans Regent's Park, plus ou moins habillé comme un Cador. Si la véritable équipe arrivait, ils tireraient à vue. Cette idée pesa dans la balance. Il sortit l'arme de Moody.

— Pour la dernière fois : mon rapport d'évaluation. Où est-il ?

— Tu ne vas pas me tirer dessus.

Pour toute réponse, River lui assena un coup de crosse à la mâchoire. Un morceau de dent vola.

— Tu es sûr ?

— Enfoiré.

— Spider, je vais te frapper jusqu'à ce que tu me donnes ce que je veux.

— Je n'ai pas ton rapport d'évaluation. Qu'est-ce que j'en ferais ?

— Les règles de Londres, ça te dit quelque chose ? Tu l'as dit toi-même l'autre jour : couvrir ses arrières.

Spider cracha du sang sur le tapis fauve.

— Tu crois qu'il te reste combien de temps, avant que ton cerveau rejoigne ma dent par terre ?

River le frappa à nouveau.

— C'est toi qui as planté King's Cross, on le sait tous les deux, dit-il. Chemise bleue, tee-shirt blanc, ou l'inverse. Taverner t'a mis dans le coup pour se débarrasser de moi. Tu ne savais pas pourquoi, je parie. Et tu t'en fichais, tant que tu avais un joli bureau, des rendez-vous avec le ministre et une carrière brillante. Mais tu as gardé une copie du rapport parce que tu joues selon les règles de Londres et que la dernière personne à qui tu fais confiance, c'est celle à qui tu viens de rendre service. Alors, où est-il ?

— Va te faire foutre, cracha Spider.

— Je ne vais pas me répéter.

— Si tu tires, tu es mort en l'espace d'une minute. Tu ne le trouveras jamais.

— J'en déduis que tu l'as.

Des pas retentirent dans le couloir. Spider ouvrit sa bouche ensanglantée pour crier mais River le frappa de nouveau pour le faire taire.

Hassan avait dû s'évanouir. Normal, après avoir reçu un coup de hache. Mais Curly l'avait seulement frappé avec le manche, en plein front. Cela remontait à trente secondes. En tout cas, assez longtemps pour que la scène ait changé : Larry s'était éclipsé par le sentier et Curly l'avait rattrapé. Il lui criait dessus, ses mots se répercutaient dans l'air froid au parfum de mousse : *abruti, lâche, enfoiré*...

La hache pendait dans la main de Curly. Tous les deux à se disputer. Ce n'était plus les Trois Stooges, à présent. C'était Laurel et Hardy, Stan et Ollie. Dans un nouveau pétrin.

Amusant, comme un coup sur la tête éclaircit parfois les idées.

Ce n'était pas vrai, mais Hassan décida de faire comme si. Il se releva. Voilà qui était mieux.

Mal assuré sur ses jambes, il prit conscience de l'immensité qui l'entourait. L'espace était comblé par les arbres, mais il n'y avait pas de murs, rien que le ciel au-dessus. Il le voyait, à présent. Les branches devenaient plus nettes. Il devait y avoir un soleil, quelque part. Il ne se rappelait pas la dernière fois qu'il l'avait vu.

Il se mit à marcher.

Le sol était spongieux, étranger. Pas seulement à cause de son état, mais parce qu'il se trouvait dans une forêt. Hassan parvenait tout de même à marcher, à trotter, il aurait presque pu se mettre à courir. Il fallait juste regarder où il mettait les pieds. Cette vue du sol lui donna l'illusion d'avancer plus vite.

S'il avait regardé derrière lui, il aurait vu Curly et Larry interrompre leur dispute et se lancer à sa poursuite, Curly tenant toujours sa hache. Il resta donc concentré sur le sol, sur la distance qu'il parcourait. Il ne savait pas où il allait, s'il s'enfonçait dans la forêt ou trouverait bientôt un champ... Ce qui paraissait peu probable. La végétation était trop épaisse pour disparaître aussi brutalement. Mais il s'agissait là de paramètres que Hassan ne maîtrisait pas. En revanche, il pouvait contrôler ses mouvements. Perdu dans ses pensées, il trébucha, tendit les mains avant d'atteindre le sol et ne put réprimer un cri quand ses poignets se tordirent. La douleur comptait moins que le bruit qu'il venait de faire.

Il regarda autour de lui. Il avait parcouru bien moins de distance qu'il ne le croyait, peut-être la moitié de ce qu'il espérait. Curly et Larry étaient tellement près qu'il aurait pu leur jeter une chaise de cuisine. Tous deux le fixaient.

Hassan crut voir un sourire se dessiner sur le visage de Curly.

Les pas dépassèrent rapidement le bureau de Webb. River respira et relâcha le col de Spider, qui s'écroula sur le tapis, incapable de poursuivre la conversation.

River attendit, mais il n'entendit plus aucun bruit. Il songea qu'il ne pouvait pas s'agir des Cadors, car il n'aurait pas entendu un son : leurs capacités ne se résumaient pas à leur costume noir. Il lui vint alors une autre idée, qu'il prit deux minutes à mettre en œuvre avant de commencer ses recherches.

Les dossiers occupaient sept étagères sur tout le mur du fond. Chacune en contenait facilement une centaine, mais River disposait d'environ trois minutes pour trouver celui qu'il cherchait, à supposer qu'il soit là et non dans un tiroir fermé à clé. Il commença donc par les tiroirs, dont la plupart ne contenaient que du bric-à-brac. Un seul était verrouillé. River prit la clé dans la poche de Spider, mais il ne trouva que des relevés de compte et un passeport au nom de Webb. Il se dirigea donc vers les étagères. Dans ses souvenirs, il avait consigné son rapport dans un dossier en plastique noir l'année précédente, mais au moins un tiers des documents avaient la même couleur. Les autres étaient orange, jaunes ou verts. Il en tira un au hasard. Dans le coin supérieur droit était inscrit *Ennis*. Songeant qu'il s'agissait d'un nom de famille, il chercha les C, trouva un Cartwright qui n'était pas lui ; essaya les R mais ne trouva aucun River. Il tenta E pour Evaluation : il en trouva plusieurs, tous noirs, mais pas le sien.

Il recula pour contempler l'étagère.

— Spider, Spider, Spider, murmura-t-il. Les règles de Londres…

Webb l'avait dit lui-même : c'était les règles du jeu. S'il avait grillé River à King's Cross sur les instructions de Diana Taverner, il en aurait gardé une trace pour être sûr de ne pas se retrouver dans la ligne de mire. Connaissant la propension de Taverner à livrer ses alliés aux Dogues, il s'agissait d'une sage précaution.

— Spider, Spider, Spider…

Les règles de Londres, avait-il dit. Mais il avait ajouté autre chose. Tandis que River fouillait sa mémoire, la porte s'ouvrit sur un Cador, un vrai, qui pointait son arme sur la tête de River.

Il ne souriait pas. Curly s'était retourné quand il avait entendu le cri. Voyant le gamin s'enfuir, il retroussa les lèvres. Il aboya quelque chose à Larry – un mélange de menace et de prédiction – puis s'élança.

Il savait que Larry resterait planté sur place. Soulagé de se retrouver seul, espérant pouvoir disparaître.

Ça suffit. J'arrête.

Couille molle. Avec des soldats comme lui, la guerre était perdue. Il n'y aurait même pas de combats, rien que du vent.

Curly, lui, était en guerre. Si Larry ne savait pas de quel côté il se trouvait, le moment était venu de choisir. L'avantage d'une hache, c'est qu'il n'y avait pas besoin de la recharger.

Le Paki s'enfuyait à nouveau. Il courait comme une fille, les coudes collés au corps. Curly volait. Des jours de tension, d'excitation contenue arrivaient à leur terme.

On va te couper la tête.

La guerre était déclarée.

Son pied droit atterrit sur quelque chose d'humide et de glissant. Il faillit perdre l'équilibre, laisser échapper la hache dans les airs, mais cela n'arriva pas. Son corps était en harmonie avec la nature, son pied gauche fermement planté sur la terre ferme. Sa hanche pivota juste assez pour maintenir son centre de gravité, il reprit sa course, accéléra. La distance entre lui et sa proie se réduisait à vue d'œil.

Il aurait voulu que le Paki se retourne pour voir cela, qu'il comprenne à qui il avait affaire.

On va te couper la tête.

Mais il continuait à courir comme une fille, à s'enfuir comme un rat.

Curly ralentit. C'était trop bon pour se dépêcher. Il voulait profiter de la chasse.

On va te couper la tête et le diffuser sur Internet.

Nick Duffy couvrit le micro de son téléphone et annonça :

— Ils l'ont eu.

— Où ça ?

— Dans le bureau de Webb.

Taverner jeta un regard à Lamb, qui haussa les épaules.

— Si mes gars étaient doués, ils feraient partie de votre équipe.

— Pourquoi Webb ? demanda-t-elle. Peu importe. Dites-leur de l'emmener en bas, ajouta-t-elle à l'intention de Duffy. Et faites venir Webb.

— Il arrive.

— Merci. Laissez-nous un instant, s'il vous plaît.

Duffy sortit.

— Vous venez de gâcher votre dernière chance, reprit-elle. J'espère que vous avez passé une bonne matinée, Jackson, parce que c'est la dernière que vous connaîtrez dehors pendant une semaine. Quand vous remonterez à la surface, vous aurez signé des aveux complets.

Lamb hocha la tête, pensif, comme s'il s'apprêtait à dire quelque chose d'important.

— Votre Spider ne m'a pas l'air d'aimer les cravates colorées, se contenta-t-il de lancer.

La porte s'ouvrit.

— Ou bien mon agent River ne sait pas faire les nœuds.

Finalement, les deux minutes qu'il avait passées à échanger ses vêtements avec Spider inconscient n'avaient pas été perdues. Vêtu de la veste et de la cravate de Webb, River Cartwright fit son entrée, un dossier noir sous le bras.

Hassan ne pouvait pas se retourner. Il avait déjà du mal à regarder devant lui. Il devait fixer le sol pour éviter les racines, les pierres et les trous invisibles, tout ce qui risquait de le faire trébucher, de précipiter sa fin. Quant aux dangers à hauteur de visage, il comptait sur sa chance.

— Tu t'amuses bien, le Paki ?

Curly gagnait du terrain.

— La partie est bientôt finie.

Hassan tenta d'accélérer. Impossible. Il employait déjà toutes ses forces pour avancer. Ne pas s'arrêter. Courir jusqu'à la limite du bois, puis continuer, toujours un pas devant ce nazi qui voulait le tuer. Avec une hache.

Penser à cette hache aurait dû l'aiguillonner, mais il avait déjà tout donné.

Un creux faillit lui faire perdre l'équilibre, mais il survécut. Une racine tenta de lui agripper la cheville, mais il l'évita. Sa chance finit par l'abandonner. Une branche lui fouetta le visage. Hassan chancela sous le choc puis percuta un arbre, pas assez fort pour se faire mal, mais suffisamment pour s'arrêter. Ses jambes ne cédèrent pas, il resta debout, mais il n'avait plus d'énergie. Impossible de redémarrer. Il s'agrippa un instant à l'arbre puis se retourna pour faire face à son assassin.

Curly se tenait de l'autre côté du creux, légèrement essoufflé. Un sourire canin dansait sur son visage, mais pas dans ses yeux. Il balançait doucement la hache, comme pour montrer qu'il la maîtrisait parfaitement. Aucun signe de Larry, ni de la caméra. Pas de trépied, rien. Hassan songea que cela n'empêcherait pas les événements de se précipiter. Le besoin qu'avait Curly de filmer cette atrocité s'estompait face à son envie de la commettre. Pour cela, la hache lui suffisait. La hache, et Hassan.

Mais même en sachant cela, Hassan ne pouvait plus faire un pas. Il avait donné tout ce qu'il avait.

— Le problème, avec ton espèce, c'est que vous êtes pas à l'aise dans les bois, se gargarisa Curly.

Le problème, avec ton espèce, songea Hassan… Le problème, avec ton espèce… Mais il y avait tellement de problèmes avec un type comme Curly qu'il était impossible de les résumer en une phrase. Le problème, avec l'espèce de Curly, c'est qu'elle contenait Curly et d'autres types comme lui. Que pouvait-on dire d'autre ?

Curly franchit le creux. Il fit passer sa hache d'une main à l'autre, fit mine de frapper pour effrayer sa victime puis se prit les pieds dans la racine que Hassan avait évitée de justesse et s'étala de tout son long. Fasciné, Hassan regarda son assaillant avaler une bouchée de feuilles et de boue. Il était tellement absorbé qu'il mit quelques secondes à s'apercevoir que la hache avait atterri à ses pieds.

Même avec les mains attachées, il mit moins de quelques secondes à la ramasser.

Une erreur ? J'appellerais plutôt ça un fiasco, avait dit Webb l'autre jour. Pour River, ces mots valaient autant que les règles de Londres. *J'appellerais plutôt ça un fiasco*. Merci, Spider, ton avis m'est utile.

Le dossier qu'il tenait était clairement étiqueté *Fiasco*.

— C'est pour ça que vous avez ordonné à Spider de me griller, dit-il à Taverner.

— Vous griller ?

— Ce n'est qu'un gamin, fit Lamb, le jargon l'amuse encore.

— Je rappelle Duffy.

— Je vous en prie.

Lamb jouait à nouveau avec sa cigarette froissée, qui semblait plus l'intéresser que le contenu du dossier que tenait River. Celui-ci attendit que Lamb lui adresse un hochement de tête imperceptible avant de poursuivre.

— J'ai passé mon évaluation l'hiver dernier.

— Je m'en souviens, fit Taverner. Vous avez bloqué King's Cross.

— Non, vous l'avez fait, en demandant à Webb de me donner de fausses informations pour que je poursuive un leurre.

— Pourquoi aurais-je fait cela ?

— Parce que la première partie de mon évaluation consistait à dresser le portrait d'une personnalité publique, répondit River. Vous m'avez attribué un leader de l'opposition, mais il a eu une crise cardiaque la veille. Alors je vous ai suivie, vous. Je pensais faire preuve d'esprit d'initiative, mais vous savez ce que j'ai découvert ? Vous vous souvenez de ce café ? Ça vous rappelle de bons souvenirs ? demanda-t-il en tirant du dossier deux photos qu'il avait prises quelques mois auparavant, la veille de la mission à King's Cross.

Il les posa sur le bureau pour que tout le monde les voie. On y voyait Diana Taverner derrière la vitrine d'un Starbucks, une tasse à la main. A côté d'elle se tenait un homme aux cheveux courts, vêtu d'un manteau sombre. Sur le premier cliché, il se mouchait : cela aurait pu être n'importe qui. Sur le second, on reconnaissait nettement Alan Black.

— Ce devait être juste avant le début de sa mission. C'est la dernière fois que vous l'avez vu ?

Taverner ne répondit pas. Lamb et River lurent dans ses yeux qu'elle calculait, comme si elle pouvait trouver une issue à cette cage de verre qu'aucun d'entre eux n'avait encore remarquée.

— Voyant ce qu'avait fait Cartwright, vous avez pris des mesures. L'histoire de King's Cross aurait dû l'éliminer définitivement, il aurait dû se retrouver à la porte. Mais comme son grand-père était une légende, vous avez dû vous contenter du Placard. Une fois l'opération lancée avec la Voix d'Albion, vous avez placé Sid chez nous pour vous assurer que Cartwright ne jouait pas au malin. Ce qui avait des chances d'arriver, vu son ascendance.

— J'avais ordonné à Webb de détruire le dossier, dit-elle, absorbée par ses propres pensées.

— Lui aussi, il apprend vite.

— Qu'est-ce que vous voulez, Lamb ?

— Il y a une raison, si les chefs sont toujours d'anciens agents de terrain : ils savent ce qu'ils font. Vous n'auriez pas pu vous planter autant si vous aviez voulu le faire exprès.

— J'ai compris le message. Qu'est-ce que vous voulez ?

— Vous savez ce que je veux, lança River.

Elle se tourna vers lui. Il comprit alors la différence fondamentale entre un costard et un agent : quand un agent vous regarde, vous le remarquez à peine. En revanche, les yeux d'un costard vous font des trous dans la peau jusqu'à l'intestin grêle.

Mais il n'était pas le petit-fils du Vieux pour rien.

— Si Hassan Ahmed meurt, reprit-il, il n'y a pas d'échappatoire, la vérité sortira. Pas seulement à Regent's Park, mais dans le monde réel. Si ce gamin est assassiné à cause de votre plan stupide, je vous crucifierai publiquement.

Taverner émit un rire méprisant.

— Vous comptez lui apprendre la vie, ou voulez-vous que je m'en charge ? dit-elle à Lamb.

— Vous l'avez déjà baisé, répondit celui-ci. Un peu tard pour un cours théorique, à mon avis. Je vais vous dire ce que je vais faire.

Elle attendit.

— Si Hassan Ahmed meurt, je couvrirai les arrières de Cartwright pendant qu'il fait ce que bon lui semble.

River comprit autre chose au sujet des agents : quand ils voulaient qu'on les remarque, ils y parvenaient.

— Et si le gamin est sauvé ? demanda Taverner.

Lamb lui adressa son sourire carnassier.

— Dans ce cas, cette affaire restera peut-être entre nous. On trouvera sûrement un arrangement.

Son regard laissait clairement entendre à qui profiterait un tel accord.

— On ne sait même pas où il est, dit-elle.

— Mon équipe est sur le coup, alors je dirais qu'il a soixante pour cent de chances d'être foutu. A votre avis ? demanda-t-il à River.

— Je ne trouve pas qu'il y ait matière à rire, répondit-il.

Mais il songeait : cinquante pour cent. Au mieux, Hassan avait une chance sur deux de survivre jusqu'à l'heure du déjeuner.

Curly gémissait, une longue plainte douloureuse, son pied tordu dans une position bizarre. Il devait être cassé, songea Hassan. Une cheville brisée contre des mains liées, voilà qui les mettait sur un pied d'égalité. A la différence que maintenant, Hassan avait une hache.

La balle était dans son camp.

Hassan posa un pied sur la main de Curly et appuya la lame sur sa tête.

— Donne-moi une raison de ne pas te tuer, dit-il.

La réponse se perdit dans une bouchée de terre et un gémissement de douleur.

— Une seule, insista Hassan en levant la hache de quelques centimètres.

Curly cracha du sable et une feuille.

— Mal au p…
— Qu'est-ce que ça veut dire ?
— J'ai mal au pied.
Hassan baissa la hache. La lame toucha la tempe de Curly. Il appuya. Curly ferma les yeux, ses traits se tendirent. Hassan se demanda s'il ressentait la même peur que lui. Il songea que oui, vu que la sienne l'avait quitté. Est-ce que ça marcherait, devant un public ? La même peur que Curly avait infligée à Hassan enfonçait à présent son groin dans ses propres tripes. Mais tout le monde ne comprendrait pas. Il fallait l'avoir vécu.
Une nouvelle pression sur la hache fit couler un filet de sang sur le visage de Curly.
— Tu as dit quelque chose ?
Curly avait émis un bruit.
— Hein ?
Il recommença.
Ses mains liées serrées sur le manche de la hache, Hassan s'accroupit. La lame appuyait fort sur la tête de Curly.
— Tu as quelque chose à dire ? insista-t-il.
— Tue-moi.
A moins qu'il n'ait dit « Laisse-moi ».
Hassan attendit, le visage à quelques centimètres de celui de Curly. Il aurait voulu voir ce qui se passait dans sa tête, trouver un moyen d'accéder à son cerveau sans passer par la chirurgie sauvage. Mais c'était impossible, il le savait. Il s'approcha encore un peu.
— Tu sais quoi ? lui susurra-t-il. Tu me donnes honte d'être anglais.
Il se leva et s'éloigna.

Il retourna à la voiture puis emprunta le sentier qui menait à la route. Il ignorait à quelle distance elle se trouvait. Peu lui importait. Il avait faim, soif, il était fatigué, sale, il avait froid. Rien que des choses négatives. Mais il n'avait plus les mains liées, car il avait tranché la corde sur la lame de la hache. La peur ne lui rongeait plus les entrailles, car il l'avait laissée dans le bois. Il était vivant sans que personne soit venu le sauver. Il était en vie parce qu'il était qui il était.

Peut-être aussi grâce à Joanna Lumley.

Il ne vit aucune trace de Larry, mais cela n'avait aucune importance. Il ne vit aucun lapin, n'entendit aucun oiseau non plus. La sensation du temps l'avait abandonné depuis longtemps. Avant qu'il n'atteigne la route, des lumières fleurirent au loin : des ovales clignotants peignirent les arbres en bleu. Bientôt, des gens se précipitèrent vers lui dans un tumulte de voix et de mouvement.

— Hassan Ahmed ?

On lui retira doucement la hache, des bras le soulevèrent.

— Vous êtes Hassan Ahmed ?

La question était assez simple, il ne mit pas longtemps à trouver la réponse.

— Oui. Oui, c'est moi.

Puis il ajouta :

— Je suis vivant.

Tout le monde était heureux de l'apprendre, lui dirent-ils tandis qu'ils le ramenaient vers le monde.

Les travaux sont terminés sur Aldersgate. La circulation coule à nouveau librement. Si la passagère du bus que nous avons rencontrée plus tôt regardait le Placard en passant ce jour-là, elle n'aurait pas le temps de se concentrer, bien qu'un arrêt inexplicable soit toujours possible dans un bus londonien. Quoi qu'il en soit, le nouvel aménagement lui permettrait seulement d'apercevoir un jeune Chinois avec d'épaisses lunettes derrière un écran. Ensuite, le Placard ne serait pas plus qu'un souvenir. Il s'y passe sans doute toujours la même chose, la même présence hante probablement ses murs défraîchis.

Mais certaines choses ont changé depuis le dernier passage de notre voyeuse. Par exemple, elle pourrait s'installer à l'arrêt de bus en face et observer toute la journée la porte du Placard sans qu'elle s'ouvre, sans que Jed Moody vienne l'encourager à partir. Cependant, une telle observation offrirait peu de divertissement, d'autant qu'il existe d'autres points de vue : en face, en haut de l'escalier de la station Barbican, elle trouvera peut-être un muret sec au bout du pont pour les piétons. Elle pourra y fumer une cigarette en admirant la vue à travers les vitres.

Elle y verra certainement plus de choses que depuis le bus. Par exemple, elle s'apercevra que la ziggourat chancelante à côté du bureau du Chinois se compose de boîtes de pizza et que la pyramide en face est faite de canettes de Coca. Elle remarquerait également qu'il occupe seul son bureau. Il y a bien un autre poste de travail, mais sa surface a été nettoyée, comme si on avait voulu consciencieusement effacer toute trace de son précédent occupant. Cette stérilisation laisse de toute évidence l'autre occupant de marbre, absorbé comme il l'est par son écran.

Cette netteté contraste fortement avec l'état du bureau voisin, qui semble avoir été abandonné à la hâte. Les tables sont encore encombrées des détritus habituels : agendas ouverts, stylos sans bouchon, un réveil, une radio, un troll en peluche. Des objets qu'un employé rapporterait chez lui s'il venait à quitter son poste. Mais rien n'avait bougé, laissant penser que les deux personnes qui occupaient récemment ce bureau avaient de bonnes raisons de ne pas y revenir : peut-être avaient-ils commis une faute qui les rendait non seulement persona non grata mais risquait de leur valoir l'hostilité active de leur hiérarchie.

Depuis le perchoir de Barbican, on distingue également le deuxième étage, plus actif, ou du moins plus peuplé. Dans l'un des bureaux (celui de gauche pour notre observatrice), deux employés se tiennent à la même table, ou plutôt, l'un est assis dans le fauteuil et l'autre sur le bureau, tous les deux concentrés sur un transistor. La pièce voisine (celle où est inscrit sur la fenêtre *W W Henderson, Notaire et conseiller juridique*) est occupée par un jeune homme seul, légèrement barbu. Il a les yeux gris, les cheveux blonds et le teint pâle, le nez anguleux et un grain de beauté sur la lèvre supérieure. Il ne bouge pas, le regard apparemment concentré sur le fauteuil à l'autre bout de la pièce. De même que son équivalent à l'étage inférieur, ce poste de travail semble avoir été débarrassé de tout effet personnel : il ne reste qu'un ordinateur avec son clavier, un téléphone et un sous-main balafré d'un autre âge. En y regardant de plus près, notre observatrice remarquerait une barrette, bien que cet objet ne soit sans doute pas des plus familiers pour le jeune homme. Pour le moment, toute son attention semble concentrée sur cette barrette abandonnée sur un bureau vide.

Si la curiosité de notre observatrice a été satisfaite jusqu'à présent, le dernier étage lui demeure inaccessible en raison du store baissé. Ce devrait être fini, elle devrait s'en aller, il n'y a plus rien à voir. Pourtant, elle s'attarde, comme si elle possédait un outil de surveillance perfectionné qui lui permettrait non seulement d'observer les gens mais de mettre à nu leurs pensées : elle comprendrait alors que Roderick Ho sillonne inlassablement les bases de données du Service à la recherche d'un secret qui lui échappe, à savoir la faute qui lui a valu d'être relégué au Placard – car il est certain que personne n'a pu découvrir la moindre de ses infractions. Il a peut-être raison, mais il cherche dans la mauvaise direction car il n'a pas été exilé en raison de ce qu'il a fait mais de ce qu'il est : en effet, tout le monde éprouve de l'antipathie pour Roderick Ho, une réaction spontanée à l'antipathie palpable qu'il éprouve pour le reste du monde. Son expulsion de Regent's Park serait donc l'équivalent administratif d'une mouche qu'on écrase. Si Ho arrive un jour à cette conclusion, ce sera sans doute grâce à cet instant dans le café d'Old Street où Catherine Standish l'a appelé Roddy.

Pendant ce temps, à l'étage supérieur, Min Harper et Louisa Guy partagent leur bureau. Pour l'instant,

Min parvient à contrôler son habitude de tâter ses poches pour s'assurer qu'il n'a rien oublié. Louisa ne grince pas des dents, soit qu'elle ait réussi à arrêter, soit qu'elle n'éprouve actuellement aucun stress. Bien qu'il y ait des affaires inachevées entre eux, ils concentrent leur attention sur la radio qui les informe de la mort de Robert Hobden dans un accident de la route. Hobden avait beau être une étoile déchue, sa mort ne passe pas totalement inaperçue, comme l'atteste l'oraison de Peter Judd, un politicien dont l'ascension contraste avec le déclin du journaliste. Selon Judd, si les attitudes et les convictions de Hobden étaient, bien sûr, inacceptables, sa carrière avait connu des moments forts et son orientation tragique – c'était bien le terme – devait servir d'avertissement contre les dangers de tous les extrémismes, quels qu'ils soient. Quant à ses propres ambitions, puisqu'on lui posait la question, eh bien oui, il serait prêt à abandonner son modeste poste pour une charge plus élevée au service des intérêts publics – un terme galvaudé dont on avait oublié la véritable signification, s'il pouvait se permettre la digression.

Sans s'interroger plus avant sur l'humeur de Guy et de Harper, notre observatrice concentre maintenant son attention sur River Cartwright, seul dans le bureau voisin. Il songe que le jeu favori du Service consiste à réécrire l'Histoire, une vérité illustrée par les centaines d'anecdotes que lui racontait le Vieux avant d'aller dormir, mais qu'il constate le plus vivement par la disparition de Sidonie Baker – pas seulement du bureau, mais des registres de l'hôpital dans lequel elle est théoriquement morte, qui ont été nettoyés au point de rassurer quant aux critères de propreté des instituts de santé. Elle n'a jamais existé. A part les souvenirs de River et de ses collègues, la seule preuve de sa présence entre ces murs est cette barrette qu'il a trouvée dans sa voiture et posée sur son bureau. Quant aux preuves qu'elle a cessé d'exister, il n'en a pas, ce qui lui permet d'imaginer – ou plutôt de se persuader – qu'il ne lui est rien arrivé. Il songe également qu'il prendra le train pour Tonbridge ce soir afin de passer du temps avec son grand-père, peut-être même appellera-t-il sa mère. Le lendemain, il retournera au Placard, où l'ennui quotidien n'est plus une certitude aussi absolue qu'autrefois, maintenant que Jackson Lamb a le Second Bureau de Regent's Park dans la poche.

Quant à Lamb, il a toujours la même silhouette, le même caractère et il occupe actuellement la même position que tous les matins : penché sur sa chaise selon un angle qui met en péril sa stabilité, il fixe son tableau d'affichage au dos duquel est de nouveau dissimulé le pactole que Jed Moody s'est si brièvement approprié. River Cartwright en connaît maintenant l'existence, mais Lamb possède d'autres secrets, notamment celui-ci : tous les agents finissent par trop tirer sur la corde. River refuserait de l'admettre, mais Lamb le sait avec certitude : tous les agents finissent par trop tirer sur la corde, par se vendre au plus offrant. Les exemples ne manquent pas parmi les derniers Tocards : Sid Baker a voulu faire son devoir, Struan Loy et Kay White ont cherché à se faire bien voir et Jed Moody à reprendre du service. Lamb a connu de pires trahisons. Après tout, Charles Partner, ancien chef du MI5, s'était vendu pour de l'argent.

Un mouvement derrière lui : Catherine Standish entre avec une tasse de thé. Elle la pose sur son bureau puis ressort, sans qu'un seul mot soit échangé. A son insu, Standish occupe une place dans ce que Lamb considère comme sa conscience. En effet, il a retenu une autre leçon, qui ne se limite pas à la sphère des renseignements : chaque action a des conséquences qui peuvent faire souffrir ou emprisonner les autres. Un jour, en échange d'un service, Lamb avait révélé à Roderick Ho la raison qui lui avait valu de se retrouver au Placard. Comme tous les mensonges, son histoire (il avait causé la mort d'un agent) était vraie, mais édulcorée par l'omission de certains détails : par exemple, il avait tu le fait qu'il était responsable de la mort de Charles Partner, exécution commanditée par le grand-père de River Cartwright. L'obéissance de Lamb lui avait valu le Placard. Il avait abusé de ses relations pour se créer une retraite tranquille où épanouir son mépris ironique pour lui-même. Le meurtre de son ancien ami et mentor ne l'empêche pas de dormir, mais le fait que Catherine Standish ait, inévitablement, découvert le corps de son chef lui cause une certaine culpabilité. Ayant découvert plusieurs cadavres en son temps, Lamb sait que de tels moments laissent des traces. Il n'a pas l'intention de se rattraper, mais il évitera autant que possible qu'elle ne traverse de nouvelles difficultés.

Pour l'instant, il envisage les possibilités qui s'offrent à lui. Le statu quo est la plus évidente : le Placard est son royaume, et les événements récents n'y ont rien changé. En cas d'imprévu, il a toujours son magot. Cependant, une troisième voie semble se dessiner : après tout, peut-être n'en a-t-il pas assez du monde de Regent's Park et de sa loyauté en déclin constant. Peut-être s'en est-il lavé les mains trop vite. Récemment, il a pu savourer le fait d'avoir doublé Diana Taverner. S'il avait pu la vaincre, il trouverait sans doute des ennemis plus valeureux. Jusqu'à présent, il s'agit là de fantasmes stériles, tout juste bons à occuper le temps entre deux tasses de thé, mais qui sait ?

Assez. Si elle fumait, notre observatrice éteint sa cigarette et consulte sa montre si elle en porte une. Elle se lève, revient sur ses pas, retraverse le pont pour piétons, redescend les escaliers de la station Barbican et retourne à Aldersgate. La pluie menace à nouveau, comme toujours dans ce quartier. Notre observatrice n'a pas de parapluie. Tant pis. En marchant assez vite, elle pourra atteindre sa destination sans être mouillée.

Si un autre bus se présente, elle pourra le prendre.

TABLE

BABEL NOIR

Extrait du catalogue

145. DÉMOSTHÈNE KOURTOVIK
La Nostalgie des dragons

146. KJELL ERIKSSON
Les Cruelles Étoiles de la nuit

147. NICOLAS MATHIEU
Aux animaux la guerre

148. NELE NEUHAUS
Méchant loup

149. WALTER MOSLEY
En bout de course

150. OLIVIER BARDE-CABUÇON
Tuez qui vous voulez

151. MONICA KRISTENSEN
Vodka, pirojki et caviar

152. MAURICE G. DANTEC
Les Résidents

153. ALEX BERG
La Marionnette

154. DAN WADDELL
La Moisson des innocents

155. EDWARD CONLON
Rouge sur rouge

156. CORNELIA READ
L'Enfant invisible

157. KEIGO HIGASHINO
L'Équation de plein été

158. CAMILLA LÄCKBERG
Le Gardien de phare

159. INDREK HARGLA
Le Glaive du bourreau

160. JAN COSTIN WAGNER
Lumière dans une maison obscure

161. LOUISE PENNY
Révélation brutale

162. HÉLÈNE CLERC-MURGIER
Abbesses

163. PETER MAY
L'Île du serment

164. KELLY BRAFFET
Sauve-toi !

165. DAVID GORDON
Polarama

OUVRAGE RÉALISÉ
PAR L'ATELIER GRAPHIQUE ACTES SUD
REPRODUIT ET ACHEVÉ D'IMPRIMER
EN FÉVRIER 2025
PAR NORMANDIE ROTO IMPRESSION S.A.S.
À LONRAI
POUR LE COMPTE DES ÉDITIONS
ACTES SUD
LE MÉJAN
PLACE NINA-BERBEROVA
13200 ARLES

DÉPÔT LÉGAL
1re ÉDITION : OCTOBRE 2016
N° impr. : 2500796
(Imprimé en France)